$\overline{J}$ 2-1

魔术师

于正 著

中国友谊出版公司

一未文化　　非同凡响

北京一未文化传媒有限公司
www.bjyiwei.com
出品

命运

是人生最高明的
魔术师

目录

序　　01

楔子　　001

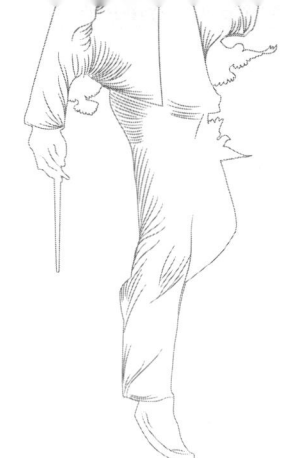

第一章	王的领地	"魔术界恨我的人,不少, 可是能打败我的,没有。"	002
第二章	万紫千红	"什么是魔术师的助理? 手中握着魔术师半条命的人!"	026
第三章	夜影遁形	"凡害我者,必自害之!"	051
第四章	魂牵梦绕	"你是我的女人, 谁也抢不走!"	074
第五章	逆水行舟	"你瞒得了别人, 瞒得过自己的心吗?"	098
第六章	水火不容	"饼叔,我和徐家以前没有恩怨, 现在有了。"	127

| 第七章 | 飞蛾扑火 | "啊……完了……以后没法再独立生活，这辈子只能你养我了。" | 151 |

| 第八章 | 福星高照 | "他们明着没有赢的机会，只能来暗的。" | 177 |

| 第九章 | 良辰美景 | "我要是不来，那不扫了你们这帮家伙的雅兴吗？" | 201 |

| 第十章 | 触不可及 | "让你安安静静当个笨蛋，偏要惹事。" | 226 |

| 第十一章 | 无法回头 | "你们心心念念的'光影神手'的秘诀，就在这里。" | 251 |

| 第十二章 | 与神同行 | "真正的魔术，是让人心存善念，相信自己相信的东西。" | 285 |

尾声　324

后记　327

附　329

序一

成就经典，
在于对细节的专注

由于工作实在太忙，我是在几个星期内，分很多次才看完于正的小说《魔术师》。每次因故不得不暂停阅读时，都有很强的恋恋不舍的很难放下的感觉，因为小说的故事情节太引人入胜了。

于正的电视剧作品和剧本已经看过很多，这还是第一次阅读于正的小说。正如其他作品一样，《魔术师》的故事跌宕起伏，情节数次反转，扣人心弦。

故事中的男主人公沈牧、女主人公夏天晴以既有必然又充满偶然的因素，分别进入两个魔术世家，并分别成为各自魔术世家的控制人。夏天晴戏剧化的变故，导致二人分别作为两个魔术世家的代表卷入家族荣与辱的命运冲突。

男主人公和女主人公的情感冲突，无疑是于正擅长的情感刻画：

"然而对于沈牧，那个人是他的所有……

"是他这一辈子存在的理由……

"是他行走的力量……

"是他的命……"

那个人就是夏天晴，中学时期的"女流氓"，失联十年、想念十年的意中人，却突然以对立魔术世家领袖的角色出现。配角徐光展、徐渊或善或恶的欺骗，女助手似有若无的爱慕，男助手或萌或痴的对话……在更多角色丰富的性格衬托下，故事愈发精彩。

特别是如梦如幻的魔术技艺的描写，成为这个小说的最大创新亮点。以前已经领教过于正在《延禧攻略》筹备过程中对服饰和历史细节的专注，想必这次对魔术技艺细节的描写，也浸透了于正的心血。魔术细节、上海市井街道、上海话恰到好处的运用，形成了超强的画面感和真实性。

无论故事多么波折，无论坏人多么让人痛恨，最终读者感受到的仍是温馨和快乐，《魔术师》无疑是本让读者既紧张又快乐的好书。

龚宇
爱奇艺创始人、首席执行官

序二

最好的魔术，
是对人性的抵达

在《魔术师》里，主角沈牧变了很多让人拍案叫绝的魔术，从鱼跃龙门到纸片人，从凤凰涅槃到雷火纸鸢，舞台变换，对手升级，剧情也在不断反转。直到最后一场，在与神秘人的终极对决中，他以命相搏，穿梭于真实的闪电之中，以"神之变手"捉住闪电，送到了爱人手中。

你知道主角一定会赢，但你却不会轻易猜到"TA"怎么赢——制造足够的戏剧冲突，这确实是编剧于正所擅长的。

而神秘人，直到输掉最后一场比赛，仍然想不通：为什么沈牧要冒着生命危险去完成一个魔术——毕竟你要真的穿过闪电。但对沈牧来说，当面对的是他寻觅多年的爱人时，这根本不是一个需要思考的问题，夏天晴是他的所有，是他一辈子存在的理由，是他行走的力量，是他的命。

魔术即人生，对于魔术理解的境界差异正是两种不同人生观的差异，沈牧与神秘人，一个悟的是道，一个求的是术。

但整本小说里最打动我的魔术，还是沈牧在塔尔寺的广场上，从男孩耳朵上变出的那枚硬币，从他掌心中飞起的花瓣。

这一刻，那个原本愁眉苦脸的男孩，得到的不止是惊喜，还有在低谷时感受到的人性温暖。在我们的一生中，最让人念念不忘的往往是这样的"闪光的瞬间"，就如同《千与千寻》里河神把团子递到小姑娘的手中，如同《闻香识女人》里查理听到史法兰在讲台上为他发声。来自陌生人的点滴善意与鼓励，温暖着平淡无奇的生活，点燃了我们内心的向往。

去年于正制片的《延禧攻略》大火，火到很多人都忘了写字才是他的本行。从没有署名的编剧一路做到制片人、老板，于正一直在不断突破自己的边界。从2003年的《带我飞，带我走》至今，于正参与了39部影视作品的编剧或制作，最多时一年有五部影视剧面世。在这样的节奏中，于正还有空码字，写出《魔术师》这样的作品，你不能不佩服他的勤奋。

于正不是天才，他的经历恰恰证明，影视是一门可以通过勤奋练习和不懈追求掌握的手艺。他把编剧当成技术活，甚至引入数学公式，精准安排让观众笑和哭的节奏。于正选人独到也是业内公认的，不挑名气不看关系，就看是否适合角色，所以，他的剧捧红了不少新人。正是这样的"精准算计"与"敢于冒险"，于正为整个行业的发展带来了许多新的变化。

于正当然也有争议。影视本身就是一门集体的艺术，它需要复杂的、多方的专业协作。它也充满变数，在台前的高光与背后的艰辛之间，随时都会发生过山车一般的翻转。这考验的，正是从业者长久进化的心力，以及坚持探索的意志。

大魔术师沈牧拥有"光影神手"，其实，某种意义上，电影和小说也是一种魔术，技巧和语言都只是承载情感的基础，它们最吸引人的，是捕捉到能够真正触及人心的东西。这也是魔术师沈牧的初心：真正的魔术，是让人们心存善念，相信自己本性中相信的东西，才能抵达美好。影视作品，又何尝不是呢？

很高兴与于正联手打造了一些作品。也期待在未来，我们能有机会共同推出更多真正丰富生活、温暖人心、感动人性的作品，用光与影的"魔力"，缔造更多美好的人间故事，完成我们作为影视从业者的抵达。

程武

腾讯集团副总裁，腾讯影业首席执行官

序三

这是一部于正与自我
"决裂"的小说

拿到《魔术师》这部长篇小说，我是有一些意外的，在我眼中，于正是一个戏比天大的工作狂，在他的世界里，似乎除了剧本，就是片场，没承想他还忙里偷闲，笔耕不辍地创作着小说。

更让我意外的是，当所有人都热衷于谈论于正的古装美学、清宫宇宙世界观的时候，他却蓦然转身，带着他的文房四宝，投身于现实世界的"魔术江湖"。小说中提到了变脸，顶尖的魔术师可以在一分钟内变出36张脸，我十分好奇，善于用文字变魔术的于正，到底能为我们呈现多少张不同的面孔？这也触发了我对《魔术师》的浓厚兴趣，希望能从中寻到些许答案。

于正善用情，在他的影视作品中，总能看到千回百转的一往情深，但这部作品，于正对爱情的描述十分的克制，几乎成为小说中的配菜。男主角沈牧的故事因"情"而起，但推动他命运齿轮转动的却是一个"义"字。沈牧像是一个现实世界中的侠客，秉承着"魔术不是用来害人"的人生信条，守护着师父传承的匠人手艺。攻台打擂甚多，明枪易躲，暗箭难防，每一个对手都想将沈牧推向万劫不复的深渊，而沈牧总是在剑指对方咽喉的时候，选择收刀入鞘，他说："凡害我者，必自害之。这就是天理。"

在情节的推进上，于正也不再仅仅拘泥于事件和冲突，而是把应接不暇的魔术对决，变成了一场又一场的强情节大戏，维多利亚港成为道具，东方明珠变成武林，加持在这些丰富想象力之上的，是更加天马行空的魔术和幻术。你可以选择不相信，但小说会恰如其分地插入可考的论据，把你拉回到这个魔幻现实的世界之中。而在眼花缭乱的光影之中，人物依然鲜活立体的存在，这才是文字的真正魔力所在。

当然，无论于正能变出多少张面孔，抽丝剥茧你还是能发现于正本人的踪迹，男主人公沈牧，总会给人老朋友般的似曾相识之感，我百思不得其解，直到我留意到于正朋友圈的签名——一介书生，半世狂傲，心中有戏，目中无人。

原来，他是沈牧，也是于正。

这是一部于正与自我"决裂"的小说。

这些年我们不断强调创新，究其根源，是我们见过了太多复制跟风的失败。但同时，我们也拒绝不切实际的天马行空，希望行业同仁能沉下心来，真正对内容创作有敬畏之心。可以说，小说《魔术师》提供了一个极佳的创新内容的底色，期待精彩的文字早日被赋予影像的魔力，让更多的观众感受到魔术的魅力。

韩志杰
企鹅影视高级副总裁

序四

怎样去另一个我
从未抵达的地方

提起于正，大家的脑海中会出现很多词：出品人、制片人、编剧、作家……但当你读完《魔术师》这本书，就会发现这些身份归根结底的共通性——于正将文字当作道具，熟练地为观众和读者呈现出一场又一场华丽的大型魔术。

合上本书的最后一页，就像是魔术师结束了他神奇的表演。观众们鸦雀无声，但随即爆发出一阵雷鸣般的欢呼。

"文字魔术师"这个称呼，我认为于正当之无愧。

《魔术师》让我看到了一个光怪陆离的新世界，在此之前国内鲜少有类似的作品，一是这类题材不好写，需要有大量的素材积累，还涉及魔术的解密，并不是所有的魔术师都愿意配合，可以想见在搜集素材的过程中他一定是克服了很多的障碍；加之这类的作品需要非常新奇的想象力和画面感，也是一大挑战。非常欣喜的是于正在小说中突破了所有这些限制，让我看到了一个光怪陆离的世界。难能可贵的是这些瑰丽的想象力都有科学依据和严谨的逻辑作为支撑。诸如考验吴辛洁的"鸽相公秘术"，彻底打败刘金的"种豆雪满天"以及发源于西汉的"夜影遁形"等等。

小说里的机关和反机关，算计和反算计，设计巧妙，沈牧在与神秘人较量的过程中，表现出的见招拆招的能力，绝处逢生的智慧，不会让我觉得他多智近妖，究其原因：一是事件的反转，在前面做足了铺垫，所以水到渠成不显突兀；二是每一次反转过招，都给了充分的解释，逻辑自洽。难能可贵的是，在保持高质量快节奏的事件推进的同时，小说中感情线的设置也相得益彰，我感动于吴辛洁对沈牧由敌对到暗恋再到成全的过程，更感动于沈牧对夏天晴"一生一世一双人"的执着和深情。

小说里起起伏伏的沈牧有时会让我联想到这几年处于风口浪尖上的于正本人，沈牧身上那种对于极致魔术的追求，不惜以身犯险的努力和尝试，不正是独具匠心，永远在实现自我颠覆和超越的于正本人的真实写照吗？

于正和他笔下的沈牧一样，是一个善于制造惊喜和意外的人，但我认为近期《延禧攻略》的成功并不是于正脱胎换骨之后的"意外"，而是他向观众展现了深层自我之后的"意料之中"。许多人站在人生的顶峰时，想的都是"我要保持住自己的高度"，但重新认识了于正作者身份的我忽然明白，他想的永远是"怎样去另一个我从未抵达的地方"。一个天才的诞生需要百分之一的天分加上百分之九十九的努力，而于正除了这两样，还保有一颗永不停止创新和自我超越的心，我想，这也正是他能从世界上无数的天才中脱颖而出的原因。

寥寥数语，是以为序，期待这个故事不日见于荧屏，以飨观众。

廉洁
完美世界影视董事长兼 CEO

序五

在尖刺中隐藏
对世间的深爱

多数人以为于正写女人很细腻,但他们不知道,私底下的于正既不讨好也不跟随,他敢怒敢言,其实很有侠气。

于正笔下的男男女女都让观众痴迷,他当然知道怎么讨好世界,但他对被喜欢这件事并没有什么兴趣,更多时候他只是诚实地展现一个有态度的人该有的真实。

然而,这个世界更喜欢能被控制的人,于正的独特,对那些喜欢面目模糊的人来说是一种侵犯,他遵从自己的内心,无限放大自己的可能,精确地展开布局,许多人一辈子都没有活出自己的勇气,更何况于正还有才华与能力。

《魔术师》仿佛是他自己内心的一场"百年孤独"。

这次的于正以男性视角创作,却更魔幻写实。

如果你认为于正只能写剧本,那真的是低估他了。

他的每段文字都是有画面有气味的。在他创作的文字里,整个场景与时代都在其中,一如《魔术师》小说中对魔术表演的描述,仿佛阅读者就身在其中,并为之目眩神迷。

我极爱小说《魔术师》中的男主角沈牧,深情却有棱角,世故却又纯粹,这是少数于正以男性为出发点的题材,我以为他写女人很媚,才发现他写男人更是艳绝。

认识于正数十年，我依然觉得他是个奇才，拥有永不衰竭的创作力。

我真不知道他怎么能在内心隐藏那么多故事，看完《魔术师》最后一页，我感觉自己又活了一世，仿佛一切都是亲身经历。男女主角的交错与爱情，深深地刻印在我的脑海里，我真的不舍读完。

对我来说，于正才是那个真正的文字"魔术师"，能把世间一切平淡的故事化为绚烂，更可贵的是，即使他能在设计情节和塑角色时翻云覆雨，让读者在阅读过程中陷入绝望与无奈，但最后他一定会给出更大格局的信心与温暖。

我想这才是我所知道的于正，在那些尖刺中隐藏了他对世间的深爱。

伊能静
著名歌手，演员

楔子

玫瑰色的晚霞，灿烂，神秘。

飞鸟群影在天际盘桓，与重叠无边的云霞相映成辉。渐渐地，鸟群越飞越近，掠过天空，留下一片悠扬鸣声，朝炫丽的港湾扑洒而来。

香港，世界超级魔术大赛。

沈牧一路过关斩将，走向决战的舞台。

人间事，顺势容易、逆势难，可魔术师偏要逆水行舟。谁能创造出空前乃至绝后的奇景，谁就是世人眼中的"神"。

沈牧在舞台上即将展现的奇迹，便是"逆水行舟"。

为了这一刻，他拼斗数年，横扫魔术界，不惜成为魔术师们的公敌。

无数人恨他，但没有人能打败他！

他要登上世界之巅，让自己的名字闪耀全世界！

没有人知道，沈牧为什么如此执着。

观众们对这次比赛的渴望，更是空前高涨。

今天，如果沈牧再次夺冠，他将是近百年来，第一位被称作"王"的魔术师。

而他要表演的，是一个极其危险的魔术，可以说命悬一线。

他能赢吗？

沈牧从容地走到舞台中间，突然一怔。

评委席的前排坐着一位优雅的女子，旁边名牌上，"夏天晴"三个字赫然醒目。

沈牧神色骤变，身体微微一晃。

——夏天晴？

表演已经开始，女助理将一颗水晶球递到沈牧手上，然而他早已心神大乱，忘了周围的一切，竟不知身处何地……

第一章

王的领地

『魔术界恨我的人，不少，可是能打败我的，没有。』

1

2017年，上海商城剧院魔术大会。

舞台中间有个硕大的正方形铁笼，三米高，牢不可破。

一个身材颀长的男子站在铁笼里，手上捧着一颗水晶球。

男子的胳臂和脚被镣铐紧紧捆缚，偶尔响起金属的摩擦声。

观众们屏气凝神，目光集中到他的手上。据说，他的手有神奇的魔力。

沉静中，男子微微仰起脸，神色淡然从容，并不像传闻那样气势傲然，睥睨天下，嘴角隐约一抹笑意，使那张俊朗的脸庞更显得迷离。

舞台光线幽暗，背景的大屏幕是深邃的星空。一阵若有若无的丝竹音乐响起，仿佛绵长的青烟，萦绕着剧场。

突然，男子手上的水晶球泛起光泽，再一转眼，透明的球体内部，竟然腾起一簇金色火焰。

观众们发出低呼："水晶球着火了！"

这一幕随着现场同步直播，传遍了网络平台。

一间昏暗的屋子里，有个人正在电脑前冷眼观看。在一片微光衬托下，他的脸颊更加深沉，融入暗影中，显得十分神秘。

神秘人轻轻勾了勾嘴角，洁白的牙齿似乎闪着寒光，冷冷低喃：

"沈牧，几百万观众等着你的奇迹……"

铁笼里的沈牧缓缓移开双手，水晶球悬浮在空中，球体内舞动绽放的火焰散发开来，围绕球体表面，仿佛一颗金色火球。

与此同时，背景的大屏幕变成了无数的火流星，朝大地喷射下来。

然后，铁笼内的四边沟槽猛地蹿起火苗，流动的火焰互相融合，十几秒的时间，就在铁笼内部的四周形成了火墙，将沈牧困在中间。

火焰肆意扭动越来越旺，缓缓朝中间聚拢，与沈牧的身躯只隔半米。

烟雾随之而起，沈牧的身影渐渐模糊。

舞台侧幕的经纪人与道具师，紧张地捏了一把汗。

经纪人蔡炳不停地看表。

三十秒钟，如果沈牧不能成功脱逃，笼中大火就会将他吞没！

"放心，小爷叔从来没有败过。"道具师姜满春与其说是安慰自己，不如说是对自己设计的道具更有信心。

"我早晨出门看到一只死麻雀，晦气。"蔡炳不停地擦着额头的汗。

他身边的助理师孙雅同样紧张地盯着燃烧的铁笼。

二十秒的时候，铁笼里的烟雾越来越大。

沈牧一边承受火焰不断逼近的灼烫，一边迅速打开镣铐，逐次解脱束缚。然而，在处理左脚的铁镣时，他的手突然顿住。定睛一看，锁孔上多了一枚暗钩，紧紧地卡住了孔端！

沈牧皱了皱眉，但只是刹那，便恢复了比平时更加冷静的心态。他的食指和无名指稍微一交错，同时用大拇指捏住暗钩，猛地向右侧一扳，生生将暗钩掰断。

"哗"的一声，镣铐全部脱落，掉在笼子里。

完全解脱的沈牧，将以烟雾为掩护，斜身从铁笼内壁隐藏的暗门出去。

可他的前脚才踏出铁笼，背后忽然传来一声异响。

这是绝不该发生的事情！

此时，电脑前的神秘人抬腕看了看手表，嘴角勾起的幅度愈发明显。他虽然和观众们一样，看不见烟雾里的状况，但这一刻——

沈牧惊讶地发现，铁笼中间不知何时多了一只猫！

所有超出安排的异样都是魔术的失控，沈牧刚才已经遭受过一次，现在竟然又出现了一只活生生的花斑猫。

难道是从暗门爬进来的？或者一直藏在某个角落？

没有时间分析，三十秒钟近在眼前，火焰正好烧到铁笼中间。

猫开始惨叫。

假如沈牧现在逃离铁笼，他的表演也可以说成功结束，但那只猫会在众目睽睽之下被活活烧死，那么，这个成功，对于他沈牧还有意义吗？

"什么？是猫叫？"侧幕的姜满春瞪圆了小眼睛，怀疑自己听错了。

蔡炳抱起灭火器，低喝道："来不及了，快！"

"救先生！"孙雅也抓起灭火器，连同其他三名助手一起奔向铁笼。

猫的惨叫声传到观众席，现场大乱，不少人站起来呼喊："猫……烧死了！猫啊——"

四只灭火器猛烈地喷射着。

很快，黑烟与白雾袅袅散开……然而铁笼内既没有人，也没有猫，只有一朵鲜红的玫瑰。

沉默间，铁笼前举着灭火器的一个人转过身，竟是沈牧！

所有人顿时愣住。随后，观众席响起惊天动地的掌声和欢呼声，有人甚至感动得落下眼泪……

电脑前的神秘人嘴角紧抿，伸出修长的手，原本在手指上不断旋转的硬币，"啪"的一声掉在桌面上，滚落到黑暗里。

同时，电脑视频下方的滚动新闻也出来了：

天才魔术师沈牧的第76场不败纪录！

试问谁能战胜魔术暴君？

然后是无穷无尽的弹幕：

哈哈，魔术界唯一可以称神的男人……

牧神，请收下我的膝盖……

大牧王说过了，他的初步计划是，连胜100场……

魔术界是该高兴还是更恨他了？

……

桌旁的神秘人慢慢站起身，合上电脑。

2

天彩魔术团隐匿在田子坊的老弄堂里。

田子坊是浦西最具特色的石库门里弄，经年弥漫咖啡的香气，小巷两旁整齐排列着各式小店和艺术馆，茶铺、露天餐厅、咖啡馆、画廊一应俱全。初次进来的人很容易迷路，在弄堂里绕行七八分钟，走到纵深处的一片树丛间，才能看见天彩魔术团。

这里是由清朝旧民居改建的，外观古朴陈旧，门脸不大，油漆斑驳的木门上钉着铆钉，墙上挂的小招牌遮掩在爬山虎的枝叶中。

孟团长生前非常低调，当初魔术团在他手上更像民间演艺队，在业内大佬眼中属于草台班子之流。

十年前，沈牧被孟团长招入麾下，是重大的转折。

孟团长第一次见到沈牧时，就被这个拥有"神之手"的男孩感动，他看到了那双纯净眸子里的决心，沈牧也因为孟团长的信任，不惜一切，苦练技艺，打败了一个又一个对手。

然而今天，沈牧竟然在舞台上遭到身边人的暗算。

这在以往的历史中从未发生过！

沈牧独自在孟团长的房间前伫立良久。

夕阳下，他的身影被拉得很长。

3

"糟了，小爷叔在笑。"姜满春低呼。

晚餐时分，饭厅中间的桌子上摆着七八盘菜肴，厨房按照沈牧的吩咐，精心烹调了上海本帮菜，鸡骨酱、清炒虾仁、响油蟮糊等，一派庆祝的场面。

然而阵势很明显，桌旁围坐的蔡炳、姜满春、孙雅，以及另外三名助手小黄、小陈、小郑，六人都有机会在魔术道具上搞鬼，也能趁乱把猫放进铁笼。换言之，都是心怀鬼胎、图谋不轨的嫌疑人！

可是沈牧却在微笑，甚至笑意可人。

姜满春的圆脑袋上满是汗珠。

蔡炳在沈牧身边的时间比姜满春短，有点摸不着头脑。

"生气的时候反而发笑，"姜满春从牙根里挤出颤音说，"我上次见他这样，还是六年前。"

蔡炳轻声问："啥意思？"

姜满春低头说："怒极反笑，知道吗？"

在座年龄最长的是蔡炳，四十多岁了，其次是姜满春，三十六七岁，也比沈牧大了五六岁，但所有人的气势却好像都被他压下去了。

沈牧站在那里，颀长的身姿犹如高垣睥睨。

他缓缓坐下，又似屹立不倒的千年冰山。

此时此刻，沈牧刀削般的五官更显冷峻，漆黑的眼眸深不见底，反倒透出一种冷漠又古典的美感。

他语气淡定："魔术界恨我的人，不少，可是能打败我的，没有。"

静默。

无穷无尽的静默，周遭的空气仿佛已经凝固。

"这餐饭，我主要请的是那个害我的人。"沈牧微微一笑，眸子里却无一丝笑意，

"敌人和对手，我根本不在乎，可是敢在背后捅我刀子的人，我当然要高看一眼，请来喝一杯。"

姜满春"咕咚"一声吞下口水，把自己吓一跳。

蔡炳不安地捋着一头乌黑的自然卷。

孙雅脸色苍白，嘴唇轻颤。

其他三个小助手全都瑟缩着肩膀，大气不敢出。

沈牧垂下眼帘，余光扫掠众人，气场之强大，镇守的是身边方寸之地，却仿佛云在胸怀、天在掌中。

沈牧举杯，"饮下这杯酒。害我者，自己站出来，让我认识一下，彼此好聚好散。"

没等众人反应，沈牧一饮而尽，放下酒杯时，"砰"的一声响，宛若惊雷般，无疑是最后通牒。

其他人有的端起酒杯，有的捏着双手不敢动弹。

蔡炳打破僵局，举起酒杯说："来来，没做亏心事，不怕鬼叫门。干杯。"

众人惶惑地碰杯。

沈牧环视两旁，等待着，然而没有人说话。

气氛变得更加窒闷。

蔡炳深吸一口气，小心地问："大牧，你怎么就确定是自己人捣鬼？"

孙雅接口说："是啊，剧院的后台，谁都可能溜进去的。"

沈牧冷笑："侮辱我的智商？"

看着众人茫然困惑的表情，沈牧伸手将一个细小的东西扔到桌上。

蔡炳连忙捏起来看了看，却更加茫然。

沈牧说："这玩意当时在我左脚铁镣的锁孔里。"

姜满春从蔡炳手上接过来，仔细查看。

暗钩被沈牧掰断了，剩下这个长约两厘米的合金细丝。

姜满春低喃："这个……是很像咱们的材料……"

"不是像，它就是。"沈牧冷然道，"魔术团的一根线头，我都知道落在哪里。"

依旧没有人承认。

沈牧站起身，毫无预兆地把酒杯摔到地上，"啪"的一声，他怒道："我给过机会了，在座某人想自取其害，我奉陪到底。"

语毕，抬腿大步离开饭厅。

众人看着地上的碎片，噤若寒蝉。

蔡炳急忙追出去。姜满春和孙雅一前一后跟上。走到院子拐角，蔡炳拦住沈牧。

"大牧，消消气，四天后还有场比赛，"蔡炳说，"静安体育馆的魔术交流会，很关键的。"

"还参加比赛？关门歇业！"

"关门？"蔡炳急了，"影响财运呀！"

"不剥掉内鬼的皮，谈什么财运？"

"一码归一码。"蔡炳急道，"都宣布要参赛了，事到临头却缩回，那些恨你的同行，就在等这一天，得多少脏污往你头上泼呀。"

沈牧有些迟疑。

蔡炳继续煽呼："至于捣鬼的，现在只是推测嘛，我不信咱们身边真有鬼。大伙儿跟你的时间最短的也有三四年了，要搞你早就搞了。去年秋天在成都那场比赛，现场出了岔子，当时以为是有人捣鬼，后来查明是机械故障，你把满春骂得狗血淋头。满春也冤，赶上湿气重的季节，人算不如天算……"

"饼叔，你是驴皮胶蒙住脑袋了吗？这次摆明是人为的。"

"外边人也可以做啊，剧院后台又不是军事禁区，谁都可能，假装成服务员混进去搞一把。"蔡炳说，"至于你说的暗钩，人家要搞你，这不是小意思嘛，要怀疑的话，那团里的厨子也有嫌疑。"

沈牧似乎被说动了，静默片刻，点了一下头："先参加四天后的比赛，然后歇业一周，专门查内鬼！"

蔡炳松口气："行，就按你说的，咱们也该休整休整了。"

说完，转身朝姜满春和孙雅做了个"OK"的手势。

为了备战静安体育馆的交流赛，沈牧向全员宣布，决定使用一套新魔术。

之前已经试验了三个多月，他始终不满意，这次他亲自调整道具，为的就是用到那只花斑猫。他要在舞台上嘲笑那些耍阴招的家伙，让他们重新认识自己。

后半夜，天边隐隐有雷声，偶尔一道闪电乍起，视野骤然一亮，又陷入沉寂。

晚风中飘来的咖啡香气渐渐浅淡，白天看起来犹如迷宫般的田子坊弄堂，在深夜灯光的点缀下，更显得迷幻。

天彩魔术团的院子里，一个身影穿过走廊，沿着墙壁和柱子投下的阴影迂回前行。转角处的几盏灯坏了，角落里漆黑一团。

身影走入二进院，那几间民居的屋脊上，陶兽在夜色中似乎复活了一般。

身影继续往院子深处走，穿过会议室、演练房，来到后院，径直走向道具库。进门时，附近廊下的灯光一晃，人脸闪过，原来是沈牧。

沈牧半截身子在门内，朝外面张望片刻，随即进了门。

道具库里亮起灯光，长年飘浮的薄薄尘雾中，各式各样的道具机关映入眼帘，奇形怪状，都是些装上翅膀就能飞、安上蹄子就能跑、扎上尾巴就能游的物件。

沈牧站在一个鱼缸前，这就是他备战的新道具。鱼缸放在矮桌上，缸体高一米，有厚厚的底座，上面铺着一层沙子，机关在底座内部，暗门设置在底座西侧的斜角下方。

沈牧用力扳动机关，些许粉末轻轻落在矮桌上，他丝毫没在意，全神贯注地从底座抽出隔层，上面布满弹簧、钢珠、飞杆，以及层层叠叠的细索。

半个钟头后，一切复原。然后灯关了，沈牧的身影从道具库出来，贴着墙边离去，脚步极轻且快，仿佛脚不沾地，瞬间隐没于夜幕深处。

大概过了十几分钟，另一侧的屋檐下浮现一个黑影。

那里本是一团漆黑，倏忽间冒出来的影子，像是把黑夜剥掉了一块。

夜行者戴着黑色帽子和口罩，举步时微微踉跄，不知道是因为紧张，还是因为在屋檐下潜伏太久，然后用力摆动四肢，敏捷地走向库房，用钥匙打开门，消失在黑暗里。

突然，地上蹿过一团黑影，是那只花斑猫，"喵呜"一声不见了。

夜行者猛地一怔，额角渗出细密的汗珠，空气中有一丝不祥的气息。

勉强稳定心神，夜行者用手机照亮视线，挪步到鱼缸前仔细察看，同时用手指细心触摸鱼缸的底座，寻找暗门，但一无所获。

再俯身，手机凑得更近，光晕里显露出长长的睫毛。

夜行者全神贯注，丝毫没有想到，就在身边不远处的黑暗中，还有一双眼睛盯着这一切。那双眼睛一动不动，几乎没有生气，只是偶尔闪一下澄澈的眸子。

终于，鱼缸前的夜行者发现了端倪——桌面上有一点细碎粉末，显然是触动机关时，道具内部洒落的杂质。

夜行者长舒一口气。没错了，每个魔术师都有暗门，这是雇主说的。自己当然更懂得这个道理。

根据粉末的位置，夜行者准确地摸到底座西侧的斜角下方，试了试手劲，用力一扳，无声无息地，从底座抽出隔层，隔层上一颗圆溜溜的钢珠旋转着就要掉出来。

夜行者几乎是条件反射，伸出手去抓——

啪！

弹簧无情翻转。

紧接着"嗖"的一声，层层叠叠的细索，猛地套住那只手，像被交错的犬牙咬合般，洁白的手掌被狠狠勒住。

飞杆以更无情的击打力，撞向掌心。

"哒……"

忍着剧痛脱口而出的呻吟惊起一片尘雾。

"你一定很奇怪吧，我明明出去了，怎么还在这里？"

"啊！"

比手上的疼痛更加可怕的，沈牧缓步走来。孙雅从心底发出尖叫。

沈牧打开灯，平淡的语气，平静的眼神，目光掠过孙雅的手。那本是培养了四年的魔术师的手，此时被细索紧紧地勒着，手背上爬满了伤口，鲜血并不多，只是扭结着，还在缓缓收紧。

孙雅终于喘上一口气，竟忘了手上的剧痛，哑声低语："先生，你怎么……难道刚才出门的……是纸片人？"

纸片人，又名夜影遁形，一说是出自东汉张衡《西京赋》记载的西域魔术师之手，一说是出自魏晋南北朝的萧衍之手。

"魔术之道，浩如烟海，深不可测。凭你，也想打败我？"沈牧冷笑着说，"像你这般自以为是的东西，我见得多了。你再叠加三百倍，也只能触及我的指尖，仅此而已。"

孙雅顿口无言，怔怔地望着眼前的男人，灯光下，犹如神魔般的存在。

"但你要明白，我不是针对你个人，孙雅。"沈牧瞥了一眼鱼缸，"我惩罚的，是害我者。凡害我者，必自害之。这就是天理。"

"先生……我错了。"

"错了？错在不该今晚来探路吗？"

孙雅垂下头。

"你为了在比赛中再给我使黑招，就想着先搞清楚暗门，然后制订方案，在比赛前夜，或者就在比赛当口，再次施展害人的小伎俩。"沈牧冷笑着看了孙雅一眼，"这步步为营的高招，是谁教你的？"

孙雅默不作声。

"供出你背后的主使，我可以放过你，不然你这只手，恐怕连饭都吃不成了。"

孙雅痛得泪水直流，"先生，我跟你学魔术四年……"

"所以这就是你背叛的理由？"沈牧的声调陡然高涨。

孙雅浑身一颤，咬着嘴唇抽泣，"是我一时鬼迷心窍。我和那个人只接触过一次，他坐在汽车后座，我在前座，他戴着墨镜，我看不清他的脸。后来我们就是网上交流。"

"你连对方是谁都不知道，就敢帮着人家？"

"他给钱很爽快，而且许诺给我提供更大的舞台，更大的投资。"

"你翅膀硬了，随时可以走，"沈牧强压怒气，"之前走的人，哪一个我为难了？可你为了给主子一份投名状，竟敢在表演中害我。你知道这是我最不能容忍的恶行！你败坏我的荣誉，败坏舞台，败坏魔术！而且一次又一次！"

孙雅受到强烈震撼，哑声说："因为……因为四天后又有比赛，那个人让我尽快找到暗门。而且你宣布，等静安的比赛结束，就歇业封馆，彻查内鬼……到那时我就完了，所以我想一不做二不休，先下手为强。"

"哼，歇业封馆，就是为了逼迫内鬼自乱阵脚的。"沈牧说。

"我明白先生的厉害了，你给过我机会……只求现在饶了我。"

这时，库房外传来凌乱的脚步声，蔡炳和姜满春一前一后进了门。

蔡炳一眼看到孙雅，什么都明白了，用生气又无奈的语气说："之前我和大牧商议，还在怀疑是小黄、小陈他们三个小助手，没想到，竟然是你。"

姜满春盯着孙雅的手，有些不忍："小爷叔，罚都罚过了，放了她吧。"

孙雅发出一阵呜咽声。

沈牧显得疲倦又烦躁，眼神透出一丝破灭感，转过身，摆了摆手。

蔡炳连忙朝姜满春点头。

姜满春俯身到鱼缸的暗门前仔细探查，随手从口袋里掏出一根竹签，压住第三根弹簧，然后用右手的小拇指，极快地挑起第六根弹簧。

层层叠叠的细索一松，孙雅迅速抽出手掌。

接着"咔啪"一声，弹簧重新闭合，细索全部散开，钢珠滚落到地上。

孙雅手上布满横七竖八的细小伤痕，表面看只有扭结的血迹。

姜满春说："快去医院。"

孙雅用左手小心地托着右手，跌跌撞撞往外跑。

沈牧并未拦她，只是冷声说："祸，是自己招的。你的手玩不成魔术了，另寻生路吧。"

孙雅回身，深鞠一躬："先生，我会离开上海，远离魔术界。"

沈牧不再看她，兀自离去。

蔡炳追上来，气喘吁吁地说："现在有个紧要麻烦的事啊。"

沈牧仿佛没有听见，抬头看一眼天空，黎明之前，天边有几点寒星的微光。他低喃："人，即便给予再多，还是要背叛啊。"

"利欲熏心这种事不是天天都有嘛。"

"在所有的恶行中，背叛，是最可恶的。"

"没时间感叹，静安的比赛只剩不到四天，可你现在没有助理！"蔡炳几乎在喊。

姜满春也追上来说："对对，'10万+'火急。"

沈牧扫了二人一眼，"我不想要不忠诚的人了。"

"这次一定找个聪明又诚实，认真又大度的好助理。"蔡炳说。

"对对，天亮就开找。"姜满春鼓着劲儿。

天边的雷声越来越响，随之，风也大了起来。

沈牧忽然有些兴奋，迎风展开双臂，享受着狂风扑面的感觉。

寒风中飘起雨丝。

翌日清晨，雨断断续续，到了傍晚仍在下着。

万怡酒店LED彩灯闪烁，勾勒出主楼的壮阔外观，雨中的台阶有些冷清，偶尔有几个客人匆匆走过。

吴辛洁从出租车下来，举起皮包遮在头顶，跑上台阶，步入酒店大堂。

皮包很旧，侧沿起了毛边，她一边扑扫雨滴，一边跺脚。红皮鞋是特意从柜子里拿出来的，这样显得更有喜气。她抬头看了一眼告示牌：电影《古剑传说》筹备组，7F。

吴辛洁快步走进电梯，紧张的心绪稍稍平复。

站在712房间前，吴辛洁抬手敲门。

大门应声打开，有音乐飘出来，一个女孩挡在门口，妆容甚浓，穿着粉色的紧身衣裤。

吴辛洁松口气，笑一笑说："哦，小依，你也在啊。"

何依晨眼角斜瞟着吴辛洁，漠然问："找谁？"

吴辛洁一愣，收住笑容，"小依，你怎么了？我找李老师。"

"李哥正忙着会客呢，改天吧，啊。"何依晨准备关门。

"嗯，我知道他今天过生日，带了件礼物。"吴辛洁抬腿想进门。

何依晨横过身，靠在门口，双手环臂，撇嘴道："呦，吴大美女也会巴结人了，新鲜啊。你从不陪酒唱歌的嘛，多么清高一朵白莲花，今天怎么啦？"

"你喝醉了吧？我不跟你计较。"吴辛洁从包里拿出包装好的红茶。

何依晨扭头冲里面喊："李哥，吴大美女要送你礼物。"

房间里传出不耐烦的声音："让她走！点拨她多少次了，愣不开窍，迟了……"

何依晨一脸嘲讽："听见了吗？"

"那不是李老师，我要和李老师谈新戏，李老师答应……"

"通告都没有给你，怎么还做梦呢？"

"我试镜的时候……"

"吴辛洁，你是真傻还是在装傻？女一号是我啦！"何依晨拍着胸口。

"小依……"

"小依也是你叫的？"何依晨双手叉腰，瞪着吴辛洁，"你没戏了，明白？"

吴辛洁震惊又困惑："是我带你入行的，这次就算你帮我，我现在缺钱，很需要一个角色。"

"嘻，你认为自己还有机会吗？"

"以前每次剧组有通告我都想着你的……"

"行了吧，不要表演大善人了。让我跟在身后，不就是为了炫耀你多会关爱别人吗？你赏我几口剩饭，我就得像小狗一样摇尾乞怜？"

"我从没那样想过，更没有那样做过，你干吗这样……"

"我嫉妒你，好吧？我就是嫉妒你，恨你！恨你占着光环，却让我趴在你的阴影里。我在心里诅咒过很多次，你拍戏的时候跌进水里，我恨不得你淹个半死，最好是……"

"闭嘴！没想到你这么恶毒。"

"哼，我忍你太久了，看见你自作清高的嘴脸就恶心。"何依晨指着走廊，"该说的都说完了，你可以滚啦！"

如此羞辱竟然来自曾经最信任的姐妹。

吴辛洁嘴唇颤抖，心脏急跳，脸色煞白。

何依晨猛地推了她一把，然后嘭地关上门。

吴辛洁不受控制地仰翻，后背撞到墙上，甩掉了一只高跟鞋。

她的心像被锋利滚烫的铁刺翻搅着，喘了许久，才有力气把鞋穿上，然后失魂落魄地走向楼梯。

楼道里一片昏暗，她的每一步都是往下，正如自己的人生。

吴辛洁迈出酒店，转身步入旁边的小巷，雨下得很大，哗哗的声音不停地在耳边回荡。

恍惚中，她不小心被散落的瓶子绊住，身体前扑，狠狠摔在地上，两只鞋飞出去老远。

这应该是最惨的一次吧，不，往后的路只会更惨，因为摆在她眼前的似乎只有死路。

可是，她还有亲人需要照顾。

她必须爬起来，她已经摸爬滚打这么久，不想输，也不服！

但那又怎样呢？

风雨是如此喧嚣，却又一言不发。

她还能怎么办？

吴辛洁蜷缩在街边墙角，想哭，眼泪却流不出来，或者说眼泪流出来了她却没有知觉，混合漫天浇下的雨水淌在她麻木的脸颊，麻木的神志，麻木的心。

远处，楼宇间灯光梦幻多姿，霓虹扯出一道道悠长的尾线，美不胜收。

只是与她无关。

雨中陋巷只有哗哗的流水声，把她的人生冲进了下水道。

唰！

小街入口处，忽然亮起一盏车灯。

雪亮的灯光直直地投向吴辛洁，她眼前一花，本能地护住脸。

街口有一辆银灰色的奥迪车，也许刚刚停下，也许已经停了很久。

吴辛洁避开灯光直射，缩进角落。

车门打开，迷蒙中，一个修长的身影缓步向她走来。

来人撑着伞，灯光打在身后，挺拔的轮廓勾起一抹耀眼的光芒。

一双干净的皮鞋映入眼帘，顺着笔挺的西裤向上，吴辛洁微微抬起头，光影交错间看不清眼前人的脸庞，只隐约看到挺直的鼻尖。

他伸出手，递给她一条雪白的手帕。

吴辛洁披头散发，原本精致的脸颊凌乱不堪，她接过手绢，想对这个神秘的陌生人说声谢谢，却没有力气。

"吴小姐，我看过你演的戏。"神秘人嗓音略显沙哑，却夹杂淡淡的暖意。

吴辛洁勉强点头。让粉丝见到自己这副鬼模样，真是可笑又可悲啊。

"想不想通过演戏，赚大钱？"神秘人低声问。

"嗯？"吴辛洁愣住。

神秘人伸出手，这只手纤长有力，仿佛有魔性。

吴辛洁正急需一只手扶她起来，将她拉出生活的泥潭，于是犹如抓住救命稻草般紧紧抓住了它。

窗外风雨未歇，屋内却流淌着温暖的气息。

仿佛为了让吴辛洁安心，神秘人进门后直接去了卧室，由一位神情刻板但动作麻利的老阿姨侍候她更换衣服，并奉上美味小点心和一碗红豆桂花羹。

吴辛洁像饿了三天的流浪猫，埋头大快朵颐，偶尔扫一眼房间，见墙壁上贴了一层蓝白相间的丝质提花贴面，沿墙基一圈镶着硬木花板，地毯与窗帘的颜色相配，都是浅绿色，她还注意到门窗都是原木打造，质感十足，在灯下泛着柔和的光泽。

一个小时后，神秘人从卧室出来。他也换了身衣服，普通的淡青色休闲装，竟穿出了特有的味道，更显得双腿修长，身姿挺拔。

吴辛洁发现，他总是不自觉地站在灯光的侧沿，似乎总能找到黑暗与光明交会的边界。

神秘人同样在打量吴辛洁，近距离愈发觉得这双眼睛天生妩媚，却又如孩童般黑白分明，可谓有貌有韵，奈何情绪低落，难掩哀伤。

神秘人什么都没问，看透一切般朝吴辛洁点了点头，径自出门。

吴辛洁不由自主地跟上。这时她才意识到，自己身上新换的套裙，竟然格外合身，仿佛专门为她量身定制。

吴辛洁的思绪很乱，冲击实在太大。

神秘人推开地下室的门，扭头朝吴辛洁淡淡一笑，光线很暗，洁白的牙齿格外闪亮。

吴辛洁一脚迈进地下室，顿时呆若木鸡。

墙上贴满了她的海报、剧照，陈列架上摆放着她曾经获得的奖杯，其中有几座，说起来汗颜，她前阵子缺钱，挂在网上售卖，不知被哪位粉丝全部高价买走了，原来竟是……

神秘人双手插在裤袋里，站在一旁，静静地看着吴辛洁的侧影。

吴辛洁的目光在惊愕中游移，等她走近硕大的案台，更是大吃一惊。上面除了与她有关的剪报，居然还调查了她在演艺圈的全部经历。

——精湛的演技，却因为不喜应酬，更不懂游戏规则，受到排挤、踩踏，有直线跌落的趋势……

——演艺圈少有的，因为演技不被认可，而倍感失落。骨子里自卑，却又有着不服输的性格……

——二十六岁，人生坠入谷底，她明白自己的机会越来越少了……

——表演虽然一流，却不被国内观众熟识，许多人甚至没听说过她的名字。这种怪现象一直伴随着吴辛洁……

——拍高空坠落戏，接连二十三条，全是自己独立完成，勇气罕见……

——曾被某导演认为是演艺圈十大美女之一……

"你、你这是……"吴辛洁退后几步，扭头盯着神秘人。

这分明是变态！可对方彬彬有礼，丝毫没有侵犯之意，而且从见面之后，始终与她保持三四步的距离。

脑海里一团浆糊，吴辛洁下意识转过身，残存的理智告诉她必须离开，这一切太可怕了。

"吴小姐，"神秘人终于开口，嗓音低沉却透出一丝华丽，"以演戏为生命，你容许别人践踏吗？"

这番话刺痛了吴辛洁。在万怡酒店的遭遇，是以往所有屈辱的总和。

"我可以让你施展演技。"神秘人的嗓音并不高，却有着莫名的穿透力，"让你完成真正的角色。"

吴辛洁的心弦在颤动，那是作为演员的本性。

神秘人转过身，打开墙边的柜子。

吴辛洁双眼圆睁——

那是她作为演员获得的第一座奖杯。

神秘人把奖杯送到吴辛洁手上。

仿佛捧着沉甸甸的命运，吴辛洁感觉自己心乱如麻。

7

雨停了。

天彩魔术团招聘助理的工作极其不顺。

后天就要去静安体育馆参加比赛，合适的助理尤为重要。首先不能怯场，不仅要从容面对台下无数的观众，还要能撑住沈牧给的压力。这只是基本素质，其他的要求更多。

至于团里那三个小助手，平时见到沈牧就哆嗦，根本指望不上。

中午之前又来了十几个面试的，都被沈牧吓退。本来昨天有几个感觉还行，蔡炳想来个紧急二面，却忽然失去联系，可能是感到后怕了吧。

此刻，沈牧正在面试第十六个应聘者——十八九岁的女孩，一头蓬松的黄发，手上涂着彩色指甲油，眼角化着魔幻妆，一股子另类金属风。

这样的款型也送进来，蔡炳真是急眼了！

沈牧懒洋洋地问："知道什么是魔术吗？"

"啊？你是招聘的，不懂什么是魔术？"女孩反问。

沈牧皱了皱眉，苦笑："回答我的问题……"

"哎，我会变魔术的。"女孩边说边从包里拿出一副扑克牌，开始认真地洗牌，可惜动作有些笨拙，有几张险些掉出来。

沈牧却慢慢坐直身体，注视着女孩的手。

女孩洗完牌，在桌上磕了磕，说："你随便抽一张吧。"

沈牧抽出一张大王。

女孩接过，然后举起来在沈牧眼前一晃，瞬间变成了红桃A。又在手指间一折，变成了梅花A。再往桌上一丢，变成了黑桃A。最后拿起来时，变成了小王，随手一扔，消失了。

女孩把扑克牌收进盒子里，得意地抖着二郎腿。

关公门前耍大刀，却耍得精妙，几乎没有破绽。女孩手上的指甲油、一头黄发，以及另类装扮，全是用来干扰视线的，每个细节都经过精心设计，包括衣服上纽扣的间距和光泽。

沈牧淡然说:"手法还行,跟谁学的?"

"我曾祖母。"女孩说。

"厉害啊,你家祖传巫婆。"

"我曾祖母都快一百岁了,年轻时横行上海滩,曾在思南路,把杜月笙派出去砍人的整个车队变没了,现在都没有找到!"女孩睁着大眼睛,说话时虽然手舞足蹈,却又显得很真诚。

"不过,老人家已经三十年没有出过门了。"

"幸好,地球逃过一劫。"

"喊,至于吗?我曾祖母又不是灭霸。"

沈牧正色道:"丫头,你是块材料,来我这里学魔术吧,我亲自培养你。"

"怎么学呀?"

"现有的底子全部打碎,重新捏起来,你就是超一流高手。"

女孩霍地站起身,"侬勿要开玩笑好勿啦!"

"这是你的机会,回家考虑一下。"

女孩往门外走去,"哼,我就是出来玩玩,你还想白捡个徒弟?我最烦学习,再说我们徐家是魔术世家,还不够……"

"等等,你是徐家人?"沈牧的眼神瞬间专注。

"表格上填了啊。你不懂魔术,本尊的大姓也不认识?"

"姓徐的多了,谁知道你是哪根葱。"沈牧说着,瞥了眼表格,上面填的是"徐蔷薇"。沈牧追问:"徐光展是你什么人?"

"按家族的辈分,是我大堂兄了。"徐蔷薇站在门口,有些得意。

"原来是这样。"沈牧淡淡一笑,"你听说过吗,十年前,徐光展曾想拉我进徐家,被我严词拒绝。"

"噢,就是你啊。"徐蔷薇大大咧咧地坐回到椅子里,对沈牧说,"我想起来了,那年我不到十岁,之前从未听说有哪个魔术师拒绝过徐家的邀约,而且还不是一般的邀约,我大堂兄想请你做他的助理。"

沈牧轻轻颔首。

徐蔷薇说:"那年你也就二十岁吧?"

"嗯。"

"我大堂兄一直挂念这事,几次在聚会上赞赏你,说你会成为伟大的魔术师。我还不太信,问过二堂兄,二堂兄也不信。唉,说起我那二堂兄……"这女孩想到哪儿说到哪儿。

沈牧连忙打断她,"你大堂兄确实爱才惜才,十年前我也确实想学魔术,可是……当时情况有点复杂……"

沈牧摆了摆手,眼底泛起一丝伤感,毕竟是曾经的老朋友。徐光展去世时,他正在新加坡比赛,得到消息后,祭礼都没来得及送。

徐家是魔术世家,有百年家业。这几年,徐家始终避免与沈牧硬碰硬,一是因为沈牧风头正劲,策略上避开锋芒;二是徐家百年来潮涨潮落见得多了,静观其变而已。

不过总体来说,徐家为了适应新时代,显然是想做成一个平台,收纳天下的魔术师。特别是徐光展去世后,徐太太掌管的徐家,除了策划举办世界大赛,就是签约、包装魔术师,送到全球各地巡回演出,谋取商业利益最大化。

那位徐太太一向深居简出,从不接受外界采访,与徐家融为一体。

沈牧却很清楚,自己与各派魔术师较量时,迟早会撞上徐家,双方必有一战。

至于今天来的这位徐蔷薇小姐,肯定不是徐家的布局。徐家有头有脸,绝无理由派个小丫头来搅闹。再说徐蔷薇并没有惹事,倒像是兴之所至,看到网上招聘魔术师助理,就跑来凑热闹、解闷儿。

徐蔷薇拍了拍手,再次起身说:"好了,今天没白玩一趟,见到了当年拒绝我大堂兄的男人。嘻嘻嘻。"她掩嘴轻笑的样子,倒是有些淑女气,毕竟是世家子弟,不过转眼就原形毕露,一拍桌子,"有句话说得对啊,凡是遭到拒绝的,一定是最好的。不过,我今天也拒绝了当年拒绝我大堂兄的男人,算不算给我死去的老兄报了仇呢?哈哈哈……"

语毕,扬长而去。

沈牧继续面试:"下一个。"

门外的蔡炳急忙送入第十七个。

不一会儿,办公室里传来沈牧不耐烦的声音:"来之前做做功课不好吗,以为魔术是随便玩的?"

"我……我不懂嘛。"

"一句不懂就想包治百病,你怎么不去开诊所啊?"

应聘者跑了出来。

蔡炳送入第十八个。

这次足足过去了五六分钟，蔡炳长舒一口气，看来对上眼，有希望了。

只听沈牧问："你有什么特殊的饮食偏好？"

"噢……我爱吃臭豆腐。"

"臭豆腐以后不准再吃。"

"哎？我吃臭豆腐不影响工作的，吃完可以嚼口香糖！"

"不是口气的问题，是你臭豆腐吃多了，表演时可能会咳嗽。"

"我吃再多都不咳嗽的。"应聘者急了。

"嗓子会痉挛，设想一下，如果正表演'水下逃生'，或者我刚用剑砍过去，你忍不住清了清嗓子，稍微用力地'嗯'了一下，后果你想过吗？"

"啊，不用想那么多吧，魔术不就是玩嘛。"

"玩？玩死你自己，你能负责吗？"

"这也太奇葩了，不就是个变魔术的骗子嘛，你一个诈骗团伙，还管起我的私人生活来了？！"

"站在舞台上就不是私人，你的一切都属于魔术，包括你的脑子。当然你这种笨蛋脑瓜，用雷劈三天，也只能劈出六毫升防冻液。"

"你滚……"

"滚吧！"

"啊，我的妈呀——"

应聘者逃了出来。

沈牧喊："下一个！"

蔡炳垂头丧气，拖着步子走进办公室，说："没有了。"

"收工，吃饭。"沈牧看看表，下午一点二十分，刚从椅子上抬起屁股，却听门外传来一个娇艳的声音。

"请问，是在这里应聘吗？"

沈牧皱了皱眉。

蔡炳已经走到门口，猛抬头撞见吴辛洁的目光，眼前一亮，顿时感觉晦气扫掉不少。

吴辛洁仪态万方，朝蔡炳点头致意："我来应聘魔术师助理。"

"啊，好的呀。"蔡炳自恋地捋了捋一头乌黑的自然卷。

"你好，我叫吴辛洁。"边说边主动伸出手。

蔡炳不禁倒吸一口凉气。

这只手，莫非也有神奇的魔力，碰一下，竟然瞬间激活了他尘封的荷尔蒙。

不过蔡炳是横行饭局，万花赏过的主儿，他淡定地说："呵呵，鄙姓蔡，蔡炳，是魔术团的经纪人，吴小姐请进。"

吴辛洁抬腿走进办公室，蔡炳介绍完沈牧，示意她坐到椅子上。

蔡炳以职业目光重新打量，眼前这个女人性感美艳，秋水般的瞳仁里漾着聪颖灵动。

沈牧只瞥了一眼。太漂亮了，不顺眼！

吴辛洁从包里拿出个人履历，非常详实的资料，是经过神秘人认可的。

沈牧从蔡炳手上接过资料，随便翻了翻，扔到桌上。

蔡炳准备递给吴辛洁一份表格。

沈牧说："今天有些晚了，改天通知你吧。"

吴辛洁一怔，目光转向蔡炳，眼中充满柔弱与困惑。

蔡炳俯身到沈牧耳边："大牧，这个气质合适，万一错过了可惜。"

于是，沈牧耐着性子问了几个基本问题，比如魔术的起源，看似无意义，吴辛洁却回答得很顺畅。

"……中国是魔术的发源地之一，已有四千多年历史，最早的记录是'九连环'……"

吴辛洁曾经在一部电影里扮演魔术师，这或许是神秘人选中她的一个原因。而且她也挺喜欢魔术，来应聘之前，又在神秘人的训练下，以极短时间恶补了大量魔术相关的内容。所以七八个问题，吴辛洁全部应付得当。

沈牧忽然端起水杯，手指一翻，水从杯口泼洒而出。他另一只手横向一切，从水中掠过，一部分水溅落到桌面，泛起几点水滴，打湿吴辛洁的资料。而剩下的一部分水，竟然在空中的降落速度变慢了。以慢镜头播放的动态，水滴缓缓飘落。

吴辛洁很惊讶。虽然电影中常见这一幕，现实生活中却是第一次看到。

沈牧说："你来解释一下。"

"哦……"吴辛洁迅速调动脑海中的储备，"这是利用了人眼的'视觉暂留'现象。我们在看到景物时，光信号传入大脑神经，必须经过一段短暂时间，等到光的作用结束以后，视觉形象不会立刻消失，这种残留的视觉称为'后像'，也就是'视觉暂留'。"

"所以这是——"

"利用人类视觉的特殊构造，配合房间里灯光、镜面光的反射，共同欺骗了眼睛。"

空中的水已经落到地上。

蔡炳长出一口气，成了！

沈牧却面无表情："什么叫'共同欺骗了眼睛'？"

吴辛洁一愣，"就是骗过……"

"你认为魔术骗人是天经地义的，对吧？那你和那些脑子里只有防冻液的家伙有什么分别？"

"我……没……"

"所以魔术团就是诈骗团伙，你是想做个骗子才来应聘的？"

"不……"

沈牧突然咆哮："真正的魔术是让人相信美好的东西，相信'相信'的力量。魔术可以很简单，也可以以此谋生，但必须出自正念！"

吴辛洁被吼得呆愣无语。

蔡炳说："正念可以慢慢培养嘛，谁刚入行就懂这个道理？大牧，咱还是先把比赛应付过去吧。"

沈牧仍在摇头。

吴辛洁心想这人真是难对付。但她一定要打入魔术团，成为沈牧的助理，这是她对神秘人的承诺。现在不能躁动，只要用柔弱的眼神望向蔡炳即可，其他的，静观其变。

蔡炳急道："我的小爷啊，没工夫瞎耗了。只剩明天一天，得让吴小姐适应环境，后天就上台了。"

沈牧沉吟片刻，忽然点头："好吧……"

"对嘛！"蔡炳抚掌。

"但她得完成一个任务。"沈牧冷冷地说。

蔡炳瞪大眼睛，"任、任务？"

"哦，先生请讲。"吴辛洁神态从容。

"去市场上买六十只活鸽子带回来。"

"好的。"吴辛洁起身欲走。

"用这个带回来。"沈牧拉开抽屉，拿出一个巴掌大的瓷碗。

蔡炳一惊："这……六十只鸽子装到碗里？"

沈牧神色平淡，把碗推给吴辛洁，"用碗带回来时，你的手不能碰到鸽子。"

"还不让人抓着？"蔡炳的眼珠子直晃。

"那我试试。"吴辛洁说。

"快去请观音菩萨吧!"蔡炳说。

吴辛洁接过瓷碗,表情平静,脑海中却在迅速思考各种可能性。

离开魔术团后,吴辛洁发微信询问神秘人:上海哪里有养鸽子的高手?

很快,神秘人发来一个地址。

9

下午两点五十分,吴辛洁乘坐地铁 12 号线抵达隆昌路站,从 3 号口出来,快步穿行在人群中。走了半公里,来到隆昌路 362 弄的隆昌公寓。

这是一片有些破败的建筑,中间是片空地,四周被土灰色的楼房团团围住。

吴辛洁根据手机上的指引,登上北侧楼梯。头顶缆线纵横,随处挂着居民的衣物,厨房都在室外公共空间。住在这里的多是退休老人,保留着老上海的蜗居生态。

吴辛洁登上三楼,穿过拥挤不堪的走廊,来到尽头敲响房门。

此时她已经改换装束,戴一副黑框眼镜,头发挽起,脖子上系一条深棕色围巾,完全收敛美艳,展现沉静书卷气。

美色是把双刃剑,她最懂,必须慎用,如果一时疏忽用错地方,反而会制造障碍,尤其是面对未知的情形,比如——

开门的是个五十多岁的妇人。

"侬找谁啊?"妇人打量着吴辛洁。

"阿姨,请问周老在家吗?"吴辛洁问。

"哦,侬有啥个事体?"妇人脸上的警觉渐渐转淡。

"市群众艺术馆的刘馆长介绍我来的呀。"吴辛洁露出恳切的笑容。

"唔。"妇人不觉拉开了门。

"打扰阿姨了。"吴辛洁奉上一盒桃酥,边往里走边说,"领导交待我,写一篇鸽子文化的文章,我来请教周老。"

妇人把吴辛洁带入卧室。

床上躺着一位老者,旁边的家用吸氧机嗡嗡直响。

"这小姑娘顶好个,要和侬谈谈鸽子啦。"

妇人把吴辛洁安顿在凳子上,自己出去了。

老先生一听"鸽子",居然坐起来,鼻孔上连着氧气管,与吴辛洁谈话。

窗前一左一右两个剪影，一个佝偻着身子、双手扶膝，一个仰脸聆听、双手托腮，仿佛从岁月长河中捞起了时光碎片。

吴辛洁有意引导、询问，掌握了自己需要的信息。

临别时，老先生颤巍巍地打开柜子，从一堆陈旧的瓶瓶罐罐中间拿出一个小瓶，送给吴辛洁，里面装着像是蜂蜡的物质。

吴辛洁下楼后买了一瓶白醋，然后直奔中兴路口的花鸟市场。

下午四点四十分，大多数摊位开始准备收摊，吴辛洁找到一名鸽贩子，但没有达成意愿。她索性缠住鸽贩子。面对美丽的纠缠，鸽贩子开着敞篷三轮车，带着吴辛洁奔波寻鸽。

此时的吴辛洁早已摘掉眼镜，松开头发，解开围巾。

"我要六十只鸽子，一定要有鸽王的！"吴辛洁第七遍重复这句话。

"你懂了吧？"鸽贩子抹着脑门的汗，对着眼前的养鸽专业户说。

终于，这位养鸽专业户伸出大拇指，指了指身后的鸽舍。

五点半，吴辛洁买到六十只鸽子。

送别了鸽贩子，吴辛洁坐在十个笼子中间，每个笼子里有六只鸽子。

她把之前沈牧给的瓷碗放到地上，再从周老先生给的小瓶子中抠出一小块浅黄色硬糖样的东西放进碗里。

这东西是从马蜂巢里提取来的。马蜂本身并不产蜜，但以花蜜为食，群蜂长年分泌的液体积累在蜂巢中，取下后，固化，可保存多年不腐。

接着，吴辛洁按照比例倒入白醋，浸泡、融化。

一股异样的气味弥漫开来。

鸽群在笼中躁动。

等了五六分钟，碗里的液体变成了乳白色，像半碗浓稠的米粥。

吴辛洁从笼子里捉出鸽王，双手控制着放进碗里。

鸽王的双脚浸入液体后，吴辛洁有些犹豫，随后一咬牙，松开手。

鸽王奋力振动翅膀，扑面一团风，居然没有飞起来。

吴辛洁被这一幕惊了一下，连忙打开所有笼子，然而鸽群一哄而散，逃了个干干净净。

吴辛洁呆呆望着天空，那五十九只鸽子如狂风中的树叶，凌乱卷去，她忽然觉得自己很傻，白忙一场。

可是转瞬间，四散凌乱的鸽子缓缓聚拢，形成一个半圆形的队列，在吴辛洁头顶上空盘旋。

吴辛洁既惊又喜，急忙端起瓷碗，朝田子坊走去。

瓷碗里，鸽王不断扇动翅膀，做出欲飞的姿态；天空中，鸽群紧紧跟随。

周老先生告诉吴辛洁，古代有一类称作"鸽相公"的人，专门研究养鸽、驱鸽的方法，明朝末年，一位姓林的鸽相公偶然发现了这个秘术。

鸽子的嗅觉极灵敏。用马蜂巢的分泌物，调和白醋，浸泡鸽子的双脚，独特怪异的气味刺激鸽子，使其失掉方向感，犹如一道迷障，同时，浸泡双脚的粥样物，给鸽子的触觉如同棉花一般，欲起飞，却无以借力，只能空振双翅。

于是，"鸽相公"端着瓷碗或食碟，里面放只鸽子，大摇大摆穿街走巷，围观者只当作一人一鸽的小玩闹，殊不知，天上群鸽跟随，可任意驱使。

吴辛洁忽然明白，这个，其实就是一种魔术！

魔术背后都有牵引、有支撑，而高明的魔术师，把一切藏在明处、匿在眼前，世人被自己的所见所闻困住，只见一叶、不见森林。

傍晚六点四十分，吴辛洁走进天彩魔术团，把瓷碗交给了沈牧。

这一路，她的手始终捧着瓷碗，并没有碰到鸽子，任务完成。

沈牧接过瓷碗，抬头望一眼天空。

"驱鸽相公术。"沈牧淡淡一笑，"看你像个笨蛋，还有这本事。"

"我请教了隆昌公寓的周老先生。"吴辛洁照实回答。

"嗯，你倒还算诚实。"沈牧多看了吴辛洁一眼，点头说，"饼叔让你请观音菩萨，你请的是周老先生，你拜对了真神。周阿缙，驱鸽大师，上海滩最后一位鸽相公。不过，"沈牧又瞥了吴辛洁一眼，嘴角噙笑，"周老似乎有传人了啊。"

"驱鸽其实也是魔术，这是我路上领悟的。既然是魔术，那跟着魔术的真神，才是正道。"吴辛洁说，"我一心只想给先生当助理。"

沈牧一笑，手指在鸽王的脑袋上轻轻点一下，鸽王即刻伏坐在碗中。同时，天空盘旋的五十九只鸽子，如疾风骤雨，呼啦啦凌空而下，整整齐齐落满了院子。

"明天来上班吧。"

沈牧说着，从碗里拿出了鸽王，向空中一抛，群鸽随之跃起，在王的率领下直冲云霄。

第二章

万紫千红

「什么是魔术师的助理?
手中握着魔术师半条命的人!」

1

"吴辛洁！"沈牧的呼唤声响彻整座庭院，"吴辛洁——"

蔡炳匆匆走进演练房："吴小姐还没回来吗？"

沈牧不耐烦地说："让她去买个金鱼而已，"抬腕看了看手表，"十五分钟内不出现，开除。"

"这姑娘真是，明天还有比赛呐！"蔡炳说，"我打她手机。"

"有什么好催的？爱来不来。"沈牧进了房间。

其实吴辛洁已经听到沈牧的呼唤，但却没办法应答，因为她正锁在柜子里。

两个小时前，沈牧叫她买十二条龙睛金鱼，六条红色，六条黑色，要求一模一样，她大费周折，终于弄到金鱼，用塑料袋提了回来。经过道具库时，半掩的门前靠着一块雕花木板，她朝库房里扫两眼，见四周没人，于是没忍住直接进了库房。

在各种怪异的道具中间，有个敞开门的柜子，高两米，纵深两米，像一间小木屋，柜门内侧有一排挂钩，里面的板壁上有抽屉。

吴辛洁心念一动，随手把装着金鱼的塑料袋挂在钩子上，走进木柜。

她要寻找"光影神手"的秘诀！

这是神秘人交代的任务，是她处心积虑打入天彩魔术团、潜伏到沈牧身边的最大使命。

"光影神手"的秘诀是什么？吴辛洁并不清楚，她要寻找的应该是某个秘卷或者图谱。

那"光影神手"的秘诀究竟有多大价值？当神秘人提到它时，眼眸瞬间明亮。那是神秘人仅有的一次，暴露了内心的渴望，除此以外，他总是一副阴魅落拓的样子。

秘诀，是魔术师的生命。

而吴辛洁的生命，是神秘人重新赋予的。一命换一命，她要抓住一切机会找到"光影神手"的秘诀。

吴辛洁拉开板壁上的抽屉，空的，然后拉开第二个，看到一只横放的蓝釉细颈花瓶，她没有乱动，半蹲下来，拉开第三个抽屉，忽听"咔嗒"一声微响，柜门猛地合上，她顿时怔住，旋即慌张地又推又拉，却只有挂钩上的塑料袋跟着微微摇晃。

外面陡然响起脚步声。

吴辛洁想要求救，声音刚到嘴边，又生生咽了下去。

她乱闯道具柜，必定引起怀疑！

轻轻踮起脚尖，吴辛洁透过柜门上方的空隙望去，姜满春的身影在库房外一晃，把门口的雕花木板扛到肩上，走远了。

吴辛洁拿起手机，把柜子里的情况拍照传给神秘人，并告知自己的处境。

"什么都看不出来。"神秘人回电话，语气有些无奈，"我不是给过你一张图纸吗？"

前助理孙雅，被神秘人收买后，绘制了天彩魔术团的构造图。

"那只是整座建筑的构造布局，没有具体到某个东西。"吴辛洁焦急地说。

"可我看不到柜子全貌，没法破解，你只能随机应变了。"

"好吧，我再试试。"

第一天上班就被困在道具柜里，这个天彩魔术团真是个魔窟啊！

吴辛洁有些生气，用脚尖轻踢板壁，她不敢用力，几脚下来，感觉某处似乎有空洞的声音，于是连踢几脚，其中一脚力度到位，眼前倏地一亮，却是后挡板一下子弹开了。

吴辛洁又惊又喜，急忙跨出去。忽然想起金鱼还挂在前门上，正欲返身，后挡板"嘭"的一声轻响，又关上了。

她迅速绕到前门，仔细观察，发现底部有个微微凸起的弧度，脚尖一踢，柜门应声打开，然而力度过猛，竟把塑料袋甩出来，"啪"的一声砸到地上，一股水流从破裂的塑料袋里涌出，龙睛金鱼满地乱蹦，一片红与黑。

吴辛洁赶紧蹲下身捡起金鱼，用破塑料袋兜着，可水已经漏光了，难道就这样端给沈牧？那不是找死嘛。

慌乱中，她一眼看到左前方有个鱼缸。

魔窟也有正义啊，天佑勇者！

吴辛洁三两步跑上前，把金鱼放进鱼缸里，随着一连串扑通声，鱼群四散游开。

长舒一口气，吴辛洁回身捡起一块抹布擦拭地上的水渍，恍惚间，感觉不对劲，抬头定睛一看，鱼缸竟然空了——玻璃缸里的水和鱼群踪影全无！

吴辛洁奔过去，几乎要发出惨叫。

"难道我出现幻觉了？这是一场噩梦？"

这时，身后传来脚步声。

吴辛洁犹如石化般不敢回头。

"吴小姐，你在这里干什么？小爷叔正找你呐！"

姜满春放下雕花木板走近，看见地上没有擦干净的水渍，很惊讶。

吴辛洁镇定下来。"哦，姜哥，"她露出妩媚又楚楚可怜的苦笑，"我买金鱼的塑料袋漏水，经过这里看到鱼缸，就把金鱼放了进来。"

姜满春和吴辛洁一起看向空鱼缸，然后彼此面面相觑。

"那金鱼呢？"姜满春好奇地问，旋即得意一笑，"吴小姐呀，这是个奇妙的装置。鱼和水都在的，只是你看不见。"

"啊？"吴辛洁瞪着玻璃缸。

姜满春冷不防指向门口："那是谁？"

吴辛洁慌忙转头，没有人。

再转回头时，鱼群正在玻璃缸里优雅地游动。

"好讨厌，姜哥。"吴辛洁的粉拳捶在姜满春的胸口。

姜满春红了脸，不好意思地退后两步，"吴小姐，你快去给小爷叔汇报吧，还剩三分钟，超过一秒钟你没出现……"

吴辛洁边往外跑边回头说："以后别叫我吴小姐，就叫辛洁好啦。"

吴辛洁气喘吁吁地跑向演练房，却见沈牧迎面走来，旁边跟着蔡炳，她放缓脚步，踱向沈牧。

沈牧根本没看她，背着双手，头微仰，快步往前走。蔡炳给吴辛洁使眼色，让她跟上。吴辛洁自知理亏，低头跟在后面。今天倒霉，更要小心，不能被赶出去。

沈牧其人，据吴辛洁了解，名声极坏，不仅神秘人这么说，网上的魔术师骂他的没有一千，也有八百，是个公敌型人物，谁都不放在眼里，极为嚣张。

沈牧直接走进道具库，站在鱼缸前听姜满春介绍情况，那十二条龙睛金鱼正缓缓游动着。

眼前这个鱼缸不是之前给孙雅设局的道具，它更为复杂精妙。

"小爷叔，比赛时要把那块雕花木板挡在鱼缸前，你先把木板变成一块玻璃，盖在鱼缸上面……"

"那个电钻，你试得怎么样？"

"试了一百块玻璃，没问题。下午你再试试。"

沈牧俯身，仔细观察缸体，尽管已看过无数遍，但极度精细的要求丝毫没有放松。

沈牧忽然问：“这些鱼是谁放进来的？”

姜满春飞快地瞥了一眼吴辛洁，“是吴小姐。”

吴辛洁站在蔡炳身后，不知道该不该往前凑。

“那个笨手笨脚的。”沈牧皱了皱眉，“满村哥，你得重新检查缸体的内部状况，看看有没有碰到什么。”

“放心吧，小爷叔。”

吴辛洁装作没听见。

“这些水怎么回事？”沈牧指了指旁边的地面。

姜满春又瞥了一眼吴辛洁……

“你老往那边看什么？”沈牧不耐烦地说，"我问你一下，你眼睛瞄一下，你是眼珠子底下装了声控开关？"

姜满春抓着后脑勺，不知所措。

“先生，水是我洒的。”吴辛洁从蔡炳身后走出来。

沈牧仿佛才发现这么一号人，余光扫了她一眼，冷淡地问：“怎么洒的？”

“装鱼的塑料袋漏水。”吴辛洁说。

“哼，那就奇怪了，为什么从门口过来的地上没有水，偏偏这里有？”沈牧冷笑，“你那塑料袋底下也装了声控开关？”

吴辛洁有些慌神，低头时灵机一动：“噢，我是担心水弄脏地板，进门时用衣服托着塑料袋。”

吴辛洁撩了撩衣襟，上面确实有一片水迹。

沈牧没再说什么，转身往外走。

吴辛洁跟在旁边。

沈牧说：“买鱼买到你这种境界，要用衣服兜着，我真怀疑你和昨天的吴辛洁是不是同一个人。”

吴辛洁默然不语。

“昨天摆弄鸽子的那个女孩，是你的双胞胎姐姐吧？”沈牧认真地问，“是你姐姐帮你面试过关，然后你来上班？”

“我不是双胞胎。”

“那你就是人格分裂，时而聪明，时而蠢笨。”

蔡炳劝道:"小姑娘刚入职,还在适应阶段。"

"不是她在适应,是我呀,我得适应她一会飞上天空,一会掉进茅厕的智商!"

吴辛洁咬着嘴唇,咕哝道:"我不会再犯错了。"

"这是你说的。"沈牧就等着抓住这个话头,"下次再犯,扣掉当月工资。"

吴辛洁猛地停住脚步,心中呐喊:别用钱压我!我被钱欺负了二十几年,为了一点钱,我向人家乞求一个小角色,为了一点钱,人家笑我、耻我、踩我……

"怎么,你还不服气?"沈牧也停下脚步,仍背着双手,冷冷地说,"扣你的工资很过分吗?"

吴辛洁想要回瞪沈牧,忍了忍,低头拂开额前的发丝。

沈牧说:"像你这样漫不经心的家伙,怎么做魔术师的助理?"

吴辛洁不语。

沈牧厉声说道:"什么是魔术师的助理?手中握着魔术师半条命的人!我把自己的半条命交给身边距离最近的你,你就这样摆弄?披头散发、浑身是水,不知道的,还以为你刚去黄浦江里救人了!"

"我……"

"不要以为昨天交了狗屎运,偶然遇到一个生命垂危、心有大爱、犯了糊涂的老先生,教给你一招驱鸽相公术,就以为自己很了不起!你还差得远,云泥之别都不足以形容!"

吴辛洁的泪水在眼眶里打转,硬是憋了回去。

蔡炳小声说:"大牧,慢慢来,这姑娘聪明又善良,就是方法不得当。"

吴辛洁扭头想走。

"站住,我说的话你听懂了没?"沈牧问。

"懂了。"

"懂什么了?"

吴辛洁小心翼翼地说:"要……认真?"

沈牧没再说什么,转身离去。

吴辛洁盯着沈牧的背影。

坏家伙,有话不能好好说,就会耍威风,等着吧!

神秘人对吴辛洁说过,只要能得到"光影神手"的秘诀,可以不择手段。而在沈牧表演魔术时,想办法搞破坏,让他失败,也是一个有力的办法。

因为"光影神手"的秘诀,与沈牧的神之手共存共生,沈牧用天生的神之手演练秘诀，才能达到技艺的最高境界，保证不败神话。所以"光影神手"的秘诀，不仅是沈牧的技艺支撑，更已成为他的精神支柱。如果他在舞台上失败，必然会深受打击，而为了重拾信心，他一定会拿出"光影神手"的秘诀，重新检视、演练，那时候秘诀就会浮出水面，从暗处到明处，吴辛洁自然就有更多机会偷到秘诀！

3

这天晚上，吴辛洁跟着大伙儿加班熬到后半夜两点多钟。

她如此认真努力，倒不是非要演给沈牧看，而是长期积累的素质。当年为了练习演技，她吃过的苦难以想象，也正是因为过于沉浸，反而丧失了一部分社会化的能力，让人觉得她装清高。

沈牧也在加班，从演练房出来时，看吴辛洁干活的架势，故意对姜满春说："满村哥，敢不敢赌一下，现在是双胞胎姐姐。"

吴辛洁只当沈牧是夸赞自己，埋头更努力地工作。当然，她这么拼命，也是为了伺机搞破坏。

神秘人告诉她：每个魔术师都有暗门，找到了，你就可以任意妄为。

今天在道具柜里的不幸遭遇，反倒使吴辛洁更强烈地理解了这句话，让她试着用更专业的眼光寻找机会。

吴辛洁很想找到鱼缸的暗门。

半夜，吴辛洁和助手小陈抬着鱼缸放到演练房，等沈牧来做最后的试练。

吴辛洁客气地说："小陈，你去把门口的玻璃渣子扫了吧。"

小陈在魔术团三年多，自然对这个第一天上班的女人不服，但人家是助理师，位置高一层，他只能听从安排。

吴辛洁连忙开始摸索鱼缸。

根据白天在道具柜里的体会，吴辛洁分析，暗门的触发点，应该藏在底座、边缘，或者有斜角，以及凸出弧度的地方。暗门的含意，并不仅仅是"用于通行的门"，更多的时候是"窍门"的意思。

吴辛洁小心地敲打探查。

鱼缸里还没有加水，玻璃内壁看起来很厚，似乎有斜面，可她以多种角度细看，也没看出什么名堂。稍微盯久一点，灯光反射到眼睛里，再抬头时，眼前竟微微重影。

"吴小姐,你在干什么呀?"身后传来姜满春的声音。

"唔……忽然有些头晕。"吴辛洁一只手扶着桌角,慢慢转过身。

"是啊,从早晨到现在都没有休息,小黄他们几个也累坏了。"

"嗯,我还能坚持一会儿。"

姜满春走过来,有些不好意思地说:"你别碰到鱼缸,小爷叔又要发火的。"

"哦,抱歉啊。"吴辛洁担心姜满春发现端倪,忙转移话题,"姜哥,我有点好奇,你明明叫姜满春,为什么先生总是叫你'满村哥'?"

一句话戳痛伤心人。

"唉。"姜满春长叹一声,"看我口型:'吃温春'的春,不是'呲温村'的村,我这么对他讲的……"忽然闭住嘴巴。

门外响起脚步声,顾长的身影一晃,沈牧走进来,脸上没有一丝倦容。

吴辛洁做贼心虚,悄悄给姜满春扮个鬼脸,侧身溜了出去。

已经是后半夜两点多钟,天亮后就要比赛,暂时没有机会再接触鱼缸,必须重新想主意。

能不能用一种更直接、有效的办法?

直接对付金鱼怎么样?

不必拘泥于暗门,换个思路,直接把沈牧变魔术的目标物搞坏,效果一样。

如果在比赛中死了金鱼,那肯定算是失败。特别是对于沈牧这种人,精益求精到变态的地步,死一条鱼,就等于宣告他魔术生涯的终结。

吴辛洁回到院子东南角的一排房屋前,这里是临时客房,平常被当成宿舍,有不想回家,或者加班太晚的,就来这里,男女各一间。

吴辛洁进门时,上铺的小郑已经熟睡,她辗转反侧,考虑怎么对付金鱼。

迷迷糊糊地,脑海里突然迸出一个念头:水银。

她瞬间清醒过来。

水银遇水就会分散成很小的颗粒,并沉到水底,肉眼不易察觉,金鱼却会吞食,而且汞原子扩散到水里,即便没有吞食的金鱼,也会受到污染。

吴辛洁立刻给神秘人发信息:

需要一点水银,明天上午九点半之前,静安体育馆。

4

第二天早晨，天彩魔术团的大巴车从田子坊的石门牌坊前出发，穿过思南路。

清晨的马路上浮动着薄薄雾气，两旁屹立的各式老洋房，更显得幽雅沉静，车轮飞驰而过，卷起满地梧桐叶翻飞飘荡。

车厢里气氛有些紧张，沈牧却一切如常，微阖双目坐在第一排，虽一夜未眠，俊朗的神采丝毫不变。

车内除了司机，还有六名成员。蔡炳与沈牧并排坐着，吴辛洁与姜满春分坐二、三排，其他三名助手聚在后座。

八点钟，汽车准时抵达静安体育馆。众人在蔡炳的指挥下忙活起来，沈牧却似闲庭信步，独自踏上台阶。

八点半，众人在后台的备用间安顿好。吴辛洁努力保持正常状态，心里却很紧张，毕竟是第一次下手，好在沈牧根本不搭理她，把她当空气。

九点钟，记者、网络主播和观众陆续进场。

魔术比赛将于十点钟开始。

吴辛洁在备用间帮着整理道具，眼睛有意无意地往鱼缸那边瞟。

鱼缸搁在墙角的桌子上，十二条肥美的龙睛金鱼在半缸水中缓缓游动。

沈牧又检查一遍，然后坐在最里面的沙发上吃冰淇淋。每次比赛前他都要吃冰淇淋，而且只吃香草冰淇淋，似乎在纪念某一段过往经历。

吴辛洁看了看时间，九点十五分，她与神秘人约定九点半之前拿到水银。

但她并不知道，此时神秘人已经坐到了观众席上，他戴着棒球帽，在东侧昏暗角落的阴影里，他能看到全场，别人却不会留意他。

忽然，吴辛洁的手机收到信息：十分钟，到达后巷。

吴辛洁顿时心里有底，装作很累，伸了个懒腰，趁人不注意溜出备用间。

走廊里到处都是人，乱哄哄地进出各个备用间，吴辛洁闪身经过后台，钻进观众席右侧的消防应急门。

她快步走过一片空地，跑下两级台阶，站在墙边等候。

这里僻静阴凉，处于一条巷子的中间位置，终日不见阳光。吴辛洁蜷缩着肩膀，焦急地盯着二十米外的巷口。

这时，刚好有辆车停下，一个剃着板寸头的年轻人从巷口进来。

与此同时，后台的备用间内，沈牧已经吃完冰淇淋。

蔡炳刚打完电话，走过来说："查清楚了，观众席有几个天津来的魔术师。"

沈牧淡淡一笑。

"听说这伙人包下了黄浦剧场，想在那边搞点动静，说是为津门魔术进入上海试试水，不过明眼人都晓得，目标就是打败你。只要赢你一次，哪怕他们以前狗屁不如，以后也能在上海魔术圈，不，在世界魔术圈扬名立万。"

"一群虾兵蟹将，排队求着让我虐，我档期不够啊。"沈牧边说边环视整个房间，冷不防问道，"吴辛洁呢？"

蔡炳扭过头："诶，她的包在这儿。"

旁边的助手小郑说："可能去卫生间了。"

沈牧说："这里就有卫生间，她不会傻到连茅厕都找不到吧？"

正巧小陈从外面进来，听到对话，说："我好像看到吴姐从应急门出去了。"

沈牧皱了皱眉："这女人怎么像个游魂似的。走，去看看她搞什么名堂，顺便透透气。"

蔡炳连忙夹起包，跟着沈牧离开备用间……

后巷，板寸头已经走到吴辛洁面前。

"侬是吴小姐？"

"嗯嗯。"吴辛洁急着伸出手，"快拿来。"

板寸头对吴辛洁的容貌很是惊艳，却也不敢耽误，把右手的香烟换到左手，掏出一个白色小瓶，外观像眼药水。

吴辛洁提醒："当心，别洒了。"

伸手接过小瓶子时，她的手机忽然收到信息。吴辛洁有些烦躁，这时候谁添乱啊？随手打开，不禁大吃一惊，信息上说：沈牧正往应急门走。

吴辛洁惊愕不已，一是神秘人竟然就在现场盯梢，二是沈牧突然杀来，自己没办法解释。

她感觉沈牧越来越近了！

慌乱中，吴辛洁深吸一口气，一把从板寸头手上抢过香烟，低喝道："快走！快！"

板寸头顿时怔住。

吴辛洁猛地一推，板寸头一个趔趄，脸上有些恼怒。

沈牧正好走到吴辛洁身后。

吴辛洁一手夹着香烟，一手怒指板寸头："你个小瘪三，敢骚扰老娘，快滚！王八蛋！"

板寸头瞪大眼睛，他并不了解吴辛洁的身份，一时恼羞成怒："册那！侬个贱骨头，找死啊！"边说边挥拳打向吴辛洁的脸。

沈牧抓住板寸头的手腕，呵斥道："让你滚就快点滚，慢吞吞、木笃笃做啥！"

"侬谁啊？吾来送个东西……"

"这是我老板！"吴辛洁抢先道，"你送货就送货，耍什么流氓？狗东西！"

沈牧随手一推，板寸头踉跄几步，恼羞成怒："册那娘×。"然后掏出一把匕首，狠狠捅向沈牧，然而转眼间，匕首却跑到了沈牧的手里，上下翻飞，冷光贴着他的眉骨，几下便把眉毛削干净了。

沈牧用匕首在板寸头的衣领上蹭了蹭，手一翻，匕首变成了一根骨头。

"拿好了，滚。"

板寸头被这一连串的动作吓得连滚带爬地跑开去了。

沈牧回头打量吴辛洁，这位不仅披头散发，手上还夹着香烟。

吴辛洁恢复到羞怯状："对不起先生，我出来抽根烟，那小子非礼我，正好让你撞见。"

沈牧冷冷地说："你骂街，是你的自由。不过你把烟给我戒了。马上！"

吴辛洁心想：这家伙还挺关心人的嘛……

一旁的蔡炳解释道："臭豆腐不能吃，抽烟更不行，表演的时候会咳嗽，就算稍微用力地'嗯'一声，都可能引发魔术灾难，害了大牧！"

吴辛洁没有辩驳，扔掉烟头，握着水银瓶子的手紧了紧。

三人返回后台的备用间，刚走到门口，便看到姜满春迎出来，急切地说："小爷叔，刘金来了，在里面等你。"

沈牧眉头微皱。

蔡炳嘟囔："这个瘟神来了准没好事，影响财运呀。"

吴辛洁小声问："刘金是谁？"

蔡炳摇摇头，示意她别管。

备用间内，一个男子背对房门，正和小陈他们三个助手说话："……我劝你们啊，赶快另寻生路，魔术界准备封杀沈牧。这人的品性不用我多说，他给你们的高工资，就是为了让你们当奴隶呀……"

刚进门的蔡炳听罢，怒道："刘金，闭嘴！"

沈牧微笑："饼叔，你让刘蛤蟆说吧，呱呱叫的蛤蟆才是正路货。"

刘金转过身。

吴辛洁差点笑出声，此人的面相确实像个蛤蟆，眼睛鼓鼓的，嘴巴大大的。

三个助手一见沈牧，慌忙间准备扔掉手上的名片。

沈牧拿过一张，笑了："嚄，魔术协会副会长，比天还大的官。"

刘金却直勾勾地盯着吴辛洁。

吴辛洁担心他认出自己是演员，那会引起沈牧警觉，却听刘金吸溜着口水说："姓沈的，换了这么骚的助理，终于学会找乐子啦。"

吴辛洁心里涌上强烈的厌恶。

"别废话，这里不欢迎白痴。"沈牧指着刘金。

刘金气得嘴巴一歪，"四年前我被孟团长解雇，是你嫉妒我的才能，向孟团长进谗言……"

旁边的蔡炳呸了一声："造谣小人，别以为糊弄住津门的魔术师，就能翻天了。"

沈牧笑着说："刘蛤蟆，你装死这些年，乖乖在几个魔术场混日子，一个月也能赚个小一万，怎么，感觉不刺激，跑来让我鞭尸啊？"

"我是来赏你饭碗的。"刘金从包里掏出一沓资料，抖晃着递给沈牧，"来，填一份，再交笔钱，我们协会给你发证，不然魔术界准备封杀野狗了。"

"脑袋里长满蝌蚪的白痴蛤蟆！"沈牧最恨有人在比赛前招惹自己，刘金这是专门跑来恶心人的。国家并没有规定魔术师必须持有所谓的魔术师证书，魔术协会是民间自发组织，以前有几个这样的组织想从沈牧这儿敛财，被沈牧骂得狗血淋头。

姜满春默默地把一个垃圾桶挪到刘金的脚边。

刘金低头一看："呦嘿，老姜真有眼力见。"

吴辛洁更好奇，早晨出发时她就注意到，姜满春居然把垃圾桶从魔术团一路带到了比赛后台。这太奇怪了，谁出门还自带垃圾桶啊？

只见沈牧把那沓资料一揉，丢进垃圾桶，然后隔空一指，垃圾桶里呼地蹿起火苗。

刘金急忙跳开，火苗险些烧到裤脚。

沈牧哈哈大笑。

姜满春得意地眨着小眼睛。

吴辛洁愕然。原来这是姜满春特意为沈牧研制的"出气桶"，体贴到这种境界，实在感人。

忽然灵机一动,吴辛洁赶紧倒了一杯水,跑去灭火。

沈牧顿时不悦,正要责骂,却见吴辛洁一不小心将手中的水泼到刘金的腿上,刘金的裤裆附近顿时洇湿一片。

刘金一通乱扭,双手不停扑扫,气得直翻白眼。

沈牧发出更大的笑声:"哈哈哈,杀虫灭菌,月底发奖金!"

场面一片混乱,吴辛洁火上浇油,顺势向刘金道歉,悄悄把刘金袖口上的扣子扯掉扔到地上,然后回过身,利用众人的视线盲点,迅速把掌心的小瓶子打开,往鱼缸里撒了两下。

等她完成这一系列动作,只觉得耳垂发烫,胸腔内咚咚直响如擂鼓一般。

在她身后,鱼群缓缓游动,一条红色的金鱼似乎被亮晶晶的东西吸引,张嘴向水底游去。

比赛即将开始,沈牧心情大好,春风得意地上了台。

吴辛洁一袭牡丹旗袍,身姿曼妙,仪态万方。虽是初次协助沈牧,好在她是天生的演员,见过大阵仗,面对黑压压的观众并不怯场,但一想到神秘人正在某个角落盯着她,就感觉浑身不舒服。

舞台中央的案台上放着鱼缸,长约两米,高一米,里面有半缸水,十二条肥美的龙睛金鱼游来游去,在幽静灯光的衬托下十分漂亮。

轻柔的音乐响起,吴辛洁费力地搬起雕花木板,递给沈牧,脸上保持微笑。

沈牧用一块绢布盖在木板上,片刻,将绢布抽开,木板变成了玻璃板,然后邀请观众上台检查,平滑光洁的玻璃上毫无异样。

于是,沈牧与吴辛洁一起把玻璃板盖到鱼缸上,鱼缸顿时变成一个密封的水族箱。

沈牧拉开案台的抽屉,拿出一把蓝色袖珍电钻,旋即把钻头对准鱼缸上部,钻了个小孔,孔洞比水面高出两厘米,不会漏水。

吴辛洁也是第一次见,与观众一样感到新奇。

沈牧再次邀请观众上台,检查孔洞。观众证明,孔洞只有筷子粗。

萦绕在空气中的音乐,忽然变换,变得神秘悠长。

舞台的灯光集中到鱼缸上，集中到沈牧的手上，他伸出手掌，平放于孔洞外。

墨蓝色背景衬托下，一条金鱼突然在鱼缸里一跃，跳到沈牧的掌心，沈牧接住，手指略摆，一片金色的水花，金鱼消失。

观众一惊。

筷子粗的孔洞竟然跳出肥美的金鱼，而且就在眼前没了。

紧接着，鱼缸内又有一条金鱼跃起，跳出孔洞的瞬间，居然变成两条，同时落到沈牧的掌心，沈牧的手指再一摆，腾起两片金色水花，金鱼消失。

观众席发出阵阵声浪。

表演仍在继续。

鱼缸内两条金鱼同时跃起，跳出孔洞的瞬间变成了四条！

沈牧接住金鱼，摆动四片水花，金鱼再次消失。

吴辛洁第一次看到沈牧沉浸在魔术中的样子，他的身体、精神、灵魂几乎与之融为一体，依稀能感觉到一片神奇的气场。

她忽然变得很紧张。

这时，一条金鱼在鱼缸里一跃，却没有跳出来，而是往下沉去。

沈牧的眉尖微微一动。

站在侧幕的姜满春也感觉到异样，原本陶醉的表情顿时变得不安，"不对头。"

"怎么了？"蔡炳的反应稍慢。

灯光下又出现一条金鱼，却是漂上水面，而且身子倾斜，眼看要翻起肚皮。

蔡炳愕然瞪大眼睛，"这鱼……快死了？"

观众席上也有了躁动的声音。

东侧角落的神秘人拿起望远镜看着台上发生的一切，嘴角一勾，露出一点洁白的牙齿。

坐在现场观战的其他魔术师都知道这意味着什么。本来是表演"鱼跃龙门"，现在却变成了"送鱼上西天"，光是新闻标题就能让沈牧在羞耻中发疯。

为了这一天，大家等待太久。

但就在转眼间，鱼缸上盖着的那块玻璃板上忽然飘起薄雾。

沈牧打开一把折扇，对着鱼缸扇了一下，鱼缸倏地空空如也——水和金鱼无影无踪。

吴辛洁对这一幕倒是不奇怪，可她猜不透，接下来沈牧会做什么。

不，应该什么都不会做了，这场表演已经结束。

沈牧用"消失"掩盖失败，虽然收尾有点垮，但也算完成魔术，至少刚才的鱼跃龙门，确实从筷子粗的孔洞里跳出了肥美的金鱼，足够观众们聊一阵子的了。

就在大家以为表演结束时，却见沈牧又用折扇在鱼缸前扇了一下。

玻璃板上，薄雾越来越浓，包围在鱼缸的两米范围内，随后浓雾涌动，向下渗入玻璃板，蔓延到空荡荡的鱼缸内，云蒸雾绕，宛若仙境。

吴辛洁目光呆滞。

忽然，云雾深处，有红色紫色的影子在动！

那若隐若现的光影，以鱼缸为无限的苍穹，游弋飘忽。

沈牧的眼睛刹那间透出睥睨天下的傲然气势，以凌厉的姿态，倏忽间抓向云雾深处。

一条身长超过玻璃缸的硕大红鱼，裹挟着云雾腾空而起，现身于世人眼前。

观众席"嗡"的一声震响，有人起身喊道："是血红鱼！"

血红鱼，又名红龙鱼，乃是淡水观赏鱼中最为昂贵的品种，又分为橘红、粉红、深红和血红四种——血红是其中极品，专称"血红鱼"。在今年初的观赏鱼博览会上，一条红龙鱼夺得冠军，以三百万美金售出。

沈牧手上这条红龙鱼，身形修长丰饶，颜色艳丽夺目，正是那条冠军鱼。

此鱼身上红色和紫色交相辉映，头部向上昂起，尽显王者风范，有着兀傲天下的雄姿！

在观众席热烈的声浪中，坐在阴影里的神秘人更加沉郁。

身旁观众赞叹："这就是万紫千红，财招运拱！"

另一观众激动道："大神就是大神，此鱼现在转手的话，至少六百万美金！"

中国人骨子里对龙鱼崇拜，而沈牧以神之手，从龙睛金鱼，变出这条雄奇的红龙鱼，成就"鱼跃龙门"的大吉之象。

伴随着雷鸣般的掌声，沈牧隐没于帷幕之后。

后台备用间气氛诡异。

外面传来的热烈掌声也无法消融沈牧脸上的冰冷。

吴辛洁的心仍在震颤，刚才那一幕幕，使她重新认识到，自己面对的是谁。

姜满春正在鱼缸前忙碌着，道具一搬回来，他就在仔细查验。

蔡炳率先打破窒闷的氛围，说道："化腐朽为神奇，大牧，只有你能做到。"

吴辛洁装作不解的样子，轻声问："怎么了，出了什么事吗？"

沈牧瞥了吴辛洁一眼。

吴辛洁勉强控制自己，没有露出慌乱。

蔡炳说："鱼缸出了故障呀。"

吴辛洁装出更迷惑的神情："可是……表演很成功啊。"

蔡炳说："因为大牧预算了最糟糕的情况。"

"哦……要表演金鱼的魔术，那么最糟的情况，就是鱼死。"

"你的脑子不笨嘛。"蔡炳说。

姜满春忍不住搭话："金鱼是没办法训练的，极少有魔术师会用这种没脑子的生物，就算用，也是当一个简单工具。小爷叔早就考虑到表演中金鱼会出现的各种情况。"

沈牧坐在沙发上，冷声说："快查，看看是不是技术问题！"

姜满春感到后背一寒，所谓"技术问题"，就是他的问题。

吴辛洁反倒有些庆幸，自己这两天智商忽高忽低，尤其昨天把金鱼拿回魔术团遇到的倒霉事，虽然当时有苦难言，被沈牧羞辱一番，却也让沈牧觉得她的智力不稳定，还不能算一个特别聪明的人。否则的话，一出事，最先怀疑的，应该就是她这个新来的家伙。

姜满春忽然"噫"了一声，拿起一个细长的镊子状工具，从鱼缸底部夹起个东西，放到旁边的玻璃盘里。然后他又把两条垂死的金鱼审视了一番。黑色的金鱼看不出什么，而红色金鱼的腮部，有着淡淡的青灰色痕迹。

姜满春又把镊子伸到缸底。

"是水银。"他端着玻璃盘，放到茶几上。

沈牧俯身看了看，盘中五六个细小的颗粒，亮晶晶的。

姜满春说："鱼缸里还有。"

蔡炳有些惊讶："这是有人故意放进去的？"

沈牧哼了一声："明摆的事。"

蔡炳环视房间，咕哝道："谁干的？"

小陈忽然指着地上说："哎，谁的扣子掉了？"

小郑从桌子底下捡起纽扣，放到沈牧面前。

然后大家互相检视，并没有人丢纽扣。

姜满春一拳捶在自己腿上，"只有一个外人进来过！"

吴辛洁暗自舒口气，幸亏准备到位，也活该那个刘金送上门来背锅。

姜满春的情绪有些激动："当时我出去迎接小爷叔，小陈他们三个和刘金在房间……"

三人慌忙申辩，屋内乱哄哄一片。

沈牧说："吵什么，耳朵爆炸了。"

小陈抢先说：刘金来了以后就开始发名片，然后跟我们胡说八道，没有看到他乱动什么。"

"对对，没有。"小黄和小郑赶紧附和。

沈牧从沙发上站起身，斜睨众人："刘金也是魔术师，而且练了一些年头，现在水平怎么样不清楚，但敢来惹我，肯定是学了些本事，你们三个恐怕盯不住的。"

小陈三人松了口气，至少没有玩忽职守的罪责。

"可是刘蛤蟆怎么知道我要用金鱼做表演？"沈牧缓缓踱着步子，挨个儿从众人面前经过，"难道他这几年，学的不是魔术，是算卦？"

大家面面相觑。

沈牧从吴辛洁面前经过时，犀利的目光一扫，吴辛洁的心脏漏跳了一拍，但她脸上表现出来的是正常的紧张，而不是心虚。

沈牧走过去，继续说："退一步讲，如果刘蛤蟆是进来以后才发现金鱼的，他又怎么凑巧身上带着水银？"

"哎，大牧，"蔡炳分析道，"早晨搬道具时，走廊里乱哄哄，不止咱们一家。你想啊，刘金一直盯着你，只要发现咱们搬鱼缸，用脚后跟都能猜出是啥。然后他出去弄水银还不简单，体温计里就有水银，药店多的是。"

这确实是目前最合理的推测，沈牧没再说什么。

吴辛洁忽然来了句："干脆直接问问刘金吧。"

沈牧瞪了吴辛洁一眼："你脑袋比雷大，你去问！"

旁边的小陈露出嘲笑，咕哝了一句，看口型像是"傻子"。

晚上，终于结束高度紧张状态，吴辛洁身心俱疲，离开天彩魔术团，回到自己的租屋。简单洗漱后，给窗台的多肉浇水，回顾两天来的经历，那种莫名的惶惑感更强烈了。

天彩魔术团确实是魔窟般的存在，而盘踞在魔窟顶端的沈牧，自己又该怎么对付？

在这个人身边,每一步都可能是深渊。

吴辛洁怔怔地望着窗外璀璨的灯光,眼前却似一片空茫。

回到卧室,她给神秘人打电话汇报情况:"今天没有得手。"

"听你的声音有点沮丧,"神秘人淡淡地说,"第一次出手,做得不错了。"

吴辛洁默然。

"每个魔术师都有暗门,而你并没有拘泥于此,这样很好。"

"我……"吴辛洁迟疑片刻,"不知道接下来该怎么做。"

"当然是继续寻找'光影神手'的秘诀,只要看到类似图谱、秘卷或是笔记一类的东西,把握不准的,先问问我。"

"嗯。"

"另外,对于沈牧的每场演出,还是要伺机破坏。我收到消息,一伙津门的魔术师准备对付沈牧,这又给你创造了机会。"

"哦对了,在后台遇到一个叫刘金的家伙,与津门有关,和沈牧的嫌隙很深。今天幸好他出现,我利用他做了个局,用他衣袖上的纽扣转移了视线,但沈牧好像不大确信。"

手机那头静默片刻,神秘人说:"这是个重要信息,我会利用他们的矛盾,再推一把,从外部把水搅浑,方便你在魔术团内部继续潜伏活动。"

"好的。"

"你记住,我可以在外围想办法策应配合,但在魔术团里面,只能靠你自己。"

"我明白。"

吴辛洁当然懂得其中的利害,她放下手机,脸色更加沉重。

"吴辛洁!"沈牧的呼唤声又一次响彻院子,"吴辛洁——"

吴辛洁正准备出去找个餐馆吃午饭,听到叫魂声,急忙返身穿过院子,迎着声音跑向饭厅。

她一边跑,一边迅速回想上午的所有经历:

其一,遵照沈牧的吩咐,磨了三支大铆钉,要求半个小时完成,磨得溜光水滑,像三根冰溜子。

其二,从一袋黄豆里,分拣出一百颗标准黄豆,豆子的颜色周正,表面不能有一点破皮和瑕疵。

其三，把五盏宫灯，从内到外擦拭干净，宫灯里的珍珠串不能碰乱，如果掉一颗，罚一百元钱。

蔡炳解释说，做这些是为了培养吴辛洁的耐性和手眼协调力，所谓合理的培养就是训练，不合理的培养就是磨练……

吴辛洁发现，沈牧提出苛刻要求，从来不解释，而蔡炳就会摆出一副好人嘴脸，来一通解释洗脑。

不过，沈牧的刁难，她都一一化解，所有不近情理的古怪要求，她也都全部完成。

无一错漏，无一失常。

想到这一层，吴辛洁安下心来，还能怎么样呢？

吴辛洁跑进饭厅。

沈牧正坐在餐桌旁，独自享受佳肴。

吴辛洁心里一动，看来这位良心发现，要请她吃饭了。

但沈牧并没有请她坐下的意思，自顾自吃着鹅肝酱片。

吴辛洁站在桌前，问："先生，有事吗？"

沈牧又夹起一块沪江排骨，慢条斯理地啃了两口，端起杯子啜饮红酒。

他看也没看吴辛洁，问："昨天交给你的任务，完成了吗？"

"任务？"吴辛洁一愣，脑子里飞快地过了一遍，昨天结束静安体育馆的比赛后，并没有吩咐别的事要她做，她低喃，"我……没有接到任务啊。"

沈牧放下酒杯，抬眼瞥了她一下，"对于金鱼死亡的嫌疑，你说'干脆直接问问刘金'。"

"诶……我当时就是……"

"随便一提是吧？我觉得很好，就让你去问了，结果呢？"沈牧靠着椅背，饶有兴致地看着吴辛洁。

吴辛洁心里五味杂陈，那种羞愤的感觉又涌上来。可是，她确实说过那句话，当时是装傻充愣，而沈牧的一句"你去问"，她以为是嘲讽，根本没放在心上，没想到……

"……我没问。"

"为什么？"

"我……我连他在哪儿都不知道……"

唰。

一张扑克牌飞过来，正贴在吴辛洁丰满的胸前。

"饼叔查到地址了。"沈牧说。

吴辛洁木然取下扑克牌，只见黑桃A旁边写着：锦江都城酒店，703房。

沈牧用餐巾擦了擦嘴角，"刘金一上午没有出去，你现在去问。"

"啊？"吴辛洁惊讶地看着沈牧。

沈牧站起身，一副酒足饭饱的架势，"我跟着，看你怎么讯问刘金，我顺便观察一下他的反应。"

"反应？"

"一个还算好看的女人突然讯问他，他当然会给出反应，就算要伪装，细微表情和肢体动作不会骗人。我和刘金曾是同门兄弟，他穿什么裤子，我就知道他拉什么屎。"

"可我……"

吴辛洁本想说还没吃饭，沈牧已经朝饭厅外面走去。她扫了一眼餐桌，忽然想哭。这人不仅苛刻、霸道、傲慢嚣张、肆无忌惮，就连起码的用餐礼仪都没有，这种狂悖之徒，留在世上何用？！

"先生，我先去下卫生间。"吴辛洁说。

她匆匆来到走廊尽头的卫生间，确认无人，拿出手机给神秘人发信息：紧急，沈牧和我去找刘金，锦江都城酒店，703房间。

神秘人立刻回复：知道了。

四十多分钟，沈牧和吴辛洁赶到了目的地。

走进大堂时，吴辛洁问："我见到他说什么？"

"幼儿园的小朋友都会问问题，这还用我教吗？"

"就直接问金鱼的事？"

"你想怎么问都行，我只看反应。"沈牧扭头扫了她一眼，"你可以诱惑他，刘蛤蟆挺好色的，那样的反应更真实。"

吴辛洁忍住气，这家伙是明目张胆把她当饵料。

走到电梯前，却发现外面竖着牌子：维修中，暂停使用。

旁边的客人正在责问服务员："上午还好好的，怎么说坏就坏了？"

沈牧示意吴辛洁一起走楼梯。吴辛洁又累又饿，忍着难受爬楼。

登上三楼时，看到两个戴小丑面具的人正在演练什么。

沈牧淡淡一笑："津门的魔术师很敬业啊。"

其中一个小丑突然双手一翻，一只白色鹦鹉"扑棱"一声撞向沈牧。沈牧略错步，同时将吴辛洁推开，伸手从空中抓住鹦鹉，手一抖，鹦鹉没了，再一抖，一团密集的雪花扑向小丑。

另一个小丑将手中的鲜花一抖，变作一根胶木棍，正要打向沈牧，棍子已被沈牧夺过，"啪"的一棍子击中小丑膝盖。

两个小丑滚落楼梯。

沈牧和吴辛洁继续上楼。

在四楼又遇到一个拦路虎，施展喷火术与沈牧较量，被沈牧三下五除二放倒。

继续上楼。

吴辛洁心里隐隐猜到，这些家伙应该是神秘人派来的，他们的魔术技能并不强，想必是为了拖延时间。也就是说，在另一边，神秘人正在想办法搞定刘金！

就这样一路攻到七楼，三个戴墨镜的家伙直接冲了过来。

沈牧对吴辛洁说："你去房间拦住刘金，别让他逃了！"

吴辛洁正要往前跑，迎面一个家伙突然伸手，袖子里蹿出两条蛇。吴辛洁吓得尖叫一声，身子后仰，脚跟踩到楼梯边缘。危急时刻，腰被一只手撑住，沈牧往前一送，吴辛洁借势跑进走廊。

吴辛洁跌跌撞撞地跑到 703 号房间前，门半掩。她小心地推开门，刚走进去，呼吸还没喘匀，沈牧便已经赶到。

"人呢？"沈牧问。

"不知道。"吴辛洁环顾房间。

床上有些凌乱，旁边的沙发上扔着几件衣服，茶几上有果盘、矿泉水，烟灰缸里的烟头似乎还有热气。

沈牧扫视一圈，伸手拨拉沙发上的衣服，其中一件，正是昨天刘金穿过的，吴辛洁心念一动，却没吭声，装作看别的地方。沈牧当然会发现，这件衣服的袖子上少了一枚纽扣，只要和另一个袖子对比，就知道少的正是掉在鱼缸下的扣子。

吴辛洁暗自舒了口气。沈牧的突然行动，反被神秘人利用，坐实了刘金是水银的投放者；更妙的是，刘金不见了，进一步加强了嫌疑。

"把你的手机拿出来。"沈牧忽然说。

"嗯？"吴辛洁刚放松的心瞬间捏紧，"什么手机？"

"只有饼叔、我，还有你知道我们要来这里，我和饼叔不可能通知刘金，那你……"

"怎么可能是我？"吴辛洁满脸惊愕。

"出发前你去了卫生间，我的怀疑不算过分吧？"沈牧说，"拿出手机，我检查一下。"

吴辛洁满脸通红，既紧张又气愤："你这是侵犯个人隐私！"

"特殊情况，最大的嫌疑必须有结论。"沈牧十分强横地伸出手，"拿来。"

"凭什么……哎！"

原本在包里的手机，转眼到了沈牧手上。吴辛洁来抢，沈牧顺势一晃，吴辛洁站立不稳，再加上又累又饿，眼睛一花跌坐到沙发上。她还没反应过来，猛地感觉自己的手被抓住，沈牧用她的指头在手机屏上按了一下，解锁。

沈牧迅速检查今天的信息，然后调出最近的通话记录，有一个号码近期通话三次。

沈牧立刻回拨过去。

手机里飘出声音："你好，上海市第六人民医院，骨科部……"

沈牧笑道："怎么，你也想做'神之手'？寻常魔术师即便做了骨科手术，也只能在表演中达到神手千分之一的水准……"

吴辛洁一把抢过手机，"鬼知道你说的什么神手！"

"那你……"

"关你什么事？老板可以强行查看员工的手机吗？"

"我们不是普通的上下级关系，你是我的助理，我把半条命……"

"收好你的半条命，我不稀罕！"吴辛洁踉跄着跑出房间。

连续突破底线。

吴辛洁所做的一切心理建设，全部瓦解。

上班还不到三天，这场潜伏行动，简直是地狱三日游，砸穿一层层鬼门关，直往十八层坠入。

到了强行查看手机这一步，再也无法忍受。

更让她后怕的是，幸好神秘人警告过吴辛洁，让她每次通完话，都要删除痕迹，收发的信息更要清理干净，因为她面对的是一个恶魔。

劳累、气愤加后怕，吴辛洁几近崩溃，昏沉沉地跑出酒店，走进旁边一家饭馆，点了两个菜，叫了一瓶酒，还买了一包烟，开始放飞自我。

饭馆外，沈牧经过，往里面瞥了一眼，看到吴辛洁的姿态，默然离去。

吴辛洁抽掉半包烟，又喝酒，嗓子又干又疼，胃也难受，简直是自虐。

手机收到信息，是神秘人发的：天气如何？

吴辛洁忽然苦笑，笑着笑着流下泪来。

正常的交流不存在的，就像被卷入暗语人生，她陷落在这一片泥潭中。

吴辛洁拨过去电话，自己却沉默。

神秘人平静地问："不方便讲话吗？"

"没事。"吴辛洁语调含混。

神秘人对吴辛洁的态度很不满意，"我一直在等你反馈。刘金的事情，我这边处理好了，你那边应该也过关了，沈牧不会再……"

"你该不会把刘金杀了吧？"这句话脱口而出，吴辛洁自己也吓一跳，往旁边看了看，没人注意。

神秘人沉默片刻，"你出了什么事？"

"这个玩法太危险了。"

"世上的游戏都一样，付出代价，得到回报，只是多与少的问题。"神秘人说，"你放心，活的刘金，比死了的刘金更有价值。"

吴辛洁感到头痛欲裂，她往杯子里斟满酒，一饮而尽，酒杯"啪"的砸到桌上，手背用力抹了抹嘴唇。

"我玩不起了。"吴辛洁声音嘶哑。

"你没听懂我的话，付出代价……"

"我付不起，也没命得到。"

手机安静片刻，"现在退出恐怕已经晚了。我以为你明白的，这件事牵扯的不只是你和我。"

吴辛洁皱起眉头，一只手按住胃部，嘶声说："幸好陷得不深，你送给我的奖杯，我会还给你，活动经费也照退。就当咱们从没见过，反正我也不知道你是谁。"

"然后呢？回去继续做你的十八线小明星，继续被你身边的人践踏？"

"是我应得的……"

"那么，这个人呢？"神秘人语气骤变，寒彻骨髓。

吴辛洁不禁打个冷战，"什么？谁？"

神秘人发来一张照片。

吴辛洁按着胃部的手开始哆嗦。她的头慢慢垂下去，额头抵在桌子边缘，头发披散下来，遮住脸庞。她在颤抖，就像一只可怜的兔子，正在遭受缓慢的电击。

照片上是个可爱的女孩，约莫二十一二岁。

神秘人的声音仿佛从幽冥界飘来："你不想管你妹妹了？"

"别……伤害她。"吴辛洁发出微弱的声音。

"你不要把我想象成一个坏人，我不会随便残害无辜。"神秘人嗓音低沉，"我只要一个担保，以防你随意撕毁契约。"

吴辛洁无言。她放下手机，趴在桌上，仿佛死了一般。

手机又振动起来，她没管。过一会再次振动。她看一眼，是蔡炳，便接起来。

"辛洁啊，你去哪儿了？全家都在等你呢。"蔡炳发出甜蜜的洗脑音。

"饼叔……我这就回去。"

"大牧让我告诉你，顺便——顺便哦，去美新点心店买一份鲜肉汤团，吃起来嫩笃笃、香喷喷的。回来给你报销。"

"……嗯。"

吴辛洁咬着牙站起身。哪里就顺便了？她是在徐汇区的中山西路，却让她去静安区的陕西北路上买吃的！

但她已经想通了，只有尽快拿到"光影神手"的秘诀，才能爬出泥潭，并让神秘人兑现承诺——给她巨额报酬，专门为她成立娱乐公司，红遍演艺圈！

回去的路上，吴辛洁重新考虑，决定改换思路：不要死盯着道具什么的，而是先找到沈牧自身的弱点。男人的原始弱点，恰是吴辛洁的优势。

她途经服装店，买了一套深V领的玫瑰色短裙、薄如蝉翼的黑丝袜。

什么魔术都比不了大自然赋予女人的永恒力量。

带着这样的信念，吴辛洁回到魔窟。

晚上，吴辛洁等其他人离开后，在宿舍换上短裙丝袜。出门有些冷，毕竟是秋天，又是夜里，吴辛洁挺起腰身走向后院。

只要找借口见到沈牧就行。

沈牧住在魔术团后院，西南角有座古朴的石屋，屋顶盖着厚厚的树叶。

前助理孙雅绘制的图纸上，把这间石屋标注为"禁区"，就连蔡炳和姜满春都不得入内。吴辛洁猜测里面应该藏着秘密。

今晚一举两得，试探沈牧的同时，接触一下石屋。

吴辛洁走到门前，门缝里隐约透出光亮。她深吸一口气，在门上敲了几下。

良久，门开了，沈牧的神色有些慵懒。

吴辛洁看到门里的过道，纵深延展，看来里面很宽敞。

她忙说:"先生,我向你道歉,今天在酒店,手机的事,我当时……"

"还有事吗?"

沈牧语气冷漠,目光扫过吴辛洁:白皙的脖颈、迷人的锁骨。但他的眼神没有一丝波动。

"我很想在魔术上有所成就,请先生教教我,不要总是让我……做杂务。"

"该不该做什么,我自有安排。"沈牧准备关门。

"哦,打扰了。"吴辛洁识趣退后。

沈牧忽然说:"腿形看起来完美,只可惜受过伤,肯定在潮湿的地下室住过,必有风湿骨病。这种情况下还敢在秋夜露水重的时候穿短裙,说明脑子里缺了两条回路。白天出来还能吸引几个老流氓,晚上要当心撞上院子里的老僵尸。这宅子是清朝旧居改建的,中国的僵尸全是清朝的!"

哐当,门应声关上。

吴辛洁返身回去,走到一半实在走不动了,又气又累,在院子拐角的藤树下休息。不知过了多久,蓦然听到石屋那边有响动。

沈牧出来了。

吴辛洁暗暗一惊,忙伏在黑暗中观察。

沈牧只是把门掩上,便朝屋后走去。吴辛洁的心脏跳得很快,无法控制地想要赌这一把。她沿着黑影边缘往前溜,走了没多远,猛地停下脚步,藏在树后。

石屋的顶上出现沈牧的身影。他熟练地上去后坐在一个地方,显然经常如此。

墨蓝色的天穹上有几点寒星,院子里浮动着淡淡的桂花香。夜风掠过沈牧的鬓角。他静静端坐,怔怔望着一个方向。

隐约中,吴辛洁看到沈牧抬起手,似乎在脸上拂了一下。

这一幕让她大吃一惊。

尽管无法看到沈牧的表情,可是凭借女人的直觉,以及演员天生的感知力,她从夜风中捕捉到某种伤感的意味。

这个神魔般的男人,心里似乎有什么伤痕,以至于午夜坐在屋顶暗自神伤。

他在思念什么吗?

吴辛洁感觉自己终于抓住了什么,虽然还不明确,可她已经接近了沈牧真正的弱点!

第三章

夜影遁形

「凡害我者，必自害之！」

1

天彩魔术团的前院种了三棵桂树，密密碎碎的小桂花从繁茂的枝叶间探出金黄色的花瓣，在微风中摇曳，散发着沁人心脾的香气。

桂树旁有一口大水缸，吴辛洁在水缸前捞起一堆青瓷瓶。其中有个蓝釉细颈花瓶甚是眼熟，想来是上班第一天误入道具柜，在抽屉里看到的花瓶。

眼下这十四个青瓷瓶，已经在水缸里浸泡了一夜，不知何用。

听到脚步声，吴辛洁转过脸，看见沈牧从大门进来，快步穿过院子。

吴辛洁注意到，沈牧经过二进院的北厢房时，总会停下脚步，往窗户里看去。

她从姜满春口中得知，那间房是孟团长生前的住处，孟团长无儿无女，生活全在此处，如今屋内的陈设保持原貌，不过墙上挂了一张遗像，是一位五十多岁的男子，威严中透出安详。

那间屋子是沈牧的人生跃升之地。

据姜满春说，孟团长去世前三天把魔术终极秘密传授给沈牧，并让他守护魔术团。那个秘密专为"神之手"创立，在魔术界流传多年，无人知晓真谛。从那以后，沈牧犹如脱胎换骨，逐渐成为世人眼中的"神"。

吴辛洁不用猜，那个秘密必然就是"光影神手"的秘诀，因为沈牧天生拥有神之手，掌握那个秘诀简直水到渠成。

吴辛洁更能理解神秘人想得到秘诀的渴望，而她，必须抓住一切机会下手。

又一阵脚步声，蔡炳从外面进来，朝吴辛洁打个招呼，看起来红光满面的。吴辛洁估计蔡炳又赚了一把。

与姜满春那种憨直中带点狡黠的技术型人才不同，蔡炳生性圆滑贪财，不过从来不耽误大事。蔡与姜不仅能忍受沈牧的霸道性格，还与沈牧成了铁三角，不得不说，沈牧身上有很强的魅力，只是吴辛洁站在自己的角度，这段日子看到的全是霸道与狂悖。

吴辛洁把十四个青瓷瓶放进篮子里，提起来，走向道具库。经过沈牧的办公室时，她放轻脚步，听到蔡炳的声音从窗户传出来：

"……大牧，成了！你在静安体育馆变出来的红龙鱼，转手就卖给香港的李老板。真是大开眼界啊，你的表演一结束，闻到味儿的阔佬们争相出价，不过还是李老板更牛，直接就……"

"行了。"沈牧对这种话题没兴趣。

蔡炳在沙发上斜过身子，做了个手枪的手势，"八百万美金，这才叫酷毙！"

沈牧淡淡一笑："你可够贪的。"

"这算什么？你是神之手啊——神手开光，从龙睛金鱼变化出红龙鱼，这是极吉之象。"

"极吉？"沈牧苦笑摇头，"你真会造词。"

蔡炳义正辞严地说："赚钱的事我得操心啊，你一不拍广告，二不接代言，三不给富豪老板站台……"

"这点破事儿不用说了。"沈牧问，"津门那边的情况呢？"

"落实了，四个魔术师包下黄浦剧场，定在下周六跟上海的魔术师切磋，其实就是针对你的。"

沈牧沉吟不语。

蔡炳说："邀请函估计这两天就到。怎么样，有兴趣吗？"

沈牧笑了笑："这种切磋比赛，奖金也不多呀。"

"哎，人活着可不只是为了钱，钱算个屁！"蔡炳大义凛然地说。

沈牧斜睨蔡炳，仍在笑。

"这次就是刘金那小子在背后煽呼，只要能收拾他，免费都干。"

沈牧仍未吭声。

"哦，还有更邪门的——听说刘金那小子，本来想煽呼着徐家挑头灭你。"

"我就是不确定这一点。"沈牧开口说道，"你要落实一下，徐家有没有参与。"

"肯定没有，"蔡炳说，"你想想，徐家什么来头，能跟他们搅和？"

沈牧默然不语。

蔡炳试探地问："大牧，你不想和徐家正面为敌？"

"那倒不是。我跟徐家迟早有大战，但现在情况不明，徐家始终按兵不动，反倒有些奇怪。而且我总是隐隐觉得，徐家的影子若有若无地存在着。"

"你的意思是……"

"没有徐家参与，是一套打法；有徐家参与，是另一套打法。"

"明白了，这方面我会仔细探查。不过这次黄浦剧场的比赛，徐家拒绝和津门捆绑，这是铁定的。"蔡炳思忖片刻，又说，"徐家总不至于明着拒绝，暗地里……"

"那倒不会，徐家是百年世家，不会在私底下玩这种小把戏。"

"也是。"

沈牧从沙发上起身,"饼叔,你陪我出去一趟。"

外面的吴辛洁急忙躲到墙角后面。沈牧出来锁了门,和蔡炳离开了。吴辛洁犹豫要不要溜进办公室看看,再一想,沈牧不会随便把秘诀放在办公室,于是继续往道具库走。

碰巧姜满春和小郑从门里出来。姜满春这几天很忙,经常在道具库或者研究室忙到半夜。

吴辛洁走过去,把一篮子青瓷瓶放进库房,出来时,姜满春说:"辛洁,我和小郑出去采购物料,家里你照应一下。"

"嗯,姜哥放心吧。"

目送二人远去,吴辛洁忽然心念一动。

此时宅子里只有小陈和小黄在,这个时间几乎没有人会跑到后院的石屋附近。

石屋——沈牧住宿的地方,在图纸上列为"禁区"。

吴辛洁越想越紧张,也越来越激动。

这段空白时间千载难逢。沈牧和蔡炳出去后至少两个小时回不来。姜满春和小郑即便中途回来,也是直奔道具库。

吴辛洁下定决心。她先到前院,想给小陈和小黄找事做。在院里走了一圈,盯住大水缸,吩咐他俩把水缸里的水弄掉,理由是昨天晚上浸泡了青瓷瓶,需要重新清洗干净。两人虽不理解,可也没反驳。这个活儿很麻烦,足以拖住二人,不让他们满院乱转。

一切安排妥当,吴辛洁开始行动。

吴辛洁先回宿舍,从床下拿出小包,里面有早已备好的小工具。然后她溜到后院,径直来到西南角的石屋前,四处张望一下,戴上手套,拿出电子开锁器……

临到头却又犹豫了。

如果说天彩魔术团是龙潭虎穴,那么这间屋子,就是"死亡禁地"。不过反过来想一想,最危险的地方可能是最安全的,因为沈牧绝对想不到,有人竟敢潜入他的巢穴。之前的助理孙雅再怎么丧心病狂,也没有产生过进入石屋的念头,恰恰说明这个念头太出格了。

魔术,就是在毫巅之间豪赌——这是沈牧经常说的一句话。

人生又何尝不是如此？

吴辛洁一咬牙，电子开锁器伸入锁孔，只听"咔嗒"一声轻响，门开了。

吴辛洁闪身进去，返手关上门，站在原地没动。

她曾经在一部电视剧里演过一个卧底特工，虽然在剧中只活了两集半，可她为了准备那个角色，很认真地学习了间谍的相关知识。进入陌生环境，最重要的并不是如何找到自己想要的东西，而是首先不要留下自己的痕迹。

吴辛洁扫了一眼大理石的地面，在门厅换上鞋套。

此时的她，将自己化身为特工——正是斯坦尼斯拉夫斯基表演体系的精髓：演员与角色合二为一，演员即是角色本身。

虽是白天，石屋里仍然很暗。从外间到里间有一条走廊，墙上挂着装饰画，天花板上洒下几缕灯光。

里间书房约有七十平方米，装修古朴简洁，四壁开着小灯，椅子和书桌同样造型古朴。地上铺着地毯，走路无声。吴辛洁来到书架前，仔细而迅速地扫视着。

神秘人交代她："光影神手"的秘诀，肯定是以图谱、秘卷形式存在的，如见到疑似目标物，把握不准的，及时上报给他。

吴辛洁看到两本图谱，分别在第二层和第四层书架上，书脊上的文字看不懂，她没有上手去拿，而是连同其他几本可疑的书，先用手机拍下，传给神秘人。

神秘人很快回复：第三张图片需要看到全貌。

吴辛洁伸出手，万分小心，不留下痕迹。她把图谱从书架上抽出时，旁边的书一下子倾斜了，"呼"的一声，整个一层的图书都歪斜过来。

吴辛洁惊出一身冷汗。

她喘了口气，先把图谱的封面和内文几页拍照，传给神秘人。

神秘人回复：不是。

吴辛洁忍受着挫折和恐慌感，小心翼翼地将书架复原。

这时，她看到书架的最内侧挂着一枚吊坠，里面镶着一个小小的照片，是个女孩头像。正要仔细看，她的目光却被另一件东西吸引了。

书架旁边的墙上，有一个内嵌的箱子。

凑近了仔细看。箱子的外观像个保险柜，嵌入墙壁，表面与墙面平齐。

她拿起电子开锁器，慢慢伸入锁眼。她已经考虑到，最糟的情况，无非是触发警报，但沈牧不在魔术团，她有足够时间消除痕迹并逃走。

箱子竟然很轻松打开了。

吴辛洁不由得一怔。呈现在眼前的，是个小小的展示台。

原来箱子里边有个半自动装置，只要打开门，展示台便会缓缓移出来，仿佛支在半空的平台。

吴辛洁皱着眉头。沈牧弄这个玩意儿什么意思？保险箱不像保险箱，神龛不像神龛。

展示台中间是个瓷娃娃，夸张的眼睛，两腮发红，嘴角似乎有一抹笑容。

瓷娃娃的左右两边各有四个小瓷娃娃，动作各不相同，有的哭丧着脸，有的张嘴大笑，整个场景十分诡异。

吴辛洁猜测，正中间的大瓷娃娃，是个开关！

她不由得伸出手。有个声音在她脑子里警告：别乱动。

可是贪心掩盖了那个声音。

既然已经眼睁睁看到了这个展示台，尽管它很古怪，但正因如此，也许里边隐藏着沈牧的秘密。

她的指尖触到瓷娃娃开关，"卟"一声响，对着她脸庞的位置，突然喷出一股气体。刹那间她扭了一下头，脑袋里"嗡"的一声，身子往后一仰，跌倒在地……

…………

不知过了多久，她突然听到有人呼唤她：

"吴辛洁！吴辛洁——"

一个激灵，她猛地睁开眼睛，头脑还是昏沉沉，恍惚间看到箱子已经嵌回了墙内，才想起来自己在哪里。

她拼命想站起身，双脚一软，又跌倒了。

急忙看看手表，自己昏迷了半个钟头。谢天谢地，只有三十分钟。回想那一刻，幸亏气体喷出时，身体对危险的反应机能比较敏锐，拼命扭了一下头，气体没有全部喷入鼻孔。

她常去医院，熟悉那种味道：麻醉剂氧化的气味。

自己刚刚触发了一个陷阱。因为无论是谁，看到那个瓷娃娃，都会忍不住按一下。其实是个简单装置，就像有人拔掉自行车的气门芯，"卟"的一声，麻醉剂喷出来。

越简单，越让人放松戒备，也越可怕。

可是吴辛洁更猜不透，这说明箱子里面藏着沈牧的大秘密，还是说，这玩意只是一个诱捕装置——就是为了诱使侵入者中招昏迷，从而确定谁是敌人。

脑子一团乱麻的吴辛洁突然意识到，刚才有人呼唤自己，那不是梦，而是——

沈牧！

沈牧已经回来了？

吴辛洁的心跳猛然加速，咬紧牙根站起身，像个醉鬼，连滚带爬地往外走。

"吴辛洁！"

呼唤声来自前院。

吴辛洁一听到那叫魂声真比撞鬼都害怕。再这样下去，别说被沈牧揪住小辫子，就是他每天这样喊三遍，自己也总有一天会脑梗猝死。

吴辛洁拼尽全力脱掉鞋套，换上自己的鞋，然后锁上石屋的门，摘掉手套。

她一边往前走，一边不断地问自己还有什么事忘了。确定没有遗漏，她跌跌撞撞回到宿舍，把工具包塞回床下。想起小郑从厨房拿过半瓶酒，找出来，往自己身上倒了些。

终于赶到了前院，身子还在打晃儿。

沈牧单手叉腰站在桂花树下，细密柔嫩的花瓣在微风中飘落，纷纷扬扬落在沈牧的衣间、发间，衬托出优雅浪漫的身姿，但表情却是无比凶霸。

沈牧怒问："你干什么去了？"

"对不起……喝了点酒。"吴辛洁大着舌头说。体内的麻醉剂要彻底消散，还需要两个钟头。

旁边的蔡炳有些惊讶，"辛洁啊，你怎么……"

这姑娘到底来干吗的，工作时间什么都敢干。

沈牧气得脸色铁青。

吴辛洁这才注意到，小陈和小黄也在旁边站着，一脸惊惶。

吴辛洁问："先生……出了什么事？"

"你问我？"沈牧指着吴辛洁，"谁让你自作主张，把水清空的？"

"嗯？"吴辛洁没反应过来。

"这缸里的水呢？"沈牧厉声问。

"想换干净水……我让小陈和小黄……"

"没事找事的笨蛋！你以为这缸里的水，和你脑子里的水是同一种类？"

吴辛洁不理解，这人发什么神经。她探头往缸里瞥一眼，小陈和小黄挺勤快的，缸里的水已经弄干净了。

吴辛洁咕哝道："我就想……花瓶在缸里泡了一晚上，这水……"

"扣掉这个月的工资！下个月工资也欠着，什么时候做出贡献了，再把下个月工资补上！蠢材！"沈牧拂袖而去。

吴辛洁咬着嘴唇。

"辛洁啊，你这次真的犯了错。这缸里的水，是从崇明岛弄来的。"蔡炳叹口气，"崇明岛上唯一的甜水井，要在早晨没有人打水时，满春去打上第一桶水，而且头一天夜里要下露，第二天早晨的气温保持在6度。一年只有秋季这一段日子，能满足这两个条件。为了打上三桶水，满春在崇明岛住了十天，可你一声令下，十分钟就弄没了。"

吴辛洁惊愕："啊？我……我真没……"

"用那个井里的水浸泡花瓶，是有讲究的，说多了你也不懂，好自为之吧。"蔡炳转身离去。

吴辛洁呆愣愣地立在原地，觉得头痛欲裂。

旁边的小陈忍着开心的表情，给小黄做了个鬼脸，一起跑开了。

接下来的半个月，吴辛洁加倍小心，比以往更加努力认真，无论沈牧提出多苛刻的要求，她都欣然接受，从不多说一句话，也不提工资什么的，全然一副"我要用自己的生命来赎罪"的态度。

她最担心的还是沈牧发现她去过石屋。她无数次复盘当时的情景，除了吸入一点麻醉剂，昏倒了半个钟头，一切都很正常。沈牧不至于每天把那个装置检查一遍，因为如果真有人侵入房间，被麻醉剂喷倒，就会一直躺在那里，等着沈牧"捡尸体"。幸好沈牧的全部精力都在备战黄浦剧场的魔术会，所以说吴辛洁这次是侥幸逃脱了。

半个月相安无事。

由于上次的静安体育馆金鱼死亡事件，这次沈牧更加慎重，除了核心的三人，谁也不知道要做什么魔术表演。吴辛洁身为助理，只是负责完成几个必要动作。其中一个动作，就是把一百颗黄豆，装入那个蓝釉细颈花瓶中。

吴辛洁这才明白，沈牧之前的所有无理要求，都有她无法揣测的深层缘由，包括这一百颗标准黄豆。

吴辛洁愈发觉出这个男人的强大。在所有的魔术中，沈牧是能看到整个大象的人，而其他人都是瞎子摸象，只以自己摸到的部位当作全部。

比赛的日子终于到了。

当天早晨，沈牧派姜满春先送道具出发，他与吴辛洁、蔡炳等人乘坐大巴，随后抵达黄浦剧场。

黄浦剧场的前身是民国二十二年的金城大戏院，历时八十三年，在 2016 年 4 月进行封闭大修，同年 10 月重新开业。今年为了庆祝回归演艺市场一周年，举办了各种演出活动，津门魔术师包下了其中一间小剧场，便是以这个名目举行的魔术切磋会。

剧场内焕然一新，又不失本色，水磨石地板、老式窗户、新增的浮雕，都充分融合了时尚与古典的气质。

天彩魔术团进入后台的备用间，吴辛洁这才知道，今天用于表演的道具，竟是那个柜子。

她心中一喜：上次误入柜子，吃了不少苦头，只当自己倒霉，没想到上天是在帮助她，因为她已经知晓这个道具的暗门——就在柜子前门的底部，有个微微凸起的弧度，用脚尖一踢，门就开了。

既然确定了暗门，那么在表演中破坏沈牧的魔术，无疑是最好的机会。沈牧在舞台上从来没败过，只要败一次，他肯定会拿出"光影神手"的秘诀重新演练，到时吴辛洁就能趁机偷取秘诀，换来美好人生！

可问题是，她怎么破坏这场魔术表演？

等比赛开始后，她的流程是固定的，无法挪动位置，更不可能靠近暗门。

怎么办？

吴辛洁的脑子里飞快转动：今天神秘人也来了，继续在观众席上监控沈牧的魔术表演，那就把这个情报，用手机传给神秘人，让他想办法。

但这次吴辛洁不能借口去卫生间，她已经被怀疑过，只能设法在沈牧的眼皮底下发出信息。

对此，吴辛洁是有准备的。自从上次手机被沈牧强行翻看后，手机便成了一个敏感的存在，于是她一直随身带着一部备用手机：诺基亚 8250。

没错，这是十几年前的机型，早就淘汰了。别说与智能手机相比，就算与市面上的老人机都没得比，只能打电话和发短信。

但它的好处恰恰是因为它的老旧：体型小，易于掩藏，超长待机，耐用耐摔；更重要的，它能盲打。

吴辛洁的少女时代，许多同龄人都是盲打高手，上课听讲时，眼望老师，却从袖子里滑出手机，用笔画或拼音盲打键盘，给暗恋者发去青涩的思念之语。吴辛洁对于键盘机的手感，稍一上手便熟悉了，而智能手机的触摸屏，无法提供那样的感觉。

诺基亚8250，是时候发挥神力了！

"先生，我想把配合动作再练习一下。"吴辛洁说。

沈牧扭头瞥了她一眼，微微颔首，继续和蔡炳谈话。

吴辛洁走到墙边的桌子后面，面对着房间，把黄豆一颗颗投入花瓶。

姜满春和小郑在道具柜前做最后的检查。小陈和小黄在另一侧整理演出服装。

只听蔡炳说："小陈，等下你坐到观众席上，看看现场情况。"

"好的。"小陈应道。

吴辛洁克制焦灼，耐心等待着。手机就在裤子口袋里，开机状态，调成了静音，但发短信时，键盘有一点点声音，可能会被听到，为了保证万无一失，吴辛洁继续等待最佳时机。

终于，墙上的扬声器发出中英文通告：亲爱的魔术师，请做好准备，演出将于十五分钟后开始。Dear magicians, please be prepared……

趁着众人注意力转移，吴辛洁用桌子挡住一只手，迅速盲打，发出信息：

——暗门 在道具柜的前门底座 凸出弧度 勿回复

"吴辛洁，练得怎么样了？"沈牧忽然问道。

"哦……"吴辛洁的肩膀一抖，手机上全是汗，差点滑出掌心，她咳了一声，把机子塞回口袋，伸手捧起花瓶。"练好了。"

沈牧打量她两眼。"又是一副吃饱了没精神的样子。把你脑袋里的饭渣清理干净，别带到台上去！"

"是。"

蔡炳提醒道："去换衣服吧，一会儿就上台了。"

吴辛洁与小黄走向套间。

这座小剧场可以容纳五百名观众。神秘人所处位置仍在角落，他戴着棒球帽，帽檐遮着脸庞，衣领竖起。四周坐满观众，大部分人是来满足视觉刺激，让自己从无聊的生活中暂时解脱，看看魔术师把平凡的物理世界扭曲成什么惊奇样子。

然而对于业内人士来说，这场看似规模不大的所谓"切磋会"，是津门魔术师对沈牧的挑战。以往都是沈牧挑战其他魔术师，第一次有魔术师形成团体一起反击沈牧。

促成这一切的，确是刘金。

刘金的魔术技艺并无亮点，他的名气来自于这四年坚持不懈地在各种场合控诉沈牧的无耻与卑劣，沈牧如何嫉妒他的才能，孟团长如何轻信奸人……刘金的悲愤之情感染了不少被沈牧虐过的人，他们尊奉刘金为"第一个敢公开骂沈牧的勇士"。这让刘金更是鸡血灌顶、虎啸龙吟。

明眼人都知道，今天实际上是"了断之战"，否则沈牧根本不屑参与这种场子。

坐在暗处的神秘人，当然乐于看到双方撕咬，以便趁势把水搅浑。

收到吴辛洁的短信后，他心里更有底了，他要帮刘金一把，让黄浦剧场成为沈牧的滑铁卢。

舞台上，几个津门魔术师依次表演了节目。

一位长着大饼脸的中年魔术师，从一块手绢里不停地变出鹦鹉，足足变出二十只，加上夸张的表情和肢体动作，引得台下欢笑连连。

一位年轻魔术师表演手技，他假装喝醉了，三个乒乓球从手上到身上，不停地滚动、消失、再出现，乒乓球的颜色和大小也在变化，令人眼花缭乱。

有魔术师带着两名助手表演换装，忽男忽女，忽而艳丽的长裙，忽而精干的职业装。

…………

轮到刘金出场了。他的女助手上台时便戴着一副面具。观众们没觉出什么，只当是魔术师的手段，可是明眼人却都能瞧出端倪，面具的形象与沈牧颇为神似。台下有人暗自发笑：刘金这一招够损。

刘金的魔术道具是个笼子。他请观众上台检查，确定是竹编的，如同放大的蝈蝈笼。然后那名助手钻了进去，身体刚好挤满笼子，背部紧贴笼顶，双腿跪伏，肩膀顶在笼子两侧，没有多余空间。

刘金把笼子锁上，然后用一块黑布盖上，包裹得严严实实。

接着，另一名助手推出小车，上面放了十几把长剑。

刘金抽剑在手，猛地刺入黑布——剑尖从笼子另一端伸出来，他似乎还嫌不够，又把长剑往前推了一下，松开手，长剑横着插在笼子中间。

观众们有些惊讶。类似的表演倒是见过，但以前都是比较宽大的箱子，而今天这种，笼子里没有多余空间，里面的人怎么避过这一剑？

刘金抽出第二把剑，从另一个角度，狠狠刺入笼子。

如此，十几把剑全部戳透了笼子，如同身上插满了针的巫毒娃娃，那密集的剑光绽放，令人胆寒，想来笼子里的人，怎么也无法避过的。

在观众的注目下，刘金又把剑抽出来，一把一把放回推车。

然后他甩掉黑布，解开笼子。那名助手不仅安然无恙，还把身上的衣服换了，起身向观众挥手。全场爆发掌声。

助手将道具收走了，刘金却还站在舞台上，显得有些亢奋。

后台的备用间，沈牧正在吃着香草冰淇淋，听到观众的掌声，笑着摇摇头。

这时，小陈跑了回来，哭丧着脸说："那个刘金，他给助手戴的面具……"

"面具怎么了？"蔡炳催促，"说嘛。"

"很像……老板的脸。"小陈偷眼看了沈牧一下。

蔡炳一拍椅子，正要说什么，舞台方向传来了刘金的声音：

"……今天有同道仁人在场，我索性把话说开了。很多人不知道沈牧整过我，总以为我是蹭他的热度。今天这个场子是几位老前辈帮着撑起的，既然是我们的包场，我就有权利多讲几句。沈牧是什么品性，各位都清楚，很多人怕他，我不怕，他这两年到处欺负人，用恶势力压制后起之秀，为了自己成名逐利不择手段，为什么？因为他要掩盖肮脏的过去，用大神的光环遮盖羞耻的一面……"

刘金深知，当场揭露大神，最能刺激老百姓的神经，于是更来劲了。

听着刘金的声音，蔡炳气得眉毛竖起来："这个兔崽子疯了吧，造谣生事，满嘴喷粪！"

姜满春也涨红了脸，"在公开的比赛场合，报私怨，这在魔术界从来没有。"

"跟那个脑袋里长满了蝌蚪的白痴蛤蟆，有什么可生气的？"沈牧微笑着。

"这几年刘金经常放屁，"姜满春十分火大，"小爷叔忙，顾不上，老饼，你也不管！"

蔡炳一瞪眼："我是想找人弄瞎那个瘪三，单子都发下去了，大牧不让我动。"

沈牧说："瞧瞧你们，人家过过嘴瘾，你俩就自乱阵脚了。"

蔡炳说："今天一定要弄残他。"

沈牧正色道："这是什么话？魔术有魔术的规则，魔术不是用来害人的。"

姜满春说："那就这么忍了？"

沈牧笑道："凡害我者，必自害之。"

吴辛洁冷眼旁观，见沈牧笑得这么开心，不由得为刘金捏一把汗。根据她的认知，沈牧这个恶魔越是开心，别人倒霉遭殃越是严重。但同时她又猜测，刘金可能是得到了什么助力，才敢如此张狂地撕破脸皮。

沈牧拍了拍蔡、姜的肩膀："刘金想一战成名，我这就去帮帮他。"

说完，便朝舞台走去。

5

舞台正中间摆着那个道具柜，前门敞开，深入进去两米，像一间小木屋。门的内侧有一排挂钩，柜子里面的板壁上有抽屉。

沈牧向前两步，对着台下说："今天这个魔术用来纪念天彩魔术团的孟团长。孟团长已经去世三年零五个月了，这是当年他教给我的第一个魔术……"

观众席的某个角落，忽然传来阴阳怪气的喊声："下去吧，别丢人现眼喽。"

沈牧毫不在意，给吴辛洁做了个手势，示意她开始。

吴辛洁一袭紫色长裙，款款走到舞台前方的桌子前，用一只手拢住花瓶的瓶口，另一只手攥了满把黄豆，如沙漏一般，将一百颗黄豆倒进花瓶。

与此同时，舞台背景的屏幕上，展现出一张张照片。

站在侧幕的姜满春不由得眼眶湿润，吸溜着鼻子说："多希望团长还活着。"

照片上的孟团长在行走，谈话。还有不少合影，其中有脸上稚气未脱的沈牧，应该是刚入团没多久，也有几个人聚餐的温馨场面，以及一群人围着孟团长在道具前搞怪的画面。另有几张照片上，出现了刘金的身影……

台下传来刘金的喊声："别拿死人来卖弄了！"

沈牧嘴唇紧抿，面无表情。

屏幕上的照片定格在孟团长的微笑。

吴辛洁放完了黄豆，优雅地捧起那只蓝釉细颈花瓶，身子微微转动，向全场展示，然后把花瓶放回桌上，邀请观众上台检查了花瓶，随后吴辛洁把花瓶交给沈牧。

沈牧捧着花瓶走进柜子里。柜门关闭，沈牧的身影消失。

吴辛洁的位置固定在柜子左侧，距离前门十步距离，不可能装着没事走过去，蔡炳和姜满春盯着呢，何况，沈牧能听见脚步声。

吴辛洁此刻十分焦急——也许要失去这次机会了，但却只能站在原地忍耐。

突然，有个人跑上舞台，是刘金。蔡炳和姜满春来不及阻拦，刘金已经冲向柜子。

观众席响起一片惊讶的声音。这一幕难道是设计好的？

只见刘金在柜子旁略一停顿，视线所及之处，伸出脚猛踢前门底座。随着"嘭"

的一声响，柜门弹开了。

吴辛洁虽然在等待这一刻，却也万分紧张，与观众的目光一齐投向柜子。

昏暗的柜子里，那只花瓶悬浮在半空，不知是时间没到，还是出了问题，瓶身上似乎有无数裂缝，正往外渗着水滴，滴落的水珠越来越密集，如同一道珠帘。

同时，可以看到一个身影出现在后挡板，似乎正准备出去。

吴辛洁熟悉那一幕，自己曾经困在柜子里，就是从后挡板离开的。此刻，那个身影显然是沈牧正要溜出去，却被刘金踢破暗门，暴露在众目睽睽之下！

蔡炳和姜满春惊呆了。

全场观众愕然，不明所以。角落的神秘人嘴角一勾，露出洁白的牙齿。

刘金果然是一位勇将，同为魔术师，他今天创了不少"第一次"：第一次有人在比赛场合痛骂同行；第一次有人当面踢破对方的暗门。

刘金嘶喊："玩什么鬼把戏，全漏了！哈哈哈。"

刘金彻底放开了自己。

他号叫着："今天就戳烂你的嘴脸，什么魔术大神？什么神之手？呸！"

蔡炳抡着公文包要往上冲……

姜满春却死死拽着他的胳膊，脸庞涨得通红，说不出话。

"你拦着我干啥？"蔡炳吼道。

"小爷叔说了……比赛时出现任何状况……不要管……"

"放屁！这都让人把裤子脱了，大庭广众，财运全毁了！"

姜满春干脆闭上眼睛，只是死拖着蔡炳。

吴辛洁呆呆站在舞台上，不知怎么应对。其实从刘金踢破暗门到现在，才过了一分钟时间，却好像一百年那么久。

柜子里的花瓶还在往外渗着水滴，形成了一道更加密集的珠帘。

在后挡板准备出去的那个身影，似乎卡住了，一动不动。

花瓶的周身忽然有节奏地喷出了几十条细小的水柱，此起彼伏，错落有致。

几十条细小的水柱缓缓散开，变成了雾。然后是雨，然后是雪。

柜子里竟飘起了雪花……

刘金兀自尖叫道："看我扒开你柜子里的破机关……"

"刘蛤蟆，你真是不知死活啊。"

身后陡然传来沈牧的声音。

刘金一惊，转头去看。

吴辛洁和观众同时怔住。没人发现沈牧怎么出来的，所有人的注意力都在刘金身上，还有柜子里那个身影。可是，沈牧竟然绕到了刘金身后。

刘金也很惊讶，瞪着沈牧说："姓沈的……你玩这套把戏……"

"观众会说你是我的托儿，表面上骂我，其实是为了配合我的这场演出。"沈牧语气轻淡。

沈牧越是这样平淡，刘金越是受不了，"老孟教你的这个过时魔术，还有脸出来玩？'种豆雪满天'，不过是简单的化学反应，中学生都蒙不了，你只是会造气氛而已，用一个死人来充门面！"

沈牧面无表情，不发一语。

"没话讲了吧？"刘金指着柜子里，雪花还在纷纷扬扬地飘着，"这么个烂玩意，狗屁都不如，我现在就去戳破，哈哈哈哈……呃呃？！"

刘金的笑声猛地停住了，脸庞突然扭曲变形，似乎撞见了可怕的事物。

之前在柜子里凝固的身影，缓缓浮现，站在雪花里，肩膀微微晃动着，似乎要往前走出来。

刘金往后一仰，险些跌倒，脚后跟拼命滑了几下，站住了。

"孟团长？！"

观众席里"嗡"的一声惊浪。

孟团长的身影出现了。

虽然多数人从来没见过孟团长，但是刚才的背景屏幕上展示过各种照片，都已留下印象。此时此刻，孟团长的身影竟然出现在现实中。

孟团长的声音幽幽传来："刘金，你入门时，发誓忠于天彩魔术团……"

"这是假的！"刘金发出撕破喉咙的喊声，"这是魔术……是纸片人，对，这是纸片人，是'夜影遁形'！"

此术一说是出自东汉的西域魔术师之手，一说是出自魏晋南北朝萧衍之手。

沈牧重新加以创制，没错，它就是魔术，谁不知道呢？

刘金号叫："这是假人……"

孟团长的说话声继续："你在天彩魔术团劣迹斑斑，不仅偷拿财物，竟然还敢私下卖掉魔术技法，先后卖了三套，一为'种豆雪满天'，一为'九锁连环'，一为'白猿挂月灯'。刘金，你的所作所为败坏了魔术一道，被我赶走，是咎由自取……"

刘金嘶叫："这是假的……截取了孟团长以前的开会录音……电脑合成的！"

全场鸦雀无声。

"沈牧，关掉它！关掉！"

刘金猛地朝沈牧冲来，嘶吼着，如一头燃烧着怒火的野兽。

可他突然双膝一软，跌倒在地，爬不起来。没有人动他，他只是崩溃了。

这个男人全面溃败，瘫伏在沈牧脚边。

他仰头望着沈牧，视线被汗湿的头发遮住，只看到沈牧的飘渺身影。

"祸，是你自己招的。"沈牧微微俯身看着脚边的男人，"当年孟团长仁慈，你的行为如此卑劣，也只是赶走你，并没有对外宣扬。你本该心存感恩，缩在你的乌龟壳里，混过这一生了事。但你却到处造谣污蔑我、污蔑天彩魔术团、污蔑孟团长！你，罪不可恕！"

刘金趴在地上，身子抽搐着。

"凭你，也想用下三滥的手段打败我？滚回去告诉你背后的主子，无论是谁，放马过来，我沈牧奉陪到底！"

沈牧在雷鸣般的掌声中，谢幕，离去。

无法击败这个人。

经历过那惊心动魄的一幕，任谁都会心潮起伏，何况吴辛洁就是参与者。她的感觉更多是恐慌。

她给神秘人打电话，果然是神秘人把她的情报传给了刘金，刘金才变得如此疯狂，想要一举踢破暗门，踢灭沈牧的光环。

结果呢，还不是自取其辱，一败涂地。

吴辛洁甚至感觉，她本身就是沈牧的一枚棋子，这才是她恐慌的根源。

如果她的感觉没错，自己居然成了神秘人和沈牧共同使用的棋子，他们两人在看不见的棋盘上博弈，将她摆来摆去。

通话时，神秘人严厉制止了吴辛洁的胡思乱想。

"沈牧也是人，不是神，你不要被他的手段迷惑。他只是天分高于普通人，技艺比较纯熟，随机应变的能力更强而已。"

"可我总是觉得他好像察觉到了什么。"吴辛洁说。

"你这属于自造心障，稍有风吹草动就害怕，以为他无所不能。你必须坚定信念。"

说起来容易，试试在那个人身边待几天……

神秘人拿出杀手锏:"你不为自己的前途考虑,也该想想你妹妹。"

吴辛洁无语了。

眼下最紧要、最现实的问题仍然是,尽快偷取"光影神手"的秘诀!

吴辛洁从房间出来,穿过院子时遇见小陈,问:"先生呢?"

小陈抬头看她一眼,视线转向大门,说:"老板和饼叔、姜哥出去了。"

吴辛洁一愣。平时没事时,沈牧和蔡炳、姜满春很少一起出去,难道他们要商量什么?想到这,吴辛洁的心更慌了,顿时觉得小陈的眼神也不对劲,是不是发现了什么……

她拼命摇摇头,打消自己的臆想,再这么下去,迟早变成神经病。

现在她要做的,就是保持镇定,寻找下一个机会。

沈牧和蔡炳、姜满春坐在绿波廊的二楼包厢内。绿波廊是上海本帮菜的老字号,古色古香的楼阁建筑,包厢的装修也是复古风格。窗下就是城隍庙的九曲桥,隔着雕栏窗格望出去,桥上人头攒动,熙熙攘攘。

这家店的人气极旺,位子难订,尤其是包厢,但蔡炳自有门路。

不过此时的蔡炳却不高兴,耷拉着眉毛。

"……刘金在台上搞破坏时,不让我管,原来是留了后手,可是这么大的事,你俩不告诉我,是不相信我的人品,还是担心我嘴巴不严泄露天机?"

"我说你这个老饼,脑子瓦塌了?"姜满春脸红脖子粗地敲着筷子,"跟你说多少遍了,我也不知道小爷叔会做啥,小爷叔只是嘱咐我,比赛时出现任何状况,不要管——不要管!"姜满春看了沈牧一眼,沈牧却在欣赏桥上的风景。姜满春说,"我当时也很着急的,这样小爷叔才能迷惑敌人呀。"

"反正你比我多知道一个信息,你还知道'不要管'。我就蒙在鼓里!"

"我是道具师,道具出问题是我分内的事嘛,你主抓财政,还负责打嘴仗……"

"什么打嘴仗?"蔡炳一瞪眼。

"哦,宣传工作……"

沈牧从窗外收回目光,却谈起了建筑:"九曲桥这种建构,还是在古代适用,那时候人少,在桥上一眼望去,一行女子穿得花枝招展,在桥上袅袅婷婷、千回百转,多美呀。现在倒好,一大堆人拥挤在桥上,有人往东走、有人偏朝西,桥上的每个拐弯都成了肠梗阻。"

蔡炳更加郁闷,"大牧,你还让我们吃饭吗?"

"小爷叔请我们来绿波廊,是庆祝黄浦剧场的胜利吧。"姜满春掰着手指头说,"这是第七十八场不败纪录。"

沈牧特别偏爱这家馆子,似乎并不是口味,而是与沈牧的过往经历有关。

蔡炳夹起一块草头圈子,这是沪菜中的一道名菜,即苜蓿红烧猪大肠,色泽深红间绿,肥而不腻,酥烂软糯。

姜满春夹起一块油爆虾,迫不及待地吃起来。

沈牧尝了一口桂花糕,便放下筷子,说:"黄浦剧场的这次比赛,刘金突然像疯狗似的,好像得了什么令牌。"

"对啊。"蔡炳嘬了嘬牙花,"那个瘪三以前只会背后造谣泼脏水,犯的是阴损病,可是这次跳到台面上,明显是症状改变。"

姜满春点点头,用餐巾纸揩了揩油乎乎的嘴唇,"我最奇怪的是,他不应该一下子就踢破暗门呀。"

沈牧说:"我以前变过一个类似的魔术,但不是这个道具柜。"

姜满春点头:"前年在广州巡回时表演了一次,花瓶、黄豆一样,可道具是个玻璃箱。表演虽然轰动,可是小爷叔嫌不过瘾,我就按小爷叔的新想法,重做了一个柜子。可谁也没想到,这次在黄浦剧场,小爷叔把'种豆雪满天'和'纸片人'融合起来,爆了个魔术双绝。"姜满春不由得激动起来,"这在历史上从来没过!"

蔡炳忽然狠狠一拍姜满春的大腿,说:"我知道了。大牧料定刘金会搞破坏,而且刘金清楚'种豆雪满天'的底细,就故意给刘金放了个饵。刘金一看大牧要表演这个,顿时就骄狂了,认为自己掐住了大牧的脖子。却没想到,大牧这是个连环套,反手祭出'纸片人',直接把刘金打崩溃了。"

"喂,你拍你自己的好不啦?"姜满春揉着自己的大腿。

"刘蛤蟆那种货色,说到底就是蛤蟆本性,只要给他咬住一点甜头,他是要连皮带骨吞的。"沈牧说。

蔡炳思忖着说:"几年的账一笔清算了,可是大牧,你是不是还有别的想法?"

"刘金变成疯狗,肯定是得了什么令牌,但这个令牌不会是津门魔术师给他的。"沈牧喝了口茶,"这次在黄浦剧场的切磋,说白了是三方的利益取舍:我是要和刘金了断的;刘金是想借着津门的场子干翻我;津门是利用刘金的冲劲,挤进上海魔术圈,万一刘金赢了,津门乘势进入上海,如果刘金败了,津门毫发无损,因为大家都知道那是刘金与我的个人恩怨。"

"我懂你的意思了。"蔡炳点头说,"津门只想要市场、要名头,决不会介入你和刘金的恩怨。而这次在背后支撑刘金的,另有其人,是那个人要把水搅浑。可是此人什么来头?"

姜满春一边听,一边眨巴着小眼睛。斗争层面的东西,他的脑子算不过来,于是又夹起一块油爆虾吃起来。

"这个人在本地的势力不会小,布局自然也大。"沈牧说,"饼叔,你还记得上次我让你查刘金在上海的落脚点,你查到了酒店,我和吴辛洁直接杀上门去,按理说消息不会走漏,结果刘金还是跑了。而且酒店的电梯忽然损坏,我们一路上楼,每个楼层都有人阻拦,摆开的架势似乎是津门魔术,但与津门风格不同。"

蔡炳低语:"幕后黑手在短时间内,迅速调动一批人赶到目标地点实施阻截,能力确实不小。"

沈牧点点头,"我们冲进房间后,只看到刘金的衣服,其中有一件,正好少一颗纽扣,对应了静安体育馆的金鱼死亡,似乎是为了证实是刘金捣鬼——有人是特意给我们制造了一个因果闭环。"沈牧淡淡一笑,"可是把前前后后、左左右右的一切联系起来,你们没看见这个闭环上有个关键人物吗?"

姜满春吃着油爆虾,正在吮手指,闻言呆愣愣地看着沈牧,"小爷叔,你——怀疑吴辛洁?"

蔡炳皱眉靠着椅背,没说话。

"静安体育馆比赛之前,她从后台跑到巷子里,说是抽烟,可她拿的烟却是很烈的一种,我当时没在意。但现在想来,以她的气质和做派,怎么会抽那种低端暴烈的烟?"沈牧说,"那根烟很可能是板寸头的,那小子手指熏得焦黄,符合那种烟的特性。而且板寸头说了一句送货——送什么?"

蔡炳低喃:"水银……"

沈牧说:"还有这次黄浦剧场,道具柜的暗门,刘金冲上舞台直接踢上去……"

"对,我生气的就是这个,"姜满春放下筷子说,"我设计的暗门非常巧妙,刘金辨别的本领有那么强吗,下次见面我得问问……"

"你虾吃多了,脑子也瞎啊!"蔡炳用胳膊肘狠狠一杵姜满春,"还问个屁,是有人提前告诉他了,难怪他上台以后那么疯狂。"

沈牧点头说:"他有理由激动,因为我表演的'种豆雪满天',是他知道底细的魔术,我的道具柜,他又知道了暗门在哪里,他以为吃定我了。"

姜满春一边揉着胸口，一边问："可是辛洁怎么把消息发给刘金？"

沈牧说："吴辛洁虽然没有离开我的视线，但她肯定找到了办法，而情报不会直接给刘金，是另外有人在幕后指挥。"

蔡炳重重地点头："这就全说通了。"

沈牧将手中的茶杯放下，起身站到窗前，望着城隍庙的风景，说道："此人一直在暗处盯着我，并且有一整套策略。之前孙雅被收买，必与此人有关。"

一场小雨过后，天气更添了几分凉意。沈牧竖起风衣的领子，双手插在口袋，颀长的身影沿着南京路往西走去。

街上人很多，时尚男女如过江之鲫穿梭往来。

前方，吴辛洁的身影忽隐忽现。

沈牧不紧不慢地跟着。

此前，沈牧虽然怀疑吴辛洁捣鬼，且所有的推测都有合理的连接点，却没有抓到实锤。

比起前助理孙雅，吴辛洁可是太聪明了。

回想她面试当天，以一招"驱鸽相公术"完成高难度任务，确实足够优秀。

但紧接着第二天来上班时，却又状况频出、狼狈不堪，难道她是在故意装傻，拉平之前造成的"太聪明"的印象，以免让人猜疑？很难说。

这女人的智商忽高忽低，又很会示弱，尤其是在姜满春面前，让那个憨大有一种想保护她的冲动。

很复杂的一个人啊，这点更让沈牧产生了兴趣。

黄浦剧场的道具柜事件后，吴辛洁没有任何异样，兢兢业业地完成了各种难题。沈牧几次试探，也没有结果，甚至蔡炳和姜满春都觉得，沈牧误判了吴辛洁。

直到今天，吴辛洁来到了南京路。

沈牧已经跟踪了两个钟头，希望抓住吴辛洁与幕后黑手接触的证据，最好在双方见面时，一举撕破对手的伪装。

忽然，前方的吴辛洁消失了。沈牧快步走到街道拐角处，原来她是去了地铁站。沈牧从入口进去，与吴辛洁保持距离。

吴辛洁登上12号线。沈牧跟上去。他有几年没搭乘过公共交通工具了，此刻正被三四个学生夹在中间，其中一个学生举着手机，毫无障碍地玩着游戏，耳边响起枪声、怪叫声。

沈牧盯住车厢门口吴辛洁的背影。

地铁很快到达嘉善路，在车门即将关闭时，吴辛洁突然下车。

沈牧及时做出反应，挤出人群，几乎被车门夹住的状况下，跳到了站台上。

是不是被吴辛洁发现了？

沈牧更加谨慎地隐藏自己，随着站台上的人流往前走。途中看到一个家伙坐在凳子上打盹。沈牧摘下对方的帽子，戴到自己头上。

吴辛洁换乘9号线。沈牧隔着一群乘客跟上车。吴辛洁不时扫一眼人群。沈牧低着头，只露出一顶帽子。

这次坐了三站，到达宜山路，吴辛洁下车后出了地铁站。

宜山路是著名的建材一条街。吴辛洁快步穿过一排排商铺。

沈牧想起什么似的，推测出吴辛洁要去的地方。

这附近有上海第六人民医院。那次检查吴辛洁的手机，有个号码的使用比较频繁，回拨过去，听到对方说是第六人民医院的骨科部。

"难道她真的要做'神之手'？"沈牧低喃。

沈牧天生拥有神之手。孟团长曾经说过：沈牧是魔术界三百年一遇的天才。

用神之手演练"光影神手"的秘诀，得天独厚。有些魔术师为了达到那种境界，不惜多次做骨科手术，以使自己的手指达到人类的骨骼无法达到的神奇能力。但寻常魔术师就算做了手术，却不得真谛，也只能发挥出神手千分之一的水准。

吴辛洁又是为什么呢？

沈牧没有继续跟着吴辛洁往前走，而是绕到钦州北路，从医院的侧门先一步到达住院部和骨科大楼。

沈牧在花坛后面等了片刻，吴辛洁出现了。她一边警觉地四下张望，一边朝住院部走去。

显然她在守护某个秘密。

吴辛洁穿过大厅，和几个病人家属一同步入电梯。沈牧藏在旁边，看着电梯上的指示灯闪烁，二楼、三楼、五楼、六楼都有停。

他步行上楼，搜寻那几个楼层。

到了三楼的走廊，他挨着病房往前巡视。一直到了转弯处的特护病房，不禁吃了一惊。

虚掩的门内，吴辛洁背对门坐在病床前，正在轻声抽泣。让沈牧惊讶的是，病床上躺着一个女孩，约莫二十一二岁，脸庞虽然因为虚弱而显得极为苍白，却仍能看出可爱秀丽的面容。她身上盖着薄被，十几根导管纵横交错，连接着床头的仪器。五六台机器，有的发出嘀嘀声，有的响起嗡嗡声，显示屏的波形和数字不断变换。

良久，女孩隐隐发出沙哑的声音："……姐，别哭了，我……我还有呼吸呢。"她的表情虽然痛苦，却仍勉强微笑着。

吴辛洁的脸埋在妹妹的手里，妹妹的手却感觉不到她的泪水。

女孩脸上的笑容终究没有撑住，眉间溢着悲苦："……我这个样子没有希望，只会浪费钱……我真的想死……"

吴辛洁一下子抬起脸，抹掉腮边的泪："静萱……"

"……这种病不可能康复的……当时那辆车真应该把我撞死，这样也不用拖累你。"

"不许胡说！"吴辛洁急红眼，随即缓一口气，"听话，医生说了，治疗还是很及时的，有利于康复，只是需要的时间长一些。你必须要撑住，意志很重要。"

"……钱更重要吧……"

吴辛洁的表情变得坚定："我说过，钱的事，我来解决。就算我榨干自己的骨头，也要给你治疗。"

"那你也和我一样……高位截瘫了……"吴静萱苦笑。

"说真的，你别操心钱，我接了一个大女主的戏，演女一号。"

"可我实在是……"

吴辛洁伸手抹掉妹妹眼角的泪，"静萱，你千万不能垮……"说着，她一下子哭出声来，"这世上只剩我们两个，你要是垮了，一切都白费了……你垮了，我怎么办？我怎么活啊……唔唔唔。"她再也忍不住，伏在妹妹身边呜咽起来。

沈牧承受不了这样的哭声，太悲惨，让他想起了自己的伤心事。

他转身离开。

时间悄然流逝，病房安静下来。吴辛洁伏在床边慢慢入睡。她太累了，精神高度紧张、恐慌、戒备，这一切到了这间病房，像是被隔绝开，只有亲人的相互支撑。

不知过了多久，一名护士走进来。

"吴静萱的家属……"

"噢，我在。"吴辛洁连忙起身，抹掉嘴角的口水，样子有些狼狈，"李护士你好。"

"辛洁，这是票据……"

"我知道我知道。"吴辛洁把李护士拉到门口，双手合十，乞求道，"医疗费马上就交，求你们先别停药。"

她打算今天就向神秘人预支一笔款子，虽说完成任务后，有巨额回报，可她不知道什么时候才能得手。她等不了了。

李护士笑了："看你急的，不让我把话说完。这不是有人帮你交了费用吗？"

"啊？"吴辛洁一怔，拿过票据扫了一眼，"谁交的？"

"不是你家的亲属吗？"李护士说着，挥挥手，"我先去忙啦。"

吴辛洁皱眉沉思。知道妹妹这种情况的，只有神秘人，对方利用妹妹这一层关系，无非是想牢牢地捆住她，怎么会突然大发善心？这样既不符合对方的利益，也不符合做事原则。

为了寻求答案，吴辛洁朝医院的监控室走去。

今天值班的保安姓王。吴辛洁常来医院，又是大美女，保安都记得她。

吴辛洁笑着说："王哥，帮个忙呗。"

"只管说，是不是食堂的欺负你了？"王哥长着张正义的国字脸。

"不是的，我想看一下监控录像，找一个人。"吴辛洁说。

"啥时候的？"

"就这两个小时，在收费处附近。"

收费窗口的人很多，来来往往的。吴辛洁仔细查看。监控视频回溯到五十五分钟之前。

"好，停一下。"

画面定格后，重新播放。有个人走到窗前排队，然后缴费，之后便离开了。尽管那人戴着帽子，可是那颀长的身影、走路姿势，不是沈牧又是谁？！

吴辛洁十分震惊。

从监控室出来，她仍然有些恍惚。

在她眼中的恶魔级人物，一个坏到全行业讨伐的家伙，一个在她面前傲慢无礼、感受不到半点同情心的家伙，居然默默为她做了一件救命的好事！

沈牧，究竟是什么样的人？

第四章

魂牵梦绕

「你是我的女人,谁也抢不走!」

1

从医院出来后，吴辛洁犹豫再三，决定不把今天的情况向神秘人汇报，以免刺激他。

她回到天彩魔术团。下午大家各忙各的，沈牧像什么事都没发生一样，继续自己的魔术演练，吴辛洁始终没和他搭上话。

魔术团里有一种紧张又兴奋的气氛。吴辛洁从姜满春口中得知，世界超级魔术大赛将在香港举行，这场被业界戏称为"超魔"的比赛，是由徐家主办的。

徐家的上一任当家人徐光展去世后这几年，徐家秉承一贯的理念，继续收纳天下的魔术师。徐光展的遗孀则在策划世界大赛。

据称，这场大赛是徐家百年积淀的一次集中展示。徐太太有强大的野心要把徐家带上更高、更辉煌的境地。由她亲手推动的这场盛会，将在维多利亚港湾露天举行，以天空为背景、以大海为幕布。

能够参加这场盛会，是每个魔术师的梦想。因为冠军可以与徐家签约，以"顶级大师"的身份，得到世界范围的资源。而对于沈牧来说，这就意味着，他要与徐家正面交锋了，在比赛中，徐家以往签约的魔术师肯定要出场。

晚上，大家忙了一天，相继散去。吴辛洁回到宿舍，坐立不安，决定去院里转一圈。

不知是有意还是无意，她走到了后院。四周静悄悄的，偶尔传来虫鸣，潮湿的夜风中凉意颇浓。吴辛洁穿得单薄，懒得回去换衣服，径直往石屋走去。

她一定要和沈牧说说话，否则太难受了。

沈牧帮她交了医疗费，这件事对她非常重要，旁人可能无法体会她的心境。这不仅仅是解决了金钱上的燃眉之急，对于一个长期被排挤、踩踏的女演员来说，她遭遇过太多的冷漠和算计。而沈牧，显然并不期望从她这里交换什么。

她欠他一句感谢。

抬起头，只见沈牧又坐在石屋顶上，望着远方。

吴辛洁有意加重脚步，表示自己来了。沈牧没反应。吴辛洁绕到屋后，这里有个梯子，她爬到了屋顶。

风更大了，吹起吴辛洁的头发。她打着冷战，抖抖索索地坐到沈牧旁边。

墨蓝色的天穹看不到星星，头顶一轮弯月，月光似水。风掠过沈牧的鬓角，他怔怔出神，像个雕像。

吴辛洁双臂抱肩，手掌使劲扑娑肩膀，"嗞，好冷。"

沈牧披着外套，并没有相赠的意思，反而因为吴辛洁的干扰，语气有些不耐烦："想要工资是没有的。已经告诉你了，什么时候做出贡献，再把工资补上。"

"我每天勤勤恳恳……嗞，好冷。"吴辛洁冻得牙床发麻。

沈牧潇洒地抬了抬肩膀，把外套——裹得更紧些，"下去吧，别再把脑子里的防冻液冻住了，那就真成了榆木疙瘩。"

"我想说……谢谢你。"

沈牧默然不语。

"可你……为什么要帮我交医疗费？"

沈牧扭头瞥了她一眼，表情平淡，又把头转过去。

良久，他说："你的哭声，扰动了我心底的一些往事。"

"哦？"吴辛洁一愣。

沈牧问："你妹妹是车祸？"

"嗯。去年八月份，她男朋友开的车，被一辆中巴撞了，那小子没什么事，我妹妹却……然后他把我妹妹送到医院，给我打了个电话，人就不见了。"

"哦。"沈牧又望向远方。

过了很久，他微微吁了口气："我以前认识一个女孩……"

"是恋人吧？"

沈牧扭头看了她一眼，"你很敏锐啊。"

"那个女孩怎么了？"吴辛洁追问。

"失散十年了，我很想找到她。"沈牧轻轻叹口气。

吴辛洁完全没料到，这个男人的心底居然藏着脆弱的情伤。

她马上想起自己潜入石屋那次，在书架的最内侧看到一枚吊坠儿，里面镶着一个女孩的照片，当时没顾上仔细看，印象中是个漂亮女孩。

吴辛洁小心地问："她……也出了车祸？"

"她突然消失后，我疯了似的寻找，可是唯一查到的，就是她可能出了车祸。"

"可能？"

"现场只留下一双新鞋。没有人报警，目击者是个醉汉。"

"那到底怎么回事？"吴辛洁愕然问道。

沈牧一脸痛苦，双手竟不自觉地扭动起来。

吴辛洁被这一幕惊到了。眼见沈牧如此悲痛，不忍再戳痛他心底的伤痕，于是转而问道："你们是怎么认识的？"

她很想知道，能让沈牧这样的男人，多年来魂牵梦绕、为之伤心欲绝的，会是一个怎样温柔可爱的女孩。

沈牧渐渐平静下来，思绪飘回了青葱岁月……

2

金秋时节。傍晚，花坛里的月季上笼罩着一片晚霞。放学的少男少女们结伴出了校门。一个男生独自穿过人群，显得形单影只。

"沈牧，等等。"一个胖乎乎的男生挥着手，气喘吁吁地跑过来。

"哦，你好。"沈牧比男生高了一个头，礼貌地欠欠身，"对不起啊，我没记住你的名字。"

"嗨，没关系的，你才转到我们学校，我叫张波。"小胖子热情地说，"你可是个名人呀。"

沈牧不好意思地笑一笑，没有说话。

小胖子自顾自地说："去年的中学生文体竞赛，你是第一名，上了报纸的。真没想到，你能转到我们班。"

高一暑假结束后，沈牧便从浦东新区的南汇第三中学，转到了虹口区博迪中学，正式开始了高二生涯。

"沈牧，我算是你的第一个好朋友吧？"小胖子热切地问。

"是啊是啊，很高兴认识你。"

在陌生环境得到真挚的友谊，沈牧感到一阵温暖。

两人顺路，沿着校园围墙向北走。茂密的榕树探出墙头，在人行道投下浓荫。

沈牧忽然看到前方的拐角处，有三个学生跪在墙边，旁边还站着两个女生。

"那是……"沈牧不由得加快步伐。

"别动！"小胖子一把抓住沈牧的胳膊，前一秒还是欢快的表情，此时竟充满畏惧。

"怎么了？"沈牧更加好奇，顺着小胖子的目光扭头望去，"那边那个女生，好像是咱们班的……"

小胖子死命拽住沈牧的胳臂,"别过去——那边有坏事。"

"坏事就更要管管了。"沈牧的脸上充满正气,显得十分俊朗。

小胖子一松手,撒腿跑向马路对面。

沈牧愣了下:"哎,张波——"

"我妈让我早点回家,拜拜。"

沈牧摇摇头,继续往墙边走去。

跪在地上的三个男生,双手高高地托举书包,书包上放着十元钞票。

一个身材高挑、容貌漂亮的女孩拎着棍子,左右巡视着。旁边的矮个子女孩把书包上的钱收起来。

矮个子女孩说:"老大,这个不听话呀。"

第三个男生的书包上没放钱。

漂亮女生一棍子抽到书包上,"钱呢?"

男生一哆嗦,"没……没了。"

"打游戏了?"

男生低下头。

漂亮女生朝另外两个男生挥了挥棍子,"以后你们受了欺负,报我夏天晴的名字!"

"是。"两个男生起身逃走了。

夏天晴用棍子戳着第三个男生的胸口,"人家都是一个礼拜收一次钱,我是一个月才收一次,够便宜你们的……"

"这位同学,你怎么能欺负人啊。"沈牧走过来。

夏天晴斜睨对方,"这谁啊?"

女伴忙说:"今天才转来的,听说在南汇三中排名第一。"

"是第二名。"沈牧认真地伸出两根手指。

"二货,一边待着去!"夏天晴怒道。

"都是同学,互相友善一点……"

嗵!

夏天晴一脚踹到沈牧肚子上。沈牧完全没防备,一屁股跌倒在地。

"怎么不讲理……哎呀!"

夏天晴狠狠抽了沈牧一棍子。

沈牧惊愕道："你这人……"

夏天晴把沈牧提拎起来，猛地掼压到墙上。她的脸庞近在眼前，冷冷盯着他。沈牧的眼睛无处安放，左右晃着。

"给我搜！"夏天晴命令道。

"谢谢老大，今天赚翻了，亲手摸到这么帅的学霸，哇，这双手都开光了。"

夏天晴不屑地说："哼，长得帅又怎么了，一肚子的臭知识，有什么用？"

旁边的男生还跪在那儿，已经吓瘫了。

沈牧口袋里的零花钱被搜了个干净。

夏天晴挥着拳头，在沈牧的眼前晃了晃，"认识我了吧，识相的话，以后躲我远点。"说完，扬长而去。

第二天上学，小胖子见到沈牧，关切地问："昨天没事吧？"

"你也太不够朋友了。"沈牧说。

"哎我提醒你了，夏天晴是这一带的大姐头，连学校的男生都怕她。"小胖子急着解释，"去年有几个社会青年在路上劫学生，夏天晴带一帮人把他们打跑了——哎，她最喜欢揍男生，不给钱都揍。但你是第一个主动上去挨揍的。"

"哼，对付恶霸，要讲策略。"沈牧冷静地抚摸着肩膀和肚子。

小胖子的脸都吓白了，一边往后退，一边说："我什么都没听见。"

回到家，沈牧开始制订周密的计划。他回忆了夏天晴放学后离去的方向，把沿途的景物画在纸上，并且做出标记，其中有一条小河沟，他特意画了个叉叉，做出重点标注。

晚上睡觉，他梦到自己跟踪夏天晴到了河沟边，趁其不备，把夏天晴推进了河沟。她在泥水中挣扎哭喊，狼狈极了……梦中的沈牧露出甜蜜的笑容。

然而美梦总是容易破碎。

现实并不按照沈牧的计划走。夏天晴经常带着三五个女生一路横行，收了保护费，就去逛街。好不容易等到夏天晴落单了，沈牧就在伏击地点连续出手。

在小路的拐弯处丢石头，想把夏天晴打晕……

在海鲜市场扔冰块，想让夏天晴滑跤……

尤其是小河沟附近，沈牧伏击三次，次次失手。

其实第三次的机会最好，夏天晴走到河沟边，不知怎么犯傻了，站在那儿发呆。沈牧借助灌木丛掩护，踮着脚尖，一溜小跑到了夏天晴身后……

可惜地上的影子暴露了目标。夏天晴回身一个后踹——

嗵！

沈牧飞摔出去，狠狠跌进荆棘里。

他好不容易爬出来，就见夏天晴双臂抱胸，正等着他呢。

沈牧未及反应，夏天晴一把揪住他的书包带子，直接将他拖了出来，然后单膝跪地，压住他的胸口。

夏天晴冷笑着："你个死变态，跟了我好几天了。"

"我只是顺路……"沈牧动弹不得，喘气都困难。

夏天晴从他口袋里搜出钱，又搜出一张折叠的纸，打开，正是沈牧的伏击图。

夏天晴问："这是什么？"

"是……地理知识。"沈牧说。

"哦。"夏天晴拿着图画左看右看，忽然一拳打在沈牧肚子上，"狗学霸，你是嘲笑我读书少——这不就是这条小河沟吗？"

她指的那个叉叉，正是沈牧的重点伏击区域。

夏天晴又看了看，"噢，我明白了……咯咯咯，咯咯。"

少女银铃般的笑声响起，沈牧吓得脸都灰了。

夏天晴把沈牧拖起来，拽到河沟边，命令道："跳下去！"

"不……"沈牧往后退，"水凉，还脏。"

"那你害我的时候，怎么没考虑这些？啊？"

"……"

"跳！不然吃我八棍子！"

扑通。沈牧眼一闭，跳进河沟。

"哼，凡害我者，必自害之！"夏天晴拍拍手，拂袖而去。

"真是无法战胜的不良少女。"吴辛洁评价道。

"谁说不是呢？"沈牧微笑。

"后来怎么样了？"吴辛洁催问。

"不断遭到虐待就成了我的命运。她在课堂上都不放过我，经常使坏，让老师怀疑是我干的。但我心里下定决心，这个恶魔想把我变成她那样的人，可我偏不，我更要好好学习。"

博迪中学高二学生沈牧，在不良少女夏天晴笼罩的黑暗世界，仍然矢志不渝地追寻着光明。

终于有一天，他成功地跟踪到夏天晴的家。

夏家开了个小蒸饺店，位置偏僻，门面也很旧，有个中年女人正坐在门口择菜。

让沈牧惊讶的是，夏天晴像是换了个人，走到中年女人身边，说："妈，我回来了。"然后直接坐在门口的小凳上，乖乖帮妈妈择菜。

眼前的一幕让沈牧目瞪口呆，一晃神不小心踩到一截枯枝，夏天晴听到响声，扭头看到树后的沈牧，便用眼神警告，显然是怕他向母亲告状。

沈牧更加好奇，却也不敢贸然上前，只好自行退去。

第三天放学后，沈牧见夏天晴和几个姐妹去了另一个方向，于是借口来还夏天晴的作业本，走进了蒸饺店。

店里空落落的。夏母显得很憔悴，消瘦的身躯有些佝偻。她请沈牧坐在桌子前，倒了一杯茶。

"阿姨，您别客气。"沈牧双手接过茶杯。

夏母苦笑一下问："天晴在学校又惹事了？"

"没……挺好的。"沈牧说。

"唉，天晴是个好孩子。这几年变了，有好几个家长来告状，老师也说过，让我管一管。可她心眼不坏。"

"嗯，不坏。"

沈牧应和着，眼前却似乎出现了天马流星拳的幻影。

夏母坐在对面的凳子上，露出祈望的眼神说："你和天晴的那些同学不一样，一看就是好学生，你要多帮帮天晴。"

"阿姨，我会和她互相帮助的。"

夏母又叹口气，"是我没有教好她，她爸爸去世得早……"

"……哦？"沈牧一愣。

夏母抬手擦了擦眼角，"我一个人实在撑不起这个家，就给天晴找了个后爸，可那人就会赌博，平时不着家，回来就是要钱，我给的慢了，就打我。有一次被天晴看见，她像疯了一样冲上去，吓住了后爸。从那以后，天晴就变了。"

沈牧恍然大悟，原来是为了保护妈妈，才让自己变得强悍的，夏天晴的心底竟有这么深的伤痕。

夏母站起身，"瞧我，一说起来就没完，我去拿点蒸饺。"

"不不，阿姨不用客气的……"

十分钟以后，沈牧有滋有味地吃了起来。蒸饺虽是素馅儿，但调制水平很高，点缀了虾米，入口鲜香十足。

吃到第八个蒸饺时，忽见门外有身影一晃。沈牧张着嘴呆住了，筷子夹着的蒸饺掉到盘子里。

夏天晴虎视眈眈地走进来。

沈牧拼命把蒸饺塞进嘴里，抓起自己的书包，含混不清地喊了声："阿姨，我回家写作业了！"

夏母从厨房探出头。沈牧趁机从夏天晴身边跑过去。夏天晴扭脸看着他的背影，一眨眼就不见了。

"这个狗学霸，跑起来比狗都快。"夏天晴咕哝道。

第二天在学校，夏天晴根本没理沈牧，沈牧暗暗舒了口气。可是放学时，忽然看到书桌里有张字条，他的脸唰地变成青灰色，好像过期的凉拌茼蒿。

吭哧吭哧爬到学校图书馆的楼顶，夏天晴双手叉腰，正在等候沈牧。

"二货，过来。"夏天晴招了招手。

沈牧努力挺起腰杆，走了过去。

"挺有骨气啊，敢去我家套我的秘密。"夏天晴冷笑着说。

"我只是路过，跟阿姨随便聊聊……"

"闭嘴，"夏天晴柳眉倒竖，"我告诉你，沈牧，你要是敢在同学面前乱说，我一定弄死你。"

沈牧举手发誓："我保证守口如瓶。"

夏天晴上下打量沈牧，"那你还站着干什么？"

"哦，再见。"沈牧转身欲走。

"给我买冰淇淋！"

"哦……好吧。"

沈牧跑下楼，去学校对面的冷饮店买了巧克力冰淇淋，然后跑回楼顶，双手将冰淇淋奉上。

夏天晴斜瞥一眼，"买错了。我只吃香草冰淇淋。"

"啊……你也没说呀。"沈牧不禁抱怨了一句。

"我现在说了，怎么办？"

"……噢，我再去买。"沈牧呆呆地说。

"买什么?"

"买……青草冰淇淋。"

"你活腻了?脑子里是防冻液吗,还冒充学霸?"

"哦……对不起,是香草冰淇淋。"沈牧再次转身。

"等等,"夏天晴从沈牧手上抢过那个巧克力冰淇淋,说道,"如果这个化了,你还没有买来,我就揍死你。"

沈牧狂奔下楼,买回了香草冰淇淋。然后,夏天晴把巧克力冰淇淋给了沈牧,两人就在楼顶吃了起来。

仿佛为了夺回自己的学霸荣光,沈牧说:"你知道香草冰淇淋是怎么制作的吗?首先把香草豆荚剖开,把香草籽刮出来,然后把牛奶和香草籽、香草豆荚一起放入锅中,加热到快要沸腾,关火,盖上锅盖备用……"

"闭嘴。"

"哦。"

夕阳余晖中,他们安安静静地吃着冰淇淋,两个影子在地上拖得很长很长,渐渐融合在一起。

"后来呢?你还给她交保护费吗?"吴辛洁问。

沈牧微微一笑,夜风吹动头发,他的眼神变得悠远,"那天吃完冰淇淋,她就把以前收我的保护费都还给我了。我开始帮她补习功课。"

"就像……"

"像铁哥们。"

夏天晴强悍的外表下,其实有一颗柔软的心,她越是表现得冷酷霸道,越是为了掩饰心底的忧伤。这是她自我保护的方式。

沈牧是唯一懂得夏天晴忧伤的人。

有一天放学,夏天晴不开心。

沈牧忽然说:"把你的试题卷子给我。"

夏天晴一愣:"路上也要辅导?"

"来吧。"沈牧从夏天晴的书包里拿出数学试题,笑着问,"你是不是很讨厌数学?"

"知道还问。"夏天晴撇撇嘴。

"既然这么讨厌，那——""哧啦"一声，沈牧把试卷撕成两半。

"啊，明天还要交呐！"夏天晴伸手去抢。

沈牧一边往后退，一边把两半试卷重叠起来，再撕一下，成了四块碎片。

"喂，沈牧，是不是好久没揍你，皮痒了？"夏天晴威胁道。

沈牧把四张残纸揉了揉，用力搓捏几下，然后把虚握的拳头拿到夏天晴的面前，"来，吹口仙气。"

夏天晴不明所以，看着沈牧认真的脸，轻轻一吹。

沈牧张开手，试卷已经复原。

"哎？怎么回事？"

夏天晴十分惊讶，接过试卷翻来覆去地寻找裂痕，但试卷平整如初。

沈牧有些得意地说："好玩吧？"

"啊——你会变魔术！"夏天晴睁大眼睛，长长的睫毛忽闪着。

那个黄昏，夏天晴开心极了，缠着沈牧又变了几个小魔术。

后来有一天，夏天晴忽然问："你有这本事，那我以前抢你的钱，你为什么没想着用魔术报复我？"

沈牧认真地回答道："魔术不是用来害人的。"

他的眼眸澄澈如水，夏天晴依稀看到星辰的闪光，她被那双眼睛吸引，似乎从这一刻起，那种怦然心动的感觉变得愈发强烈了。

夏天晴说："我敢打赌，你以后会成为很厉害的魔术师。"

沈牧指着天空说："我一定努力飞起来！"

夏天晴坐在草地上，双手托腮，望着沈牧指着的方向，喃喃地说："你一定要变成最亮的那颗星，当我迷路的时候，就能看到你了。"

"嗯，你可别认错了，我最好再举个牌子，上面写着：全宇宙最耀眼的明星，沈牧是也。"

夏天晴笑了，"你这么狂妄，会被揍的。"

沈牧扮个鬼脸，"我是怕挨揍啊，所以，咱俩考同一所大学吧。"

夏天晴凝视着沈牧，用力点头。

时光飞逝。他们真的一起步入了大学校园，仍然是铁哥们。可夏天晴等待的不是这样，沈牧总是在告白的边缘止住，似乎不擅长情感表达，或者他觉得这样就很好，并没有如夏天晴那样沉溺太深。

夏天晴既忧虑又生气，这家伙怎么像个木头啊！

大二那年冬天，上海迎来了久违的雪花。校园里一片欢闹，同学们冲进雪地各种折腾，很快便有了造型各异的雪人。

这浪漫的景象，多么适合表白啊。夏天晴想让沈牧的木头脑袋开点窍。他们和同学玩了一会儿打雪仗，然后沿着校园的石径散步。

走到凉亭里，夏天晴坐在栏杆前。红色的围巾上闪动着雪花，映着白皙美丽的脸庞，乌黑的长发在风中微微摇曳。

沈牧忽然说："天晴，我送你个礼物。"

夏天晴心中一喜，"好啊。"

沈牧从怀里拿出一个存钱罐。夏天晴愣了下。存钱罐是黑白猪造型，送这个礼物倒也没什么，问题是，沈牧晃动时，罐子里硬币的哗哗声很响——哪有送存钱罐还带零钱的？

夏天晴无奈地笑了笑，但还是很高兴地伸出手。

沈牧却没急着给她，而是晃了晃存钱罐，抖落出几枚硬币，放到夏天晴手心。

一角钱的硬币，两只手各四枚。夏天晴低头看了看硬币，然后抬眸看着沈牧。

"八毛钱……买辣条都不够。"夏天晴嗔道。

"什么八毛钱？"沈牧纳闷地问。

"这不是你……"

沈牧伸出手，手心贴着夏天晴的手，微风般拂过。夏天晴低头一看——

"咦？"

手心里是八片花瓣。

沈牧露出孩子气的笑容。

夏天晴抬头望着沈牧，明亮的眸子闪动着欢快，"这个好玩。再来一次。"

"好吧。"

沈牧摇晃存钱罐，哗哗声响不停，可是怎么也出不来硬币。沈牧有些着急，咕哝道："这玩意有毛病了。"

夏天晴歪着脑袋欣赏沈牧的窘态，笑嘻嘻地说："沈巫师，怎么，魔法不灵了？"

"你还笑我，我——"沈牧气得把存钱罐扔出去。

夏天晴一怔。

罐子里响着哗哗的金属声，摔到凉亭中间，"啪"的一下碎了。

"沈牧，干吗呀？"夏天晴跳起身。

倏忽间，无数花瓣从地上扶摇而起，在凉亭里盘旋飘飞。以周围银白的雪景为衬托，花瓣越来越多，如蝴蝶翩翩起舞，缤纷多彩，美不胜收。

夏天晴像个小女孩，抓住沈牧的手，两人在飞舞的花瓣里旋转。夏天晴脸上的惊喜和感动触碰着沈牧的心灵……

这时，斜对面的小径上，有七八个人缓步走来，一边走一边欣赏着校园风光，不时抬手指点一下。

走在中间的男子约莫四十岁，穿着深棕色大衣，戴着黑色礼帽，姿态沉稳，步履从容，显然是中心人物。旁边陪同的是副校长，还有几名校方领导，另外的两三个人不认识。

礼帽男子的声音随风飘来："……我们给贵校捐这笔钱，也是为了完成家父的遗愿。"

副校长说："徐老先生支持教育事业的赤诚之心，实在令人钦佩啊。"

礼帽男子注意到了凉亭的一幕，一边朝这边走，一边问："这两位同学读的什么专业？"

有人在副校长耳边说了句什么，副校长说："那位女生是夏天晴同学，新闻传播学专业，噢，也是我们学校的校花呢。那位沈牧同学，材料物理专业，品学兼优呀。"

"哦，学霸和校花，幸会幸会。"礼帽男子微笑着走来。

沈牧和夏天晴从凉亭里出来，客气地欠欠身。亭子里的花瓣缓缓飘落，地上一片缤纷色彩。

"沈牧同学的魔术手法很精妙，在哪里学的？"男子问。

沈牧微微一怔，说："自己随便玩的。"

男子拿出一张名片，双手递给沈牧。沈牧接住了。

男子说："有空来作客。"

名片是淡青色，印刷简洁：徐氏魔术研究会，徐光展会长。

沈牧抬眼看了看徐光展。他当然听说过这个百年魔术世家，只是没想到，眼前这位就是现任的当家人。徐家一向低调，当家人更是深居简出。而今天陪同徐光展的几位校领导，对徐家的认知肯定不如业内人士，恐怕只是把这位风度翩翩的男子当作一位发了文化财的主儿。

徐光展又伸手递给夏天晴一张名片，表情悠闲而笃定。

徐光展给人的第一印象，有古典气质，不愧是世家子弟，脸庞极富成熟男人的魅力，隐隐的书卷气与贵族气融合在眉宇间。眼神是迷蒙的，鼻梁挺直，薄唇微抿，嘴角略微上翘。他的笑容总是很浅，但并非假意客套，就和他的语调一样，温存沁润，仿佛随时在体贴别人、照顾别人。

望着夏天晴时，他的眼里蓦然透出一抹神采。

徐光展显然对夏天晴的兴趣更大。沈牧不喜欢他的眼神，尽管并无邪异，反而是全然的正派，且带有欣赏的意味，可沈牧就是不喜欢。

"也就是说，下雪那天，你还是没有表白？"吴辛洁不满地问。

"没有。"沈牧苦笑。

"你可急死人了。"吴辛洁说，"女孩子等这一刻会等死的。"

沈牧抓了抓头发，"这方面我确实有些迟钝，总觉得一切安好，每天和她见面就很好，友谊万古长青。"

吴辛洁的眉毛耷拉下来，"你这个病，叫作'万古不化'。根据你描述的夏天晴的性格，以及我们女孩子的共通心理，她肯定会治你这个病的。"

沈牧侧脸看着吴辛洁，看到她冻得发青的眼圈，"你什么时候涂了眼影？"

"快说她怎么治你的！"吴辛洁吸着凉气，一副等着看好戏的表情。

夏天晴居然接受了徐光展的邀请，去参加了一个茶点招待会。

会上来了不少贵宾，夏天晴特意拍了照片，拿回来给沈牧看，观察沈牧的反应。沈牧对那些表演魔术的人很好奇，问东问西。夏天晴说不出所以然，只知道是请来助兴的，都是近景魔术，玩的扑克牌、水杯、帽子……

沈牧说："下次有这种活动，带我一起去吧。"

"怎么，你也要表演魔术？"夏天晴问。

沈牧摇摇头："我不去堂会上卖艺。"

"那你去干吗？"夏天晴故意问。

"我为什么不能去？"沈牧不服气。

"人家徐哥没请你，你凑什么热闹？"夏天晴撇撇嘴。

"都成徐哥了？"沈牧抓了抓头发，"明明是大叔好不好？"

"跟你有什么关系？"夏天晴说，"我告诉你，徐会长特别好，每个见他的人都很敬重他，不管老少。"

"老少通吃，厉害。"沈牧转身走了。

夏天晴盯着沈牧的背影，气得一跺脚，然后一个星期没理沈牧。

沈牧知道徐光展不是个坏人，他多方打听过，反馈的都是对徐光展的赞赏。

作为魔术世家的长子，徐光展自从接任当家人的位置后，对新人魔术师的扶持有目共睹，在业内以爱才惜才著称。他生性宽厚温和，魔术技艺精湛，管理家族事务稳健有效。以往徐家过于保守的作风，在徐光展的手中逐渐开化，被认为是魔术界承上启下的人物。

这样的男人……如果追求夏天晴……

不是"如果"，沈牧已经看到了因果必然。

也许夏天晴真的喜欢对方呢？

这些念头搅得沈牧心神不宁，于是他跑去女生宿舍楼下等夏天晴，直接问："你想做徐光展的恋人吗？"

夏天晴震惊了，怒斥道："滚！混蛋！狗学霸！"

这六个字响彻楼宇。后来不知怎的变成女生们的"六字大爱咒"，女生为了向某位深爱的男生表达真情，就这样冲他喊，据说很灵。

第二天傍晚，沈牧又来找夏天晴，却被告知，夏天晴刚被徐光展的司机叫出去，说是去绿波廊吃饭。

沈牧突然受不了刺激，直奔城隍庙。

在绿波廊二楼的包厢里，桌上摆着珍馐美味。夏天晴与徐光展相对而坐。

徐光展言辞恳切温和："天晴小姐，我们也算朋友了，有什么心事不妨说一说，是觉得这里的菜不合胃口吗？"

夏天晴抬眸一笑："挺好的。"

自己一冲动就跟着徐光展出来吃饭了，还在宿舍宣扬，那个木头知道了会怎么办？夏天晴既担心沈牧做出傻事，更担心那小子无动于衷。

外面走廊忽然传来急促的脚步声，还有吵闹声。夏天晴一下子站起身。

徐光展忙问："怎么了？"

"噢，我好像听到他的声音。"

"沈牧？"徐光展的神情有些失落。

"嗯。"夏天晴快步走到门口，往外看了看，走廊已经安静了，没有人。她神色怏怏地回到座位上，"可能是我听错了。"

徐光展本想说什么，还是克制住了，给夏天晴的食碟里夹了一块乌参。

外面，沈牧方才上楼，就被徐光展的司机拦截。沈牧往上冲，被司机拖了出去。

两人就在九曲桥上扭打起来。司机身手矫健，还担负着徐光展的保镖之职，嗵嗵几拳过来，沈牧跌倒在地。他拼命爬起来，撞倒司机，在桥上滚了几圈。沈牧爬起来，又被打倒，嘴里喷出血沫。

三名穿着蓝制服的安保人员跑过来，其中两人扭住沈牧的胳膊。

沈牧对着窗户大喊："天晴！夏天晴！"

包厢里，夏天晴冲到窗前，看到沈牧的惨状，心痛不已，"沈牧——"

"你是我的女人，谁也抢不走！"沈牧发出野性的呼唤。

夏天晴的眼泪夺眶而出，忽然一条腿迈上窗台，就要跳到沈牧身边。

徐光展眼疾手快，连忙拉住她，"天晴小姐，这是二楼，危险！"

徐光展如此沉稳的人物，此时竟担心得嗓音发颤了。

"沈牧，等我——"夏天晴返身冲出包厢。

徐光展站在窗前看着。只见沈牧挣脱了保安，迎着夏天晴，两人紧紧拥抱。

徐光展忽然感到心口一丝疼痛。四十岁的男人，也曾爱过，但没有哪个女人让他如此心痛。

时光凝滞于此。

楼下、楼上，缘聚、缘散。

吴辛洁长舒一口气，沉浸在千回百转的情绪中，就连秋夜的凉意也感觉不到了。

然而这些还都是美好，如今的结果却是，一个人坐在这屋顶，另一个消失在茫茫人海。

"那……后来呢？"吴辛洁轻声问。

沈牧沉默良久。

美好的校园时光总是短暂的。

大学毕业后，沈牧做出一个惊人的决定：学魔术。似乎感受到冥冥中的召唤，他要把一生献给魔术事业。

夏天晴理解沈牧。无论他想做什么，以他的天赋，加上超出常人的认真刻苦，可以说无事不成。她要做的，就是默默支持他。

但沈牧的家里极力反对，骂他神经病，放着大好的工作和前程不要，变戏法、玩杂耍？

对峙了两个多月，终于闹崩，沈牧被赶了出去。

傍晚，沈牧独自在街上游荡，不知走了多久，抬眼时，发现自己来到了外滩。

此时万国博览建筑群华灯初上，黄浦江上空的云彩扑面而来，暮归群鸟掠过楼宇之间，在一片晚霞中投下斑驳的影子。江上有一艘游轮驶过，划出道道彩线。

沈牧心情转好，正要给夏天晴打电话约出来吃饭，一侧脸，发现不远处围了一堆人，隐约听到有人说"太神奇了"。

沈牧心念一动，走过去瞧个究竟。

人群中三个人，摆了一张桌子，两个戴鸭舌帽的小伙子站在旁边，为首的是个四十岁出头的中年男人，身穿紫色对襟衣，下巴一撮山羊胡。

"山羊胡"把一颗西瓜籽放到空花盆里，用半个鸡蛋壳盖住，又给鸡蛋壳周围洒了些液体。不一会，一个碧绿的小西瓜顶开鸡蛋壳，出现在花盆里。

围观者惊呼。

这种魔术，是戏法里的"地杂"一项，乃民间奇术，称作"仙指玲珑瓜"，是清朝光绪年间一位书生，因科举制废除，流落市井时遇高人指点创造。次在街头表演，被一个洋画家看到，回国后写了篇东方见闻刊登在《泰晤士报》。那书生还受邀去伦敦表演，一时声名鹊起，他绝对没想到，变魔术竟然改变了命运。

现在又见此术，沈牧笑一笑，正要转身离去，忽然看到桌旁的小伙子凑到一个老太太面前，说刚才变的西瓜是仙物，包治百病，可以用金项链和金戒指交换。

沈牧立刻提醒老太太："阿姨，别听他们的，这就是魔术……"

小伙子怒道："你放什么屁？"

沈牧不屑地说："骗子就是骗子，别拿魔术害人！"

为首的"山羊胡"猛地拿起水果刀戳过来，沈牧的衣服被划了一道口子。"山羊胡"动作极快，水果刀上下翻飞。另外两个小伙子左右夹击。

沈牧反应虽然机敏、手法也快，但毕竟缺少街头经验，遇到这三个江湖恶人，全是流氓打法，难以招架，胳膊和大腿接连挨了两刀。

这时，一个矫健的身影冲来，打翻一人。

沈牧一看，见义勇为者竟是曾在城隍庙的九曲桥上痛揍自己的徐光展的司机。

一愣神的工夫，"山羊胡"的水果刀朝沈牧戳过来。司机喊了声"小心"，却来不及阻挡。危急中，沈牧激发出潜力，将手腕一翻，手指贴着刀面，交错之间，水果刀已被沈牧夺下。

"山羊胡"和司机都吃了一惊，这手法太过诡奇。

"山羊胡"一挥手，喊了声："走脱！"

三人顿时作鸟兽散。

沈牧擦掉嘴角的血迹，对司机说："谢了。"

司机神情冷漠："谢我们会长吧，算你运气好，让我们碰上。"

沈牧这才看到江边石栏前站着一个人，正是徐光展。

沈牧走过去，不卑不亢地说："徐会长，谢谢了。"

徐光展若有所思地打量着沈牧，忽然一把拉过沈牧的手，热切地抚摸。

沈牧呆住，这是？

徐光展有些失态地捏了几下。

沈牧一把抽回自己的手。

"喂，你什么意思？"沈牧想起徐光展请夏天晴吃饭就来气，如果天晴知道自己遇到这么一块料，不知作何感想。

徐光展兀自低语："难怪魔术变得不错，动作也非常诡奇……没想到我竟然遇到了神之手。"

"什么？你说什么手？"

"你自己不知道吗？"徐光展直视沈牧。

"知道什么？"沈牧看了看自己的手。

"上次见面时没有注意到，险些错失。"徐光展正色道，"沈牧啊，你天生拥有神之手，寻常魔术师即便做了骨科手术，也只能在表演中达到神之手千分之一的水准。"

沈牧皱眉不语。回想自己学魔术以来，虽没有正经拜师，主要通过书籍和电视观摩学习，但进步确实比较快。有些很复杂的魔术，也能轻易上手。

徐光展换了话题："你刚才怎么敢招惹市井恶徒？"

沈牧哼了一声："用魔术诈骗，低级。"

徐光展问："那什么是高级的？"

"高级的魔术是让人们相信美好的东西，相信'相信'的力量。魔术可以很简单，也可以以此为生，但必须出自正念。"

徐光展重新打量沈牧，目光停留在沈牧脸上，"如此年轻，就有如此见识，既有术、更讲道。"忽然叹口气，"如果我弟弟有你一半的正念，我们徐家……唉……"

徐光展很少在人前流露悲愁的神色。

沈牧不愿触碰别人的伤感，转身欲走。

"沈牧，请等一等。"徐光展语气庄重，"我想正式聘请你做我的助手。"

此言一出，旁边的司机都感到惊讶。徐家的合约是魔术新人的梦想，只要被魔术世家包装推向市场，前景灿烂，更别说一个草根小子一跃成为当家人的助手。

沈牧没有犹豫，笑着摇摇头："谢谢你的好意。"

徐光展在他眼中，是明晃晃的情敌，且不论魔术造诣如何，去给情敌当助手，这是他无法接受的。

徐光展一脸困惑："你不喜欢魔术？"

"非常喜欢。"

"你不想飞黄腾达？"

"非常想。"

"那你……"

"我只是不想进徐家。"

"哦……"徐光展被噎住了。

司机忍不住握拳，向沈牧走近两步。徐光展投以凌厉的目光，司机忙止住，退回原位。

沈牧淡淡一笑："再见。"

他大步离去，身影消失在外滩的钟声里。

徐光展望着沈牧消失的方向，站了许久，低喃："此人必将成为徐家的劲敌。"

司机听到了徐光展的话，往前两步想说些什么。

徐光展摇头制止。个中愁绪，岂能为外人道？

徐光展忧心的不仅是徐家的未来多了一个劲敌，更让他难过的是，令自己心动的女人却深爱着这个劲敌，未来留给自己的，只有无尽的痛苦。

吴辛洁从沈牧的讲述中回过神，问道："你拒绝了徐家的当家人，不后悔吗？"

"你认为我后悔吗？"沈牧反问。

吴辛洁转脸扫一眼天彩魔术团的院子，夜幕下一片庄严静谧。

她说："现在当然证明你走了真正适合自己的路，但站在那天来想，可是你人生的十字路口……"

那天是沈牧与家里闹翻，被赶出家门、流落街头的日子，前途渺茫，只有一个信念：学魔术。可是当幸运的大门为他打开时，他拒绝了。

吴辛洁忽然领悟："你虽然热爱魔术，但在你心目中，夏天晴才是至高的存在，你更怕失去她，所以只想远离徐家，对吗？"

答案不言而喻。

"那后来呢，徐会长没再纠缠你？"吴辛洁追问。

沈牧微微苦笑："这位老兄确实爱才，又几次邀约，都被我嘲讽一通，最后一次我烦透了，愤怒拒绝。他才彻底放弃了让我当助手的念想。"

"拒绝男人确实不容易啊。"吴辛洁表示理解，"徐会长肯定是个情种。"

"你扯哪儿去了？"沈牧皱眉说。

"我只是遗憾，自己没有遇到这样的男人。"吴辛洁苦笑，又问，"那后来你和夏天晴怎么样了？"

夜幕中，沈牧望着远方，似乎那里又出现了夏天晴的身影。

夏天晴支持沈牧的梦想，可是学魔术需要很多钱，沈牧打工赚的钱根本不够。夏天晴竟然悄悄放弃考研，找了一份香水推销员的工作，帮沈牧赚学费。

起初沈牧不知道，后来发现夏天晴在商场卖香水，一时间又感动又生气。

"天晴，是我害了你。"

"你别胡说，我选择怎么生活是我的自由，我就想卖香水，怎么了？"

"卖香水不应该是你的生活！"

"考研不也是为了将来能有一份好工作嘛，我用复习的时间换来工作经验，哪个更划算？"夏天晴说。

"我辩不过你，反正你明天就辞掉工作，去考研！"沈牧蛮横地说。

夏天晴想了想，点头说："其实我也想辞职的，那个经理色迷迷的，如果是我几年前的脾气……"

"又想打人？"

"不打不打，"夏天晴忽然魅惑地一笑，"那你陪我练——相扑。"

说着，猛地跳起来张牙舞爪扑到沈牧身上。

"……啊，你这个野丫头……"

夏天晴咯咯笑着，将沈牧扑倒在床上……

第二天，夏天晴果然辞了卖香水的工作，却又跑去咖啡店打工了。

那阵子沈牧忙着备战一场魔术比赛，天天苦练。比赛的规格并不算高，市区范围的一场交流赛，却是沈牧的第一场正式魔术比赛，非常重要。

他很想技术突破，可是自己剩下的钱加上夏天晴帮他攒的钱，只够买些魔术道具，请不起真正的老师。沈牧没办法，就想找个地方偷师。

天彩魔术团的孟团长行事极为低调，圈里很少有人提及，沈牧偶然听到一位老把式说到他，便去看了看，发现果然不一般。于是每天走很远的路，风雨无阻，到田子坊的弄堂里，翻过围墙，趴在演练房外面偷学。

这样的求学路非常艰辛，沈牧不知不觉间，鞋底都磨烂了。

为了不让沈牧分心，夏天晴没有告诉沈牧，她早已放弃学业，每天打工赚钱。她从不买贵重的化妆品，下班后也谢绝了同事们的娱乐邀请，赶回家做饭。为了省钱，她做菠菜蛋花汤，煮挂面，毫无怨言。

有一次她端着汤碗从厨房出来，沈牧已经蜷在沙发上睡着了，望着他消瘦的脸庞，夏天晴哭了。沈牧醒来后，抚去夏天晴的泪痕，又看到夏天晴由于洗衣服浸泡得有些肿的手指，潸然泪下。

夏天晴依偎着沈牧，柔声说："不哭了……我觉得很幸福呢。"

终于，比赛如期而至。

"明天我一定会赢。"沈牧对夏天晴说。

夏天晴懂得那个奖杯对沈牧的意义。但沈牧没有告诉夏天晴，他要把奖杯作为求婚的礼物，让夏天晴看到两人一起奋斗的成果。

"比赛是在晚上吧？"夏天晴问。

"嗯。你最近在忙着大考吧，能来吗？"沈牧揽着夏天晴的腰。

夏天晴的脸庞贴着沈牧的肩头，"我肯定会去看的，学习又不在一时。"

沈牧紧紧地拥抱着夏天晴，犹如拥抱着自己的一生。

第二天一早，夏天晴去上班，给沈牧留了张字条：乖，我放学以后去文化馆，还要送你一双新鞋，等我哦。

沈牧拿起自己的鞋看了看，鞋底磨了好几个洞，不禁苦笑。

比赛场地在徐汇区的上海梅陇文化馆。

傍晚，沈牧在大门外等候夏天晴。马路上车来车往，迟迟不见夏天晴。比赛定于晚上八点开始，可是都七点半了，夏天晴还没来。

那年他俩为了省钱，没买手机，还在使用即将淘汰的"小灵通"，这玩意儿最大的缺点就是容易掉线。沈牧给夏天晴打电话，对方不在服务区。

比赛开始前二十分钟，工作人员催促沈牧，救场如救火，沈牧回到文化馆。登台时，他安慰自己：天晴肯定是遇到临时考试，走不开。

他强迫自己集中心神，投入比赛。

幽暗的舞台中间有一张桌子，摆着一只酒瓶和一个空玻璃杯。

一阵似有若无的丝竹音乐响起，魂牵梦绕一般飘在上空。

这是沈牧人生中第一场魔术比赛。

他往玻璃杯里斟入半杯酒，琥珀色的酒液在幽暗灯光下呈现金色。他左手打开折扇，用蓝色扇面在酒杯前遮了一下，扇子移开，酒液在杯中沸腾起来。

沈牧又用扇子遮了一下，酒杯变成了一盏宫灯。宫灯内闪烁着金色的火苗。

然后，他将扇子放到灯口，瞬间燃烧，扇面化为乌有，只剩下几根扇骨。与此同时，那一簇金色火苗的周围，骤然出现了蓝色火焰，形成一圈光环。

沈牧旋即把烧过的扇骨投入宫灯，随着"噗"的一声，激起一片火花，他随即伸出右手轻轻一摆，掌心接住最大的一片火花……

评委席上有人交头接耳："这是哪家的魔术师？"

旁人答："自己来的。"

有人接口："从没见过这个魔术师，这么年轻，手法如此精妙……"

沈牧的动作十分飘逸。右手顺势一晃，那朵火花竟变成了一只鸟，振翅而起。

火鸟围着沈牧左手的宫灯盘旋，灯内腾起的火焰越来越大。

忽然，火鸟迎着火焰飞去。当它穿过火焰以后，竟又变成了透明的鸟，皮毛薄如无物，翅膀也是透明状。

台下观众发出阵阵惊呼。

观众席第三排有个年近五十的男人，平静地看着台上的表演，威严的神色中透出些许亲切——他便是孟团长。

此时，背景音乐缓缓升起。

那透明的火鸟再次穿过火焰，一半依然透明，而另一半瞬间变成了黑色。

从远处看，仿佛半只鸟在飞。

在沈牧的指挥下，火鸟在宫灯上方盘旋三圈，转而一头扎进火焰中。

观众席涌起惊愕的声浪。

随着一阵大气磅礴的音乐响起，宫灯内的火焰陡然蹿升，如同喷泉，火鸟似在其间翻滚。

突然，翻滚的火鸟从火中一跃而出，已经变成红色，如一团烈火，拖着长长的尾巴。

红色的火鸟展开双翅，盘旋十五秒。

沈牧的手迎向它，双眼透出睥睨天下的傲然气势，他的手指与火鸟触碰的刹那，火鸟消失，化作一缕青烟。

背景音乐戛然而止。

震撼之中，现场一片寂静。

有评委低喃："这就是'凤凰涅槃'啊。"

一位年纪最老的评委发出沙哑的低语："是孟元辰的风格。"

"孟元辰？没听说过。"

老评委扫了对方一眼，眼神带着嘲讽，但没说什么。

回过神的观众们起立鼓掌。

孟团长在座位上轻轻点了点头，起身离去。

沈牧并没有陶醉在掌声中，心里不无遗憾：天晴，如果你看到这一幕，该多好。

然而直到人群散去，夏天晴始终没有出现。

沈牧捧着冷冰冰的冠军奖杯，孤独地站在灯光下。他赢得了比赛，却失去了夏天晴。

往事只能回味。

吴辛洁一时间忘了自己身处何地，也忘了时间，忘了秋夜凉如水。

良久，吴辛洁轻声问："从那以后她再没有出现？"

沈牧摇摇头。

"那你之前说的车祸是怎么回事？"

"她突然消失后，我去学校询问，才知道她早就退学了。又打听到她在一家咖啡店打工，我去附近寻找，听说在附近某条偏僻的小街，可能发生过车祸，但具体情况不清楚，因为当时没人报警，唯一的目击者是街对面的食杂铺老板，当时喝得醉醺醺的，说有一辆车撞了个女孩跑了，过路的车也不管。等那老板酒醒，想起来，就跑过去查看，发现根本没人，一度怀疑是自己的幻觉。但他说路边的灌木丛里有一双崭新的鞋，他正准备捡起来，被拾荒者抢走了。"

吴辛洁点点头。沈牧在梅陇文化馆比赛那天，夏天晴答应去看，并且要送他一双新鞋。

吴辛洁又问："那你没到医院问问？"

"都问了，没有结果。"

吴辛洁静默片刻，小心地开口："那也可能是……"

沈牧瞥了吴辛洁一眼，"你想说，可能她自己不想出现了。"

"我是乱猜啊，女孩给男孩送鞋，不是生日和节日，那就是你的鞋实在……"

"那时候穷，走路到魔术团偷师，鞋底磨烂被她发现了。"

"所以就不是一双鞋的问题，而是让她觉得没有安全感，然后那天可能有什么事刺激到了，于是以往的不安和担忧爆发，重新反思生活，就决定……"

沈牧沉默。

半晌，他摇头："天晴不是那样的女孩。"

吴辛洁抱着双膝坐在屋顶，心里叹口气。

她终于明白沈牧为什么在医院见到她妹妹，忽然受到触动。妹妹的年龄，与当年夏天晴失踪时差不多。沈牧一定很害怕，想到夏天晴会不会也因为车祸而高位截瘫。

这就是触景生情吧。

沈牧喃喃低语："我愿意代替她受苦，只要让我知道，她在哪里。"

屋顶上静默良久，只有风的声音。

吴辛洁说："所以从那以后，你就更加苦练魔术技艺，不允许自己犯一点错误。"

沈牧抬起脸，望着夜空的眼神变得坚定无比："我们有过约定。"

——你一定要变成最亮的那颗星，当我迷路的时候，就能看到你了。

——嗯，你可别认错了，我最好再举个牌子，上面写着：全宇宙最耀眼的明星，沈牧是也。

所以他横扫魔术界，不惜成为魔术师们的公敌。因为他要登上世界之巅。

拼斗数年，只为那一刻。

纵使无数人恨他，他也要为了所爱之人，让自己的名字闪耀全世界。

如今，沈牧已经创造了七十八场不败纪录。

他注定要踏上世界大赛的舞台。冥冥中似有呼唤传来。

越来越近，越来越响……

第五章

逆水行舟

『你瞒得了别人,瞒得过自己的心吗?』

1

黄浦江上缓缓下沉的落日，已经隐去一半，西边天空瑰丽的晚霞仍在燃烧着，江水变幻着色彩斑斓的波光，几艘轮渡船驶向远方，江面上划出道道水痕。

沈牧站在江边高处眺望。一片晚霞披在他身上，颀长的身影闪着点点金光。

眼前是一座船厂，始建于清末，中国第一艘万吨轮"绍兴号"就是从这里启航。十二年前船厂迁至崇明，船台和老厂房作为遗迹保留了下来。

沈牧将其整体租下，以备香港的世界超级魔术大赛。

当年的厂区横贯浦江两岸，黄浦江一度被称为"厂河"。沈牧对这座老船厂进行改造，一万平方米区域，三十米长的船坞有十二个。

沈牧将在此处演练魔术。

吴辛洁抵达船厂时，姜满春已经带领一群工人完成了外部改造工程。十二个船坞由巨大的围栏遮盖起来，没人知道沈牧会使用其中的哪个船坞。

吴辛洁从厂区走过。石磨地板上到处是斑驳的痕迹，巨大的顶棚上金属支架纵横交错，依托着结构坚固的砖墙与四面耸立的柱子，充满了重型工业的力量。

吴辛洁沿着长长的扶梯登上二层平台，高度约十五米，相当于四层楼。从这里看去更觉得震撼，眼前粗壮的钢骨和电缆泛着光泽，围栏里面传出咚咚的敲击声、嗞嗞的电焊声，以及嗵嗵的捶打声。

然后一个更响亮的声音传来，沈牧一边走一边训斥姜满春。他们刚从围栏后面的船坞出来，经过下面的空地。

沈牧说："……那是谁说的，给我一个支点，我能撬动整个地球？"

姜满春耷拉着脑袋："古希腊伟大的数学家、物理学家阿基米德。"

"你知道啊，那你怎么不理解我的意思呢？"

姜满春把胳膊下夹着的图纸拿出来，展开，看着上面密布的图案和线条。

吴辛洁看不清楚，隐约是个船形。

沈牧说："满村哥，撬动地球以前，你得先撬开自己的脑瓜——找到那个点！"边说边伸过手，啪啪地敲着图纸。

姜满春闷声闷气地说："船头这个位置……你想用一根手指去挡……"

"很难吗？"

"以前从没人做过呀。"

"所以要我们干什么来的？"

姜满春勾着头，呆呆盯住图纸。

"别死盯这个，脑子要转过弯！"沈牧一把抢过图纸，三揉两搓，丢到墙角的垃圾桶，隔空一指，垃圾桶里呼地蹿起火苗。

吴辛洁看到这里差点笑出声，急忙捂住嘴。她这才注意到，厂房各处都有"出气垃圾桶"，随时给沈牧备着。

她来这里之前，蔡炳就打了预防针，要把眼睛放亮、手脚放勤快，千万别犯低级错误。沈牧这次备战比赛特别容易发脾气。

受这种气氛的影响，吴辛洁也有一种不好的感觉，这场世界大赛恐怕不会顺利。虽然不知道沈牧具体用什么节目参赛，但从这么大阵势来看，这次表演肯定非常危险。

姜满春眼睁睁看着垃圾桶里，"呼噜"一下，自己的心血顷刻间付之一炬。

沈牧怒道："满村哥，你傻愣着干什么，脑子里的弦儿烧断了？"

姜满春收回目光，壮着胆子说："要达成你的意愿，就得给你的手腕上配备一个辅助工具，同时也能起到保护作用。"

沈牧沉默不语，似乎在衡量"光影神手"与船头、辅助工具之间的关系。

然后他说："那个东西只是保护手臂不受伤而已，是给失败以后准备的退路。但如果真的失败了，你一个破护腕能起什么作用？"

姜满春说："不是护腕那么简单，我做个小机关放到里面，帮助你平衡力量。"

沈牧问："你担心我在现场找不到准确的支点？"

"这次比赛在维多利亚港湾露天举行，环境更复杂。"姜满春说。

沈牧一向认为，环境就是魔术的一部分，且是最不可控的一部分，魔术是变，环境更是变，用变的对应变的，如同毫巅之间的豪赌，不容许丝毫差错。

维多利亚港湾不是剧场，非人力可控——风向、风力、海浪随时都在变化，那是老天爷把控的，姜满春能做的，只有尽力保障沈牧的安全。

姜满春继续建议："小爷叔，辅助工具我已经想好了。"他直接拉开沈牧的衣袖，在手腕上比划，"这位置贴合……从这里拉三根金属线到肘部，另一头系到腰上……"

"不。"沈牧收回胳膊，态度坚决，"我不需要辅助工具。"

"你不相信我的技术？"姜满春急得涨红了脸，"我会做得非常巧妙的，没人看得出来。"

"你瞒得了别人,瞒得过自己的心吗?"

"只不过是个小道具,咱们一直在用道具啊。"

"这是两码事。"沈牧直视姜满春,"你让我施展'光影神手'的时候,腕部暗藏辅助工具,这叫作弊!满村哥,你的脑子也让鸡屎糊住了?"

姜满春的脑袋耷拉下来。

"说到底你还是对我们没有信心。"

姜满春几乎发出了哭音:"那……万一失败,总得有个东西阻挡一下啊。"

"到时候一个大浪下来,阻挡?你能用筷子挡高铁?"

"可你总得……"

"有你这样的想法,我会死得更快,越是畏怯,越是危险。"沈牧厉声说,"把你的石头脑袋多敲几下,重新去画船体图!"

他转身大步走开。

姜满春在背后喊:"小爷叔,这到底是为什么啊?"

沈牧停下脚步,回头瞥他一眼:"因为我是最纯粹的魔术师。我不允许施展'光影神手'时掺杂一丝杂质。"

2

吴辛洁从厂房出来,看见姜满春坐在江边的石头上,双手抱头。

看来姜满春也无法忍受了,挨一顿臭骂不说,还把凝结他心血的图纸烧了,只能跑到江边生闷气。

可是走近了却听到姜满春轻声咕哝:"左侧转角 45 度……不对,还是 55 度合适……哎对了,底舱设置 12 个浮瓶,增强制动效果……"

吴辛洁十分惊讶,在姜满春身上看不到丝毫怨懑,究竟是已经习以为常,还是因为对魔术的热爱?

吴辛洁没有打扰姜满春,继续沿江堤散步。

她决定放弃任务,不再窃取"光影神手"的秘诀。

神秘人那边如何交代?

吴辛洁考虑好了,因为妹妹刚做过手术,至少要两个月恢复,身体非常虚弱。在此期间,吴辛洁保持现状,暗中拖延,只要熬过两个月,等妹妹的病情缓和,然后就悄悄带妹妹转院，摆脱神秘人的监控。

吴辛洁琢磨得挺好，没想到当天晚上，她忽然接到医院的电话。

"喂，辛洁吗？"

"李护士，你好，是不是我妹妹又有情况了？"吴辛洁焦急地问。

"啊？你不知道吗？"李护士语气带着惊讶。

"知道什么？"吴辛洁突然一阵恐慌。

"我刚上夜班，得知吴静萱被你亲戚接走了，我顺便问问……"

"什么？！"吴辛洁的脑袋"嗡"的一声，眼前一黑。

"你不知道吗？"李护士追问。

"噢……我……我好像……太忙了……"

吴辛洁的脑海一团乱麻，残存的理智告诉她，这事肯定和神秘人有关。可是，神秘人怎么知道她想放弃任务？难道神秘人掌握了隔空读心术？这不可能！

一定有什么地方出了岔子，在搞清楚前，不能再节外生枝，否则妹妹更危险。

"哦，李护士，"吴辛洁抑制住语气中的惊恐，"我刚刚出差回来……家里……可能有点情况……"

"辛洁，你没事吧？"李护士关切地问。

"我挺好的，回头再给你打电话，我去看看妹妹……看看家人……再见。"

吴辛洁跌坐到床上，双眼发直，冷汗淋漓。过了好一会，才意识到自己还紧攥着手机。她捂住脸，想哭出来，却猛地站起身，不，现在不是哭的时候。

吴辛洁踉跄着出了门。这里是船厂内部的临时宿舍，位于厂区西南角。穿过门外的长廊时，黄浦江就在窗户一侧，一条白色的轮渡船缓缓驶过，像幽灵似的。

吴辛洁一直走上堤岸，这里没人注意。

她拨通了神秘人的手机。

显然，神秘人就在等着她。

"终于想起来打电话了？"神秘人的冷笑传来。

"为什么要带走我妹妹？"吴辛洁的语气中透出愤怒，"咱们有约定……"

"你还记得契约啊？"神秘人的语调十分冰冷，"那我们约定了什么？"

"我完成任务，你承诺不伤害我妹妹。"

"我要求你把一切情况汇报给我，尤其是沈牧与你的互动。"

"我一直是这么做的！"

"那医院是怎么回事？"神秘人冷不防直击要害，"你妹妹的医疗费，谁给交了？"

吴辛洁猝然一惊，一口气没喘上来，心脏差点宕机。

3

良久，吴辛洁反应过来。

神秘人一旦探听到她妹妹的医疗费已经结清，自然能查到交款时间，只要追查医院的监控录像，就能锁定沈牧。

她只是没想到神秘人的嗅觉这么灵敏，都不给她喘息的时间。

"怎么不说话了？医院交费的事情，你给我个解释。"神秘人催促道。

"哦……那天沈牧跟踪我……我……"

"为什么不向我汇报？"

"我怕……引起你的误解。"

"这么大的事情，你以为瞒得过去？"神秘人语带怒意。

"我是准备……找个合适的时间……"

"吴辛洁，别耍花样。你是我挑选出来的，我对你的了解远远超过你自己。你只不过是我摆弄的一颗棋子。"

"你先把我妹妹送回医院，她刚做完手术……"

"这是给你的惩戒。"神秘人语气漠然，"我们是有契约的。你只要完成我交代的任务，就有享用不尽的名利回报，可你要是违反约定，我给你的代价，也足够你回味无穷。"低沉的语调通过手机传来，仍能感觉到冷漠与残酷，令吴辛洁惊恐莫名。

"我妹妹是无辜的，你说过不伤害无辜者。"

"是你把她卷进来的！"神秘人的声音陡然提高，"我信任你，你却在欺骗我。在我眼里，吴静萱并不是你的妹妹，而是你给我的抵押品——你若撕毁契约，我就能任意处置！"

江边猛地吹来一阵大风，吴辛洁双膝一软，跌坐下来。

风将她的头发扬起，遮住眼睛、盖住面颊。

——是我把妹妹推向绝路的……

——是我害了她……

——不，这是神秘人在操控我的意志……

"吴小姐，你别害怕。"神秘人的声音忽然又变得温和，"其实我们是一路人，我也受到了不公正的待遇，而且深受其害，所以我最懂什么叫公平。我并没有过分要求你，只是提醒你按照之前的约定行事，难道不应该吗？"

"我妹妹……"

"她很安全，受到的照顾可比在医院好多了。我雇了上海顶级的私人护理团队伺候她。"

这个人操控别人的手段太厉害，完全无法预料，更无力招架。

吴辛洁从地上爬起来，靠着一棵树，尽量让自己平静下来。

神秘人步步紧逼："你还没回答我的问题，沈牧凭什么无缘无故帮你们交了医疗费？"

"是因为……"吴辛洁不知该怎么解释。

"因为你跟他上床了？"

吴辛洁愕然。

"传闻沈牧不是那样的人。也许是你太会勾引，沈牧色迷心窍也在所难免。"

吴辛洁很愤怒，神秘人不但侮辱她，更是在侮辱沈牧。

可她的脑子十分混乱，身心俱疲，几乎被折磨得奄奄一息，她脱口而出："是因为我妹妹让沈牧想起他曾经的恋人，触景生情而已。"

神秘人静默片刻："你是在骗我吧，从来没听说他有什么绯闻。"

"那是因为他专一，所以才没有绯闻！"

"哦？你说说看。"

吴辛洁努力思考：不能透露有用信息。

吴辛洁说："十几年前的事情，他只给我讲了大概。"

神秘人催问："那女孩叫什么名字？"

吴辛洁毫不犹豫答："不知道。"

"不知道？"

"沈牧怎么会告诉我？他帮我交费，只是自己同情心泛滥，并不是信任我。"

吴辛洁抱定念头，只要不说名字，神秘人就无从下手。沈牧用了十年都找不到的女孩，神秘人又去哪里搜寻一个空白点？

神秘人沉默良久，说道："这个情况先放下。"随即语气一转，冷然道，"沈牧在黄浦江边租了船厂，他的魔术肯定与船有关……"

"又让我找暗门，前几次的教训还不够吗？"

"你急什么？"神秘人沉声说，"沈牧不让你靠近核心，但不影响你在外围动手。"

"你想干什么？"

"这次直接针对他本身。"神秘人说，"既然是旧船厂，他要重新改造就必然破坏原有结构，留下许多潜在危险。暗门你找不到，在建筑结构上找几个薄弱环节，不是难事吧？"

吴辛洁举着手机，忽然一阵耳鸣。江边的风越来越大，凝住她额头的汗，冷得直打寒战。

"听懂了吗？"神秘人催问。

"我……可能……"

"他不是神，没有三头六臂。当他把注意力全部投入魔术，那么船厂的其他区域，就是他的陷阱。"神秘人语气一沉，"你要找机会制造事故，懂吗？"

吴辛洁想到那些纵横交错的金属支架、电缆，吓得说不出话。良久，她从齿间挤出一丝颤音："我……不杀人。"

"我没要求你杀人，所以需要你现场把控。"神秘人说。

可是一旦行动，根本不是她能控制住的。她想抗拒，可妹妹还在对方手上。

吴辛洁努力让自己冷静，思索着说："我觉得没必要做到这一步，反正你是想得到'光影神手'的秘诀，为什么不直接去找？"

"什么意思？"

"既安全又省事的办法，就是趁现在去天彩魔术团搜寻秘诀。"吴辛洁说，"魔术团只在前院留了两个值班的。"

神秘人冷笑一声："我没有想过吗？"

"啊？"

"你还是不了解天彩魔术团呀。"神秘人语气深沉，"孟团长活着的时候，不仅是魔术高手，更是机关高手。孟团长由于自身条件所限，无法施展'光影神手'，就把秘诀传授给了拥有神之手的沈牧。至于道具机关术，早在沈牧之前，孟团长就传授给了姜满春。姜满春是得了孟团长真传的，别看他傻乎乎的，那也是百年一遇的高手。还有那个蔡炳，十七岁就开始在道上混，二十六岁被孟团长救了一条命，从此洗心革面。"神秘人冷哼一声，"孟团长给沈牧留下了左右护法，才放心离开的。"

"我还是不明白，就算他们再厉害，如今身处船厂，天彩魔术团就是个空宅。"

"你是觉得我傻，还是沈牧傻？"神秘人不满地说，"孟团长经营魔术团几十年，那里机关重重。平时住人的时候，担心误伤，有些致命机关会封闭起来。现在院子空了，沈牧肯定会采取一级防护措施，你让我自投罗网吗？"

"哦……原来空宅更可怕。"

"所以当初你在里面的时候，才是最好的机会。我费了这么大的力气、布了这么大的局，你给我的结果就是这样？"

吴辛洁怕又刺激到神秘人，忙说："船厂的行动，我试试……"

"不是让你试，是必须完成！"神秘人的语气冷彻骨髓，"你只有把沈牧整倒，才能见到妹妹。"

4

神秘人与吴辛洁通过电话后，仰靠在椅背上。

房间很暗，窗帘半掩，院子里的灯光洒在窗棂上，投下一片碎影。

神秘人从椅子上站起身，绕过桌子时碰到了桌角的相框。这是一张旧合影，上面印着一行字：和妈妈一起度过的八岁生日。

相片里小男孩在笑，但神色间夹杂同龄孩子没有的沉郁，他身旁的母亲面容姣好，也在努力微笑，却有淡淡的愁容。母子俩的人生，仿佛被命运抛弃在一座不见阳光的屋子里。

神秘人走到窗边，把窗帘拉开些，望着外面的夜色。

院子里有几个人经过，走在中间的是大嫂，背影窈窕，头发挽起，一袭亚麻布长裙在夜风中微微摆动。一行人出了大门，台阶下有两辆车，前面的红色保时捷是大嫂的座驾，后面的银灰色奔驰曾是大哥的专车。

两辆车绝尘而去，神秘人知道他们去了机场。

这时，神秘人听见一阵敲门声。

"进来。"他仍站在窗前。

门开了，是管理团队里一个不起眼的小副手，鞠躬道："二少爷。"

神秘人瞥了一眼，又把脸转向窗外，"阿亮，什么事？"

阿亮迟疑一下，说："大少爷留下的一点东西，您看怎么处置？"

神秘人一皱眉："过了这么久了，还没处理完吗？"

"嗯，中午才发现的。"

神秘人有些不耐烦："下午夫人一直在家，怎么不交给她？"

阿亮犹豫着说："这些东西……应该是封藏起来的，好像不愿让夫人知道。"

神秘人慢慢转过身，沉吟片刻，不露声色道："去看看吧。"

十几分钟后，两人走进一间书房。里面的四个大书架已经空了，其中一个书架斜着敞开，露出后面的一点灯光。

阿亮说："上个月，夫人吩咐把大少爷的房间重新整理一下。"

"我知道这件事。"

"今天，工人整理到这间书房时，发现这个书架——"阿亮用力推了一下，半敞的书架像门一样开了。

神秘人看了看，对阿亮说："不要告诉任何人，明白吗？"

"放心，家里边我只告诉了您。"阿亮热诚地望着神秘人。

神秘人点点头，忽然上前两步，拍了拍阿亮的肩膀。

阿亮受宠若惊，嗓音发颤道："二少爷，您还有什么吩咐？"

"最近几件事，你办得不错，头脑蛮灵光的。今天这件事，尤其好。"

"谢谢……谢谢二少爷。"

"这样吧，从明天开始，你做我的秘书。"

"啊……好好，谢谢二少爷。"阿亮抑制着兴奋之情。

"以前我不在这个家里，委屈了你这样的人才。我们家里有些人，就是眼高于顶、心胸狭隘。"

阿亮嘴角一抽，仰望着身姿挺拔的二少爷，"我就是在等您回来。"

"嗯，你的心意，我明白的。"神秘人摆摆手，"你出去吧。"

"是。"阿亮后退着离开书房。

神秘人走进书架后面的密室。这里更像私密的小书房。二十平方米，陈列架上除了书，更多的是一些奇形怪状的东西。神秘人一圈看过去，都是些精巧的道具。书籍也是和魔术有关，大多是绝版书，甚至有手绘本，散发着陈年特有的气息。

神秘人发现角落有个箱子，上了锁，但这难不住他。他弯腰看了看，从陈列架上找了个细长的尖钩，轻松地打开锁，掀起箱盖，怔住了。本以为是什么贵重物品，却是一堆日记本。

神秘人从最上面拿起一本，翻了翻，是些人际交往的流水账。他从底下抽出几本，日期从十几年前到七八年前不等。

神秘人相信这些日记本必有特殊的价值，否则大哥不会藏得这么隐秘，于是把箱子搬回了自己房间。

5

一场小雨过后，黄浦江的水流更增添了几分生机。江面上一艘白色的轮渡船缓缓游弋，每天以固定时点经过厂区。

沈牧沿着江边散步，走到一处石阶前，停下，眺望江上远景，不禁低诵一首古诗："荡漾空沙际，虚明入远天。秋光照不极，鸟影去无边。"

虽然写的不是黄浦江，意境却是相通的。

他竖起风衣的领子，衣襟翻飞中，仿佛回到学生时代。

前方，吴辛洁的身影由远及近，迎着沈牧走来。

沈牧的魔术演练终于进入正轨。下午难得放了半天假，众人从极度紧张和疲惫中脱离出来，喘上一口气。

吴辛洁来到沈牧身旁，问："先生，你叫我有事？"

沈牧背着双手，仍在眺望浦江之水，"一直忙，没机会找你谈谈。"

吴辛洁一怔，脱口而出："先生要开除我？"

沈牧侧脸瞥她一眼，语气平淡："香港的魔术大赛，我毕竟需要助手，如果再换，又得重新适应笨蛋，还不如将就一个笨蛋凑合着用。"

吴辛洁感觉心里一松，放下一块石头。她可能没有意识到，尽管站在沈牧身边还是会发抖，但自己已经离不开他了，沈牧身上散发的强大的吸引力，既让她畏惧，又让她忍不住想靠近……

"你想什么呢？"沈牧忽然问。

"啊？"

"两眼发呆，丢了魂似的。"

"哦……"吴辛洁脸一红，低下头。

"是谁派你来的？"沈牧冷不防问道。

吴辛洁的思绪没转过来，猛地抬起脸。沈牧正用犀利的目光注视着她。吴辛洁不禁后退两步。

"什么……什么意思？"吴辛洁承受着剧烈的心跳。

"从你面试之后，每场比赛都有疑点。"沈牧说，"那天我跟踪你到医院，本是为了抓你的现行，结果你只是去看望妹妹，逃过一劫。但你肯定有问题，说吧，谁派你来的？"

吴辛洁知道，在这个男人身边捣鬼，不被他发现是不可能的。吴辛洁并没有心存侥幸。但她之所以还敢待在这儿，是确信自己没有留下把柄。

她已经无数遍复盘，把所有的行动细节都想过了。

没有实锤！

尽管沈牧平时表现得任性蛮横、放肆狂悖，但那只是复杂性格里的一种表象，沈牧的理智超出常人，不会因为疑神疑鬼做出情绪化判断。沈牧的强大和骄傲，也不允许他这样。

既然没有证据，那么吴辛洁要做的，就是克制自己的心虚，建立角色意识，坚持演下去。她能在沈牧身边混到现在，已经证明自己无愧于"演员"的名号。

吴辛洁也给自己留了后手，暗自吸了口气，说："先生，你可以怀疑我，确实有人联络我，让我想办法害你。"

"哦？"沈牧似乎没料到吴辛洁这么说，问道，"是什么人？"

"我没有见过，只有一次在车里，他坐后座，不让我回头。"

吴辛洁知道前助理孙雅就是这样，现在复述给沈牧，按照戏剧表演的路子，这样才符合人物一贯的风格。

沈牧语气平淡："然后呢？"

"他又通过网络找过我。"

沈牧点点头："对方许你什么好处？"

"很多钱。"

聊着聊着，吴辛洁又莫名心慌了，她强迫自己稳住。妹妹还在神秘人手上，她这边不能出一点岔子。

"那你是怎么做的？"

"说实话，我犹豫了，毕竟一大笔赏金，而我特别缺钱。再说，我以为对付你并不难，不就是搞点小破坏嘛。可我在你身边越久，越发现你根本不可能战胜。"

"所以鱼缸里的水银，就是你投放的？"

"那个……真的是刘金，当时是三人配合的，幕后那个人指挥，我协助，刘金去备用间捣乱，趁机投放水银。但我没有帮上什么忙。"吴辛洁咬定自己只是旁观者。"后来金鱼那场魔术不仅没有破坏掉，还让你们更好地化解了。我就彻底服了，再也不敢害你。"说着，她忽然哭起来，"我是知情人，一直没敢告诉你，是怕你开除我。我妹妹治病需要钱，我已经拒绝了赏金，如果又被你开除，我妹妹怎么办？"

吴辛洁把话题落到妹妹这里，并配以眼泪，试图博取沈牧的同情，这就是好演员的素质。

她心里其实很紧张，却忍着不去看沈牧脸上的表情，低头呜咽……

这时，远处传来姜满春的呼唤："小爷叔！"

沈牧朝那边挥了挥手，准备回船厂。

吴辛洁紧绷得快要断了的心弦，瞬间松弛。

却听沈牧说道："你刚才的废话是骗鬼呢，把孙雅的那套说辞又讲了一遍，什么'见面是在车里，他坐后座，不让我回头'，你的榆木脑袋背得挺熟啊。我相信孙雅没见过那只黑手，因为她是临时收买，可你必是那个黑手派来的，怎么可能没有交集？你以为没有证据我就拿你没办法？吴辛洁，我之所以还愿意相信你，把你留在身边，不是因为什么世界大赛需要一个笨蛋助理。首先，你根本就伤害不了我，其次，我再给你一个机会：帮我抓住幕后黑手。这是你弃暗投明的最后出路！"

语毕，转身扬长而去。

吴辛洁仿佛遭到雷击一般呆立在原地。

这是那个帮妹妹交了医疗费，默默做好事不留名的沈牧吗？

是那个在瑟瑟秋夜，共处屋顶，畅谈青春恋曲的沈牧吗？

这不就是恶魔本体又回来了嘛！

吴辛洁望着黄浦江，自己刚才就像被人鞭尸一样，耻辱、羞愤，眼前阵阵发晕，恨不得跳到江里……

回到船厂，吴辛洁没吃晚饭，躺在宿舍，两眼无神地望着屋顶。宿舍没有天花板，只有四壁，天花板就是整座厂房的屋顶，能看到纵横交错的金属架和电缆。

吴辛洁闭上眼睛。手机忽然振动。

她艰难地抓过手机看了一眼，脑袋又是"嗡"的一声。

神秘人发来微信：两天内，整倒沈牧！你妹妹的生死，就握在你手上！

吴辛洁手一松，手机掉在床上。

两边这么逼迫她，这是让她死啊。当年在剧组演卧底特工，怎么没感觉到这么悲惨呢？

——既然让我死，那就都别活！

这是当年在剧中的最后一句台词，然后她就引爆了炸药。

午后，沈牧终于走出围栏。

从昨天晚上一直到刚才，他都在船坞里演练魔术，连夜的咣当声不绝于耳，听着让人胆战心惊。

吴辛洁一夜没有睡好，不仅是因为船坞里的巨响，更为自己的事情辗转反侧。

神秘人给她的最后期限，截止到今天。可要是在船厂整倒沈牧，必将引起不小的破坏。

已是下午两点多钟。

沈牧一边用毛巾揩着手指，一边走到厂房西北角。

姜满春正蹲在地上吃包子，脚边平摊着一张巨幅图纸，他也是一夜未眠，眼睛通红。

"小爷叔，吃小笼包，蟹粉的。"见沈牧过来，姜满春站起身，举起手上的袋子。

沈牧摇摇头，弯腰看着地上的图纸，"满村哥，镜面反射光有问题。"

姜满春一惊："不会吧？"

"在船坞里演练没事，但在露天港湾表演，必须保证万无一失，船是突然出现的，就像凭空从海上而来。"

"是啊，我就是针对人的左右眼都有的盲点，屏蔽某一区域。"

"你的角度不对，偏了。"

"怎么会偏呢？"姜满春使劲挠头。

反射光的作用，是替代自然界原有的光信号，传入大脑神经，使人以为自己看到的仍是自然景物。也就是在光天化日之下，人的视觉仿佛被挖掉一块，海上的那个特定区域是空白。然后根据表演流程，突然撤除反射光，视觉恢复正常。

说起来似乎容易，但实际操作的难度超乎想象。

海水的波动，风向风力，阳光与云层的变化，背景的干扰……

可以说是逆天之变。

姜满春直接趴在地上，盯着图纸仔细查看，然后在地板上拍了一巴掌，"这边需要一个反光罩……"

"你开窍了？少吃点包子吧，满村哥，你都快成包子了！"沈牧斥责道，"障眼法啊，不是眼里长了白内障！"

又遭臭骂，姜满春仿佛没听见，兀自在图纸上比划，忽然说："小爷叔，这个反光罩不好做呀。"

这时蔡炳从外面走过来，"什么不好做？"

姜满春继续对沈牧说："需要另一条船，从维多利亚港的固定航道经过，时间和角度分毫不差。"

蔡炳双臂抱胸，说："雇条船就行了嘛。"

姜满春思忖片刻，摇摇头："一般的船肯定不行，至少要有三层，在顶层设置镜面，就像楼顶的太阳能反光板，但不能引人注目。"

沈牧平静地说："雇船倒是不难，难的是要保密，还要找放心的人操作，既不能让消息走漏，还不能让别人看出破绽。"

涉及到他人，便有诸多变数。沈牧从全局考虑，毕竟这场魔术比赛是世界级的，必然有人被贪欲驱使，什么事都做得出来。

蔡炳捋了捋一头乌黑的自然卷，忽然笑了："咱们有门子啊。"

沈牧扭头看着蔡炳。"饼叔，什么意思？"

蔡炳得意地说："你忘了，上次的红龙鱼转手给了香港的李老板，李老板对咱们是发自肺腑的爱。大牧你还耻笑我，跟富豪们勾搭得太紧密，我告诉你们吧，富豪也是地球上的稀缺物种，别歧视人家。哎，我也不讲废话了，你们就说要几条船吧！"

沈牧与姜满春相视一笑，然后仰面大笑。

"哈哈哈……"

三人久违的爽朗笑声回荡在船厂里。

哐当！

突然一阵巨响，笑声戛然而止，被一连串惊人的响声取代——

当！

咔嚓！

一根金属龙骨从天花板上裂开，猛地撞向旁边的支架，应声而落的钢板与电缆缠绕在一起，只在空中悬垂了十几秒钟，便被一块更大的金属板材压下，电缆带动墙壁两端的铁柱同时歪倒，近百年水汽侵蚀的墙壁被各种力量撕扯，瞬间出现无数道裂隙。

吭——

嗵！

一块七八米见方的巨型支架整体脱落，墙壁塌了！

轰隆！

厂房西北角轰地陷落，一股冲天的尘烟腾起，现场被浓烈的灰雾遮蔽，无数砖石碎块迸射出来，砸进黄浦江，激起一片水花。

灾祸发生得太快，持续时间不到两分钟。

这一幕被一架望远镜收入眼中。

远处的江面上，那艘白色的轮渡船上，有个人正举着望远镜观察。

良久，他拿出手机："报告二少爷，船厂发生了重大事故。"

"什么情况？"神秘人的声音传出来。

"西北侧的半个厂房都塌了，从塌陷角度和规模看，应是龙骨支架年久断裂，又施以重压所致。"

"有没有人员伤亡？"神秘人问。

望远镜继续观察。

江边浓烈的灰雾渐渐散开，两个人正从废墟里扒拉一个人。

"有……砸倒了一个。"监视者说。

"看清楚，是谁？"

"废墟里暂时看不清……"

江边响起连绵不绝的警报声，灯光急促闪烁，救护车风驰电掣驶向船厂。

人群四散奔跑。

神秘人吩咐道："要尽快确认伤者，明白吗？"

"是。"

监视者放下手机，用望远镜更仔细地盯住黄浦江对岸。终于，他看到伤者被抬上担架，送入救护车。

他马上发出信息：二少爷，沈牧重伤。

入夜，地下停车场温度很低，大理石墙面渗出的夜露形成了细密的水珠，灯光照不到的地方更显得阴森。

这里是第六人民医院。

一辆豪华医疗护理车驶入停车场，护理车内部经过升级，除了必备的输氧设备，还配有升降医疗床、急救手摇车、电子监控仪等设施。

吴静萱躺在病床上，四名护理师小心地将医疗床移出车厢。

护理车的后面停着一辆奥迪，阿亮躬身站在车窗前。

神秘人的声音从黑暗的窗口传来："送回病房就行，不要搞出太大动静。"

"是，二少爷放心。"

阿亮带队走向电梯。

神秘人拿出手机给吴辛洁发微信：你妹妹已经送回医院。然后戴上一顶宽檐帽，从奥迪车下来，步行上楼。

他来到三楼的急救区，走廊里静悄悄的，远处的转角偶尔有人影晃过，一名护士从3号病房出来，走向办公室。

神秘人停在3号病房外。

沈牧躺在床上一动不动，身上连接的各种管子触目惊心，脑袋、胳膊和腿上都缠着绷带，像个木乃伊。

神秘人在门外站了三四分钟，定睛扫视诊疗器显示的波形、数字：脉搏一分钟达到110次，收缩血压却低于80mmHg。

犹豫片刻，神秘人走进病房，从床边拿起诊断书，皮肤有花纹，黏膜发绀，尿量少于每小时30ml……重伤引起的休克无疑。

神秘人伸手关上房间的灯，一片昏暗中，他俯下身，发出低沉而冷漠的声音："我只想拿到'光影神手'的秘诀。"

诊疗器上的嘀嘀声持续作响，蓝色屏幕不停闪烁。

神秘人继续说道："你太难对付，我只能做到这一步。谁叫当年欣赏你的人不欣赏我呢，这对我很不公平。我需要你的'光影神手'，洗刷我二十年的屈辱，夺回欠了我二十年的公平。"

病床上的沈牧毫无反应。

"你肯定把我忘了，其实我曾经挑战过你，本想近距离观察'光影神手'，但你手法变化太快，真假难辨。可惜啊，如果那时候你老老实实的，何苦今天遭罪？当年，我只是想证明自己，赢得家人的青睐，结果惨败，我的技艺只能达到你的千分之一，反而遭到更多耻笑。你现在的痛苦，根本不及我痛苦的千分之一。"

"所以你想怎样？今天晚上把我绑架，逼我交出'光影神手'的秘诀？"

神秘人倏地一惊。

沈牧，从床上脱离而起，仿佛直接从坚硬的人形壳穿过。

"羊胎破生术"！

此术由元朝一名囚徒创立，将人五花大绑，窒闷于羊皮兜囊中，水滴五十下即可破茧而出，乃是脱逃术的源流之一。

而沈牧把羊皮兜囊换成了石膏绷带。

说时迟，那时快，沈牧闪电般出手，抓向神秘人。

神秘人的反应也不慢，身躯一扭，人就到了门口。

沈牧疾步如飞，再次伸手猛扣神秘人的肩膀。

外面一阵急促的脚步声，蔡炳带人冲进来堵截。

沈牧大喊："开灯！"

随即一把按住神秘人的肩膀。

唰。

病房里灯光大亮。

沈牧以神之手猛按神秘人的肩颈部。

神秘人吃痛，不由得回过头，与此同时，手一抹，瞬间变脸。

沈牧一愣，怔怔地看着眼前这恐怖的面容：惨白，眼角斜吊，紫黑色的嘴唇两旁各有三道竖纹。

一开灯就撞见这张脸，蔡炳和两个帮手着实吓一跳。

沈牧冷笑一声："戏法变得不错。"

这时，三个黑衣人直冲进来，保护神秘人夺门而出。

蔡炳带着帮手缠住黑衣人，喊道："大牧，这里交给我们！"

沈牧追入走廊。

神秘人已经跑到前方转角。

沈牧疾奔而去。

神秘人冲下楼梯。

沈牧步步紧追。

二楼的楼梯拐角堵了一堆人，神秘人掉头跑进走廊，沿路的病人和家属越来越多，他随手往脸上一抹，回头看一眼沈牧的距离。

沈牧发现，神秘人的面容慢慢恢复正常，但肯定不是他的本来面目。

此人手法极快，已是此类戏法的顶尖高手。

变脸起源于川剧，而真正的变脸技艺，成形于上世纪二三十年代，随后被魔术界引入，据传，此中圣手可以在刹那间变换十四张脸。

而神秘人的手法，在"抹暴眼、吹粉、扯脸"三项技艺中，尤以"扯脸"最为精妙，可以在眨眼间变换绿、红、白、黑、蓝等七张脸。

忽然，已经跑到一楼的神秘人被一群输液的病人挡住脚步，病人们"妈呀"的叫唤声响起，哭爹喊娘一片，拎着输液架四处乱跑。

沈牧越追越近。

神秘人冲到候诊大厅，回头瞥了沈牧一眼，绿色的脸上布满血痕。

混乱的喊声此起彼伏，如同撞鬼一般恐惧的病人们，推动挤压，挡住沈牧的去路,他闪身从人群空隙中穿过。

沈牧追出医院大门,神秘人刚到马路对面,他灵敏地躲避街上的汽车,追过马路。

神秘人正逃往下一个路口,沈牧随手从花坛里捡起一块破砖,嗖地甩出去,一个趔趄,神秘人身子往前扑了扑,但没有摔倒,继续往前跑。

一口气追了二三十米,沈牧站在路口前,眼睁睁看着一辆车停下,然后神秘人钻进车里,迅速消失在无边的车流中。

沈牧吁出一口气。

这个人确实挑战过自己,沈牧记得他的手法,应该是在三年前,但一时很难想起容貌。因为那时沈牧正在魔术界冉冉升起,来挑战他的人很多,有时一个星期要应付三四名魔术师,他的关注点全在对方的手法、技艺,对长相反倒没那么在意。

但沈牧笃定,只要再次见到此人,一定能认出来。

变脸戏法在上海魔术界有个圈子,沈牧让蔡炳暗中探查。

不过沈牧清楚,此人很可能不在圈内,他的手法过于奇诡。

一是快,快到超出普通魔术师四倍,假如别人一分钟变换九张脸,他能变出三十六张脸。

二是邪性,虽然从川剧变脸的源流来说,就是在舞台上表现怪诞狰狞的面相,以传达人物内心的惊恐、绝望等情绪,然而,此人融合"吹粉"和"扯脸"两项技艺,把墨粉、金粉、银粉扑到脸上时,呈现呼之欲出的效果,特别是在灯光下,有一种淡淡的光雾氤氲效果,观者无不恐骇异常。

如此邪异的技法,很难被主流圈层接受。

然而沈牧没想到,几天后,蔡炳那边竟有了回馈。

变脸圈里虽然没有沈牧描述的这号人,但有个"圈缝"人物给了一点线索,说有个叫邵疯子的变脸师,收过一个学生。

邵疯子精通"吹粉"和"扯脸"技艺,但因为手法邪异,被主流圈层排斥。

如今邵疯子不知所踪,但至少是个有名有号的人物,找到他,那个"变脸鬼"就跑不掉!

吴辛洁是在最后一刻,决定弃暗投明,帮助沈牧诱捕神秘人。

苦肉计演得惊天动地,以损毁半座船厂为代价,如果不是沈牧和姜满春对"破坏点"设计精确，那一番坠落冲撞，很难保证不会伤到人。

沈牧知道黄浦江上有人监视，那艘白色的轮渡船，自从他们搬到船厂，就以固定的时间循环游弋，从船体角度和吃水程度判断，船上没有乘客，每天这么空驶，必然另有目的。

所以这场戏——或者说魔术，要表演得真实才可信。

对于吴辛洁来说，这场行动换回了自己的妹妹——吴静萱已经由蔡炳带人转移，不会再受到威胁。

沈牧直言："吴辛洁你已经深陷泥潭，想要彻底摆脱，只有站在我这边。"

吴辛洁把两边的魔王一掂量，还是沈牧更厉害，于是明智地把小砝码移向这边。

不过她有自己的原则：不向沈牧透露神秘人的情况。

毕竟，神秘人曾经在她人生最黑暗的那个晚上，将她从冰冷的大雨中，带回温暖的世界，改变了她的命运。尽管只是一场交易，可吴辛洁愿意遵守契约的底线。

而且，神秘人带走她妹妹那次，确实雇了私人护理团队精心照顾，直到现在，妹妹都以为那是一次高规格的转诊治疗。

另外，出于女人的直觉，吴辛洁能感受到神秘人内心潜藏的巨大的痛苦，他从痛苦中酝酿出绵绵恨意，那种恨，具体针对谁，她不知道，但肯定不是单纯指向沈牧。沈牧心中也有巨大的痛苦，不同的是，沈牧酝酿出了善良，只是他的善良，旁人很难体会，也很难理解。

纷纷扰扰，复归正轨，沈牧继续加紧演练魔术，世界超级魔术大赛越来越近。

神秘人这边，则在一夜间失去筹码，但他并没有丧失信心，挫折对他而言不算什么，从小到大，承受的屈辱太多，他懂得隐忍的力量。

最近他开始全面检视箱子里的日记本，作为大哥隐藏的遗物，里面必有特殊价值，而且肯定有和大嫂相关的内情，种种迹象表明，大哥要隐瞒的人，恰恰是身边最亲密的妻子。

神秘人一有空闲，就待在自己的书房，一本一本地查看。

他预感到，自己正在接近什么秘密。

这天夜里，已经过了两点，神秘人翻到2007年的日记本，他有些疲倦，拿着日记本犹豫片刻，终是选择翻开。

他靠着椅背，机械地翻动纸页。

十年前的文字扑面而来，萦绕淡淡的岁月气息。

十二月七日：

捐款仪式顺利完成，上海迎来久违的雪花，仿佛在告慰父亲的亡灵。不过更让我欣喜的，是在校园遇到两位玩魔术的学生，他们从摔碎的存钱罐里变出了缤纷多姿的花瓣……

神秘人忽然坐直身，双眼透出专注，盯着日记上的每个字。

然后他把日记本摊开放在桌面，有些迫不及待却又仔细得不肯放过任何内容。

看完一本，他又拿起后面的日记……

渐渐地，他的嘴角勾起一抹冷冷的笑意。

——大哥，我以为你对我已经毫无用处，没想到，你竟留下了这么宝贵的记忆，相比于虚伪无情的父亲，你的亡灵才值得告慰啊！

凌晨四点，神秘人拿起手机。

"阿亮，马上订去香港的机票，我上午出发。"

"是，二少爷。"阿亮的声音有些慵懒，但马上恢复清醒，"那我把酒店也订了。"

"嗯。"

"您想住在……"

"夫人下榻的酒店。"

"好的，丽思卡尔顿酒店，我马上办。"

"记住，不要惊动任何人。"

"明白。"

神秘人从书房出来，在客厅踱步。窗外晨曦初绽。他拉开窗帘，不小心碰到书柜上的相框。

相框里是一张母子合影，照片上的母亲略显沧桑，脸上淡淡的愁容，少年则紧绷着脸，一只手握着母亲的手。

神秘人把相框扶正，手指抚去表面的尘埃。

"妈妈，是时候夺回我们该有的一切了。"

两周后。

香港，维多利亚港，世界超级魔术大赛如期举行。

由徐家主办的这场赛事，是近百年来魔术界一场无与伦比的盛会。

维港是世界上最繁忙的集装箱港口，有人形容它明媚而动感，无数船只进进出出，大小渡轮或像迁移的鱼群急速穿过海面，或像静思的群像停驻港口。

如此繁忙的地方，竟然划出一片区域，归魔术大赛使用，足以显示徐家的实力与人脉。

以天空为背景，以大海为幕布，维多利亚港迎来了各国魔术师。

海面上矗立着一座新建的巨大平台，由深扎在海底的十八根钢柱支撑，稳如磐石。平台仅高出海面一百五十厘米，海浪迎风涌起，不停扑打台面。

各国魔术师的备用间，全部安置在赛区左侧排列的货轮上，从高处俯瞰，二十三艘货轮一字排开，船头各自挂着代表国家的旗帜，有的货轮拥有五个大仓，长度超过二百米，载重可达万吨以上。

一群海鸥鸣叫着，从东南侧的天星码头飞过，掠过摩天轮，在赛场上方盘旋。

开幕式上，主办方特意请来世界魔术协会的会长史密斯先生，此人是个中国通，讲话也很有意思。

他说早就应该举办这样的盛会，因为魔术本该由中国人推向超凡入圣的境界。但19世纪后，西方魔术日渐强盛，善于运用声、光、电创造奇景。其实，早在两千多年前，魔术就出现在中国，西汉元封三年，汉武帝举行百戏盛会，便有魔术，称作"幻术""变戏法"，至魏晋南北朝，魔术繁荣，至唐朝达到巅峰……

他的讲话引起热烈回响。

沈牧没有参加开幕式，在第六艘货轮的3号仓休息，这里是天彩魔术团的备用间。

他站在窗口望着海面，此刻港湾风平浪静，不过预报说，台风这两天可能会登陆香港。

吴辛洁说："希望台风不要突然来赶场子。"

沈牧语气平淡："来不来，是老天爷的事。"

蔡炳从外面进来，用手巾擦着脑门上的汗，"好家伙，真热闹啊。各处走了一圈，大大小小的魔术师来了得有二三百，有来观摩的，有交易魔术技法的，有憋着坏心眼的。"

沈牧从窗前转过脸："我们专注于比赛，不用分心。"

蔡炳说："有些人得知我们天彩魔术团来了，很惊讶。"

姜满春问："为啥？"

蔡炳说："这还用问？上次船厂倒塌，都说大牧演练魔术的时候挂了。"

沈牧嘴角一牵，微微一笑："饼叔，那不是你放出去的谣言吗？"

蔡炳呲牙："兵不厌诈，免得路上有人拍黑砖。"

姜满春不屑地说:"哼,老旧江湖思维。"

"哎你这个臭满村,以后别叫我饼叔,叫我饼老舅……"

"看我口型——'吃温春'的春,不是'呲温村'的村。"姜满春有意提高语调,看着沈牧。

沈牧拉回正题:"按照比赛流程,咱们的表演要到傍晚,这是个新情况。"

蔡炳说:"我联络李老板那边,随时调整船只方位,保证反光罩捕捉光源的角度。"

"嗯。"沈牧点点头,"满村哥,中午你再检查一下设备。全部都要检查。"

所谓全部,包括水上水下。为了安置设备,姜满春提前半个月就来了。

"放心吧,小爷叔。"

沈牧又对吴辛洁说:"你的工作看起来简单,亮相时最要稳住。"

吴辛洁说:"我尽全力配合演出。"转身走到箱子前,"我再检查一下水晶球。"

蔡炳说:"辛洁这气质,这身段儿……"

没人理他,各忙各的。

蔡炳忽然想起什么,说道:"大牧,我听到一个消息,主办方的徐太太好像会现身评委观察席。"

"评委观察席?"沈牧问。

"就像顾问一样,可以提建议,但不参与评比,没有投票权。"

姜满春说:"哎,不就是就近看魔术嘛——VIP中P!"

沈牧随口问:"饼叔,你担心什么?"

"参赛者中也有徐家签约的魔术师,你想啊,徐家的当家人以观察者身份出现,会让人当作一个信号,具有指向作用。"

沈牧淡然一笑:"徐家无非是想在全世界露脸,搏名而已。人家举办这么大的活动,当家人彰显一下身份,求个虚荣,没什么不可。"

蔡炳点点头。

沈牧说:"评委名单我看过,欧美三个人,澳洲一个,日本一个,中国五个。这十个人还算是有眼光的,在魔术评判方面够得上权威。至于公平不公平,全世界都看着,难道香臭都分不清了?"

下午,魔术比赛愈加精彩,各国魔术师使出浑身解数,各展绝技。

一位来自日本的女魔术师安藤田,所属为"东洋天功"流派,她在80年代初期还是一名歌手,后成功转型魔术师。她的造型是华丽的日本娃娃,表演脱逃术堪称一绝,近几年在亚洲很有人气,受到演艺界名人追捧。

吴辛洁远远看到安藤田的表演，受到启发，人家能转型成功，自己是不是也能试试呢？

接下来出场的是英国魔术师凯奇，他用一个手提箱，表演"快速变装"，可以从6套直接飙到100套。他创造的1.5秒现场换装纪录无人打破。今天，他更是突破自己的极限，8分钟换装350次！

后面陆续出场几位中国魔术师。

有一位是徐家签约的魔术师，外号机械师。此人对于新技巧的探索已达到狂热地步，发明了许多妙招。据说他是当年徐光展亲手签下的最后一位魔术师，号称"徐氏绝版"。今天的比赛，他把机械知识和生物学融会贯通，以极富想象力的方式，创造出惊人奇观——

一架巨大的六角风火轮上，每个角位十人为一组，各自摆出肢体造型，有的静坐沉思，有的伸臂欲起……然后，风火轮缓缓旋转，过程中，六组人在观众眼前保持固定姿势，如同雕像。等风火轮停止旋转后，六组人已经全部变换角位，而且是交叉互换。没有人看到他们是什么时候动的，更不知道是怎么动的！

这个表演引起观众很大的热情，掌声经久不息。

时间不知不觉流淌……

黄昏，苍茫的天穹，悬垂着一轮硕大的落日，晚霞在海天之间绽放，一道道金光中，暮归的鸟群飞过。

落日余晖衬托的维多利亚港，耸立的摩天轮与高楼大厦仿佛凝固的巨人。

似乎在等待着什么。

"该我们上场了。"沈牧说道。

灿烂、神秘的晚霞中，飞鸟群影在天际盘桓。

鸟群越飞越近，掠过天空，留下一片悠扬鸣声，朝炫丽的港湾扑洒而来。

夕阳下的海上平台——

沈牧的战场。

他即将展现的奇迹，便是"逆水行舟"。

这些年来，他的人生，就是一场逆水行舟之旅。

当他横扫魔术界，迎接他的，是一次比一次更加猛烈的风浪。

无数人恨他，但没有人能打败他。

这一刻，他等了很久。

他终于要实现当年的约定。

——你一定要变成最亮的那颗星，当我迷路的时候，就能看到你了。

——嗯，你可别认错了，我最好再举个牌子，上面写着：全宇宙最耀眼的明星，沈牧是也。

为了能让她看见，他要让自己的名字闪耀全世界。

观众们对这次比赛的渴望，更是空前高涨。今天，如果沈牧再次夺冠，他将是第一位被称作"王"的魔术师。

但他要表演的，却是一个极其危险的魔术，可以说命悬一线。

关心他的人，此时必是紧张得浑身发抖。

海风越来越大，在耳畔呼呼作响，海浪迎风扑打着平台的底板和钢柱。

沈牧看了吴辛洁一眼。

吴辛洁一袭紫色长裙，肩膀紧绷，当沈牧望向她时，她忽然平静下来，朝沈牧浅浅一笑。

沈牧从容地走到平台中间……

他突然一怔，目光掠过评委席，一位优雅的女子映入眼帘。

座位在评委右侧，即"观察席"，但让沈牧感到震惊的，是名牌上的名字：夏天晴。

沈牧神色骤变，脚下一晃，身体微微颤抖。

吴辛洁近距离看到这一幕，心中大骇，因为她并没有感觉到脚下有晃动，平台稳如磐石。

可是沈牧，竟然在发抖？！

吴辛洁深吸一口气。

周围除了海浪声、风声、远处船队的声音，现场鸦雀无声。

沈牧望向观察席的眼睛有些模糊。

——夏天晴？

她就坐在那里，没有任何反应，虽然看不清细微的表情，沈牧却能肯定，她是自己失散十年的恋人，不过，气质已经完全改变，那是上流社会熏染出来的优越与疏离。

她既然能坐在观察席的位置，说明她身处圈内，必然知道沈牧是参赛者，为什么不来找他？

如果说是为了避嫌，那么这十年之间，又怎会毫无消息？

吴辛洁无比紧张，她知道沈牧出了状况，但不知道为什么，更不知道该怎么办。

片刻的慌乱后，她拿起水晶球，走向沈牧。

她来到沈牧面前，有意侧过身，用背影挡住观众，然后用眼神提醒沈牧：魔术表演已经开始。

沈牧从吴辛洁手上接过水晶球时，不小心碰到她，吴辛洁心里一震：沈牧的手指冰冷得吓人！

一种天要塌下来的感觉笼罩下来，吴辛洁勉强撑住，想表示点什么，但沈牧已经移开脚步，走到平台中央。

吴辛洁回过身，往观察席瞥了一眼，顿时被那个名字惊了一下，但她并不认识夏天晴，一时更加困惑。

不过，她清楚地知道，沈牧已经心神大乱。

吴辛洁的心里只剩一个念头：完了！

平台中央的沈牧捧着水晶球，一动不动，似乎忘了自己身处何地……

吴辛洁匆匆走到侧幕，找到蔡炳，焦急地说："饼叔，表演能不能暂停？"

蔡炳愕然："什么意思？"

"我说不清楚，但是先生他……怕是过不了这一关！"

"你乌鸦嘴乱喷什么？！"蔡炳瞪大眼睛，一副要掐死吴辛洁的表情。

"姜哥呢？"

"你管他干啥，他去外边协助大牧了。辛洁，表演不可能停下，除非认输！"蔡炳嘶吼道，"不管发生什么，大牧，都会继续完成魔术！"

吴辛洁愕然得说不出话。

"还愣着干啥？去侧幕站着，随时协助大牧！"蔡炳猛地推了吴辛洁一把，她一个趔趄，又被蔡炳一把抓住胳膊，拽了回来，"你给我稳住，听到没？"

"好……我稳住……我能行。"

平台上，沈牧的表演已经开始了。

(11)

沈牧手中的水晶球渐渐飘起一片雾气，透过雾气，观众看到球体内出现了一艘船的模型。

然后，沈牧捧着水晶球，缓步走到平台边缘，沿扶梯向下，一直走到底。

观众不知道沈牧要干什么……

只见他往前一步，踏上海面，继续向大海走去。

令人惊叹的一幕出现了。魔术师在水面行走早有先例：美国当代奇诡大师克里斯安吉尔，曾在游泳池上行走；英国魔术师弗拉伊内，两年前在泰晤士河上行走十几米。

沈牧手捧水晶球，迈着稳健的步伐，踏过海面，走向夕阳。

如同神祇一般，步履坚定。

吴辛洁站在平台上，却感觉，沈牧的脚步有些滞碍，他的背影，犹如负重前行的孤独行者。

海上的云霞，以绚丽多姿的光彩，将黛蓝色的大海染成金色。

走了大概十几米，沈牧扬手将水晶球远远地抛进大海。

就在水晶球坠落之处，凭空出现一艘轮船，像是直接从水晶球里腾跃而出，赫然出现在众人视野中。

船身长三十米，宽十米，更让人惊讶的是，船体透明，里面既没有人，更没有任何的行船操作设备。

观众屏气凝神，翘望沈牧迎着船走去。

轮船乘风破浪，向他驶来，距离越来越近。

这时，西边天际的一片云霞遮住夕阳，整个世界只剩下一抹橘红。

一直密切观战的蔡炳，突然焦躁起来，不停地看手表。

麻烦了！

大自然瞬息万变，尤其是在傍晚时分。

刚才沈牧在平台上骤见夏天晴，强烈的情感冲击，使他出现三十秒的恍惚。

就是这半分钟的停滞，他们需要的主光源，消失了。

原本架设在远处船只上的反光罩，已无法按照计划，捕捉光源并以最佳角度反射到港湾。

表演到此，可以说非常失败。

因为按照流程，这时候，那艘轮船本该忽然消失在观众眼前，然后船底秘藏的制动装置，就会让船停下，沈牧则继续往前走，慢慢靠近预定区域，再调整反光，轮船将再次出现在沈牧面前，并保持继续航行的样子，引起观众的震惊，以为要撞向沈牧。

电光火石之间，沈牧施展"光影神手"，在手指与船头接触的刹那，令船停止，与此同时，人与船一起消失，继而在大家茫然之际，沈牧从观众席后方现身。

表演结束。

而现在众目睽睽之下，轮船正在行驶中，如果突然停止，要么是故障，要么是机关。虽然人人都知道魔术有机关，但以这种方式暴露，简直是个天大的笑话，这一次将成为沈牧不败战绩的滑铁卢。

沈牧比谁都清楚，自己陷入了困境，但也只能继续往前走。

天边的霞彩如同织就的锦毯，蔓延半个天空，维多利亚港一片桔红。

沈牧昂头挺胸，高耸的鼻梁映着一抹霞光，使脸上的五官显得更加深刻。

轮船还在行驶，船头推动的海浪层层涌来，沈牧逆流而行……

现场充满紧张不安的气氛。

沈牧停下脚步，再往前一步，他就会坠入大海。

轮船越来越近。

时机的把握必须精准到毫秒，这是目前沈牧唯一能控制的东西。

几乎在船头撞向沈牧的刹那，他举起手臂，直接迎着船头推去，突然，他的手上猛烈地迸发出一片光影。

"光影神手！"评委席有人惊呼。

传闻中的"光影神手"，极少在公开场合见到全貌，因为在以往的比赛中，沈牧根本不需要全面展示这一绝技。

漫天光影将沈牧笼罩。

最亮的一道，掠过船头。

然后光影慢慢散去，沈牧也随之消失。

许多观众腾地站起身，查看沈牧是不是掉进了海里。

此时，沈牧已从暗门进入底舱，并沿着通道飞奔。

按照轮船的行驶速度，一分钟以后，就会撞向海上平台，进而撞毁评委席，并波及观众席。

如果在最后十秒钟，沈牧无法控制局面，只能强行停船。

通道里的对讲机，传来姜满春急迫的声音："小爷叔，怎么办？"

"等我指令！"

还剩三十秒。

沈牧冲过一条狭窄的过道，转弯时被一根突出的木柱撞了一下，他稳住身形，伸手将木柱猛地往右侧扳去。随着他的动作，从某个地方传来啾啾声，并有巨大的扇形物拍打木器的啪啦啪啦声。

沈牧镇定异常，跟着又是一脚，踢向木柱下方的开关。

"嘭"的一声。

然后船尾的空心部位传来连续的撞击，似有笼窍弹开。

还剩二十秒。

沈牧向上飞跑，直冲旁边的对讲机说："十秒后，开笼，停船！"

说完，一跃冲到船顶。

"他在那里！"观众一片呼喊。

万道霞光中，沈牧伫立船顶。

轮船还在往前不断推进，船头就要撞上平台。

沈牧伸出双臂，船尾陡然跃出一团黑影，以极快的速度展开。

一只雄鹰！

紧接着一连串的飞跃声——

呼、呼、呼、呼……

七只雄鹰从船尾跃到空中，展开双翼，飞向高空。

它们的脚爪上都连接着牵引绳，一飞之后，绳子陡然绷直，似在拼命拉住轮船前行的动力。

船头，几乎在撞上平台的刹那，停住。

逆水行舟，鹰制船止！

船底最后推来一股大浪，扑涌到钢柱上，评委席嗡地一阵震颤，随即恢复原状。

沈牧再次举臂，同时将手一挥，鹰爪上的牵引绳全部断裂，七只雄鹰掠起，在海空之间翱翔。

夕阳再次透出云霭，万道金光里，七只雄鹰稍作盘旋，朝天边振翅而去，留下一串悠扬高亢的鸣叫。

鹰的雄姿消失在海天之间绚丽无边的霞云中。

震撼。

辽阔的敬意。

山呼海啸般的掌声响彻维多利亚港。

"沈牧！沈牧！沈牧！"

这一刻，注定要烙印在魔术史上，烙印在每个人心中。

然而沈牧的眼底，并无半点喜悦，他身披着最后一片霞光，孤独地站在船顶，遥望远方的虚空。

——新恨有谁知，往事何堪省。梦绕阳台寂寞回，沾袖余香冷。

第六章

水火不容

「饼叔,我和徐家以前没有恩怨,现在有了。」

1

丽思卡尔顿酒店，全球地处楼层最高的酒店，位于香港九龙柯士甸道，海拔四百米以上，高耸入云。站在落地窗前，维多利亚港尽收眼底，蓝色海面上，犹如棋子般的船只拖着长长的白色水痕，似静似动，如入画中。

世界超级魔术大赛签约仪式在这里举行，称得上得天独厚。无数人见证过的天才魔术师将亲临这座酒店。

会议室装点一新，流光溢彩又不失稳重。

一众媒体与嘉宾已经到达现场，热切地等候沈牧的出现。

主办方徐家与大赛的冠军签约是当今魔术界的一大盛事。沈牧原本并不在意，蔡炳劝他，徐家毕竟是百年世家，全世界都有资源，由徐家确认沈牧的王者身份，再推向全球，天彩魔术团的声望将达到巅峰。

沈牧关心的却是另一件事。

在比赛中毫无预兆地见到夏天晴，沈牧受到的心灵冲击难以形容。

人海茫茫中杳无音信、隔绝十年的彼此，竟以这种方式骤然相遇，沈牧体会到的，不是惊喜，而是悲哀。他苦苦寻觅的昔日恋人，竟然一直在魔术圈内。

此刻，沈牧坐在休息室喝茶，脑海中波澜起伏。

十年前，自己在梅陇文化馆参加人生的第一场魔术比赛，夏天晴消失；十年后，自己在维港参加人生最巅峰的魔术比赛，夏天晴出现。

命运的捉弄，让沈牧心中充满了苦涩。

直到今天他才知道，所谓的"徐太太"，就是夏天晴。

她当年竟然嫁给了徐光展？！

可是，这说不通啊，夏天晴并非脚踏两只船的女孩，徐光展也不是那种纠缠不清的男人。当年为了帮沈牧学魔术攒钱，夏天晴甚至放弃考研去做香水销售，之后又瞒着沈牧去咖啡馆打工，可以说是放弃了自己的人生，直到梅陇文化馆的比赛前夕，都没有任何的迟疑，怎么就突然嫁入了豪门？

而且一点消息都没有……

"大牧，该露面了。"蔡炳低声提醒。

旁边的姜满春说:"急啥个?小爷叔现在是霸王龙,霸王龙喝茶顶要紧的。"

姜满春还以为沈牧是在有意摆谱。

吴辛洁却知道事情没那么简单。在评委观察席上看到"夏天晴"的名字,她着实惊了一下,尽管不认识夏天晴,但在沈牧的记忆中,这个名字意味着全部。

沈牧终于站起身,仍然眉头微锁,神色有些恍惚,仿佛游离在九天之外。

大家从来没见过沈牧这样,难道是因为……紧张?

蔡炳与姜满春对视一眼,都有一种莫名的不安。

蔡炳说:"听我指挥啊,辛洁,你在右侧挨着大牧,美女配英雄,合适。我站在大牧左边……"

"我呢?"姜满春急着问。

"看你这圆脸小眼睛的,不上镜,往我后面站,跟小黄站一起。"

姜满春告状:"小爷叔,老饼这是以貌取人!"

蔡炳自恋地捋了捋一头乌黑的自然卷,"那你怨谁啊,人家摄像师打开镜头,还得先帮你找眼睛。"

沈牧已经走到前面去了,大家连忙跟上。

吴辛洁一边走,一边设想沈牧见到夏天晴会说什么,彼此是否会流露悲切,抑或惊喜?

沈牧一行人穿过走廊时,前方出现了另一群人。双方迎面而行,目的地都是会议室。

夏天晴被众人簇拥着,款款而来。她身旁都是徐家人,沈牧并未注意,视线都在夏天晴身上。

她的变化很大。

十年,正是女孩从青春到成熟的美好时光。

恍惚间,沈牧以为自己看见的依稀还是当年那个拎着棍子收保护费的霸道少女,还是那个择菜煲汤,陪他度过清贫生活的昔日恋人。

然而,一眨眼,雍容贵气的夏天晴已近在眼前,她脸上不施粉黛,天生丽质的面容有些冷艳,头发挽在脑后,修长的脖颈上挂着一条珍珠项链,配以淡青色的亚麻布长裙,美到让人窒息。

双方在会议室门前相遇。

沈牧不由得放慢脚步,似乎是让夏天晴先行。夏天晴礼貌地欠了欠身,直接从大门进去。

沈牧站在原地，嘴唇紧抿。

夏天晴脸上毫无波澜，形同陌路！

旁边的吴辛洁也有些吃惊，她的种种设想中，没有料到这一幕。

夏天晴自然流露的那种客气与淡定，根本不像曾经有过刻骨恋情。同样作为女人，夏天晴只比吴辛洁大三四岁，吴辛洁自认为阅历丰富，又扮演过不同的角色，这一刻却甘拜下风。

她甚至怀疑，沈牧在石屋顶上给她讲述的那段往事，是不是他臆想出来的？也许夏天晴对沈牧的爱，并不像沈牧自己认为的那样一往情深……

沈牧走进会议室，与夏天晴并排站在一起。

媒体一拥而上，闪光灯此起彼伏。

按照流程，徐家代表讲话，预祝签约仪式顺利。

沈牧无知无觉地站着，如同身处湖底，周围的一切就像在无声世界中，穿梭游动的鱼，和随意摆动的水草。

"沈先生还有什么要说的吗？"

耳畔忽然传来问话。

"哦……"沈牧抬起头，是夏天晴在问他。

"沈先生，请。"夏天晴伸手示意。

沈牧确实想说话，有万千疑问要得到答案。可是话到嘴边，却只是一声痛苦呢喃："夏天……"

"沈先生，如果没什么要说的，请开始签约。"旁边有个声音响起。

闻言，吴辛洁突然一阵恐慌。

她注意到，从人群里走过来的这个人，竟是神秘人！

神秘人就在夏天晴身旁，和徐家人一起。

吴辛洁望过去时，神秘人也在看着她，深不见底的眸子里，透出冷冷笑意，让吴辛洁不寒而栗，双肩立刻绷紧，她瞥了一眼他的胸牌：大赛组委会副主任徐渊。

"二少爷，您这边请。"有人向徐渊说道。

徐渊用余光瞟了吴辛洁最后一眼，转身走开。

吴辛洁第一次在公开场合见到徐渊，真是白日撞鬼一般，令她无比惊惧。

她强自压下恐慌感，让表情恢复正常。

签约仪式正式开始。

沈牧却显得有些烦躁。夏天晴对他的态度，是他无法理解也无法接受的。即便大庭广众之下，要保持分寸，但那种陌生的冷淡，以及每次对他说话时又要表现出来的礼貌，简直是在嘲讽他。

自己这十年来，究竟在干什么？

就为了在这一刻得到这样的奖赏？！

"沈先生，签约开始了。"司仪提醒道。

"大牧，这边。"蔡炳小声催促。

媒体跟着往前拥，其他嘉宾也都坐到各自的座位上。

沈牧忽然注意到吴辛洁的表情变化，她虽然在努力压制，可是眼神还是暴露了内心的恐慌。

顺着吴辛洁的视线扫过，沈牧眉头一皱。

那边有一个徐家人，气质阴魅落拓，很像三年前挑战过自己的那个人。

那人正弯腰在夏天晴耳边说什么，夏天晴不时点点头。

沈牧问吴辛洁："你认识那个人吗？"他的嗓音低沉而锐利。

吴辛洁嘴角颤抖，眼底飘过一丝绝望，终究还是点了点头："是他。"

真相大白。

大赛组委会副主任徐渊，人称"二少爷"，徐光展的弟弟，他就是幕后黑手"变脸鬼"！

为了得到"光影神手"的秘诀，把吴辛洁安插到自己身边，暗中操控，无所不用其极！

那边徐渊不知与夏天晴说了什么，两人都笑了笑。事实摆在眼前，无需解释——夏天晴当年弃自己而去，隐瞒一切嫁入徐家，这难道还不算贪慕虚荣、背叛爱情么？如今更与陷害自己的人联手，莫非还要置他于死地？！

沈牧眼眸深处笼罩一片冰冷的雾。

"嗨，想什么呢？"

忽然一只手拍在沈牧肩上，把他拍得一晃。

"呦，你这么不禁打？我早就说过，学魔术特别没劲，消耗体力，我曾祖母非让我学。"

清脆的声音连串飞入沈牧耳中。

沈牧神情困顿，扭头一看，一时没认出来是谁。

"嘻嘻，果然不认识我了。我就说嘛，刚才进会议室的时候，看你在门口发呆，还以为你认出我了呢。"女孩自恋地说。

"徐蔷薇？"沈牧睁大眼睛。

"正是本尊。"徐蔷薇瞬间敛容，装模作样地道了万福，"先生好，别来无恙。"

这个十八九岁的女孩，曾到天彩魔术团应聘助理，还给沈牧变了一套扑克牌魔术，沈牧看出她有极高天赋，有意收她为徒，却被人家拒绝了。

不过今天的打扮和那天简直判若两人。谁能想到当时一头蓬松的黄发，手上涂着彩色指甲油，眼角化着魔幻妆，一股子死亡金属风的另类 girl，今天却是一派古典淑女造型，素色的暗花旗袍，勾勒出娇俏的身形。

"真没认出来。"沈牧感叹。

"没办法，适应一下吧，装门面嘛。"徐蔷薇笑嘻嘻地说，"我看了你在海上的魔术，哇，逆水行舟，没想到你这么厉害，早知道那天答应给你当徒弟了。"

蔡炳在一旁急得不行，仪式都准备好了，人家两个在这儿聊上了。

"大牧，大牧！"

"叫唤啥，饼叔，没看我正跟客人说话？"沈牧不满道。

"那边已经开始签约了，就等你。"

"等等又怎么了？等了这么多年，再等几分钟不行？"

蔡炳没听懂沈牧的意思，又不敢强拉。

徐蔷薇惊讶地说："你给我这么大面子？全世界都在等你，你却陪我闲聊？"

"我问你啊，曾祖母身体还好吧？"

"很好呀，能活两百岁。"

"我记得你说，她曾在思南路，把杜月笙派出去砍人的整个车队变没了。"

"那是真的……"

"我相信。"沈牧点点头，"我这次比赛的逆水行舟，就是类似的障眼法。"

"你玩的更高级。"徐蔷薇赞道，"特别是雄鹰飞起来的那一下，我热血汹涌……"

"蔷薇，别缠着贵客，还有正事要办。"徐渊走过来说。

"噢，这位是我二堂兄。"徐蔷薇介绍道。

沈牧与徐渊相视。

沈牧说："今天这位，我也没认出来，不知这张脸是不是变出来的？"

徐渊牵了牵嘴角："认不出来不要紧，与我们徐家签约，以后就是一家人了。"他特别加重了"我们徐家"四个字。

这时，夏天晴走过来，手上拿着一沓《签约书》。她是个大度的女人，并不介意沈牧在媒体与嘉宾面前的傲慢无礼。况且，她应该早就了解沈牧是个什么样的人。

夏天晴放低姿态，亲自将签约书拿给沈牧。

媒体顿时围过来，又是一片闪光灯，伴随着相机的咔嚓声。

徐渊很应景地说："徐家海纳百川，珍视每一位有才能的魔术师。"

夏天晴捧上签约书："请沈先生过目。"

众人的视线集中，沈牧接过签约书。

一旁的蔡炳长舒一口气，可才舒到一半，猛地呛住，只见沈牧把签约书对折，然后揉了一下，随手甩到墙边的垃圾桶，隔空一指……

但那并不是"出气垃圾桶"。

吴辛洁差点闭上眼睛不敢看。

所有人都望着沈牧，不知道他是什么意思。

场面有些尴尬。

蔡炳小声提醒："大牧，那个……"

沈牧对着垃圾桶，习惯性地又指了一下。

突然，垃圾桶里呼地蹿起火苗，签约书在众目睽睽下燃烧起来，会议室里顿时腾起一团青灰色烟雾，天花板上的防火器立刻启动，唰地一下，滋出一片水花。

这下可乱了营！

水花喷到众人身上，先是媒体记者慌了神，拿着器材往外跑，手上的材料也被淋湿，喊声和脚步声乱作一团。嘉宾们还想保持仪容，可是水到之处，无所遁形。女嘉宾的裙装紧贴在身上，披头散发，男嘉宾的秃顶上雾气腾腾，还有人的假发皱成一团，十分狼狈。

夏天晴甩袖而去。徐家人急忙跟上。

徐蔷薇一边往外跑，一边冲沈牧扮鬼脸，伸出大拇指。

漫天水淋中，沈牧大笑不止，笑着笑着，忽然觉得眼角发涩。

流泪了吗？他不知道，他只是觉得，自己刀山火海走过的十年，换来的终究只是一场闹剧。

走出会议室，蔡炳不停地咕哝："怎么成了这样？这下把徐家得罪完了。"

姜满春凑过来："老饼，你怕啥个？"

蔡炳怒哼："臭满村，我就知道是你搞的。"

"哎，小爷叔要用'出气垃圾桶'，我只是配合一下。"姜满春说。

吴辛洁彻底服了。以前不明白什么叫"无微不至"，现在懂了，就是姜满春伺候沈牧的境界。她刚才亲眼所见。由于姜满春被蔡炳挤到后面，不让往前凑，沈牧把签约书扔进垃圾桶时，姜满春的角度正好。当时沈牧在气头上，忘了那是普通垃圾桶，就连他都没想到，姜满春居然随身带着小器材，立刻给予配合，化解了沈牧的尴尬。

沈牧说："满村哥，我要给你重奖。"

"好的呀，我正想整容，把我的小眼睛弄大。"姜满春得意地瞟了蔡炳一眼。

"还助长歪风邪气。"蔡炳提了提湿裤裆，说，"今天等于在全世界面前打了徐家的脸，还是啪啪带响的！"

沈牧整了这么一出大戏，签约仪式上又是火又是水，网上飞速曝光——

签约仪式，水火无情，沈大师魔手痛击主办方……

冠军为什么要火烧合约，难道还有更大的黑幕……

是利益不均还是理念不合，天彩魔术团与徐家的恩怨从何而来……

全世界瞩目，沈牧和徐家撕破脸皮，是否会引发魔术界重新洗牌……

……

新闻直上热搜，但很快就被撤掉。

接着，网上相关内容基本删除干净。

从香港回到上海后，事情似乎终于平息，但每个当事人，却都有一种山雨欲来风满楼的感觉。

午后，徐渊在自己的办公室，研究电脑上的视频。这是沈牧在表演逆水行舟时，全程拍摄的录像。徐渊对于沈牧在海上行走最后在船顶亮相并放出雄鹰，都没兴趣，他要研究的是沈牧的"光影神手"。

"光影神手"的秘诀专为神之手创立，在魔术界流传多年，无人知晓真谛。

徐渊对于这个秘诀的痴迷，已经超出常人的理解，为了达到"光影神手"的境界，他先后给双手做了三次骨科手术，但技艺的提升并不让他满足。

当然，手术台上做出的"神之手"，不如天生的神之手效力强，但徐渊认为，只要掌握了秘诀，他一定能通过非人的苦练，达到真正的境界。仅凭这一条，他就能让整个徐家仰视，因为他的大哥徐光展，就是在试验"光影神手"魔术时，意外重伤，不治身亡。

百年家族，当代硕果仅存的魔术世家，居然没有掌握"光影神手"，这是耻辱。

徐渊紧盯着电脑屏幕，不记得自己反复回放了多少遍。整个过程，是从船头几乎要撞向沈牧开始，他举起手臂，迎着船头推去。他的手上，突然迸发出一片光影。漫天光影将沈牧笼罩。最亮的一瞬，掠过船头。那片光影很快散去，沈牧消失不见。

全程只有二十三秒，这已经弥足珍贵。因为沈牧极少在公开场合全面展示这一绝技，以往的比赛，最多做到四成到六成。

三年前，徐渊挑战沈牧的那次，沈牧正在苦练期，稍微欠缺了把控力，"光影神手"释放得比较多，但其手法变法太快，徐渊虽然与沈牧只隔一米左右，却真假难辨。

此刻，徐渊盯着视频，用软件把这二十三秒的全过程，分解成每秒十二帧，一帧一帧放大，结合三年前的深刻印象，研究手部的定格动作。沈牧的水平确实跃级很快，比起当年厉害多了。

门外忽然传来敲门声，接着门被推开。

徐渊愣了一下，连忙退出视频，抬脸时神思飘忽，眼前像是分格动画那样无数的影像在晃动。

"……蔷薇，怎么直接闯进来？"徐渊不满道。

"你叫我来的呀。"徐蔷薇说，"我敲了四五下都没反应，一着急就进来了。"

徐渊无奈，绕过桌子走到沙发前，"坐吧。"

今天的徐蔷薇是可爱公主造型，蓬松秀发、泡泡裙。

"堂兄，你刚才看什么呢，那么专心？"徐蔷薇问。

徐渊神色有些晦暗，因为研究工作没什么进展，"哦……家族的财务报表。"

"真行，破数字都看得那么入神。"徐蔷薇拿起松子磕起来，"叫我来什么事？"

"嗯，最近忙，没顾得问你。"徐渊舒展地靠在沙发上，"在香港时，发现你和沈牧很熟，什么情况？"

"噢，他啊，招聘时我去应聘了。"徐蔷薇东张西望，寻找别的点心。

徐渊微微一怔，"就是那次天彩魔术团招聘……"

"对对，面试助理。你这儿怎么没有吃的啊？"

徐渊说："那么大的事，你怎么没告诉我一声？"

"这算什么啊？"徐蔷薇歪着脑袋说，"我当时就是无聊，看到网上有魔术团招聘，就想去试试，解闷儿呗。嘻嘻，沈牧想收我为徒，被我……"

"什么？沈牧还想收你为徒？"徐渊坐直身。

"对啊，被我严辞拒绝啦。"蔷薇眨巴着大眼睛，"你说，我算不算给咱家立了功——给当年大堂兄被拒绝的事情报了仇啊？"

十年前，徐光展曾邀约沈牧当助手，被沈牧拒绝，是徐光展自己说的。大哥毫不避讳对沈牧的赞赏，这件事给了徐渊很深的刺激。后来他拼命苦练魔术，便是由这件事激发的。

只是没想到，这个古灵精怪的堂妹，竟然去过天彩魔术团，并且差一点成了沈牧的徒弟。要说蔷薇的魔术技艺，只能说还行，这丫头天赋很高，但是贪玩不爱学。沈牧能够在短暂的面试中，就从她身上看出潜质，也算是慧眼识珠。

徐渊的脸上，一时间阴晴不定。

自己当时费尽心机把吴辛洁送入天彩魔术团，如果知道堂妹有这样的奇遇，那么双管齐下，精心运作，如今的格局必大有改观。可惜了。

徐渊试探地问："蔷薇，现在让你去做沈牧的学生，你……"

"不不，"徐蔷薇使劲摇头，"我讨厌学习。再说，沈牧把徐家的脸都打肿了，就算我想去，家里的伯伯叔叔，还有大嫂……"

"行了，我就随口一问。"徐渊抬手止住话头。

这时，门外又有人敲门。

徐蔷薇抢着问："谁啊？"

"哦……二少爷在吗，夫人请二少爷谈事情。"一名侍从说道。

徐渊说："知道了。"然后起身送徐蔷薇。

徐蔷薇忙说："你帮我提醒一下大嫂，她答应送我一套德国喜姆娃娃的。"

"你自己怎么不问？"

"哪好意思啊，催着人家要礼物。"

"这么大的人了，玩什么洋娃娃？"

"你不懂，曾祖母也喜欢。"

"快一百岁的人了……"

"老小老小嘛。别忘了帮我问哦。"徐蔷薇挥手道别，沿着走廊跑出去了。

徐渊朝另一个方向走去，心中冷笑：德国喜姆娃娃，号称全球最贵的洋娃娃，国内最便宜的八百元以上，最高价格能卖到二十万。夏天晴要送给蔷薇一套，随随便便就是十几、二十万。名义上是送给蔷薇，实际上是讨那位曾祖母的欢心，一套小礼物同时让一老一少都高兴，夏天晴很善于四两拨千斤。

当初徐光展迎娶夏天晴时，徐渊并不在徐家，他是后来听说的，家族长辈对徐光展的婚事不满意，认为他娶了一个来历不明的女人，对徐家的发展大不利。没想到，以徐光展宽厚温良的性格，竟然针锋相对，非娶不可。长辈们只能让步。

直到徐光展重伤后那一个星期，徐渊接到大哥的召唤，回到家族。徐光展临死前安排好一切，夏天晴直接上位，并由几位长辈护持——所谓的"托孤大臣"。然而徐光展刚死，徐家就乱了，且愈演愈烈，风云变幻之诡谲叵测，就连院子里的狗都受不了，夜夜狂吠。

家中很多人认为夏天晴撑不住这个家，无法胜任"当家人"职责，谋划分家。

乱局中，夏天晴发挥柔中带刚的手腕，迅速解除了叫嚣最厉害的两个叔伯的财权，又把几个阳奉阴违的老家伙推到边缘喝凉茶，再把看风使舵的逐一分化。几场明争暗斗，既有杀伐决断，又懂巧施妙手，关键时刻还会示弱。

如此，竟打动了徐蔷薇的曾祖母。曾祖母作为家族最为年长的人物，有三个成就：其一，年轻时就是赫赫有名的魔术师，杜月笙都要让三分的上海滩"女魔头"；其二，早年徐家遭遇危困时，仗义相助；其三，团结了一批宗族力量，无人可以撼动。

徐光展生前，更是称她"老神仙"，给予了无上尊崇。

这次徐家又遭乱局，曾祖母出面，什么都没说，只办了一件事，就把夏天晴的位置扶稳了：她收了夏天晴为"门上弟子"。

"门上弟子"在魔术一道是特殊存在，是比血亲还亲的徒弟。因为早年间江湖艺人生存条件艰难，为了保留魔术一道，遇到绝境时不惜放弃子女而留存门上弟子。

如今当然没这么惨，曾祖母也不会教夏天晴变魔术，可是象征意义非常重要。

徐家的混乱得以平息。

其实曾祖母支持夏天晴，并不是情感因素，而是曾祖母对徐家的责任感——她认为夏天晴能够挑起大梁。

自此，夏天晴身边安静不少，但人心隔肚皮，夏天晴并没有松懈。

这次，她排除万难，亲手推动世界魔术大赛的举办，便是为了向徐家展示自己真正的能力。

她本来已经成功了，却在最不可能出问题的签约仪式上出了乱子，让沈牧狠狠摆了一道。

徐渊猜测，现在夏天晴叫他过去，一定还是谈这件事。徐渊的嘴角露出一丝不易察觉的笑意。

4

夏天晴的办公室，就是徐光展当年使用的，除了窗帘换成素雅的、多了几盆绿植外，其他全都保持原貌。那张宽阔的办公桌是房间最抢眼的物件，座椅很普通，桌子对面的沙发也很普通，茶几上摆着古典茶具。房间布局简洁，色调柔和。

徐渊进门时，夏天晴正望着墙上的一幅油画。这是徐光展最喜欢的艺术品，也是他给自己购置的唯一"奢侈品"。画家叫康斯太布尔，名不见经传，但其自然主义风格，影响了梵高、莫奈等人，他的这幅《马里维伦庄园》，天空、鸟群、湖水、绿树和远处的房屋相映成趣，营造出温馨恬淡的氛围。每当徐光展郁闷时，便在这幅画前伫立良久。

徐渊语气恭谨："大嫂，有什么事吩咐？"

夏天晴转过身，蓝色的长裙摆了摆，示意徐渊坐到沙发上，开门见山说："我最近很困惑，一直在回想签约仪式。"

徐渊淡然说："沈牧那个人，你不是不知道。"

"业内早有传闻，我是听说了不少，此人嚣张狂妄，可他脑子没问题吧，在签约仪式上的举动，我实在无法理解。"

"你就当他是一条疯狗好了。"

"如果精神状态不稳定，不可能在魔术领域走到那么高的位置，在这一行，越是顶尖人物，越冷静理智，即便包装成疯狂的样子，也只是魔术表演的形式罢了。"

徐渊看了夏天晴一眼，说道："沈牧是个异类。"

"他跟我们徐家有什么仇怨吗？"

"这个嘛……"

"你是光展的兄弟，是我信任的人，一直在支持我，有什么话可以直说。"

徐渊字斟句酌："具体情况还需要了解。不过，如果真有仇怨，他又何必来参加我们主办的世界魔术大赛呢？"

"这正是我困惑的地方。"夏天晴点了一下头，"我虽然不擅长魔术，但浸染了这么多年，还是懂一些的。他表演的逆水行舟，其实很危险，稍有差错，不仅魔术表演失败，命都可能没了。他怎么会用声誉和生命同时去赌，就为了获奖以后羞辱徐家？"

夏天晴不仅心志强大，头脑更是缜密。

徐渊继续顺着她的话头说："沈牧讲过一句话——魔术就是在毫巅之间豪赌。再加上他生性狂悖，认为自己无所不能、无事不可，在香港的种种表现，也就不难理解了。"

夏天晴沉思片刻，"上次你特意飞到香港，说服我，让我坐到评委观察席上，认为能提升徐家的声望，还能激发魔术师对徐家的仰慕，结果却变成了这样。"

夏天晴原本没想出现在评委席，当然名字不在评委名单上。她很清楚，自己身处大家族，不宜太招摇。何况比赛中有徐家签约的魔术师，理当避嫌。但徐渊提出使用"观察席"，也算合情合理，只是结果很糟糕。

徐渊苦笑："大嫂是在埋怨我了。"

"那倒不是，只不过我有个感觉，沈牧似乎对我本人有什么不满，恰是我的出现，刺激他突然做出疯狂举动。"

"是吗？"徐渊想了想，淡淡一笑，"没那么严重吧。你是因为受了打击，有些过于自责了。"

夏天晴坐到桌子后面，靠着椅背沉思，然后她摆了摆手，说："也许是沟通方面出了问题。这样吧，我想见见沈牧，面对面交流一下，假如有什么误会，尽可以消除。我们徐家不会因为一次挫折，就改变初衷。徐家向来爱才惜才，如果与沈牧这样的当世奇才失之交臂，那才是我的失责。"

徐渊微微一怔："你要见沈牧？"

"他是天才，不同于常人，如果我们无法容忍他，还算什么百年世家？"

徐渊心想，这女人确实不一般，纵然在大庭广众之下遭到沈牧的羞辱，竟然还能保持理智，从大局出发，继续争取沈牧的加盟。即便沈牧再次拒绝，她也在世人面前展示了徐家的胸襟和气魄，把原本的负面事件，直接逆转为正面形象——这才是示弱的真谛，不计前嫌，主动向对方降低姿态，世人更容易支持"弱"的一方。

仅从这一步来看，夏天晴做得比徐光展更好。

不过，徐渊当然不能让夏天晴与沈牧"好好沟通，冰释前嫌"。

徐渊起身说："那我安排一下，尽快让你们见面。"然后退出夏天晴的办公室，回到自己房间，召来阿亮。如今阿亮已经成为徐渊的死侍，眼里只认徐渊。

"二少爷，有何吩咐？"

"你去城里各处转转，放一点消息出去。"

"什么地方？"阿亮低声问。

"魔术师经常出没的酒吧、演艺厅，你晓得吧？"

"静安有三个，徐汇有两个，普陀和虹口各有两个，青浦那边还有一个。"

"嗯，你把这段话传出去……"徐渊轻声吩咐。

阿亮凑近，一边听一边点头。

5

话说天彩魔术团从香港回来后，沈牧的愤怒内化在心底，脸上没有任何表现，反倒是蔡炳，天天郁闷着。

这天下午，蔡炳提着一瓶红酒，来到沈牧的办公室，自己坐到沙发上，愁眉苦脸，自斟自饮。

沈牧没有理会他。

终于，蔡炳抬起头说："大牧，有一句话，不知当讲不当讲？"

"那就别讲！"

"还是讲讲吧……你和徐家……是不是有啥恩怨未了？"

沈牧瞥了蔡炳一眼，"饼叔，我和徐家以前没有恩怨，现在有了。"

"你越说我越糊涂，到底怎么回事？"

"你不用管那么多，只要知道徐家现在是敌人，就行了。"

所谓"我的昔日恋人如今成了徐家的当家人，还和徐家二少爷联手害我"这种可憎又屈辱的事，沈牧该如何向蔡炳诉说？他的骄傲不允许，他像怨妇一样坐在地上，双手拍着膝盖哭诉薄情寡恩之人，这种戏码，沈牧连想一想都觉得羞耻。

蔡炳捋了捋头发，说："我们和徐家正面为敌，这事……"

"你要是害怕，就休个长假出国旅游去吧，我看死海就不错。"

"笑话，我蔡炳十七岁混道上……"

沈牧打断蔡炳的话："饼叔，有件事你还得抓紧办——"

"啊……什么事？"

"找到邵疯子。"

"嗯？"蔡炳不解道，"之前寻找邵疯子，你是为了从他身上牵出幕后黑手，现在已经知道了'变脸鬼'是徐渊，还要找他师父干什么？"

"知己知彼嘛。"沈牧说，"那个徐渊一直藏在暗处，没少研究我，他对我的了解，远远超过我对他的。"

蔡炳点点头，"邵疯子只收过这么一个学生，从邵疯子身上肯定能挖出一些猛料。"

"更重要的是，有个疑问需要破解。"

"什么？"

"徐家是名门大家族，是圈层的中流砥柱。可徐渊竟然拜了邵疯子为师，学的是那么邪性的变脸术……"

"对啊。"蔡炳一拍大腿，"邵疯子本身不被主流圈接受，徐渊学的东西也被圈层排斥，徐家怎么会放任二少爷这么做？"

"这里面必有名堂，所以你要抓紧找到邵疯子。"

"好，我把撒回来的线头再撒出去。"蔡炳站起身，匆匆出门。

沈牧把桌子上的材料处理完，望一眼窗外。快到傍晚了，天色有些阴，院子里飘来的花香带着淡淡的湿气。

他从办公室出来，围着花坛踱步，四周很安静，几个小助手还在休假。

姜满春扛着物料往仓库走去，沈牧出声喊住他："满村哥，还在忙啊？"

"小爷叔，我闲不住的。"姜满春说。

"走吧，出去散散心，喝一杯。"

十五分钟后，两人在大门前遇见吴辛洁。

姜满春问："你妹妹怎么样了？"

"休养得不错，她的心情好了许多。"吴辛洁说。

虽然妹妹很难再站起身，但能在如此完善的医疗环境中，接受更好的治疗，并且一点点承受住残酷的现实，不再那么悲观绝望，已经很好了。

这一切都是沈牧帮她完成的，他却只字未提。

吴辛洁望向沈牧的眼神，泛起许多说不清、道不明的东西……

沈牧继续往门外走。

吴辛洁问："你们出去有事？"

姜满春挤眉弄眼，做了个喝酒的动作。

"我也去，凑个热闹嘛。"吴辛洁满怀希望地看向沈牧。

沈牧没吭声，身影已经到了门外。

"好的呀。"姜满春笑道。

三人来到建国西路的华庭酒吧，人不多，环境温馨，坐在里面很惬意。

吴辛洁往常不大喝酒，应酬更少，酒量自然不行，小心地啜饮着低度红酒。

她随口问："姜哥，你们经常来这里？"

姜满春喝着马天尼，不知是太苦还是怎么，他咧了咧嘴巴，"我不常来的，蔡饼倒是喜欢各个酒吧转悠。"

旁边的沈牧压低帽檐，安静地浅饮香槟。不时有年轻女子从旁边经过，有意无意靠近他，奈何这位仁兄一脸淡漠，加上身边还有吴辛洁大美女坐镇，渐渐地，再没有女孩凑过来。

沈牧忽然开口："一直以为你是瘟神，没想到还能辟邪。"

吴辛洁撇了撇嘴："知道是邪魔出没的地方，还是少来为妙。"

旁边的姜满春没听懂二人言语交锋，一脸认真地说："不是邪魔，是魔术师经常出入的地方。"

"嗯？"吴辛洁愣了愣。

"平时聚会什么的，上海有七八家酒吧，消息比较多，要么蔡饼就爱乱转呢。"

"哦，是这样啊。"

吴辛洁抬头四处张望，感觉灯光背面、墙壁转角似乎成了神神秘秘的所在。她忽然有些莫名紧张，如坐针毡一般。

姜满春瞧出异样，忙问："辛洁，你不舒服？"

吴辛洁说："可能是酒有点上头。"

沈牧一笑："你害怕徐渊派杀手把你灭口？"

"啊？"

"一听是魔术师常来的地方，马上感觉不一样，心里像被野猫挠过似的。"

吴辛洁心中哀叹，说道："好吧，是有点害怕。"

沈牧目光斜睨："你有什么心虚的？"

"我站到你这边，是对他的背叛，他那个人不会允许这种事发生的。"

"你还真把自己当盘菜了。"沈牧冷笑，"你在他眼中不过是一笔交易，他让你办的事，你没有办成，已经失去价值，他还要花钱雇人灭你？你的榆木脑袋怎么想的？"

虽然又遭一顿奚落，反而比简单的安慰更有效果，吴辛洁心定了不少。

正要说"谢谢"，只听沈牧又说："徐渊现在要对付的是我，你最好坐到桌子那边去，不然误伤了你，我可不想随便跟哪个女人死在一起。"

吴辛洁咬着嘴唇，忽然想哭，自己还没意识到，眼里已泛起泪光，或许因为红酒的刺激，这个情绪来得毫无预兆，脱口而出："你不能因为一个女人的伤害，就对所有女人有偏见吧！"

沈牧一怔，吴辛洁竟然戳到他心窝最痛的地方，怒道："你这么兴奋干什么？红酒和你脑子里的防冻液起反应了？"

"是你过分的……"

"呵,今天真是大开眼界,笨蛋助理化身正义女神经!姜满春,给她脑壳上装个螺旋桨,让她原地起飞吧!"

姜满春呆呆地看着二人拌嘴,忘了自己在干什么,猛地听到沈牧叫自己的名字——居然还叫对了,更是震惊得不知所措。

吴辛洁呼地站起身,却一下愣住。

"傻站着干什么?厕所在那边!"沈牧说。

吴辛洁一把抓起酒杯,把剩下的半杯酒泼了出去——

半杯红酒泼到了沈牧斜对面的客人脸上。

那人长着一张马脸,正和同伴聊天,冷不防遭到袭击,又惊又怒。

沈牧和姜满春也愣住,没想到吴辛洁真的发神经了。

马脸客人上前两步:"臭女人,我认识你吗?"

"你满嘴喷粪,活该。"吴辛洁说。

"你他妈疯了你!"马脸客人用纸巾擦脸。

沈牧问:"吴辛洁,怎么回事?"

"他造谣。"吴辛洁叫道。

沈牧一皱眉:"人家造人家的谣,关你什么事啊?"

马脸怒道:"谁造谣了?"

姜满春上前劝道:"对不起,对不起啊,我朋友喝多了,你的酒算我的。"

"臭女人,找死。"马脸客人不依不饶地谩骂。

"嘴巴干净点。"沈牧不高兴了。

"你看她这一脸风骚相,谁敢说不是出来卖的……"

嘭!

沈牧的动作太快,一拳把马脸打倒在桌子底下。

吴辛洁拍手叫好:"打得好……"

"你也够了。"沈牧横了吴辛洁一眼,"天底下造谣的蠢货多了,你个个都管,你是王母娘娘?"

"别人我管不着,可是他造你的谣!"

"什么?"沈牧一愣,"啥时候造我谣了?"

"刚才你只顾欺负我，没听到他们说的话——"

马脸爬起来，陡然将手臂一晃，袖口里飞出一颗铁球，有乒乓球大小，嗖的一下，朝沈牧头上打来，沈牧头一偏，铁球又收了回去，显然有牵引线。

沈牧冷笑："出门不忘手艺，行啊。"

马脸再次出手。

沈牧已经观察好门道，没等对方的动作展开，他斜着一拳打到对方的臂肘上，只听"咔嗒"一声响，有什么东西碎裂，然后马脸客人的袖口里呼噜噜滚出两个铁球、弹簧、金属片、丝线。

周围不少懂行的知道，这是直接把暗门破了。

马脸的朋友一边拉住马脸往外走，一边低叫道："你没认出来啊，他就是沈牧，你惹谁不行……"

"我没造谣，是徐家传出来的消息……"

"等等。"沈牧拦住二人，"你们刚才说什么？"

马脸瞪着沈牧说："反正不是我瞎编的，真真假假你自己心里清楚。"

据传，沈牧之所以羞辱徐家，是因为早年徐光展曾经邀约沈牧，但利益没谈拢，让沈牧丢了面子。如今沈牧小人得志，就在魔术大赛的签约仪式上，狠狠报复徐家，让徐家在全世界丢面子。也就是说，前后两次都与合约有关。而徐家当然要反击，徐太太说了，不管沈牧是什么来头，都要亲手灭了他！

听完这些，沈牧笑了。

从酒吧出来，沈牧对吴辛洁说："以后你就安安静静当个笨蛋，别给我惹事。"

"我惹什么事了？"

"用酒泼人家，酒不是花钱买的啊？"

"我生气。"吴辛洁说。

"你生的哪门子气？"

"我就是生气！"

"神经病。"

"我……我路见不平。"

"还路见不平？你这是酒后见傻！"沈牧哼了一声，"那种破谣言，我根本就没放在心上。"

"没放在心上？未必吧。"

"你什么意思？"

"姜哥告诉过我,如果你听到坏事,反而在笑,表明你很生气很生气。这叫怒极反笑……"

"满村哥——"

沈牧回头一看,姜满春早跑没影了。

回到天彩魔术团,沈牧没吃晚饭,独自待在演练房,里面没有声音,静悄悄的很吓人。

蔡炳从外面回来,挨到晚上十点多钟,还是敲响了房门。"大牧,有事商量。"

沈牧打开门,从演练房出来。

蔡炳说:"酒吧的事,辛洁和满春告诉我了。"

"那点烂事,还没说够吗?"

"现在有这么个情况,"蔡炳仔细考虑措辞,"徐家的二少爷,咳,就是那个……"

"徐渊那个'变脸鬼',怎么呢?"

"他忽然联络我,说他们当家人想请你吃饭。"

夏天晴要宴请他。

沈牧的脚步顿了顿。

蔡炳试探地说:"我考虑再三,还是见一下比较好,签约仪式太仓促,彼此缺乏沟通。人和人之间,只要沟通好了,没有什么不可能的。"

沈牧抬头望向夜空。

深深重重的夜幕下,谁能一眼望到人生的黎明呢?也许有些黎明,注定永远不会到来,尽管执着如沈牧,尽管他能创造出无数神奇,但命运颠簸、爱与恨,又岂是凡人能够改变的?

不过,人总是想要一个结果,无论这个结果是什么。

"那,见一面吧。"沈牧平静地说。

徐汇区衡山路是上海著名的街道,茂密的法国梧桐、红褐色的人行道、欧陆风格的隔离栏,以及建于上世纪二三十年代、充满异国情调的欧洲花园式别墅,皆留下了旧上海的印记。

晚上七点钟,沈牧一袭风衣,来到衡山路12号的上海精品酒店。

这是一座庭院式酒店,幽静中尽显精致与灵气。

沈牧没让蔡炳他们跟来，想要不受干扰，单独与夏天晴谈谈。可是刚走进迎宾区就感觉不对，五六个黑衣男子戴着墨镜，双手交叠放在小腹前，戒备的样子十分碍眼。

沈牧心中不悦，走上三楼，又见几个黑衣男子站成一排。

看来徐家已经把整个宴会厅包了下来。

沈牧冷面走进大厅，眼前忽然一阵闪光灯，各种话筒戳过来。

"沈先生，请问你今天来这里，是向徐家道歉的吗？"

"徐家的当家人愿意和你沟通，你是否也能拿出诚意……"

"沈先生，听说你和徐家曾经有过恩怨……"

沈牧非常反感，徐家搞了这么一出，摆明了把他当成宣传品和陪衬品。虽然他与徐家撕破了脸，但显然，徐家要用他这位"世界魔术大赛冠军"，榨出反向价值。而他接下来无论是继续对抗，还是做出妥协，徐家都在舆论上占据了优势。不得不说，这一手既简单又高效。

沈牧推开记者，迈步向前。只见徐渊坐在宴会厅中间的圆桌旁，抬了一下手，看起来像是与沈牧打招呼，其实是下达指令。

门侧的阿亮欠身说："沈先生，这边请。"

然后阿亮挡住记者，示意几个黑衣人把记者们带出去。

四周顿时安静下来。

沈牧走到桌前，直接问："夏天晴呢？"

徐渊一身白色西装，笔直地坐在椅子上。"哦，你是说徐太太。按规矩，我先和你沟通，我们当家人随后就来。"

"摆什么架子？"沈牧扯了扯嘴角，坐下。

徐渊摊开双手，显得无奈，"你在签约仪式上，表现出精神不稳定的样子，家族长辈不放心。"

"夏天晴是害怕我？"

"你理解一下。"徐渊伸手给沈牧斟了杯红酒，"徐家就是门庭高。"

这句话又在暗暗刺激沈牧。

沈牧冷笑："我记得徐光展不是这样的。"

"人都会变啊。"徐渊意味深长地看了沈牧一眼。

沈牧拿起酒杯在鼻端嗅了嗅，又轻轻一晃，笑吟吟地说："今天正好问问你。你以前在我背后搞的小动作，愚蠢又可笑，到头来撞了一鼻子灰，很难受吧？"

徐渊皱了皱眉。"沈先生，你可能听了什么逸言。哦，对了，那个吴辛洁是演员出身，最会演戏。"徐渊举起酒杯说，"免费送你一句忠告：唯女子与小人难养也——吴辛洁占全了，要当心啊。"

"你这个只会暗中捣鬼的蟑螂，还敢坐在灯下指责别人？徐家的脸都让你丢尽了，百年的名门大家族，出了你这么一个混蛋。"

沈牧想通过言语刺激，探查徐渊的底细，因为他对徐渊实在是一无所知。

然而徐渊只是冷笑一声："你想骂街啊，继续。"

徐渊就这么跟沈牧拖延了一个小时。

沈牧忍无可忍，起身往外走。

在宴会厅门口，正好遇到夏天晴进来，一身雍容晚装，脸上不施粉黛，犹如一朵清雅美丽的荷花。

两人迎面站定，沈牧的眉间掠过一丝痛苦。而夏天晴的眼神中，莫名恍惚了一下，飘过一丝疑惑与茫然。

沈牧率先开口："夏天晴，你到底要干什么？"

夏天晴双眼圆睁，正要说什么，徐渊走过来。

"既然二位都到了，请入席吧。"

一旁的阿亮做了个不易察觉的手势，记者们再次拥上来。

夏天晴伸手示意："沈先生，请。"

记者们开始拍照，频频闪烁的亮光惹得沈牧愈加烦躁，"摆谱摆够了，还给我来这一套！"

"沈先生……"夏天晴淡然道，"我们徐家是表现出了足够诚意的。"

"大人物的诚意就是姗姗来迟？"

"我是准时抵达啊。"夏天晴敛眉看着沈牧，就像看病人一样。

"晚了一个钟头也叫准时？你们徐家的小宇宙和上海有时差吗？"沈牧最恨睁着眼睛不认账的主儿，指鹿为马、颠倒黑白，"你脑子里是防冻液吗？"

突然，夏天晴眼神中闪烁了一下，就像漆黑角落，莫名亮起的闪光。

——你活腻了？脑子里是防冻液吗，还冒充学霸？

"大家都冷静一下。"徐渊插言道，"可能是双方传话的时候出了差错，这个责任在我。"

夏天晴眼神中的闪烁瞬间消散。

她语气淡然："沈先生，你先稳定下情绪，否则我们没办法沟通。"

"那都是我的错了。"沈牧怒极反笑。

记者们睁大眼睛看着他们，摄像机孜孜不倦地工作着。

这种状况更让沈牧憎恶，感觉自己像是被强迫表演。

夏天晴说："我今天见你，就是要开诚布公地谈一谈。"

"多谢你了，可我没有一点兴趣和你谈话。浪费时间。"

夏天晴微微一笑："徐家是有容忍度的。"

"你容忍我？"沈牧厉声说，"夏天晴，你就是这么对我的？"

"你到底是谁啊？"夏天晴的声调也陡然抬高。

场面倏地安静下来。

夏天晴的这句话，很像一句双关语，如果换个角度来理解，就是大大的嘲讽。

徐渊说道："对啊，沈牧，别忘了你自己是谁。"

"我会告诉你们，我是谁！"

沈牧甩下这句话，扬长而去。

夏天晴愕然站在原地……

回到家里，已是晚上十一点钟，夏天晴长久地坐在书房，望着墙上徐光展的照片。

十年前，徐光展救了她。

那时她出了车祸。一辆皮卡驶来，她躲避不及，皮卡撞了她之后仓皇离去。她躺在街边，死亡的恐惧伴随着剧烈疼痛，还有无法呼救的绝望。她沉浸在鲜血流失带来的寒冷中。

模糊的视线里，她看到旁边有一双鞋，却想不起来这双鞋为什么会出现在身旁。

大街上，流动的车灯忽近忽远，有十几辆车从她身边开了过去。

直到一辆银灰色的奔驰车停下。

后来她知道，那天徐光展出门办事，原计划要走的路由于堵得很严重，司机问徐光展从哪里绕行，徐光展随口选了这条路。然后，徐光展救了她。

可惜迟了一步，车祸造成颅脑外伤，导致严重的"逆行性遗忘"——她失忆了。或者说，她的记忆从那天开始，重启了。

养伤期间，徐光展的关爱是她唯一的心灵慰藉。

徐光展从来不纠缠夏天晴，他只是每天亲自给她送餐，送完餐就走。但只要夏天晴有事情，他肯定提前安排妥当，非常细心周到，而且招之即来，挥之即去。

徐光展和夏天晴说话时，语调温存沁润，望着夏天晴时，眸间闪动神采，没有一丝虚情假意。他用心灵的每个颤动，深爱着夏天晴。

夏天晴颅脑外伤痊愈后，记忆却没有恢复。她嫁给徐光展以后，徐光展帮她追查失忆前的生活，可惜一无所获。经过无数次失望，夏天晴终于放下了过去的生活。也许这就是命运的安排，让她重启人生。

然而命运再次捉弄她。她与徐光展的二人世界突然遭遇变故。徐光展在试验"光影神手"的魔术时，意外重伤。夏天晴的生活，乃至生命，瞬间崩塌。因为在她重启的记忆中，从开始到现在，全是徐光展。

徐光展重伤后，苦苦支撑了一个星期。他受的伤，不是现代医疗技术能够有效处理的。他忍着常人无法承受的痛苦，用仅剩的时光，安排了后事。

他最关心的，仍然是夏天晴。

那不到七天的余生，短暂如白驹过隙，却又漫长如一场酷刑。

夏天晴可以感受到徐光展的煎熬。但那份煎熬，不是全部来自身体的疼痛，更有着精神上的极大痛苦，甚至那份痛苦超过了身体的疼痛。

他有什么话要说，却说不出来。

"……天晴，我……对不起你……"

他的嘴唇颤抖着，嘶哑的声音已经听不清楚了。

"……我……对不起……"

最后的时刻，徐光展挣扎的样子，就连最为铁石心肠的人，都无法直视。

这个男人仿佛在遭受凌迟之刑！

夏天晴扑倒在徐光展的病床前，发出悲惨的哭声：

"光展，你安心去吧，什么都不要说了……"

"天晴……我对不起……"

"我会守住这个家！光展——"

徐光展的眼里骤然透出一抹光彩，转瞬即逝。

他呼出最后一缕气息，把夏天晴扔在了这个残酷的世界。

夏天晴低喃："我会守住这个家。"

她的手，紧紧握住徐光展渐渐失去温度的手……

此时此刻，夏天晴的手上，又传来那一阵渐渐冰冷的感觉。

她凝视着照片里的徐光展。徐光展也在望着她。

夏天晴低语："光展，徐家的事业不会毁在我手上。"

她想起世界魔术大赛，由她亲自主办的盛会，在最后的签约关头，被沈牧破坏。沈牧的态度始终让夏天晴不解，即使他拒绝和徐家签约，也不该充满恨意。今天在宴会厅更是难以理解。

夏天晴越来越感觉，沈牧完全是针对她个人。

沈牧能够自然而然地叫出她的名字"夏天晴"。

还有沈牧骂她的那句：你脑子里是防冻液吗？

这句话其实很特别，甚至有些怪异，但是，她却有一种似曾相识的感觉。所以当沈牧说出来时，她的眼神闪烁了一下。

这句话在哪里听过呢？

……或者，根本就是她自己首创的……

——你活腻了？脑子里是防冻液吗，还冒充学霸？

夏天晴的脑子又是一片空白。

她回顾与沈牧的这两次遭遇，沈牧的语气、做派，就像很早以前就认识她似的。而她，也有一种隐约莫名的熟悉感。

这一切究竟怎么回事？

为什么事情一牵扯到沈牧这个人，就变得乱七八糟？

夏天晴拿起手机，拨通了徐渊的电话。

"徐渊，我想请你帮个忙。"

"大嫂，不用客气的，请吩咐。"徐渊语气恭敬。

夏天晴略微迟疑，说："我想请你帮我调查沈牧。"

"哦？"徐渊似乎有些意外，"今晚的表现，更证明沈牧就是一个不知天高地厚、狂妄到极点的痞子，大嫂还想争取他吗？"

"此人无论是敌是友，总要摸清底细。"

"嗯，大嫂看问题很全面。"

"另外我也有些个人的疑惑，需要答案。"夏天晴语气平静，"请你帮忙调查，是因为你曾经在外面很长时间，与家族里的人不同，思维处事更客观。"

"谢谢大嫂信任。"

"调查沈牧，不要惊动家族。"

"是，我会尽力挖到有用信息。"

"谢谢。我等你消息。"

夏天晴来到阳台上，眺望外滩的迷离灯光。微风将她的裙摆轻轻拂动。目及之处，深深重重的夜幕下，谁能一眼望到人生的黎明呢？

这次，夏天晴并没有等太久。一个多星期后，徐渊查出了她和沈牧的往事。让夏天晴没想到的是，她与沈牧之间，竟有过如此不堪的纠缠。

第七章

飞蛾扑火

『啊……完了……
以后没法再独立生活，
这辈子只能你养我了。』

1

窗外梧桐叶飘零，细雨霏霏，风从窗帘间吹进来，带着丝丝水汽。

室内，装潢典雅的饭厅里，夏天晴坐在桌旁，等待对面的徐渊开口。

"大嫂，你做好心理准备。"徐渊诚恳地说，"我本来是帮你调查沈牧的过往，没想到却发现，但凡与他有关的，竟然都直接牵扯到你，你和他有很深的纠葛。"

"嗯，你说吧。"夏天晴语气平静。

"由于时间比较久远，相关人员的记忆多多少少有些偏差，不过基本走向是清晰的。"徐渊认真地从口袋里掏出一个小本子，翻了几页，上面有凌乱的字迹，还有划重点的线条和画框。

徐渊说："我问到你的同学，他叫赵海，提供了高中时代的回忆。另外关于你的……抱歉，你的家人早已失去联系，我得到的信息是，你母亲在……应该是十一年前，就出国了，谁也不知道她去了哪里。"

徐渊随手把本子倒扣在桌面。

"据了解，当年你的家庭环境非常严格，小学、初中、高中，每一步都被规划好，目标就是出国、上名校、进入上流社会。为了实现这一切，你平时连散步的时间都有规定，留给你的唯一业余爱好，只有画画。"

夏天晴默默地听着。

"在这样的环境下成长，叛逆期的孩子会很痛苦，而你恰是在高中时代认识沈牧的，所以——"徐渊欲言又止。

"他身上有某些特质吸引了我？"

徐渊点点头。

"我是怎么认识沈牧的？"夏天晴问。

徐渊拿出一张照片递给她。

照片上是一排住宅，路旁种着桂树，其间穿插几座庭院，照片主体的院子有扇铁艺门，门外挂着牌子：金色童年早教中心。

夏天晴抬眼问："这是什么地方？"

徐渊观察着夏天晴的神色，说："是你原来的家，十年来换了几拨业主。"

夏天晴又看了看照片，轻轻叹口气："想不起来了。"

"你遇到沈牧的那天，就是从家里出来，沿着这条路去补课。"徐渊起身，在照片上指了一下，"后来你把这件事告诉过赵海。"

在徐渊的讲述中，夏天晴的思绪飘回青葱岁月——

她走出铁艺门，沿着石板路远去。

桂树的枝叶间飘来香气，如雨如雾。

她喜欢在这条路上静静漫步，只有在这样的时候，才感觉是自由的。

前方转弯，一排高大茂密的梧桐树映入眼帘，光线暗了些，四周建筑染上一层淡青水色。

突然传来的呼喝声，吓了夏天晴一跳。

不远处的街角，猛地冲出一群男孩，年龄在十六七岁，一个短发男孩在前面跌跌撞撞奔跑，身上似乎有伤，五六个男孩在雨中追击，领头的一脚踢到短发男孩的背上，男孩扑倒在地，顺势一滚，起身反击。

夏天晴傻站着，不知该怎么办。她想绕行，可是退回正街从北边走过去，至少浪费半个钟头，肯定会迟到。

这时，短发男孩抓住一个追击者，连续出拳，将那家伙打倒在地。

其他人一拥而上。

短发男孩捡起一块板砖，趁对手愣神的刹那，一把砸向领头者，骁勇的身姿与怒吼，极具震慑力。

领头者一声惨叫，仰翻在地。其他人惊慌散开，又重新聚集。

短发男孩拎着板砖，如孤狼冲入兽群。

雨越下越大，短发男孩爆发出强悍的战斗力，矫健的身影左冲右突，追击者纷纷倒地。

最后一个追击者冲过来，短发男孩一拳砸到对方肚子上，把那小子打得飞起，后背撞到树上，滚落在地。

短发男孩转过身，拿着砖头，摇摇晃晃走向领头者。

领头者趴在地上，发出惊恐的叫声："沈牧，别打了！"

沈牧扔了砖头，累得坐倒在地，对着天空喘息。

夏天晴这才小心地挪动步子，战战兢兢地往前走。一转眼，忽然看到短发男孩正在凝视自己，俊朗脸上的血迹被雨水冲淡，朝她露出邪邪一笑。

夏天晴的心里轰隆一声巨响，慌忙跑开。

2

"原来他从前是个不良少年。"夏天晴低语。

"如今他的嚣张狂悖，恰是他的秉性。所谓江山易改，本性难移。"徐渊说。

"那我和沈牧怎么又遇到了？"夏天晴问。

初次相遇之后的半个月，阳光明媚的下午，夏天晴和一个眼镜男生从学校出来，边走边聊。

男生手上展开夏天晴的画作，赞叹道："你进步真的很快啊，比我厉害多了。"

"哪有！"夏天晴微微一笑。

"你有贡萨洛的风格——贡萨洛·卡卡牟，智利水彩画和插画家。他的作品纯朴又有点朦胧，尤其是对光和影的把握，神准。你的颜色搭配，很像他的风格。"

"可我没有见过他的画。"

"明天我拿本画册给你，我妈从美术馆借的，她强迫我学，我学不像。"

"那谢谢你了，赵海。"

"哎，别客气啦，大家都是朋友嘛。"赵海扶了扶眼镜，"你这幅画我拿回家给我妈看看，她肯定喜欢。我再帮你煽呼一下，说不定能让你在美术馆办展览！"

"啊？不可能吧。"夏天晴惊讶地说。

"肯定行。我老妈最喜欢贡萨洛，有你撑着，她就不会掐我的脖子了。"

"嘻，你妈妈好可怕。"

赵海故意压低嗓音："搞艺术的都有点疯。不过你例外。"

夏天晴神色一暗，叹口气，"画画只是我的业余爱好，我妈妈对我要求很严格，家里不允许我把太多时间浪费在画画上。"

赵海皱着眉头，"可你是天才啊，太可惜了。"

穿过小街时，前方忽然传来吵闹声。他们抬眼望去，只见浓荫遮蔽下，一个短发男孩正和一个男生聊天，男生似乎很害怕，旁边还蹲着两个男生。

赵海一把抓住夏天晴的胳膊，使劲往旁边带。

夏天晴吃痛，"哎哟"一声，赵海松开手，不安地说："别往前走了。"

夏天晴抚着胳膊，问："怎么了？"

"那边有坏人收保护费！"

夏天晴终于看清楚，那个短发男孩，就是半个月前在雨中打架的小子，曾一人单挑六七个家伙。

赵海哆嗦着说:"他叫沈牧,以前是咱们学校的,因为打架被开除了,听说他对学校很不满,专打咱们学校的学生。"

夏天晴更害怕了,跟着赵海往街对面跑。

"站住!"沈牧发现了他们,指着街道嚷,"还跑?眼镜儿,我记住你了!"

赵海立马站定。夏天晴双腿发软,一时间也呆住了。

沈牧双手插在裤子口袋,晃着肩膀走过来。身后的三个男生仍然老老实实蹲在墙根。

沈牧从口袋抽出一只手,"啪"的一下拍在赵海肩膀上,"带钱了吗?"

"没……"

"嗯?"

"带、带了。"赵海说着,从兜里往外掏钱。

"行了行了,我是好人,不拿别人钱。"沈牧说着,这才转脸注视着夏天晴,双眸亮如星辰,"妹妹,请你吃冷饮好吗?"

夏天晴大气不敢出,只是摇头。

"噢,吃冰淇淋,好啊。"沈牧自说自话,又把脸转过去,看着赵海。

赵海的脑细胞瞬间激活,"我去买!"

夏天晴都快哭了:"我不吃。"

赵海也快哭了:"求你了,夏天晴。什么口味?"

"香草……香草冰淇淋。"夏天晴颤声说。

她始终低着头,不敢看沈牧的眼睛。

赵海正要跑向冷饮店,却见沈牧忽然捏住夏天晴的手。夏天晴惊叫一声,少女美丽的脸颊上飞起一片红云。沈牧从她手里拿走那幅画,展开,歪着脑袋欣赏。

赵海吓得撒腿就跑。

只听沈牧问:"妹妹,这是你画的?"

夏天晴咬着嘴唇,点了一下头。

"夏天晴。"沈牧轻声念出上面的名字。

画面上是蓝天、大海和帆船,画名叫作《自由》。

沈牧问:"这幅画很费水彩吧?"

夏天晴没吭声。

"水彩再加这张纸,一共多少钱,我买了。"

夏天晴气得肝疼,忍了忍,没敢抬眼瞪沈牧。

"噢，你要送给我，好啊，交个朋友嘛……"沈牧嬉皮笑脸地说。

夏天晴不知哪里来的勇气，突然夺回自己的画，拼命跑了。

她身后传来一阵痞气十足的笑声。

夏天晴跑着跑着，感觉腮边有泪珠滑落。

3

"沈牧身上的野性，会被很多女孩喜欢吧。"夏天晴语气平淡，"尤其是家教太严的女孩，从他身上看到了自己最欠缺、最向往的东西。"

"少不更事，难免被一些假象迷惑双眼，尤其是叛逆期的孩子。"徐渊说。

"后来呢？"夏天晴问。

"关于第三次相遇的情形，信息是从监狱得到的。我调查沈牧时，有个朋友告诉我，大约十年前，一个犯人关进上海市周浦监狱。那家伙恶名远扬，入狱后很嚣张，整天吹嘘自己的老大是沈牧，说沈牧的魔法随时可以救他出去，成了个笑话。"

"物以类聚。"夏天晴牵了牵嘴角。

徐渊观察着夏天晴的表情，用一种轻描淡写的语气说："所以他讲的往事，应该也是听沈牧说的，然后自己加点吹嘘成分。这个需要大嫂判明。"

"我只抓住基本情况。当年我是个高中女孩，有什么样的心路历程还是可以理解的。"

第三次相遇，发生在一个傍晚。

夏天晴放学后匆匆回家，在一处拐角，两栋楼的夹缝间，躺着一个人。夏天晴的脚步突然顿住，犹豫着，扭头望去。

沈牧满脸血污靠在墙角，看样子被人揍得很惨。

沈牧忽然呲着白牙露出一抹笑容。夏天晴一惊，感觉到那笑容之中的痛苦。

她的心跳急如鼓点，莫名地，从口袋掏出手绢，扔给沈牧，转身跑开了。

她的心，慌乱极了，不知道自己为什么要把手绢给那个坏小子。她很后悔。实在是懊恼啊，如果不是害怕再次面对沈牧，她真想返身拿回自己的手绢。

一直跑回家，冲进卧室，她仍觉得浑身冰冷，脸颊却烫得吓人。

又过了一周，她刚从校门出来，迎面遇到两个混混，都是二十来岁的年纪。

两人的态度很是恭敬："夏小姐，我们老大请你过去。"

夏天晴预感到什么，并没有反抗。她有些好奇的是，这两位的年龄至少比沈牧大五六岁，居然称那小子"老大"。

果不其然，沈牧正在街角的花坛前等候夏天晴。

夏天晴慢慢走过去，看见沈牧从口袋里拿出了她的手绢。

沈牧把手绢递过来："谢谢你。"

夏天晴伸手去接。

沈牧说："对不起啊，实在洗不干净了。"

蓝格手绢上，有一角沾着淡淡的血迹。

夏天晴的手指挨到了手绢，还没接过来时，沈牧忽然晃了一下胳膊，从手绢里拿出一枝玫瑰。

夏天晴不禁瞪大眼睛。

沈牧又晃一下胳膊，从手绢里拿出第二枝玫瑰。

夏天晴忽闪着长长的睫毛，惊讶地看着沈牧，又看看自己的手绢。

沈牧拿出第三枝玫瑰，全部递给夏天晴。

"哇，老大的魔法天下无敌！"两个混混立刻鼓掌喝彩，配合度完美。

夏天晴轻声说："我只要手绢。"

"噢，你不喜欢这些花。"

沈牧说着，把三枝玫瑰合在一起，双手转了一下，变成了甜筒。

沈牧笑嘻嘻地递过来："香草味的冰淇淋。"

"哇，老大的魔法举世无双！"两个混混鼓掌喝彩。

夏天晴犹豫一下，接过甜筒。

一个混混喊："哇，恭贺老大和嫂子喜结连理……"

另一个混混认真道："不对，老大和嫂子还小，不到法定结婚年龄。"

沈牧说："去去，一边玩去！"

两个混混跑到不远处躲起来。

夏天晴一下子没绷住，噗嗤一声笑了，"那两个是不是神经病啊？"

她的笑容展开得刚刚好，如清晨的一缕阳光，澄澈而灿烂。

沈牧自是少年轻狂，猛然搂住夏天晴。夏天晴大骇，进而大怒，劈手朝沈牧脸上甩去。沈牧的动作更快，顺势抓住夏天晴的手腕。夏天晴羞愤难当，泪珠便从眼眶溢出。

沈牧捏着夏天晴的手掌，轻轻一翻，忽然一只蝴蝶从夏天晴的手上飞起，在头顶翩翩起舞。夕阳透过蝶翼化作一片淡淡光影，如梦如幻。

"漂亮吧？"沈牧轻声说着，忽然怪叫一声，"啊呀！"

夏天晴的膝盖狠狠撞向沈牧的小腹。沈牧捂住肚子，双腿交叠，慢慢瘫坐到地上。

蝴蝶在头顶翩翩起舞。

夏天晴转身欲走，却不放心，毕竟是第一次打人，不知道效果如何，扭脸问："那个谁……你——没事吧？"

沈牧呲牙咧嘴说："啊……完了……没法独自生活了，这辈子只能你养我了。"

"无赖。"

夏天晴哼了一声，大步走开了。

蝴蝶在夕阳下翩翩起舞。

饭厅里静默良久。

夏天晴望着窗外的梧桐树，树叶在细雨中飘落，如同起舞的蝴蝶。

沈牧的狂野禀性，让一个出自严谨家庭的少女怦然心动，这样的例子，古往今来还少吗？

当年与沈牧三次相遇，沈牧的三次笑容，一次比一次打动夏天晴。她的心，不可抑制地绽放。

接下来的发展，无需费力猜测，必然是，夏天晴这样的女孩，等她意识到自己跌入爱的泥潭时，已经陷得太深。

当年的她，对于沈牧，便是飞鸟爱上鱼、飞蛾爱上火。

此刻夏天晴困惑的，是他们后来怎么分开的，如今沈牧的怨恨又从何而来？

徐渊说："你和沈牧的恋情，在高考之前达到顶点，同时又跌入谷底。"

"怎么讲？"

"因为高考前夕，沈牧因故意伤害罪，判刑三年。"

夏天晴沉吟片刻，说："按时间估算，应该是和那个混混一起入狱的。"

"看来是沈牧的罪责比较轻，或者那个混混根本就是帮他担罪了。"

因沈牧入狱，受到打击的夏天晴，高考成绩很糟糕，她坚持去那所三流学校读书，不惜与家里决裂。她的突然抗拒，令母亲几乎崩溃。

夏天晴上学之余，定期到监狱探望沈牧。在那样的环境中，夏天晴看到沈牧内心的脆弱，她心疼，因此更爱沈牧，发誓用一生温暖这个男孩。

夏天晴大三那年，沈牧刑满释放，不愿找工作，每天闲得无聊，就把当年的魔术拾起来，重新钻研。

除此以外，沈牧接送夏天晴上学、放学。夏天晴很高兴，但渐渐发现，沈牧是在彰显权力——夏天晴是我的女人，谁也休想靠近她！

夏天晴认为，这是因为出狱后的沈牧变得自卑了，缺乏安全感，才会像小孩一样任性。夏天晴的爱更炽烈。

然而沈牧的控制欲越来越强，直到打伤赵海。

当年的高中同学赵海，考入了上海大学美术学院，人变得更加自信。一次学校联谊遇到夏天晴，热切地邀请她去美术学院办展览。夏天晴告诉他，她已经很久没有画画了。赵海非常遗憾。

"别人几十年苦练寻求的东西，你天生就有，天晴，浪费才华就是浪费生命！"

"我很累了，回头再说吧。"夏天晴苦笑一下，挥手道别。

"你原来不是这样的……"

"天晴——"沈牧忽然从旁边走来。

赵海一愣，脱口而出："沈牧？你不是进……"急忙止住话头。

"——进监狱，没错，老子又出来了。"沈牧冷笑着。

夏天晴抓住沈牧的胳膊往路边拽，催促道："快陪我去吃小笼包。"

沈牧一边走，一边回头盯着赵海，眼神充满威胁。

赵海忽然喊道："夏天晴，和这样的人交往，只会毁了你！"

沈牧猛地冲过来，一把揪住赵海的脖领子，"我是什么样的人？"

赵海被勒得喘不上气，脸庞涨得通红，哑声说："……你永远不懂天晴……你……无法理解天晴的珍贵……"

"我问——我是什么样的人？"沈牧吼道。

"……败类……人渣……"

嗵！

沈牧一拳打在赵海的肚子上。他的拳头冰冷、准确。随即又是一拳，赵海的嘴里喷出血渍。

"沈牧，你疯了！"夏天晴冲过来阻止沈牧。

沈牧狠狠打出第三拳。赵海昏迷了。沈牧松开手，赵海倒在地上。

接着便是一团糟乱……夏天晴打急救电话……呼唤赵海……救护车的警笛声……

脚步声、呼喝声……凌乱的灯光……夏天晴只觉得天旋地转……

黎明时分，天晴终于从医院走出来。

沈牧一直等在外面，冲天晴一笑，说："他死不了。"

夏天晴自顾自往前走。

"断几根肋骨、吐几口血，我下手是有讲究的。按照十级伤残标准，他属于三级 b 到四级 a 之间……"

夏天晴加快步伐。

"天晴，你刚才在医院里是不是非要等他醒来？"

夏天晴猛地停下步子，看着沈牧，"我就是等他醒来，向他道歉！"夏天晴嗓子一哽，积压一夜的悲哀和痛苦释放出来，呜咽道，"我求他，不要报警！不要让警察再把你抓进去！"

沈牧怔在原地。

夏天晴踉跄着走远了。

接下来是半个月的冷战。然后，夏天晴妥协。沈牧也做出让步，勉为其难地陪着夏天晴去看望赵海。赵海全程没有搭理沈牧，只是和夏天晴畅谈艺术，显然在用这个话题鄙视沈牧。沈牧忍住了。

恰恰因为这件事的刺激，沈牧不再像以前那么时懒时混，他对于魔术的研究更加投入，他要向夏天晴证明自己的人生价值。

夏天晴看到所爱之人走上正途，心中自是欢喜异常，更坚信沈牧一定能成功。两人的感情愈发炽热。

往事听到这里，夏天晴不禁心中慨叹，一方面觉得自己很傻，另一方面又被那个纯真深情的自己感动。

她确实是这样的人。

徐渊给她讲述的，恰恰是她理解并接受的。

夏天晴想起另一件事，便问："那我和光展是怎么认识的？"

"这有好几个版本，我把知情人的信息汇总了一下——"徐渊翻开小本子，仔细看了看，"你和大哥相识，具体时间应该在你大学毕业前的半年左右。大哥是先认识沈牧的，沈牧对魔术愈发痴迷，遇到徐家的当家人也就不足为奇。而且大哥指明沈牧拥有'神之手'，这让沈牧相当自负。"

夏天晴把徐渊手上的小本子接过来，看着那一页画的各种线条。在沈牧和夏天晴的名字上方，写着徐光展的名字，而且"徐光展"三个字，与沈牧连成线，又分了一条线，连接着夏天晴，并注明：爱慕。

无疑，徐光展见到夏天晴以后，动心了。

以沈牧的机警，自然能看出徐光展对夏天晴的爱意，这使他和徐光展的关系变得很复杂也很微妙。

事业上，徐光展是他的引路人，但生活中，徐光展却成为情敌。

徐光展向沈牧发出邀约，请他做自己的助手，沈牧严词拒绝。徐光展又多次邀约，都遭到沈牧的冷嘲热讽，据说是因为利益没谈拢，让沈牧丢了面子。终于，两人那种亦师亦友的关系，悄然转向敌对。

一次，徐光展请夏天晴出去吃饭，沈牧大怒，冲到餐厅，本想把徐光展也揍成赵海那样，却被徐光展的保镖按照十级伤残标准暴揍一顿。

夏天晴对沈牧的感情从来没有偏移。她之所以受邀参加徐光展的饭局，本意是弥合徐光展与沈牧的裂痕。她清楚地知道，徐光展作为百年魔术世家的当家人，天然就是沈牧的贵人。可惜饭局被沈牧破坏，沈牧还挨了一顿暴揍。

打又打不过人家，钱也没人家多，这时的沈牧，深切地体会到"势力"对自己的重压。

到夏天晴大学毕业，沈牧对于魔术的痴迷达到巅峰。

夏天晴也面临人生重要的选择，母亲又提出两条路：一是出国；二是留在国内考研，继续深造。

夏天晴全部放弃。

她没有时间去为自己的人生打拼，她现在需要打工赚钱，帮助沈牧完成梦想。学魔术需要很多钱，夏天晴同时做着香水推销员、咖啡店服务生两份工作。

她终于彻底激怒自己的母亲。

夏母远赴海外，去到一个陌生国度，修复自己伤心绝望的心灵。

夏天晴仍然义无反顾，飞蛾扑火地爱着沈牧。

这只飞蛾在命运的灯笼里冲撞旋转，仿佛永无尽期，却突然停止在一个悲哀的夜晚。

沈牧失踪了！

夏天晴四处寻找，却没有任何消息。她的人生骤然跌入虚空。此刻她才意识到，她早已迷失自我，如今又失去沈牧，等于一无所有。

沈牧决不会莫名其妙离开我！

这个信念，成了夏天晴的最后一根救命稻草。

她不相信沈牧会弃她而去，这个念头使她变得更加疯狂。

她沿着外滩一路追寻，黄浦江的风，吹不散他们留下的温度。

6

饭厅里又静了许久，夏天晴低喃："再也找不到了。"

"大哥后来告诉别人，他请沈牧在绿波廊吃了最后的晚餐——从时间上推算，应该就是沈牧突然消失的那天。"

夏天晴沉默。

徐渊接着说："现在回头看，大哥做的是对的。"

夏天晴抬起眼帘："他们谈了什么？"

徐光展一直深爱夏天晴，没有哪个女人让他如此心动，但她心里只有沈牧，没有什么力量可以熄灭那份炽热。

其实，如果沈牧对夏天晴付出同等的爱，徐光展自会放弃。徐光展不是一个死缠烂打的家伙，不过他决定与沈牧竞争，因为他看穿了情敌——在沈牧心中，实现自我价值，永远是第一位。

沈牧天生拥有神之手，这让他更有一种天命所归的狂傲。

这样的男人，不会让夏天晴幸福的。甚至，夏天晴如果不小心影响了沈牧的前途，他会立刻显出人渣属性。

要确认答案，并不难。

那天傍晚，徐光展邀请沈牧到绿波廊吃饭。

二楼包厢内，沈牧的落拓倨傲和徐光展的古典优雅形成对照，两个男人之间，依稀无形中伫立着夏天晴的身影。

徐光展望向窗外城隍庙的九曲桥，灯光映衬下，桥上人头攒动，熙熙攘攘。

良久，徐光展转过头，浅浅一笑，语气温和沁润："沈牧，看看桥上的情形，你想到了什么？"

沈牧只是牵了牵嘴角。

徐光展继续说道："今天我们坐在这里吃饭，随意点菜；明天就可能在桥上，跟着别人的脚步挤来挤去。"

沈牧咧开嘴："你不是有钱吗？去把桥租下来，你一个人坐在桥中间吃饭，我们大家都敬仰你。"

徐光展说："我们徐家不是暴发户……"

沈牧不耐烦地打断他："我很忙，有话直说。"

徐光展微微倾身，"每个人都有属于自己的合适的位置，沈牧，你身上有很重的戾气……"

沈牧嚯地站起身："我没空听你说教！"

徐光展抬手，示意沈牧少安毋躁。

沈牧回到座位。

徐光展说："你的戾气，正是因为你迟迟没有找到自己合适的位置，我认为古人所谓'天人合一'，也有这个道理。"

沈牧的眼神变得专注。

徐光展靠着椅背，手上酒杯轻晃，"不瞒你说，我一直以旁观者的视角，看着你和天晴的生活。你们的感情确实很好，但是，你现在所处的位置，除了无比辛苦、无比不安以外，你还能给天晴什么呢？如果你是一个甘愿平凡的人，当然会找到俗世幸福，可你不是。而天晴依靠爱情活着，这样的日子一久，爱情就成了橱窗里的奢侈品，看似触手可及，其实根本遥不可及。"徐光展举起酒杯，迎向沈牧，"你懂我的意思吧？"

"你让我离开天晴？"沈牧眯起眼睛。

"我是给你的人生一次选择的机会。"徐光展说，"你做对选择，天晴就会有富足、安逸、稳定的生活，你就会有雄霸世间的荣耀。如果选择错误，你们继续在贫穷的道路上重复循环，下一次不知道什么时候才会降临机会。"

徐光展缓缓起身，把酒杯举到沈牧面前。

沈牧迟疑片刻，拿起酒杯轻轻一碰。

徐光展说："男人最优秀的素质，是明智。"

沈牧仰头一饮而尽，然后把酒杯顿到桌上，"说说你给我的选择。"

徐光展坐回椅子，语气淡定："我和天彩魔术团孟元辰团长是故交，我介绍你去他身边学习'光影神手'。'光影神手'的秘诀，专为神之手创立，在魔术界深层流传多年，连我都不知真谛。"徐光展眼底透出罕见的向往与憧憬，"你就是为它而生的，沈牧，你不该在俗世泥潭里淹没自己。"

沈牧的眸子在发光。

"你是百年一遇的天才，我愿意助你脱胎换骨，登上世界之巅。"徐光展语气中透出激动，"那才是你的位置！"

"你这样做等于在损伤徐家的利益。"沈牧说，"我若学会'光影神手'，徐家称霸魔术界的百年基业，必破。"

徐光展不以为意，"你倒是坦诚，毫不避讳自己要挑战徐家的野心。"他收敛笑容，语气沉缓，"但我相信，我会守住徐家。如果我不行，还有更好的人守住徐家。"

沈牧思忖良久，开门见山："那你今天想得到什么？"

徐光展说："请你离开天晴。"

沈牧再次眯起眼睛，这个答案，不出所料。

沈牧低喃："你助我去学'光影神手'，不惜给徐家树立强敌，更不怕家族推翻你——只为带走天晴？"

徐光展点点头："这就是我说的选择。"

沈牧沉默。

"孟团长正在新加坡隐居。"徐光展说，"我可以给你一千万，送你动身。"

沈牧望着徐光展，紧绷的脸庞像石板一样，忽然，嘴角露出一丝笑容。

他站起身，倒满酒，举到徐光展面前。

"谢谢。"

然后，一饮而尽。

"据知情人透露，"徐渊平静地说道，"大哥生前曾对人讲过，沈牧最后的那一丝笑容，让他感觉沈牧早有预谋。"

夏天晴还处在往事的悲怆中，轻声问："什么预谋？"

"沈牧知道大哥对你的真情，沈牧就等着大哥去和他谈判，让大哥主动提出最佳条件，而他摆出一副受害人模样，达成了自己的心愿，最后忍不住露出得意的笑容。"

夏天晴双眼无神，身体还在微微颤抖。

这时，徐渊的手机响了，他接起来："哦，人已经到了？我们现在过去。"徐渊放下手机，起身说，"大嫂，去见见你的老同学吧。"

"嗯？"夏天晴还在恍惚中。

"刚才咱们讲述的，可能有些地方不准确，我特意找到你的老同学，帮你确认一些细节。"徐渊陪着夏天晴往饭厅外面走，"事先没有告诉你，是因为不确定他肯来，不想让你空等一场。"

二人走到会客室门外，听到里面传出争执声："……我把知道的都告诉你们了，怎么还纠缠我啊？"

阿亮的声音："对不起赵先生，这件事很重要，请您少安毋躁。"

"简直是死皮赖脸嘛……我不喝茶！"

徐渊先一步走进会客室，用眼神暗示阿亮。阿亮点点头，轻轻地在客人的肩膀上按了一下，低声说："赵先生请注意，夫人到了。"

赵先生眉尖一挑，站起身，作势往外走。

"胡闹嘛，我还有事要忙呐，把我的包给我……"他猛地愣在原地。

夏天晴款款而来。

赵先生上下打量她，脸上渐渐露出惊讶的表情，"夏天晴？真的是你，他们说你住在这座宅子里，我还不敢相信。"

"你是——"

"赵海呀。有十三四年没见了吧，高中同学嘛，你忘记我也正常……"赵海脸上的惊讶顿时变成失落和一丝难过。

"哦……抱歉。"夏天晴目不转睛地看着他，还是没有任何印象。

"对了对了，把我的包给我。"赵海对阿亮说。

阿亮忙把公文包递给赵海。

赵海打开包，拿出一幅画，语气有些激动，"他们非让我带点纪念品，我就……你看看，这是你当年画的！"

画作的内容是蓝天、大海和帆船，名叫《自由》，右下角是夏天晴的署名。

画面有些旧，水彩颜色发暗，很像沉积数年以上的作品，纸上还有折痕。

"天晴，这幅画你不会忘了吧？你的风格和智利画家贡萨洛·卡卡牟非常像，"赵海热切地说，"有一次放学，你给我看了这幅画，我说要拿回去给我妈看看，谁知路上遇到那个姓沈的，"赵海语气一沉，"他蛮横地把画抢走了，后来你又夺回来送给了我，我很珍惜的。"

夏天晴望着画面，尽管还是想不起来，心中却是百感交集。

"你全都忘了？"赵海又变得惊讶，随即苦笑道，"算了，你不愿承认我是同学，是怕我借钱？"

夏天晴抬起脸，问："高中毕业后，咱们没再见过吧？"

赵海皱眉说："我们学院搞联谊的时候，见过面呀，不过……算了算了，一提到姓沈的，我就生气。我当时就说，他把你的天赋毁了。"

在赵海的讲述下，夏天晴进一步得知，大学毕业后，母亲曾经做出很大让步，说夏天晴可以做自己最喜欢的事——画画，家里资助她去英国皇家美术学院留学，那曾是夏天晴梦寐以求的艺术圣地——为了女儿的一生不被毁掉，夏母最终选择妥协。然而，夏天晴依然严词拒绝，坚持打工，赚钱供沈牧学魔术。

夏母彻底绝望，远赴海外。

后来沈牧不辞而别，夏天晴到处寻找，甚至找到赵海那里，赵海被她的状态吓坏了。

"你当时不顾一切的样子，给我的感觉，不是沈牧丢了，而是你的魂儿丢了。"赵海说。

一旁的徐渊接口道："行了，夫人累了，赵先生去忙自己的事吧。"

徐渊朝阿亮点头示意，阿亮不露声色地推了推赵海，赵海顺势拿起自己的包，一边摇头叹息，一边往外走。

夏天晴呆呆地坐在沙发上，竟忘了送客。

至此，她对沈牧的认识，可以说刻骨铭心，那人就是一个彻头彻尾的渣男。

现在她知道，自己就是在疯狂寻找沈牧的过程中，遭遇车祸，被徐光展所救。

然后发展到今天这一步。

夏天晴为了爱情付出所有，换来的竟是一场无声的抛弃，自己拼命守护的爱情，到头来却深深地伤害了自己。

她美好的青春就像一只飞蛾，被沈牧燃烧殆尽。

这十年，如果自己没有失忆，一定还沉浸在悲伤中。

那么沈牧，又有什么脸面处处与她作对？

有什么资格，两次在大庭广众之下羞辱她？

不过，这才是渣男的品性吧，哪有道理可言？在他心里，恐怕也有一万种自认合理的辩解。

夏天晴再怎么心痛难忍，也得接受这样的现实。

果然，徐渊继续说道："如今沈牧恨透了徐家。他一定认为，大哥当年用钱砸他，迫使他放弃了自己深受的女人。"

"好一个'迫使'。"夏天晴冷笑。

"我是按照沈牧的心态理解的,否则很难解释他的疯狗状态。"

"我知道,对于沈牧这种霸道专制的男人来说,当年拿了别人给的钱,现在回想起来就成了屈辱。"夏天晴说,"他根本不会反思,自己的所作所为有什么错。"

徐渊字斟句酌:"我想,大哥也有一定的责任。养虎为患。"

"光展是被感情蒙蔽了双眼。不过,我还是要感谢他,幸好他提前识破沈牧的本性,让他早点滚蛋。"

夏天晴想起徐光展临终之际,那份痛苦的煎熬,他似乎有什么话要说,却始终说不出来,只是不断重复:天晴,我对不起你。

她推测,徐光展的歉意可能是因为他隐瞒了与沈牧的谈判,并且一直没有告诉她,她与沈牧曾有一段受伤的爱情。

徐渊提醒道:"现在看来,沈牧就是借助世界魔术大赛为契机,吸引全世界的目光聚焦在他身上,然后准备展开疯狂的报复行动。"

夏天晴沉思。

"大嫂,我们的防范工作要做好。"徐渊说,"沈牧的目的,就是千方百计毁掉徐家,以解心头之恨。"

"嗯。"夏天晴从桌子后面走到窗前,望着院里的风景,说道,"沈牧是有仇必报的人,这半个月却去向不明,我推测,他暂时不想直接攻击徐家的上海总部,而是先从外围入手,制造声势,从精神上瓦解我们,然后再直击核心。"

徐渊看了夏天晴一眼,颔首说:"大嫂的分析,与我不谋而合。"

夏天晴从窗前转过身,回到桌前,打开电脑,调出一份《徐氏魔术演出计划》。

十几页表格之后,呈现一张平面图,上面有十五根弯曲的线条,各有不同颜色,在地图上延伸,途中则是一连串定位点,以示经过的不同城市。

这是十五位魔术师的巡回表演路径。

这些魔术师,大部分是在世界魔术大赛上签约的,本来按照计划,他们应该被冠军统领着,在各个城市进行表演,以点带面、全面开花。可惜,原计划被沈牧破坏了。但徐家对其他魔术师的承诺毫不动摇,目前巡演于各地的魔术师,便是由徐家提供市场资源,进行大规模推广。这一轮的表演为期三个月,下一步便是走出国门,在全世界创造辉煌。

夏天晴示意徐渊来到电脑前。

平面图上，已经表演完的魔术师，定位点变成灰色，箭头指向下一座城市。

截至目前，魔术师们分别在北京、天津、成都、武汉、西安等城市完成了演出，市场反馈非常好，票房节节攀升，魔术师的分红也是大把地赚。

夏天晴看了一眼流程表，今天有三场魔术，分别在长春、杭州、昆明演出。

夏天晴说："提醒这三个人，严防沈牧捣乱。"

徐渊说："我给每位魔术师都派了专人护助。"

夏天晴说："沈牧是舞台上的王者，别人想攻破他，几乎不可能，而他想攻破别人，总能发现漏洞。魔术这一行更是特殊，所有的千奇百怪，全是建立在暗门上的海市蜃楼。"

"是的，暗门即是魔术师的命门，我会加倍警示他们保护暗门。"

徐渊嘴上这么说着，心底却在冷笑。现在他恰恰需要沈牧施展神魔手段，把徐家搅得天翻地覆。

夏天晴看看手表，下午四点二十分，此刻演出正在三地同时展开。

门外走廊忽然传来脚步声，不一会儿，阿亮的身影出现在半掩的门外。

他站在门口，直接望着徐渊说："二少爷……"

徐渊呵斥道："没看见夫人在吗？有什么事情，直接向夫人禀报！"

阿亮一惊，连忙走入房间，向夏天晴深鞠一躬。

夏天晴摆摆手："说吧，什么事？"

"我刚刚接到消息，杭州那边有了麻烦。"

"杭州是机械师的魔术表演。"夏天晴敛眉道，"这样的高手怎么会出问题？"

此人是当年徐光展亲手签下的最后一位魔术师，号称"徐氏绝版"，最擅长把机械知识和生物学融会贯通，创造惊人奇观。

阿亮紧张得声音都嘶哑了："他的装置在舞台上突然垮了，散架了！"

徐渊说："机械师不会出现这样的技术故障。"

阿亮忙说："那边正在追查原因，稍后会向夫人汇报。"

夏天晴的手指敲了一下桌面，沉声说："不用查了，沈牧开始动手了。"

徐渊思忖着说："他隐忍了半个多月，突然在杭州发出一击，看来就是等着机械师的节目。"

机械师在香港的世界魔术大赛上，以"六角风火轮"将六十人互换角位，夺得银牌，仅次于沈牧的"逆水行舟"。

不净。但沈牧从没有出现在镜头中，更惹人遐想。许多观众甚至根据沈牧的行踪，专门买票去看魔术表演，就想看看沈牧在舞台上怎么打败对手，一部分演出的票房因此而增长了。但沈牧行踪不定、忽南忽北，再加上假消息的烟雾，一些赌错了的观众，因为看了一场正常演出而恼火。

随着败局的增加，对于徐家的谣言越来越多，家族里经济危机的恐慌感开始蔓延，那些由沈牧反向推动而增长的票房，则被称作"回光返照"。

这天午后，夏天晴的办公室来了一位客人。

"蔷薇，你怎么来了？"夏天晴上前迎接。

徐蔷薇极少到工作地点找夏天晴，两人的私交很好，有一种很对脾气的天然亲近。徐蔷薇那古灵精怪的做派，常常令家族长辈不满，但夏天晴始终支持着她，如亲姐姐一般呵护。

"大嫂，谢谢你送我那套德国喜姆娃娃。"徐蔷薇笑嘻嘻地抱拳拱手。

"一点小礼物，值得这样？"夏天晴嗔道。

"曾祖母也很喜欢的，夸赞你是有心人。"徐蔷薇亲热地搂住夏天晴的肩膀。

"又是没个正形的，你呀，快找个人把你嫁出去吧。"

"谁敢娶我呀？"徐蔷薇笑道，"我能把公公婆婆变没了。"

夏天晴摇头苦笑，"人家也是父母，你可不能这么任性。"

"哎呀，这不怪我呀，我只学会了变没，没学会变回来。"

"你自己不好好学……"

"行啦行啦，知道我讨厌学……"

徐蔷薇的目光越过夏天晴的肩膀，看到办公桌上依然摆放整齐的资料。外界都闹翻天了，夏天晴仍能如此镇定，这大概就是为何她能够成为当家人吧。不过，徐蔷薇还是看到了夏天晴眼眸深处的淡淡忧虑，还夹杂着对敌人的恼恨。

徐蔷薇立刻敛容道："我是奉曾祖母的旨意，特意来请你的。"

夏天晴微微一怔。自从她嫁给徐光展、进入徐家后，曾祖母只有一次主动召唤她，就是在徐光展死后不久、家族内部遭遇乱局时，曾祖母收她为"门上弟子"，一举扶稳了她的当家人位置。

眼下，沈牧在徐家外部引发的拼斗，已经使家族内部再次遭遇乱局，曾祖母是该出面了。

"好吧，我现在过去。"夏天晴简单收拾一下，和徐蔷薇走出办公室，"难怪你今天换了这么一身正装，在曾祖母面前，你也不敢张狂吧。"

"别说了，难受死了。"徐蔷薇扯着脖领子，"这个家越来越让人喘不过气来了。"

"是说我治家不力吗？"夏天晴斜睨蔷薇。

"大嫂，你也太敏感了。对啊，我就是这个意思。"徐蔷薇哈哈大笑。

在这个家里，与蔷薇斗斗嘴，大约是夏天晴仅剩的乐趣了，家族的重担压在她的肩头，以前没觉得徐光展多累，现在想来，光展也是撑得很辛苦的，只是没有表现出来。当家人最重要的品质就是从容，尤其是目前的危局下。

——光展，我会守住这个家！

夏天晴暗暗咬紧了牙关。

10

乐善堂是曾祖母的会客室，位于徐家大院的最深处。这座三开间正厅是家中最豪华的建筑，此前的每一代当家人，都曾用重金装潢，使得正堂高大宽敞，雕饰遍布。夏天晴上位后，又给正堂前后做了重轩，更是暖凉相宜，舒适惬意。

乐善堂紧连着曾祖母的卧室。曾祖母在乐善堂会客不会超过半个钟头。

夏天晴独自步入正堂。曾祖母已经在等候她了，人比上一次见显得更瘦了，仍是面无表情，双手文雅地合在一起，放在膝盖上，掌心下面露出一角丝巾。她穿戴整齐，一件华丽的大衫，罩衣是古板的高领。

夏天晴还记得第一次见到曾祖母的情形，那是她和光展结婚时。曾祖母能够出席婚礼，对他们意义重大，当时长辈几乎一边倒反对光展迎娶一个来历不明的女人，虽然徐光展针锋相对，迫使长辈们让步，可是只有当曾祖母亲自坐在面前，这场婚事才有了被祝福的意味。

后来徐光展告诉夏天晴，比起他父亲当年二婚的悲惨状况，他们实在太幸运了。夏天晴认为，这份幸运是徐光展争取到的——曾祖母非常认可光展对徐家的贡献，才愿意在关键时刻扶一把。

之后，天晴在徐家经历的每一场劫难，都有曾祖母在背后支撑，此时的天晴，更是充满了感激之情。

"恩师，您一向可好？"

夏天晴款款鞠躬。她在这里更重要的身份是"门上弟子"，因此执师徒之礼。

"哦，好。"曾祖母轻轻点一点头。

年近百岁的老人，异常消瘦，但脸色沉静，双眸仍有神，可以想见年轻时的赫赫威名，不愧是杜月笙都要让三分的上海滩"女魔头"。

"天晴，坐吧。"曾祖母说。

夏天晴收回思绪，轻步移到茶几前，坐下。

曾祖母的嗓音沙哑轻柔，说出的话却直接有力："外边对徐家的议论我都知道了，你有什么打算吗？"

夏天晴看出曾祖母很生气，而其他长辈的反馈则是有愤怒，也有惊恐。

"恩师，沈牧突然挑起争斗，给徐家造成了恶劣影响，这个我有责任。"

"眼下不是讨论该谁负责，"曾祖母抬起脸，瞥了夏天晴一眼，"我猜想你一定有个想法——止痛疗法，对不对？"

夏天晴望着曾祖母。

"我喊你过来，就是……"曾祖母一下子咳起来。

这边咳声刚起，隔壁的房间立刻有脚步声传来，一位四十多岁的中年妇人踮着脚尖快步走来，手掌轻抚曾祖母的背脊，另一只手拿着纸巾擦拭曾祖母的嘴角。

"阿梅，我不碍事，你去吧。"

阿梅无声地鞠躬，轻飘飘地走了，自始至终没有看老太太之外的任何东西。

老太太接着说："……就是，休眠吧。"

夏天晴眉尖一动，忙说："您看透了我，我确有此意。"

"止痛疗法，简单、有效。暂时停止徐家对外的一切演出，避开那个浑小子的锋芒。"老太太用丝巾擦了擦下颌，把丝巾攥在手心，搁在膝头，"你有顾虑，不想直接提出休眠，怕引起家族更大的混乱，可这件事，不得不做。"

"我听光展说过，徐家历代遭受过很严重的危机，但只用了一次止痛疗法。所以我不敢随便……"

"止痛是为了止血，没法子的法子，"老太太攥紧了手上的丝巾，枯皮样的手背上青筋凸起，"魔术一道，我们自家的人才凋零，怨不得别人啊。自从光展的祖父、外公离世后，撑得住险风恶浪的大师，没有了。光展还是可以的，怎奈英年早逝……时无英雄，使竖子成名！"

夏天晴试探地问："您对沈牧有所了解吗？"

"孟元辰的恶徒！"

夏天晴一惊，没想到曾祖母如此震怒。

"恩师，请放心，这次休眠是为了反击。我不会容许沈牧这种人欺凌、败坏徐家。"

曾祖母轻轻点了点头，仰靠在椅背上。

二人谈话时间已经超过了半个钟头。正堂外面，阿梅的身影晃了晃，又隐没在重重叠叠的阴影里。

夏天晴想起光展临终前，特别叮嘱她：在曾祖母面前，别想用亲情这些东西拉拢她，老太太不会因个人感情而选择支持谁。在老人心目中，好与坏的唯一区别，就是谁对徐家有利。所以，要想让曾祖母撑腰，就要永远保证徐家的利益。

这一点，夏天晴做到了，当初曾祖母收她做门上弟子，就是认可她能够控制住乱局。夏天晴的理念与老人一致：守住徐家，决不动摇。

因此，她相信曾祖母会一直支持自己。

夏天晴又与曾祖母聊了几句，曾祖母希望她多听听身边人的建议。

然后夏天晴起身："恩师，您休息吧。"

她鞠躬，退下。

11

夏天晴离开后，曾祖母加重语气咳了两声，阿梅飘然而入。

曾祖母哑声说："连线。"

阿梅语调轻柔："是，您先歇歇吧。"

她把氧气管送入曾祖母的鼻孔，帮助恢复气力，然后从隔壁房间拿来笔记本电脑，熟练地操作，整个过程很快完成，没有一丝异响。

阿梅将电脑屏幕对着曾祖母，连通了视频，自己返身退出去。

画框里出现一个房间的豪华布景，里边有个人走近电脑，坐下，定格在屏幕中间。是徐渊。

曾祖母开门见山："她来过了。"

徐渊问："您怎么应对？"

"我知道该怎么做。"曾祖母依然面无表情，刚刚吸过氧的脸色略显红润，"你送来的光展日记，我已经看完了。夏天晴与沈牧有那样一段往事，我很惊讶，但既然事实如此，那么她就不适合当家人的位置。"

"您的话一针见血。"徐渊神情凝重，却有着细微的兴奋。

"人，是最容易迷失在男女之情上的，你父亲迷失过，在你身上得到了报应，虽然不该，却是事实。后来光展也迷失了一次，就是把夏天晴带进了家门。现在，报应正在来到，遗祸无穷。"

"大哥引来夏天晴，还算是无知又无辜，可夏天晴引来沈牧，那就不是小小的惩罚——沈牧那条恶狼，是要吞吃徐家的。"

"时无英雄，使竖子成名。"老太太的嗓音变得尖利冷酷，"我不允许，任何人，危害到徐家……徐家的利益，至高无上！"

"您的指示，我完全同意并遵照执行。"

老太太在屏幕前喘了一会，平复悲愤的心绪，然后说："阿渊，你去做吧，我支持你夺回徐家。你也是你父亲的儿子，虽然上一辈犯了错误，但错不在你。"老太太叹口气，"如今看来看去，徐家最干净的，反而只有你了。徐家在你手上，比其他人更合适。"

徐渊感动得几乎落泪，嗓子发颤说："谢谢曾祖母的理解与支持。"

"你是徐家的血脉，希望这一次，不要让我再看错了。"

"您放心，我会为徐家榨干自己的血。"

"你记住，我会在身后支持你，但不会公开表态。因为我已经支持过夏天晴，如果突然转向，徐家必大乱，夏天晴也不是轻易能打垮的女人，稍有不慎，反而会迫使她与沈牧联手。"

"明白。我有一套计划已经展开，只要曾祖母稳定住夏天晴即可。她非常尊重您，只要您告诉她，我是值得信任的。"

"我已经嘱咐她，多听你的建议。"老太太说，"很快徐家就要实施止痛疗法，接下来怎么反击沈牧，你要拿出办法。最要紧的是控制住徐家的经济大局。拿住了财权，你才有威信，家人都会服你。"

"我完全遵照曾祖母的指示。"

结束了视频，徐渊从电脑里调出《徐氏魔术演出计划》，仔细看了看，然后拿出手机，接通了阿亮。

"阿亮，家族马上要实施止痛疗法，但明天有两场魔术表演已经预售完成，必须演出。"

"是的，二少爷，一场在济南，一场在厦门。"

"两场表演都不是徐家新近签约的魔术师，沈牧很可能不会动手，而是等待三天后在无锡的表演，但那时，家族已经终止所有演出计划。"

"您的意思是，明天趁着沈牧不动，我替他下手？"

"嗯，我让你等待这些天，就是为了关键一击。你马上飞去济南。"

"二少爷，我离厦门比较近，有充足时间做准备，反正两场表演都一样……"

"不一样。"徐渊的语气很不满，"在厦门演出的是女魔术师。大家都知道，沈牧从不向女魔术师动手。既然我们给他泼脏水，就得按他的特性来，这才真实可信。"

"是，我去济南，对付郑师。"

"用最简便的办法：重金收买郑师的助理，帮忙捣毁暗门。"

"明白。"

"哼，沈牧喜欢玩萍踪侠影，这次，就让他陷在萍踪侠影里。"徐渊冷笑道。

第二天晚上，一波更汹涌的网络潮水涌向徐家。

徐家派出的郑姓魔术师，在济南遭遇了更加混乱的事故：魔术"火树银花"在舞台上只有火，不见花。道具的暗门莫名破损，郑师在里面被烟熏火燎，怪叫着逃出来，头发烧成了卷儿，一绺一绺耷拉着，整个人变成了灰色，脑袋上还冒着黑气。

这一幕实在是又惨又可笑，从观众到网民，再到魔术界全部轰动了。大家都说，沈牧这次玩出新境界，他已经不满足只是打败徐家，更要羞辱徐家。

到了夜里十点四十分，突然谣言四起，一双看不见的手，有计划地释放消息：魔术界对徐家没有信心了……徐家的经济面临崩溃……百年世家居然扛不住一个沈牧，现任的当家人是不是有什么黑幕……

午夜，被这些消息冲击的夏天晴，新仇旧怨一起爆发，燃起了十年来最大的怒火。

"沈牧要让徐家毁在我手上。从今天起，我夏天晴与沈牧，不共戴天！"

第八章 福星高照

「他们明着没有赢的机会,只能来暗的。」

1

一场持续八个多小时的家族会议结束了。

徐家的这场会议，是历年来规模最大的，夏天晴从世界各地召回几乎所有的头面人物，目的是稳定家族人心。不过她在会上受到了强烈的指责。

徐家亲缘之间形成的各个利益团体，毫无顾忌地释放着自己的不满和恐慌。

最后，夏天晴发誓扭转家族危局，并做出承诺：其一，半个月内击败沈牧，并将沈牧的根基——天彩魔术团彻底抹消，作为家族的复仇战果；其二，两个月内家族财务状况恢复，经济回升幅度超过去年。

徐渊参与了整个过程，但他没有资格上台讲话。

与会者散去后，徐渊望向夏天晴，不由得生出一丝惊讶。夏天晴刚刚经历了八个多小时的鏖战，内心一定是倍受煎熬，可她表现出来的，只是脸色略显苍白而已——

这女人的意志如此顽强，当年如果大哥早点把她推向主台，以她的决断力，或许徐家不会演变成今天这种局面。

当然，这种局面是徐渊暗中推动并乐于见到的。

徐渊现在最庆幸的，是把曾祖母拉到了自己这边，成为重要的砝码。否则，就算他早早制订了"夺家计划"，只要在运作中稍有疏忽，很可能被夏天晴打破，何况外面还有一个沈牧。

"大嫂，累坏了吧。"徐渊平静地说。

"还好。"夏天晴望着空荡荡的门口，舒了口气，低头看看手表，"太晚了，只能明天早晨向曾祖母汇报了。"

"老人家一定会对你今天的表现满意的。"徐渊说。

两人走到院子里。夜风习习，拂动夏天晴的头发。

她抬脸望一眼天空，一点淡淡的星光透过云层，"会议上承诺的，最紧要的是第一点。"

徐渊语气凝重："大嫂决定好了吗？"

"沈牧是舞台上的王者，他能把每座剧院变成他的主场，我们只能在舞台之外打败他。"

"是的。就把街边、车站、楼房等地方,变成沈牧的陷阱。"

"徐渊,这几天我反复考虑,你的提议很好,可是徐家签约的魔术师,恐怕很难在生活场景中,给沈牧以痛击。"

"嗯,目前台面剩下的这些,掂量掂量,确实不够斤两。不过我已放出消息,悬赏招募一批路子奇特的魔术师。"

夏天晴止住脚步,扭头看了看徐渊,"路子奇特,指的是——"

"哦,就是来历比较怪异的,但也都是正经魔术,只不过手法比较诡异。"徐渊淡淡一笑,"我听说大哥以前也签过这类魔术师,后来发现路子野,就解约了。大哥这样做自有道理,毕竟徐家是名门大家族。但现在情况变了,你给家族的承诺是'两周内击败沈牧'。"

夏天晴吁了口气,有些无奈亦有些嘲弄:"两个星期,是他们能忍耐的极限。"

"就是因为大家着急,我们要尽快洗刷耻辱,灭掉沈牧的威风。"徐渊说。

夏天晴沉吟良久,点点头。"非常时期,不拘一格降人才,这在家族历代并不稀奇。因时而动、因势而变,但要保证一点,我们招募的魔术师不做违法犯罪的事,那样谁都无权指摘。"

"放心,我选出的魔术师,还要请大嫂亲自审查把关。"

夏天晴点头:"那就这样办吧。"

两人沿着小径穿过院子,来到月亮门外,准备走向各自的车。

"沈牧这个人,一次都不能输。"徐渊冷笑,"但从今天开始,他的末日到了,我不信他一次闪失都没有。"

"嗯,沈牧狂妄了这么久,就像气球充得很满,看起来很强大,但只要有一根针,戳到了正确的地方,对于他,就是爆炸式的毁灭。"

G7151 次列车,清晨七点零三分准时开动,驶出无锡站,预计四十九分钟后抵达上海虹桥。沈牧坐在六号车厢,望着窗外飞速而过的景物,陷入沉思。

自从杭州一举击破"六角风火轮"的暗门,沈牧正式展开了对徐家的战斗。可他做这一切,究竟得到了什么,自己并没有认真思索过。

当他在各地的舞台横扫而过,当徐家签约的魔术高手一个个败在眼前,他,觉得爽快吗?

似乎并没有。

七八个城市打过来，自己的不败神话在网络上引发了空前热潮，但午夜梦回，独自品尝的，却只有空虚。

起初是愤怒给了他动力，他恨夏天晴当年弃他而去，让自己满怀希望苦苦寻觅十载，结果等来的，却是一个贪慕虚荣、背叛爱情的女人；更恨夏天晴竟与陷害他的人联手，要置他于死地。

除了愤怒，还有绝望——此生唯一钟爱的女子，如今已是徐家的当家人。

当他在舞台上一个个打破魔术师的暗门，其实在心底，何尝不是拼命想打破他与夏天晴之间的壁垒。然而随着不断胜利，他发现，那一堵坚不可摧却又无影无形的铜墙铁壁，依然存在，而自己距离夏天晴越来越远。夏天晴对徐家的责任和关爱，显然是不可动摇的，他的进攻，只是让夏天晴和徐家人更紧密了。

沈牧必须冷静下来。因为在他愤怒和绝望的底座上，分明是旧情未灭。他疯狂地报复徐家，恰恰表明他有多么不舍夏天晴；当他像个游魂一般，浑身燃烧着地狱之火，向着各个城市进击时，那只不过是把心中的爱释放出来了。

他需要冷静。

特别是济南的火烧魔术师事件的发生，促使沈牧平静下来。

那天，事发后四个钟头，沈牧在无锡看到网络新闻。徐家签约的郑姓魔术师，在济南表演"火树银花"，道具暗门突然破损，郑师怪叫着跑出来，一通烟熏火燎后，整个人变成了灰色，真是又惨又好笑。

沈牧却笑不出来。

虽然遭殃的是徐家的魔术师，但此人并不在沈牧的猎击范围内。更让他气恼的是，济南这起魔术事故，毫无疑问算到了他头上，可他从不直接朝魔术师本人下手，而是寻找对方道具上的薄弱环节，一点即破，点到即止。

但沈牧无法辩解郑师与自己无关，网上竟然传出他练成了"法外分身术"，自己还怎么解释？再说，既然他摆出了横行而过的架势，那么有人给他泼脏水，他就得受住这一盆。

恰是因为自己的愤怒和绝望，被别人抓住了弱点。

沈牧决定停止行动，悄然从无锡返回上海，重新考虑下一步计划。

对他来说，唯一重要的是挽回夏天晴的感情。

回顾之前两次见面，一次是在香港的签约仪式，一次是在上海精品酒店赴宴，夏天晴的态度很奇怪，彼此的言谈之间，有莫名的错位。他不相信夏天晴居然没有一丝触动，夏天晴表现出来的全然陌生，实在匪夷所思。

沈牧愈发觉得自己和夏天晴之间，总是缺少点什么。

夏天晴身上有某种原因，使她成了现在这样，这个内情究竟是什么，需要沈牧抽丝破茧。可他现在已是徐家的死敌，与夏天晴彻底决裂了，想要重新靠近，甚至与夏天晴冰释前嫌，根本不可能。

此外，在背后给沈牧泼脏水的，现在看来，仍然是徐渊。因为在沈牧的对手中，有两个人惯于对表演中的魔术师下黑手，这两个人都在背后长期地咬着沈牧。其中之一，就是刘金。但刘金早在黄浦剧场时，就被沈牧以"种豆雪满天"和"纸片人"的魔术双绝，彻底打崩溃，据说在某幢大厦里做了勤杂工。而且刘金也曾与徐渊勾连，徐渊是目前唯一死咬不放的家伙，非常阴险。

但济南的魔术事故，让沈牧有一点想不通：徐渊本就是徐家人，且是徐光展的亲弟弟、尊贵的二少爷，怎会坑害自家魔术师，进而羞辱自家？

这些疑问，需要一个个解开……

不知不觉间，列车到达了上海虹桥。

沈牧随着人群走出站台，穿过广场。吴辛洁伫立在清晨的阳光中，等候着沈牧。她的秀发随意挽在脑后，一身简洁的休闲装更衬托出身材的曼妙，无论怎么收敛，妩媚的容颜在阳光下绽放，仍引得路人频频回头。

沈牧仍沉浸在思绪中，淡淡瞥了吴辛洁一眼，随口问："饼叔怎么没来？"

吴辛洁拉开白色别克的车门。"哦，一大早有个线人找他。"

自从沈牧与徐家撕破脸皮后，蔡炳比以往任何时候都紧张，原本还试图弥合矛盾，却眼看着火越烧越旺，如今只能全力配合沈牧，尽量多搜集徐家的情报给沈牧。

沈牧上车后倚着后座，闭目养神。

吴辛洁开着车，不时透过后视镜看一眼沈牧。刚才接站时，没敢直视沈牧，沈牧憔悴了，脸庞更显得棱角分明。吴辛洁的心底，悄然泛起一丝疼痛。这种感觉是无法抑制的，等吴辛洁意识到时，已经印在心上。吴辛洁害怕这种感觉，拼命想要压制，可越是压制，越是疼痛。

她认输了，她打不过心底那股力量。

她现在能做的，只是把它藏在心底，方寸之间，折磨自己就够了。

她不能让沈牧看出自己的牵挂。

忽然，吴辛洁发现沈牧睁开了眼睛，目光似乎投向了后视镜。她一慌，脱口而出问："先生，在外面还顺利吧？"

"你没看新闻？"沈牧反问。

"看了……"

"谈不上顺利不顺利。"

"这次中断了行程，是准备换个城市吗？"吴辛洁小心地问。

"不打算出去了。"沈牧把视线转向了车窗外面。

吴辛洁不清楚沈牧的安排，想帮他，可是凭自己的能耐，又帮不上什么忙，心里急着想为沈牧分担忧愁。她发现，沈牧在巡游中的一次次胜利，并没有给他带来快乐，反而在眉宇间增添了痛苦。

沈牧和徐家的恶战究竟会是什么走向？

吴辛洁不敢猜测、不敢深思。

车转过衡山路口，驶入一条斜岔路。这一带是上海有名的休闲街，风格各异的酒吧、茶坊、美容院、画廊鳞次栉比。

沈牧望着车窗外，忽然低喃道："这家店还在啊。"

吴辛洁问："什么店？"

"停车。"沈牧说。

"是饿了吧？我这准备了早餐，想着你路上吃。"吴辛洁把车靠在街边，从副驾驶座拿起包，取出保温盒。

沈牧却已经打开车门，走了出去。

吴辛洁捧着保温盒，手上暖暖的，唇边却有一抹凉凉的苦笑，将保温盒放回包里，跟着下车。

酒吧和茶坊还关着门，在一排时尚建筑中间，挤着一家小小的点心铺，显得有些陈旧另类。铺子对外只有个两尺见方的窗口敞开，木牌写着：桂花酒酿圆子。

几个市民从窗前离去。沈牧探头往里看了看，很熟悉地点点头。

老板娘是五十来岁的大婶，面相非常和善，十分亲切，知道来的都是回头客，便也点头招呼："好久没见侬了。"

沈牧说："十年了吧，侬还好伐？"

"哦……"大婶愣了一下，笑眯眯地说，"好的呀，好的呀。"

沈牧买了两份桂花酒酿圆子，给了吴辛洁一份，两人在窗前端着小碗。

吴辛洁问："你以前常来？"

"是天晴带我来的，她跑遍了上海，唯独这家合口。"沈牧语气平静。

吴辛洁轻声说："是啊，合口很难得的。"

"更难得是，这家店还在。"

小碗里七八个雪白的糯米小圆子，撒了些干桂花。沈牧一口气吃了五个。

吴辛洁吃了两个，随口说："味道还好吧。"

"喂，你吃过唐僧肉？嘴巴这么刁！"沈牧不满道。

"我可能对甜食没么上劲吧。"

"难怪脑瓜那么笨，小时候苦瓜吃多了。"

吴辛洁正要辩解，手机响了，是蔡炳打来的。

"辛洁，接到大牧了吧？他的手机关机，打不通。"

"饼叔，我们在回去的路上。"吴辛洁说。

"嗯，路上别耽误，我在魔术团等大牧。"

"知道了。"

吴辛洁把剩下的圆子拨拉到嘴里，小碗放回窗口。

沈牧早就吃完了，正在一旁伸懒腰，舒展四肢。

吴辛洁说："饼叔好像挺急的，有什么消息了吧。"

半个小时后，他们回到天彩魔术团。蔡炳匆匆来到沈牧的办公室。

"大牧，我早上得到一个情报——"蔡炳坐在沙发上，眉头紧锁，"昨天徐家开大会了。"

沈牧歪着脑袋看了看蔡炳，"开会不是很正常吗？"

"自从徐光展死后，这是规格最高的会议。"蔡炳说，"徐家凡是头上长角、背上有鳞的家伙都来了。"

"哦。"沈牧双手交叠，手指轻叩着，"谈的什么？"

"探听不到具体内容，只知道会议开了八个多钟头，一度吵翻了天，不过最后达成了共识。"

"你估计会议是……"

"这个节骨眼上，一群大家伙围坐一圈，你猜能干啥？"蔡炳抓了抓头发，"肯定是商量怎么分你的尸！"

沈牧笑了，"你真应该买张票进去，给他们出点主意。"

蔡炳直着脖子说："徐家的策略已经变了，停止所有公开演出，看起来像是认怂，其实是把明路掐断了，不让你在台面上跟他们打。"

"他们明着没有赢的机会，只能来暗的。"

"暗的就太可怕了，什么阴损招术都会使出来。"蔡炳愈发焦虑。

"玩邪的，危险性确实大，但这种危险可是我们双方都要承担的。徐家若敢打穿底线，就得接受反噬的后果。"

"真走到那一步，恐怕是鱼死网破啊。"

沈牧静默片刻，说："饼叔，这边的事我来处理，你还是快一点找到徐渊的师父邵疯子。"

"我在找啊。"

"你没把这件事放到心上。"沈牧从桌子后面起身，走到蔡炳身旁，"你不要总是盯着徐家，要想解决麻烦，就得绕开一点，解开旁边的死扣儿。"

蔡炳睁大眼睛，"邵疯子是那个死扣儿？"

"是徐渊。"沈牧说，"情况越来越明显，那个搅屎棍在背后兴风作浪。就说我和夏天晴的两次见面，都有他参与，他在引导、调整我与夏天晴的谈话。"

"你的意思是，徐渊在你和徐家之间，两头搞破坏？"

"徐渊善于四两拨千斤。你看他不露声色，就让我和夏天晴的矛盾激化了。"

"可他为啥搞你和夏天晴？把你激怒了，对他们徐家有什么好处？"

"所以让你尽快找到邵疯子，弄清楚徐渊究竟是什么样的人。"

"明白了，这就是我的头等大事。"

蔡炳站起身，匆匆离去。

午餐时，姜满春跑来找沈牧。"小爷叔，你可算回来啦。"

"满村哥，歇了一个礼拜，感觉怎么样？"

"烦得呀，想干活儿。"姜满春气鼓鼓地说，"刚才看到蔡炳匆匆忙忙的，这不公平啊，你怎么不让我干点啥？"

"先吃饭。"沈牧笑了笑，给姜满春的食碟里夹了一块鱼，"有你的活儿。"

姜满春的小眼睛灼灼放光。"小爷叔，你又有了魔术新创意？"

"我初步构想，根据一个古彩戏法重新创编。"

"什么戏法？"

"'划地成川'。"

"噢，东汉张衡的《西京赋》有记载，西域来的魔术师在京城表演的戏法。"

沈牧点点头。"后来那个魔术师在驿馆猝死，这个戏法无人破解。"

姜满春皱眉思忖着："小爷叔，'划地成川'确实是奇术，但没有进攻性，用它打徐家的魔术师，怕是方向不对啊。"

"不，我要把这个魔术用在自己身上。"

"你自己？"姜满春愕然道，"地是静止的、你是活动的，这是两套不同的魔术方案。"

沈牧淡淡一笑："万变不离其宗，我已经想明白了，这次就是运用它的内在原理，创造出障眼法的登峰造极之术。"

"好的呀。"姜满春搓着手，激动起来。

"这个道具专用，就定名为'X道具'，你在院子另外找间空房。"

"好土的名字，不过我喜欢。"姜满春站起身，"你把构思给我，我今天晚上就画草图。"

"哎，先吃饭，吃饭。"沈牧笑道。

徐家的招募工作并不顺利。徐渊放出的悬赏消息，本意是招募一批路子比较邪的魔术师，用邪门歪道打败沈牧，可是来应聘的，只有歪道，没有邪门——有的是技艺不行，有的就想着蒙事骗钱。

通常遇到这种情况，主家肯定生气，进而大骂来者，可是徐渊非但没有恼怒，反而很客气，凡是来应聘的家伙，甭管什么歪瓜裂枣，打发他们离开前，都给个红包当作路费。

这一下传得更厉害了，都知道徐家很有诚意，一些深藏在民间的魔术师闻风而动，徐渊终于见到了几个掌握奇术的高人。

可是，他把这些人陆续引荐给夏天晴，都被夏天晴否决了。

"路子奇特不要紧，甚至边缘化，我也能接受。"夏天晴说，"可是这两天见到的，差不多就是犯罪分子。"

"大嫂，没那么严重吧。"徐渊说，"家族危难，我们应该再开化些，用其术，不必计较其人。"

"打败沈牧只是手段，我们要为家族长远考虑。解决眼前的麻烦固然重要，但不能因此让徐家沦为邪恶组织。"夏天晴语气坚定。

徐渊没有强辩。第二天下午，又往会客室带了一个魔术师。

"大嫂，这人叫何峰，我验了他的魔术，有真货。"徐渊凑近些，低语，"他是'洋葱皮'的人，信得过。"

与之前见到的要么怪诞，要么一脸凶相，要么目光阴鸷的家伙相比，眼前这位，更像普通上班族，约莫三十岁出头，脸上一副得意洋洋的表情，号称会三百个戏法儿。夏天晴听他讲了一通，感觉还不错。

魔术师能说会道，并不是坏事，北派魔术讲究"使口"，也就是"说功"，用来转移或引导观众注意力。

夏天晴问："何先生了解沈牧吗？"

何峰点了一下头："姓沈的名头大。我也知道他是怎么欺负徐家的。"

徐渊接口说："谈不上'欺负'，只是徐家更顾及脸面而已。"

夏天晴说："何先生应该研究过沈牧的手段。"

何峰咧嘴一笑："手段怎么样，要当面掂量。"

夏天晴问："用你的技艺，和沈牧斗一场，有几成胜算？"

"我说有八成，你信吗？我说没胜算，那我来干什么？"

徐渊说："我很欣赏何先生的锐气。"

何峰摆摆手。"我和姓沈的没有恩怨，打他是为了赚钱。不瞒你们，我准备结婚买房子还差点儿，所以，出场费怎么算？"

徐渊说："五十万元。"

"五十万？"何峰皱了皱眉头，嘴角还是咧着。

"嫌少吗？"徐渊冷笑一声。

"出场费的意思——"

"只要你去挑战沈牧，无论输赢，这笔钱是你的。如果赢了，另有奖金。"

"可我听说徐家经济不行了。"

夏天晴问："谁说的？"

"到处都有传闻，说徐家快崩盘了。还有人说，你们是故意和沈牧联手……"

夏天晴的眉毛一敛。"徐家是百年魔术世家，需要炒作负能量吗？"

"是啊，我也觉得不对劲，如果是联手炒作，为啥沈牧不能败一次？每次都是徐家败，徐家真会玩……"

"够了。"徐渊说，"你讲这么多废话，是怕徐家付不起你的出场费？"

"那个……"

"今天就给你出场费。"夏天晴起身说，"请何先生拿出真本事，如果打赢了，出场费后面再给你加个零。"

"五百万——成交！"

何峰往外走时，徐渊送出来。

二人走到大门外。何峰欠身说:"徐少爷，留步。"

徐渊忽然趋近，说道:"你和沈牧比拼魔术时，如果能激他使出'光影神手'，我加倍付酬金。"

何峰愣了一下，"我的求胜机会，只有趁他没有使出'光影神手'时，先声夺人。你却让我上赶着激他……这不是送人头嘛，那还打个屁呀。"

徐渊牵了牵嘴角，"你究竟是求胜，还是求财？"

一句话把何峰问住了。

徐渊伸手在何峰的胸口拍了拍，转身走进徐宅大门。

三天后，何峰出现在田子坊。他对这条石库门里弄很熟悉，在弥漫着咖啡香气的小巷里游弋徘徊，时而出没于各式茶铺、餐厅，时而在迷宫般的岔路间绕行。

徐渊事先收到消息，藏匿在附近一座楼房的五层，站在窗前用望远镜观察。

徐渊发现，何峰的游走路线看似没有章法，其实目的性很强，一是始终盯在弄堂深处、树丛掩映的天彩魔术团，显然在等待沈牧现身；二是何峰在行走时，围绕的区域，集中在弄堂东南侧，那里有条岔路，十分僻静，水泥路面坑坑洼洼，很少有人经过。

徐渊推测何峰在那里设置了陷阱，应该是趁着夜半无人时，悄悄做的准备。

徐渊在窗前观察了两天，沈牧始终没有出现。

徐渊继续用望远镜跟随何峰的身影。他没有注意到，还有个人在弄堂里隐伏行走。那个人的下巴有一撮山羊胡，年龄约莫五十来岁，戴着圆眼镜，穿着中式服装。这种形象在田子坊很平常，经常出入于画廊、艺术馆，因此他在人群里穿梭往来，没有谁多看他一眼。

"山羊胡"本来也盯着天彩魔术团，一经发现何峰是同一目标，转而便盯住何峰。

何峰即使有所察觉，也摸不着门道。因为"山羊胡"不是一个人，还有两个人帮他遮掩行踪。那二位都戴着鸭舌帽，约莫三十来岁，身材一高一矮。

就这样，三条线，一个盯一个，最终都对准了天彩魔术团。

这座由清朝旧民居改建的古朴建筑，仿佛沉睡了一般，寂寂无声，就连墙上的招牌、门上的铆钉，都显得更陈旧了，只有绿油油的爬山虎在风中摇曳翻卷。

第四天，日近黄昏，那扇油漆斑驳的木门打开了，沈牧走出来。

4

"满村哥陪我住在团里，是为研制道具，你凑什么热闹，想混加班费？"沈牧一边跨出门来，一边教训吴辛洁，"告诉你了，最近没你的用处，回家等通知吧。"

"姜哥说你最近太累，又遇到下雨，天气凉，正好你感冒了，我就想着……"

"正好感冒？"沈牧斜睨吴辛洁，"你盼了很久吧？"

"我想着随时烧点热水什么的……"

"你的脑瓜是需要热水浇灌浇灌。"

沈牧走向弄堂。好几天没出门了，下过雨的湿润空气夹杂着咖啡香味，令人心旷神怡。沈牧不禁耸起鼻子闻了闻。

"今天晚饭我请吧。"吴辛洁说，"请你吃点软和的饭食。"

沈牧皱着眉头，"软和的——"

"哎，沈大师，久仰久仰。"人群中一个身影晃出来，"今天终于见到真人了。"

"你是谁啊？"沈牧打量对方。

"我叫何峰，是个不起眼的小人物。"何峰有些羞愧地笑笑，"我想和沈大师商量一单生意。"

"没兴趣。"沈牧径自走去。

何峰追上来，凑近了说："和徐家有关的。"

沈牧的脚步顿了一下。

何峰接着问："徐家招募魔术师要跟你打，这事你知道吧？"

"听说了。"沈牧语气淡漠。

"不好意思，兄弟打头阵。"何峰摸了摸自己的面颊。

"先锋官啊，没看出来。"

"不敢不敢，沈大师别笑我。"

吴辛洁说："我们要吃饭了，没空陪你玩。"

何峰忽然一笑："我有个好主意，省心省力，只要沈大师发个消息，说你输了，我奉送沈大师一百万元。"

沈牧大概没料到有人敢在他面前这么说话。

吴辛洁不想沈牧生气，一把拽过他的胳膊，"别理他，这人不正常。"

"那，二百万，怎么样？"何峰笑着，伸出右手的两根手指，"只要你发两个字：输了。"

何峰伸出两根手指时，他的大拇指和无名指、小拇指自然是扣着的。

吴辛洁忽然"咦"了一声。只见那扣着的手指中间，飞起一个红色气球，上面印着两个白字：输了。

气球飞到沈牧头顶，嘭的一声爆开，引来一些人侧目。

沈牧嘲弄道："这种小把戏，还有脸拿出来卖弄？"

何峰仍在笑着，手指间飞出更多气球，纠缠着沈牧。

不远处的人群中，"山羊胡"悄悄望向这里。更远的楼房上，徐渊通过望远镜欣赏着何峰的小把戏——这叫苍蝇战术，很烦人。沈牧如果动手打苍蝇，气球一个个爆开，嘭嘭、嘣嘣，大庭广众下十分可笑；如果置之不理，气球因为静电的缘故，粘连着衣服，周身二三十个红色气球围着沈牧打转转。

却见吴辛洁从口袋掏出一根细绳，说了声"谢谢"。然后围着沈牧，像摘花一般，把气球一个个摘到手中，用细绳扎起来，红通通一串儿。

何峰愣了愣。

吴辛洁举着一串气球，对沈牧说："挺喜庆吧。"

"你喜欢捡垃圾？"沈牧冷冷道，"还给人家！"

说着，劈手夺过气球，衣袖一甩，气球急速飞向何峰，一串套在何峰脖子上。沈牧紧接着手指一弹，一颗黄豆大的金属球脱手而出，气球在何峰的脖子上连番炸开。这动静很吓人，气球围着何峰的脑袋，嘭嘭、嘣嘣的爆裂声此起彼伏，炸得何峰连滚带爬往后退。

不知不觉间，他们到了弄堂的东南侧。这里没有人，坑洼不平的路面，积了几摊雨水。路中间的下水井盖上有些污渍，相距十米有一棵梧桐树枝繁叶茂。

暗中盯梢的"山羊胡"，再往前没有了遮掩行迹的地方，于是止步，隐身在路口的人群里，朝这边张望。

徐渊的望远镜跟着何峰进入弄堂，心里暗笑："洋葱皮"培养出这么一块料，对付沈牧倒是很管用。在沈牧眼中犹如臭虫般存在的何峰，今天很可能让魔术大师栽到自己手上。

何峰已经成功地把沈牧引到了陷阱里。

只见何峰从肩膀和头发上抖落气球渣，又从口袋掏出个喷雾瓶，往身上喷了一圈，似乎在给自己加香。

他仍嬉笑着，目光却围绕着弄堂中间的下水井盖，暗暗调整着自己的位置，等沈牧站到那棵梧桐树附近时，何峰突然朝井盖跑去。

吴辛洁以为何峰朝自己冲来，便朝沈牧的方向跑，一步迈上了井盖。

何峰愣了下，随即喝道："站住！"

吴辛洁一慌，站在井盖上。

沈牧已经注意到何峰的目光，发现那家伙总是有意无意地朝井盖上望，猜出有鬼，一转眼，却见吴辛洁站在了井盖上，忙喊："快走！"

吴辛洁更懵了。何峰先反应过来，又朝吴辛洁嚷："有老鼠——"

出于本能吴辛洁直接跳起身，原地落下时，脚底一滑，跌坐到井盖上。

与此同时，何峰大喊一声："福星高照！"

咔嚓！！！

距离井盖十米的那棵梧桐树，突然间，竖着从中间裂开，仿佛一把巨斧砍下，整个树身分为左右两半，齐刷刷倒在地上。

何峰的手指，正指着树的方向。

就在沈牧回头看时，梧桐树爆裂之处，陡然飞起一大团黑影。

空中"嗖嗖"的声音。沈牧只觉得劈面一团锐利的风，那团黑影猛然扑到他身上。沈牧一个趔趄，只觉得一大片又滑又凉的皮质东西，疯狂地触碰他的面颊、耳朵，越来越多的锐利爪子飞舞，剧烈扇动的翅膀撞着他。

蝙蝠！

沈牧瞬间醒悟过来：何峰先是用二十几个气球纠缠他，必是在气球上涂抹了某种液体，人的鼻子闻不出来。沈牧推测很可能是风干的鳝鱼血，在红色气球上不留痕迹，却在他身上留下气味。蝙蝠对鳝鱼血极为敏感，难怪何峰沾了气球后，马上用喷雾剂去除了身上的异味。

说时迟、那时快，沈牧只在闪念之间，那一百多只蝙蝠便轰然撞到他身上。

不远处，何峰正用手机摄像，只等沈牧狼狈惨叫、满地翻滚，便可宣告胜利。

沈牧顺着蝙蝠的力量，往后一退，手指接连弹出几颗金属球，打在最凶猛的蝙蝠头上。蝙蝠发出恐怖叫声，这种高频率的尖叫能够确定障碍物的位置。

上百只蝙蝠稍微散开，如一团乌云笼罩在沈牧头顶。

此刻已是傍晚时分，天色是将黑未黑的灰蒙色，蝙蝠翅膀上竟透出点点荧光，如星辰一般，再次聚集成漩涡状，朝沈牧劈头盖脸撞来。

——福星高照!

沈牧手上没有金属球了,弯腰从地上捡起一块砖。他刚一弯腰,上百只蝙蝠狠狠扑来,沈牧用侧肩扛了一下,挥动手臂,砖头砸落了领头的三只蝙蝠。

吴辛洁眼看沈牧遭到群蝠攻击,本来已经吓傻了,女孩子一般都特别害怕这种像老鼠的怪物。可是沈牧被围困,她不知哪来的疯劲,抡着包冲过来。

沈牧厉声说:"别动!"

吴辛洁已经到了身旁,胡乱地舞动着皮包。没想到,群蝠真的散开,在沈牧头顶飞旋着,分作了两队。

沈牧紧赶几步。吴辛洁以为沈牧要拉自己的胳膊,沈牧却用力推了她一把,直接把吴辛洁推了个跟头,一屁股跌坐在地,旁边有一摊雨水。

沈牧厉喝:"洗手!"

吴辛洁瞬间开窍,慌忙把双手按进脏水中,一动不敢动。

那群蝙蝠分作两队,正有一队扑向吴辛洁,却突然失去了方向,再次散开,嗖嗖地飞旋着,重新聚集。

原来吴辛洁刚才摘气球、串气球,手上也沾了鳝鱼血的气味。

双手按进水洼,虽逃过一劫,她心中却是一阵后怕,如果那群蝙蝠趴在身上,湿黏的翅膀、冰冷的尖爪子,还有那翅膀拍打的锐响……真是暗无天日的恐惧。只觉得浑身上下被那毛茸茸的怪物铺满了,压得透不过气。

沈牧已经脱掉外衣,朝何峰冲去。

何峰一直举着手机紧盯着,每次以为沈牧要摔倒,沈牧就是不倒。突然,手机屏放大了沈牧的身影,他一抬头,沈牧到了面前。身后一群蝙蝠追来,沈牧一手提着衣服,另一只手从空中捉住两只蝙蝠。

这一幕,把远处观望的徐渊惊了一下:蝙蝠依靠声波捕食猎物、躲避障碍,因此,它们的灵敏度远远超过人,人借助工具打它们是有可能的,可是直接伸手去空中抓取……人类的手部构造还没有进化到那种精准和速度!

沈牧把捉来的两只蝙蝠,尽力抛向远处,蝙蝠如同两块石头飞去。那一群蝙蝠跟着掉转方向。

趁此机会,沈牧甩手把自己的衣服扔到何峰脑袋上。何峰还在挣扎,沈牧按住他的脑袋,将衣袖扎住。何峰的脑袋和肩膀被衣服捆住,拼命撕扯,手机也掉在地上。

这时,那群蝙蝠飞回来了,追逐着鳝鱼血的气味,黑压压一片,铺天盖地撞向何峰。

沈牧疾步到井盖前，将盖子掀起，里面果然有机关，不过已经触发过了。沈牧探出手臂，把机关捣入井底。然后反过身，一把抓住何峰——

"想玩大的，我奉陪到底。"

沈牧猛然将何峰塞进了下水井。

"这才是福星高照。"

"啊……"

一大群蝙蝠跟着扑入了井口，黑暗中一片荧光闪烁。嗖嗖的锐响，夹杂着呼呼的风声。

外面平静了。

井底隐约传来沉闷的叫声，在井口飘荡，仿佛一缕冤魂不散。

吴辛洁甩着手上的脏水，踉跄着走来，探头往黑洞洞的井里看，"他不会死了吧？"

"死了正好，你偿命。"沈牧说。

"为啥是我？"

"你启动了机关，放出了蝙蝠。"

"啊？"吴辛洁愕然睁大眼睛。"怎么会是……我什么都没做。"

沈牧哼了一声："所以说啊，你这个笨蛋，让人卖了都不会数钱。"

"到底怎么回事，你点我一下。"吴辛洁催促。

"井盖下设置了机关，那个原理其实和满村哥做的'出气垃圾桶'是相通的，只不过垃圾桶是个小玩意，不需要太费心思。"

"是什么原理？"吴辛洁勤学好问。

"猜也能猜到啊，重量给予压力，压力驱动。"

说着话，二人走过那棵梧桐树，裂成两半的树身一左一右躺在地上，枝叶撒了一地。

沈牧说："何峰把咱们引到这里，肯定是打算自己站到井盖上，用身体重量压动盖子下面的机关，引发梧桐树爆裂。他这一招很高明。首先，没人注意他站在哪里，随便站在井盖上很正常；其次，引发的反应来自十米外的梧桐树，声东击西、指南打北，让人防不胜防。"

"噢，我好像明白了。"吴辛洁思忖着说，"我无意中站到井盖上，把何峰的计划打乱了，可是当时没有反应啊。"

"对啊，为什么呢？"沈牧自问自答，"因为你是个草包，轻嘛。"

吴辛洁笑道:"谢谢夸奖,看来我减肥很有效。"

沈牧的眉毛耷拉下来。

吴辛洁忽然抚掌,又说:"难怪我站到井盖上的时候,何峰愣了一下,我记得他的微表情,优秀演员特别注意这个,因为他愣的时机很奇怪。"

"你这事后卖瓜的本领见长。"

吴辛洁接着说:"因为我没触动机关,何峰就喊'有老鼠',骗我跳起来。按重量加速度计算,我落地时,压力足够触发机关,于是树裂了。"

沈牧点了一下头。

吴辛洁不禁有些得意:"我一跺脚,十米外的树裂了——哇,够我显摆三年。"

沈牧问:"你还想玩?"

"如果没有那些蝙蝠,倒是挺有意思的。"

"福星高照嘛,玩就要玩一整套。回头我再教你一种玩法,保证你三年内,一听到声音就哭。"

"什么声音?"

"凡是人的耳朵能听到的任何声音。"

"你别吓唬我,我以后不惹你了还不行吗?"吴辛洁说。

忽然意识到,这句话的语气和腔调……怎么像是在撒娇啊?

吴辛洁脸颊泛红。沈牧已经走过去了,边走边咕哝:"可惜了我那件衣服。"

二人渐行渐远,身影融入了田子坊的缤纷灯光里。

在他们身后,"山羊胡"和两个"鸭舌帽"站在灯光背面,静静望着他们消失。

徐渊坐在自己的房间,有些郁闷。已是上午十点多钟,早餐还摆在桌上,往常最爱吃的生煎包早就凉透了,鸡汁馄饨凝成一团,豆浆上撒的紫菜、虾米、豆腐干丝,被酱油腌得失去了光泽。

徐渊郁闷的原因,并不仅是何峰的惨败,更不是担心"洋葱皮"找他麻烦。何峰被沈牧扔到下水井,虽然很难看,但赚了五十万,也算值了,所以爬出下水井后,一句废话没有,给徐渊的微信发了三个字:我输了。然后就把徐渊拉黑了。

徐渊真正烦躁的是,沈牧能在空中捉住蝙蝠,神之手已经达到这种境界了,可是他自己却连光影神手的门道都没摸着。

想到这里，徐渊抑制的怨气突然爆发，甩手把桌子掀了，一阵叮当哗啦声，碗筷、餐食洒了一地。

他走进卫生间，冲了个凉水澡，换了件衬衫，然后按铃叫来那位脸色刻板、动作麻利的老阿姨收拾屋子，自己出门而去。

他来到夏天晴的办公室，汇报了昨天的魔术斗法。夏天晴并不显得多么失望，似乎早有心理准备。

她语气平静："听了你的描述，虽然何峰没有一击挫败沈牧，不过他确实给沈牧制造了危险。"

徐渊点了一下头："看来何峰是得了'洋葱皮'的真传，自己也下了苦功。"顿了顿，他淡淡一笑，"'洋葱皮'知道了徒弟被沈牧塞到下水井，必然恨之入骨。沈牧又成功地获得了一个私人仇敌。"

夏天晴想了想，问："'洋葱皮'这人怎么样？"

徐渊看了夏天晴一眼，说："我在外面混的时候见过他。大名姚宗祺，据说年轻困顿的时候就喜欢穷讲究，旁人给他起了'洋葱皮'的外号。老家伙的魔术邪乎，手段很黑，与他的形象反差极大。"

夏天晴摇摇头："太邪了不行。"

"我知道大嫂的想法，先不论'洋葱皮'的手段，就算我们请他出山，也很难。他不会受雇去为徒弟报仇，很可能暂且忍耐，但我们等不了那么久。"

"'洋葱皮'这种层级，就算出手，也不是说做就做，还需要观察。"

"嗯，是这样。"

夏天晴摆摆手，"咱们还是继续等别的应聘者吧。"她转换话题，"你上次说，有个新能源公司准备上市，情况怎么样？"

"我亲自考察了，很有潜力，找个时间我安排大嫂跟老板谈谈。"徐渊诚恳地说，"家族经济很重要，上次开会你也看到了，都很焦躁，曾祖母更担心。我们要尽快获得经济回报，稳定住家里人。"

"嗯，一方面反击沈牧，一方面提升资产。"夏天晴说，"你多在各领域看看，多找点投资机会。"

"大嫂放心，徐家兴旺，我们都好。"

结束谈话，徐渊回到自己的房间，心情舒畅了些。他打了几个电话，安排财产周转事宜，然后约了人到外面吃午饭。

下午返回徐宅时，阿亮迎上来。

"二少爷，又来了接悬赏的，在会客室等半天了。我问话不理，非要和管事的谈。"

"嗯。"徐渊随口问，"来了几个？"

"一伙三个人。"

阿亮陪徐渊走进会客室，介绍了一下，出去把门掩上。

徐渊坐到沙发上，看着茶几对面的三个人。坐在中间的男子有五十来岁，下巴一撮山羊胡，身穿紫色对襟衣，戴着圆眼镜，眼神看不清楚。"山羊胡"左右两边，坐着一高一矮两个家伙，都是三十来岁，戴着鸭舌帽。

徐渊开口："你们今天来——"

"俺们是来收悬红的。"左侧的高个子是公鸭嗓。

"悬红？"徐渊微微一怔。

"不是你们放出的消息，要招募魔术师吗？"

"是有这么回事。"徐渊皱了皱眉头。

"所以俺们来收悬红。"高个子嘎嘎地说。

徐渊差点笑了，没见过这么理直气壮的应聘者。

右侧的矮个子扶了扶鸭舌帽，细长的眼睛盯着徐渊："实话讲，俺们和沈牧有些过节。"

"哦？"徐渊的目光聚焦在矮个子脸上。

却听高个子说："十年恩怨了。"

"不对，哥，只有怨，没有恩。"矮个子纠正道。

"俺就那么一说。"

"说要说对，只有怨，没有恩。"

徐渊的目光转向"山羊胡"。"山羊胡"始终是置身事外的样子，不仅一声未吭，视线都没挪过地方，始终在徐渊面前的茶几上，偶尔往上一瞟，又收回去。

徐渊问："你们和沈牧有什么怨？"

高个子说："当年俺们和昆叔——"他伸手示意"山羊胡"，"山羊胡"勉强点了一下头，公鸭嗓接着说，"在外滩摆了个魔术摊，混饭吃，结果让沈牧把摊子掀了。"

矮个子说："姓沈的欺行霸市……"

"等等，"徐渊忽然抬手止住了矮个子的话头，目光从三人脸上扫过，"你们变的魔术，是不是'仙指玲珑瓜'？"

7

徐渊的话一出口，两个鸭舌帽不禁露出奇怪的表情。"山羊胡"也挺了挺腰。

高个子说："徐少爷，这事儿，你都知道？"

徐渊牵了牵嘴角，跷起二郎腿，风轻云淡说："江湖上这点事儿，瞒不住的。"

其实这段往事，就写在徐光展的日记上。徐光展记得很详细，因为沈牧与"山羊胡"这伙人打斗时，徐光展路过外滩，派司机帮了沈牧，正是那次遭遇，让徐光展发现了沈牧的神之手，并向他提出邀约，请他做自己的助手，却被沈牧拒绝了。他又数次邀约，都被拒绝。徐光展不仅写在日记中，平时的家族聚会上，也频频表达了对沈牧的赞赏。

徐渊正是听到大哥赞赏沈牧，心中不服，以至给自己的手做了手术，强行改变骨骼构造，然后向沈牧挑战，本想近距离观察光影神手，但沈牧手法变化太快，真假难辨。徐渊不仅没有得到秘诀，还遭到惨败。原本想证明自己，赢得家人的青睐，结果反而遭到家人更多耻笑。没有光影神手的秘诀，自己的技艺只能达到沈牧的千分之一，而他忍受的痛苦、不公、屈辱，则有千倍。

因此，徐渊有了更强的动力：一定要得到"光影神手"，夺回欠他的公平。

徐渊收回思绪，冷笑一声说："你们当年招惹沈牧，原因是用魔术骗人钱财，对不对？"

"哦……这个嘛……"高个子有些气馁。

矮个子恼怒道："谁出来混世界不想赚第一桶金？英雄不问出处……"

徐渊一摆手，"当年你们用魔术干了什么，我没有权利审查，更没兴趣指正。"

矮个子愣了愣，望了"山羊胡"一眼。"山羊胡"似乎点了一下头。

矮个子说："徐少爷有胸怀，俺们敬重你。"

高个子说："既然徐少爷看得起俺们，俺们给你讲讲当年受的苦。"

所谓"仙指玲珑瓜"，就是把一颗西瓜子放到空花盆里，用半个鸡蛋壳盖住，然后给鸡蛋壳周围洒点液体。不一会，碧绿的小西瓜顶开鸡蛋壳，出现在花盆里。这种魔术，是戏法里的"地杂"一项。

不过这伙人动了歪脑筋，开始卖那些小西瓜。

每次表演时，围观群众里的老头、老太太就成了他们的主要目标，魔术变完后，当场切开小西瓜，瓜瓤鲜红，甜香四溢。他们就煽惑老年人，说小西瓜是仙物，包治百病，可以用金项链和金戒指换。

受骗的老人取下金货给他们，他们就从袋子里拿出新鲜完好的小西瓜。

不过，除了用于表演的小西瓜，其他全是塑料壳，外观染成湛青碧绿的瓜皮颜色，里面是相当重量的土。

当年就靠卖塑料壳，一天能赚小一万，一年纯利竟有二三百万，在十年前那可是巨额利润。不料沈牧那个夯货，突然杀出来砸了他们的场子。更倒霉的是，那天围观的有人把事情捅到了报纸上，提醒广大市民注意新型诈骗。没过几天，有个警察下班出来溜达，正撞见他们行骗，当即抓进局子，不仅收缴了财物，还蹲了班房。好不容易熬出来，三人气不平，于是全国各地游走，拜师学艺下苦功，拼命提升魔术水平。去年回到上海，听说有个叫沈牧的魔术师很厉害，他们一看，这不就是当年砸场子的混蛋吗？

讲完往事，高个子叹口气："可惜当年手软，没有灭掉那个兔崽子，现在你看看，这么嚣张都是俺们惯出来的毛病。"

徐渊冷冷一笑。

矮个子梗着脖子说："徐少爷别不服，十年前姓沈的是个雏儿，昆叔拎起水果刀，只一下，就把沈牧的衣服戳破一道。昆叔的动作，讲究一个快，还有俺们兄弟左右夹击，沈牧的胳膊和腿也挨了刀。如果不是有个过路的帮忙，那小子已被俺们废掉。"

"可我听说，最后一刀戳来时，沈牧手腕一翻，手指贴着刀面就把刀夺下了。"徐渊冷声说。

当年正是这三人无意中激发了沈牧的潜力，这在徐光展的日记上有记录。

高个子说："那个兔崽子有神之手，俺们就是来制他的。"

徐渊问："你们在哪家剧院见过他的魔术？"

"剧院？"高个子撇嘴，"路数不对。"

"那你们……"

高个子诡异地一笑："昨天倒是见了真货。"

徐渊一怔："你们也去了田子坊？"

矮个子接口说："俺们早就看到了徐家的招募消息，可昆叔的意思是先不急，俺们就到了田子坊，发现那个北派魔术师也在盯梢，就跟着开开眼。"

徐渊饶有兴趣地问："感觉怎么样啊？"

矮个子伸出一根手指，轻轻晃了晃："还差一口气。"

8

徐渊说:"沈牧能够破局,当然不是侥幸。那你们认为他是在哪个点破局的?是因为那个女人帮忙吗?"

高个子摇摇头:"那个女的,抢着包上去打蝙蝠,险些坏了事。"

"这说不通啊,"徐渊有意问道,"那女人帮着分了一半蝙蝠,不是给了沈牧喘息的空档吗?"

高个子说:"嘻,你怎么不明白呢?沈牧担心那一半蝙蝠攻击那女人,上前推了她一把,反而出现了'断气'之处。因为那女人干扰了沈牧的动作,沈牧错身挪步,就留下'漏气口',如果这时候,那个北派魔术师乘虚跟上一步,强击沈牧,沈牧还能爬得起来吗?"

矮个子又伸出一根手指,轻轻晃了晃:"所以俺说,他还差一口气。"

"有意思。"徐渊点点头,"那个漏气口,是沈牧的'死气',也就是对手的'活气',遗憾对手错失了。可他为什么会错失,难道是因为当局者迷?那局,可是他自己设的。"

矮个子呲牙一笑:"因为他把输赢全押在蝙蝠上了。他忘了自己——魔术师自己才是真正的武器。"

徐渊深深点头,眼前是三个悟了道的江湖恶人,这恰恰是徐渊要的武器。

徐渊说:"那我们就谈……"

高个子打断他:"废话不必讲了。"

徐渊看着高个子。

矮个子慢条斯理地说:"你们徐家招募魔术师,说明徐家遇到难处了。"

徐渊冷笑一下,这是要开始讹钱了吗?

矮个子接着说:"俺们的意思是,你也不用请别的魔术师了,要灭沈牧,到俺们这儿就止住了。"

"说清楚点。"

"话要挑那么明吗?你们的悬红,不用给别人了,俺们就收了。"

徐渊皱了皱眉头,听这两位说话,越来越像诈骗,坐这儿煽惑了一个多钟头,就要把五百万卷走?

徐渊说:"要让我们停止招募——"

"对。"矮个子点头。

徐渊有些迷惑:"这有关系吗？你们要是赢了，后面排队的魔术师自然离开。如果输了，你们拿五十万出场费走人，我们继续派魔术师，不给沈牧喘息机会。"

高个子冷冷地说:"俺们要使出的魔术，是一整套连环戏，一戏跟一戏，直到灭了沈牧为止。"

徐渊有些惊讶。这三位究竟是太恨沈牧，还是太有自信，竟然要垄断"收拾沈牧的市场"。

徐渊转念一想，先让他们打完再说，至于后面的事情，可以随时延续。

"那就这样，你们先和沈牧打。按我们的招募条件，铁定有五十万元出场费。赢了的话，另有五百万奖金。"

"徐少爷，你没明白俺们的意思。"高个子皮笑肉不笑地说，"出场费不够数。"

"嗯？"徐渊怔了一下，"我们不是按人头算的。"

"不不。"高个子摆摆手，"不是按人头，是按次数。"

矮个子身子前倾，接口说:"按照昨天北派魔术师的水平，你们再招十个，也不是沈牧的对手。那俺们给你包场，出场费，是不是得按十次算？"

这简直闻所未闻，徐渊头一回遇到这种情况。

"十次？"

"公平计算，到头来还是你们占了便宜。"矮个子说。

徐渊咬了咬牙根，这伙人真以为掐住了徐家的脖子，敢要十次出场费——合计五百万，再加最后的奖金，共一千万。

徐渊忍了忍，冷笑着说:"你们废了半天口舌，要不要现在就把十次出场费给你们啊？"

会客室里刹那间安静了。

这时，始终没有开口的"山羊胡"，终于发出了嘶哑的声音:"说什么不重要，做什么才重要。悬红，先放到你们徐家，俺们爷仨出去办完事，回来咱们缓着饮茶。"

徐渊沉吟片刻，看着"山羊胡"说:"容我们家族开个会，商量一下，再答复。"

"山羊胡"嘴角一痉挛，两个鸭舌帽立刻扶住他。三人站起身往外走。

高个子撂下一句话:"你们就慢慢商量吧。"

徐渊跟着起身时，突然愣了一下。他惊讶地发现，自己坐的沙发，颜色居然已经变了！

这一对皮沙发，原本摆在茶几两旁，都是深棕色，可现在自己坐的这个沙发竟然变成了浅黄色。

不仅颜色变了，他赫然发现，沙发的座位四周略微鼓起一圈，不由伸出手，想撕开看看。手指挨到皮面时，倏地止住，只是警觉地摸了摸鼓起的边缘，又用手掌压了压。里面分明有活物！

这一惊非同小可。

要知道，这一切发生时，他就坐在沙发上，丝毫没有挪动，虽然他的注意力都在那三人身上，可是屁股底下却没有任何异样的感觉。

徐渊顾不得处理沙发，转身追出了会客室。前边的三人已经走到了楼梯拐角，准备出门了。

"三位，请等一等。"徐渊唤道。

"山羊胡"的脚步慢了，两个鸭舌帽跟着放缓。徐渊快步赶上。

"一切好商量。"徐渊说，"还是请三位见一下我们当家人。"

高个子和矮个子一起看了看"山羊胡"。"山羊胡"略微点了一下头。

徐渊带他们前往夏天晴的办公室，最后叮嘱道："见了夫人，不要提你们赚第一桶金的事情。"

高个子笑了："原来徐家的当家人喜欢听励志版本啊，没问题。"

直待黄昏，"山羊胡"三人离开徐宅时，一抹斜阳被乌云遮住，天色比平时更早地黑下来，街市在阴郁的天空笼罩下呈现青灰色。

"山羊胡"望着长街尽头，幽幽地说："有没有徐家，咱们都要收拾沈牧。现在有了徐家更好。"

高个子说："对啊，不光能报仇，还能大赚一票。"

"山羊胡"的眼镜片泛起一道寒光，"钱算啥？虎子、小勇，凭咱们爷仨的本事，赚钱难吗？"

高个子缩着脖子不敢吭声。

"山羊胡"冷笑："哼，上个月，新欧宾馆的欧总，用了多少钱消灾的？"

"是是，昆叔教训得对。"

"哥的眼光就是太短。"矮个子讨好地说，"俺们听昆叔的，弄沈牧才是正事。"

"山羊胡"从齿缝挤出一句话："有了徐家，咱们爷仨更要放开手脚，好好收拾沈牧，反正出了事有徐家兜着。"

矮个子说："对，十年前沈牧在江湖路上给咱们使了绊子，十年后，咱们就在这儿挖个坑把他埋了！"

第九章

良辰美景

『我要是不来,那不扫了你们这帮家伙的雅兴吗?』

1

清晨，天彩魔术团的院子里薄雾缭绕。姜满春从房子里出来，把昨晚整理出的新工具抬到门前的水槽边。这是新砌的水槽，连同这间房子，专门用来制造"X道具"。水槽里有一台木轮水车，姜满春把轴承装上去，摁动开关，水车呼噜噜转动，越来越快，打出一片水花扑了他一身。

他索性脱下衣服，挂在旁边的树杈上，贴身穿一件小背心，继续忙活。

忽然看见吴辛洁走进来，脚步匆匆，显得很紧张。

姜满春连忙把树杈上的衣服拿下来，湿淋淋地套在身上。

"辛洁，这么早，忙啥个？"

"姜哥，门口出事了，我去叫先生。"吴辛洁抹着额头的汗。

"这辰光，小爷叔还没起床呀。"姜满春搓着手说，"我们昨天研制道具，他后半夜才睡。"

"那怎么办？"

"啥事啊，先带我去看看。"

两人赶往院门。还没走到，姜满春就愣住了，远远地看到门上有个洞。

姜满春皱起眉头："这怎么回事？"

吴辛洁说："昨晚在门房值班的是小陈，他也是刚发现的。"

走到门前仔细一看，门板上被人掏了个直径半尺的圆窟窿，位置略偏上，透过窟窿可以看到外面墙上的爬山虎。

助理小陈一直守在门边，不安地说："姜哥，我昨晚什么动静都没听见。"

那个窟窿掏得很齐整，正圆，边缘光滑。而这扇门的厚度至少有十公分，虽然是从清朝留下来的，可当初为了防御匪盗，用的是坚硬的松木，绝不会朽烂。

如果说工具切割木料，或许可以掩盖声音，可是门板的外侧，钉着黄铜铆钉，每一行七个，共有四十二个，要在门板上挖洞，怎么着也得撞到黄铜铆钉，无论何种工具，都该发出声音的，可是值班的什么都没听到。

姜满春瞥了小陈一眼，他相信小陈没有撒谎，也不敢撒谎。

"哦，还有那个！"小陈指着不远处的地上。

从门上移开视线，姜满春顺着小陈的指向低头看，地上盖着一条毛巾，底下微微凸起。

姜满春问："那是什么？"

小陈说："我觉得太古怪，就先盖住了。"

他弯腰掀开毛巾时，吴辛洁后退两步。那是一只雪白的鸽子，侧卧在地。

姜满春扭脸看了看门上的窟窿，又看了看地上的鸽子，然后蹲下来。吴辛洁忍不住凑近，不禁吃了一惊。

鸽子的两只爪子左右分开着，横着绑了一条黑色鞋带。另外还有一条黑鞋带，竖着，从白鸽的脖子连下来，与爪子上的鞋带接在一起，拧成一个扣。两条黑色鞋带组合的图案，一横短，一竖长，是"倒T"型。

黑色鞋带，配以雪白的鸽子，触目惊心。

吴辛洁颤声问："姜哥，这……怎么回事啊？"

姜满春用一根手指轻轻拨了一下鸽子，鸽子僵硬不动。

姜满春说："是有人给小爷叔发了信号。"

"什么信号？"

"这是在威胁呀。"姜满春语气凝重。

吴辛洁说："为了扔进来一只鸽子，就在门上挖个窟窿，谁会这么干？"

姜满春摇摇头："这种手法，我没见过，只能请小爷叔了。"

小陈忙问："要不要我找个塑料袋，把鸽子装起来？"

姜满春没答腔，又用手指拨了一下鸽子，咕哝道："怎么好像还有点热气？"

"啊？还没死？"

吴辛洁与小陈互视一眼，都有些不知所措。

姜满春直起身，说："不要乱动，我去叫小爷叔。"

十五分钟后，姜满春拽着沈牧的胳膊走来。沈牧穿着睡袍，很不情愿的样子。

吴辛洁从没见过沈牧刚睡醒的状态，浑身散发着起床气，睡袍下面露出小腿，光脚穿着拖鞋。

姜满春边走边说："小爷叔，别怪我吵醒你，人家都打上门了！"

"我生气的不是你破坏我的睡眠质量，是你身上怎么一股辣烘烘的臭味？"

"有吗？"姜满春急忙闻了闻自己，咧嘴一笑，"嘿，刚才干活溅了一身水，我直接套上衣服捂出了汗，产生化学反应。"

"你离我远点，眼睛都让你熏坏了。还有你——"沈牧指着吴辛洁说，"你这个瘟神体质，每次出事都有你在跟前。还有你，小陈，你也跟着他们发瘟！"

"先生，你快看看吧，门破了个洞，地上还有个死鸽子。"吴辛洁焦急地说。

沈牧扫了一圈，低头看了看鸽子，笑了："谁给我送了这么大的礼？"

吴辛洁问："先生，这是什么意思啊？"

沈牧哼了一声："有人要给我挖坟、立碑。"

姜满春连忙凑过来："怎么讲？"

沈牧皱了皱鼻子："一说给我挖坟，你这么兴奋？"

吴辛洁盯着鸽子催问："从哪儿看出来的？"

沈牧弯腰把鸽子捡了起来，握在手里晃了晃："看不出来吗？一横一竖，多形象啊。"

"噢，我懂了。"吴辛洁激动地说，"那一短横，代表了先生的骨灰盒，那一长竖，是先生的墓碑。"

沈牧斜睨吴辛洁："你的骨灰盒上顶这么高的墓碑？你以为这是贞节牌坊？"

"不对吗？"

沈牧一手握鸽子，一手指点着"倒T"型黑色鞋带："这条长的，表示棺材嘛，短的，才是墓碑。"

"咦，不太对吧——"吴辛洁认真分析道，"墓碑应该是竖起来的，可这个，明明是横过来的。"

"哎呀，你的笨蛋脑瓜终于有了一点灵气。"沈牧笑道。

"啊，我说对了？"

"人家传递的信号，就是这个意思：墓碑横倒，压在我的棺材脚上，其一，表示我会横死，其二，表示我永世不得翻身。"

"这么恶毒的诅咒！"吴辛洁惊讶地看着沈牧。

"你叫唤什么？"沈牧不屑道，"这是心理战术，如果一发咒我就死，我早死过八十回了。"

姜满春急着问："对方究竟是谁呀？"

沈牧说："急什么，乌龟总要伸出脑袋的。"一边说一边解开鞋带上的扣，然后从鸽子的脖颈和爪子上，把鞋带取下来，随手扔给吴辛洁。吴辛洁慌忙一抖落，扔给了姜满春。姜满春灵巧地扔给小陈。小陈捧着黑色鞋带，哆嗦着。

突然，沈牧手上的鸽子张开了翅膀，"扑棱"一声。

吴辛洁大惊失色。

鸽子快速扭了扭脖颈，两条腿痉挛几下，很快恢复正常，爪子在沈牧的掌心一按，借力而起，又是扑棱一声，直冲上天。

吴辛洁惊呆了。姜满春和小陈也是一脸愕然。

吴辛洁冷汗直流，颤声说："一解开黑色鞋带，鸽子就活了过来，这是解除了封印啊，真的是诅咒。"

沈牧扔了句："愚蠢。"

转身便走。

"哎，先生等等，你看——"

吴辛洁情急中抓住了沈牧的手，急忙松开，指着头顶上方。

鸽子直冲院子上空，盘旋一下，以为它会越过墙头飞走，却见它在飞翔中，原地一个折弯，接着是急速直落，然后嗖的一声，居然从门上的窟窿飞了出去。

姜满春说："这信鸽训练的，都成精了。知道我们收了信，这是自带回执的。"

沈牧已经走开了。

吴辛洁追上沈牧，"到底是不是解除封印啊？"

"满村哥——过来，用你身上的臭味把这个笨女人熏死算了！"

姜满春跑过来说："我明白了，鸽子是不是被'镇住了'？"

"嗯，这还像话。"沈牧说，"你给她开开窍。"

原理说起来并不复杂：鸽子的神经系统主要由脑和脊髓组成，鸽子的背上有一根神经线，贯穿尾骨，在骨尖的位置上，有个神经交叉点，在此点上敷一片冰晶，就是俗话说的"镇住了"。

鸽子全身僵硬，像死了一样。以前有人装神弄鬼，用这类魔术唬人说是神通显灵，以骗取钱财。

至于突然活过来，并不是什么解除封印，而是沈牧握着鸽子时，手上的温度融化了冰晶，鸽子的神经系统恢复，自然一飞冲天。

2

下午，蔡炳回来时，姜满春正带人修补那个窟窿。蔡炳当时就气炸了。

"谁他妈这么缺德，在大门上掏洞，财运全漏了！"蔡炳最看重财运，气得脸色铁青，"等着吧，我要知道是谁干的，我要在他肚子上挖个窟窿！"

走进沈牧的办公室，蔡炳还是不依不饶，他也是最近太郁闷了，因为徐家而起的一大堆烂事，让他憋着火，这一下子拱得上了头，索性骂个痛快。

沈牧说："饼叔，罢了，要不要喝点汽油去去火？"

蔡炳坐到椅子上，脸色慢慢恢复正常，叹口气说："唉，诸事不顺呀。"

"你那边还是没消息？"沈牧问。

蔡炳喝了口茶，捋捋头发，"上海魔术界专门研究变脸的圈子，曾经被邵疯子羞辱了一番，大概是七八年前，起因不清楚，邵疯子闹完后，就销声匿迹了。"

沈牧点点头："哦，他藏得深，也有避开圈流的意思。"

"是啊。"

"他收徐渊当徒弟，应该就在那时候吧？"

"前后差不了多久。我估计，邵疯子惹了圈流，独自跑江湖担心挨戳，身边需要人照应；另一方面，他也想留下自己的技艺，对抗圈流，就收了唯一的传人。"

沈牧沉吟片刻，说："这人再难找也得找。饼叔，你看今天这架势，徐渊又请了高手。"

蔡炳已经冷静下来，"我刚才听满春说了，那手法很邪乎。"

"破门术，又叫'蟒蛇钻山'。"沈牧说，"其实钻出一个碗口粗的孔洞，并不难，难的是，要达到形状浑圆、钻口光滑、边缘平整没有一丝裂纹。我今天也是第一次见，以前听孟团长提过，民间已经失传了。"

"徐渊还真能招募到硬手。"蔡炳试探地问，"这次有多大的胜算？"

沈牧摇摇头，"随机应变吧。人家敲了门，接下来玩什么花样，不好猜。"

蔡炳听出沈牧的语气中有些紧张，但并不是心虚，更不是惶惑，反而有一种未知的兴奋。但蔡炳可不喜欢"未知"。

在魔术这个行当，"未知"必须且只能留给观众，观众因"未知"而乐。作为魔术师，则要把每一秒、每一毫厘，捏在自己手上。

蔡炳莫名感觉到一阵巨大的压力袭来，这种感觉，以往他在沈牧的身边很少体验到。

蔡炳起身说："我一定要找到邵疯子，从他身上突破，解决徐渊。"

"辛苦了。"

蔡炳走到门口，忽然迟疑，停下步子。

沈牧抬头问："饼叔，还有事？"

"嗯……"蔡炳犹豫片刻，"啊，就是提醒你一句，不要太累了。"

沈牧点点头，目送蔡炳的身影离去。

蔡炳走到院子里，呼出一口气，转道来到后院的宿舍外面。吴辛洁正在门口晾晒衣物。

"饼叔，回来了。"吴辛洁招呼道。

"哦，辛洁，忙吗，我和你商量点事。"蔡炳走过去。

"蔡大总管，您言语。"吴辛洁摆了个清宫侍女的造型。

"别别，我这是正事。"蔡炳走近些，往周围扫了两眼，说，"我最近在找邵疯子，就是徐渊的师父。"

"嗯，我知道。"

"线索比较少，也很乱，为了保密，必须我自己跑去打听。可是这一行的人，警惕性很高，尤其牵扯到那些深藏不露的古怪人物……"

"饼叔，你是想让我帮忙打听吧？"吴辛洁问。

"辛洁就是聪明。"蔡炳竖起大拇指，"这事儿本来不该麻烦你，可有些情况，我实在是不方便，比如问个人吧，你给他钱，他反而生疑，甚至满嘴跑火车，专拣你爱听的说。还有的人，跟你推三阻四、云山雾罩。我呢，又不能随便亮明身份，更不能扯到咱们天彩魔术团，难啊。"

"了解了解。"吴辛洁笑着说，"有些事，女人问比较容易得到答案。"

"不是普通女人，大美女才管用的。"蔡炳呲牙一笑。

"饼叔客气了。"吴辛洁说，"我正好也闲着。"

蔡炳压低嗓音："这事不要告诉大牧，他不会同意把你扯进来。"

"嗯，什么时候出发、去什么地方，你一句话。"

"好，等我安排差不多了，再请你出面进行最关键的询问。"蔡炳加重语气，"辛洁，做这件事要特别小心，如果徐渊知道你在找他师父，肯定要坏事。"

"放心吧，这就是个特工的角色，我有分寸。"吴辛洁说。

"你这么理解就对了。"

静安区南京西路上的新欧宾馆，楼高十六层，"山羊胡"站在1606房间的窗前，望着远处的静安寺。一阵悠长的钟声隐约传来，是静安寺的和平钟，据说重量超过七吨，乃是青铜浇铸而成，钟声浑厚绵长。

"山羊胡"右手端着保温杯，喝了一口，返身坐到沙发上。

虎子和小勇侍立两旁。小勇说："昆叔，蟒蛇钻山已经过去三天了，是不是该行动了？"

"山羊胡"眯缝着眼睛，"嗯，是该请沈牧来玩玩了。"

虎子与小勇互视一眼，都有些兴奋。

"虎子呀。"

"哎，昆叔。"高个子的虎子弯下腰来。

"你去告诉欧总一声，这新欧宾馆的十六层，就从今晚起，不准客人和工作人员上来。"

虎子说："没问题，上次给欧总打过招呼了，啥时候用，啥时候封层。"

小勇说："客人是能挡住，就怕那些服务员、清洁工，有通知不到的……"

虎子说："管他呐，后果自负，是吧，昆叔？"

"山羊胡"继续吩咐道："小勇，你去田子坊卖鸽子吧。"

"是。"

"你别怕沈牧认出你。十年了，你也不是当年那个愣头青了。"

虎子、小勇各自领命而去。

第二天下午四点多钟，小陈匆匆走进天彩魔术团的大门。门上的窟窿已经修补好，严丝合缝，只是木料的颜色做不到那种古旧，却也非常接近了。

小陈径直跑到沈牧的办公室，气喘吁吁地说："先生，我刚才出去的时候，看到弄堂里有人卖鸽子。"

沈牧抬眼瞥他一下，没搭理。

小陈指手画脚地说："白鸽子很像那天装死的……还有，黑色鞋带。"

沈牧放下手里的文件夹，牵了牵嘴角："乌龟伸出脑袋了，等了三四天了。"

"我带您去看。"

沈牧从办公桌后面站起身，"你不用去，告诉我地方就行。"

小陈急道："先生一个人危险，要不让饼叔和姜哥回来照应您？"

"大家都有事在忙。"沈牧一边走一边嘱咐，"最近是你一个人守家，别怕，那帮下三滥就算把大门拆了，也不敢踏入院子半步！"

沈牧到演练房换了一件衣服，出了魔术团，穿过弄堂，看到一个"美甲沙龙"的招牌下面围了一圈人。他不露声色地站定，朝里面望去。

一个戴着鸭舌帽的男子，手上提着鸽笼。笼子是铝合金的，普通的四方形，网格宽大，里面的鸽子雪白，引人注目。笼门上系着两根黑色鞋带。

"卖鸽子啊，十块钱。"小勇吆喝着。

围观者议论纷纷。有个上海老克勒挤在人群中，约莫六十多岁，一身行头很有派头，外国牌子的笔挺西装，外国牌子的锃亮皮鞋，看来刚从对面咖啡馆出来，手上端着一杯无糖黑咖啡，冒着热气。

老克勒咕哝："这么便宜，没人买？"

旁边的中年男子一撇嘴："你敢吗？"

"侬勿要吓唬人好勿啦，吾啥个没见过，哎，不信邪的。"说着，从口袋里抽出一张崭新的十元钞票，"来来，拿鸽子。"

小勇接过钞票，塞到腰上系的钱包里，都快塞不下了。然后他解开笼门上的鞋带，伸手去捉鸽子。

老克勒顾不得喝咖啡，与其他人一起凝神看着。

小勇抓住鸽子，手臂往外一抽，鸽子咕咕叫了两声。小勇的手已经举到老克勒面前。

"老先生，你的货。"

说着，小勇张开手，众人嗡的一声惊呼。老克勒肩膀一抖，呆住了。

小勇手上竟是个鸽子骨架！

围观人群中有的已经见过，仍然感到震惊，交头接耳，全是不可思议的表情。

沈牧看了全过程。就在那人一抓一收之间，活生生的鸽子，在手上变成了一副鸟骨。老克勒显然受到惊吓，后退时，手上的咖啡溅出来，险些洒到沈牧衣服上。沈牧侧身让开，老克勒咕哝一声"触霉头"，跟跄着走了。

小勇手握鸟骨送入笼子，抽回手时，笼中分明是那只白鸽。群众又发出惊呼。

小勇忽然用一块黑布罩住鸽笼，说了句："到此为止。"

有人嚷："赚钱这么容易，急啥要走？"

"是的呀，就这么一抓一收，一天搞二三十次，净赚二三百块。"

小勇没理会，提起笼子离去。

沈牧在后面不紧不慢地跟着。小勇走走停停，傍晚时分，到了新欧宾馆门外。小勇快步上了台阶，一闪身消失在玻璃转门里。

沈牧走进大堂，四下张望，见电梯口和楼梯拐角各有一个告示牌，上面写着：本宾馆第十六层，正在封闭维护，禁止入内。

沈牧淡淡一笑，步入电梯，摁了"16"，同时看到角落放着一个黑色皮革包。

电梯开始上升。那个包鼓鼓囊囊的，不知装了什么东西，包的底边有液体渗出。

沈牧站着没动，直等电梯升到十六层，叮的一声，门缓缓敞开。

外面站着一个人，身高和沈牧差不多，戴着鸭舌帽，右手挂一根拐杖，身子倾斜着；左胳膊缠着绷带，明显少了半截手臂，绷带上沾着的血还在滴滴答答。

此人正是虎子。

他用拐杖顶住电梯门，朝皮包努了努嘴，用公鸭嗓说："帮我递一下。"

沈牧突然出脚，踢到皮包上，嘭一声，皮包晃了晃，拉链开了，但没动地方。

却见外面那人猛地摔倒，似乎沈牧踢到了他的身体，闷哼一声，断臂的绷带上渗出更多血。

他趴在地上，右手的拐杖仍然顶着电梯门。

"把包……给我。"

沈牧的第二脚踢去，包里忽然伸出个东西，一把抓住了沈牧的脚。

是半截手臂！

沈牧稍一愣神，电梯口的虎子往前一滚，右手的拐杖，已然变成一把电锯，锯齿上还带着血丝，仿佛是他自己把手臂锯掉了，而那半截手臂，正从皮包里伸出来，抓着沈牧的脚。

电锯活人，本是魔术的常见节目，把人装进箱子锯成几块，箱子分离，头和四肢各自活动，表演结束时残肢断体复原。

但电梯口的一幕，已经超出了源流，可以说是此魔术的变种——沈牧脚上的半截手臂，确实是活人手，这只手每动一下，门口那人身上的半截胳膊，相应而动，仿佛两根断开的胳膊中间，有无形之物，透过空间连接在一起。

沈牧的脚甩了几下，没甩开。虎子猛地一拱，便到了他身边，随即响起一阵"嗞嗞嗡嗡"声，电锯启动，朝沈牧的另一只脚砍去。沈牧后退，电梯内空间狭窄，他的后背顶住墙面，袖口倏地滚出一个圆溜溜的东西。

沈牧拿着此物，迎着电锯撞去。

是一枚鸡蛋。

鸡蛋碰到"嗞嗞"啸叫的电锯，与震颤的锯齿稍微一触，"噗"的一下，蛋壳碎裂，蛋黄、蛋清泼溅开，甩向虎子的脸。虎子急忙避过，就在刹那间，虎子觉得有风扑来，一大团羽毛扑撞到脸上，仿佛被一个硕大的鸡毛掸子狠狠打了一下，竟是一只公鸡！

公鸡扑腾在虎子的脑袋上。虎子眼前一花，什么都看不清，手上的电锯疯狂摆动，在电梯墙面撞出火星，发出尖利的啸叫声——

吱吱，嗞——嗞！

沈牧被逼到死角，避开电锯的同时，他从怀中抽出一把折扇，弯腰对准脚上那只手，用力一敲。扇骨打在其无名指上，那手一抖，往皮包里缩一下，随即从包里腾起一团浓雾。雾气遮掩，虎子身影一晃，站起时，手臂已经完好——似乎他刚把断臂接上了。

一切发生得太快，不到二十秒，沈牧已经摆脱束缚，而虎子双手齐备，右手仍然拎着电锯，左手揪住脸上的公鸡，拼命一扯，公鸡的利爪在虎子脸上划了三道，被虎子甩到空中，接着举起电锯，嗞嗡一声，公鸡嗷地发出半声，拦腰断了。鸡血在电梯内喷溅，鸡毛四散飞扬。

沈牧已经出了电梯。

虎子脸上的鸡爪印火辣辣痛，怒号着冲来，嗡嗡响的电锯抡向沈牧的手——誓要砍断神之手！

走廊入口处忽然传来嘶哑的声音："虎子，莫要躁动。"

虎子的脚步一顿，狂怒之气收敛了。

那声音继续在头顶回荡："沈牧，你还真敢来。"

沈牧冷笑："我要是不来，那不扫了你们这帮家伙的雅兴吗？"

走廊里的灯光倏地熄灭了，四周沉浸在一片昏暗的氛围中。虎子猛地把电锯砸向沈牧，沈牧用扇子挡了一下，电锯从虎子的手中脱出，却没有落下，而是晃晃悠悠地飘浮起来，如一架遥控飞机，发出尖啸声，绕着沈牧的脑袋飞旋。

这个魔术是从西洋传入中国，所谓"达摩克利斯之剑"，只是把寒光闪闪的利剑，换作了嗞嗞震颤的电锯，给人带来更大的恐慌，不知它什么时候落到头上。

沈牧抬头看着电锯旋转的方位，待其斜过来，锯柄朝北、锯尖朝南时，沈牧从手指间弹出一颗黄豆大的钢珠。

"铛"的一声响，钢珠撞上锯尖后，反弹下来，角度正对着虎子。虎子听到嗖的一声，还没反应过来，只觉脑门一阵剧痛，钢珠狠狠打在额头上，生生撞出一个黄豆大的坑。饶是他的头骨够硬，钢珠也差点儿嵌入骨中。

虎子"啊呀"一声喊，摔倒在地。

沈牧没容他喘息，疾步上前……

突然，"唰"的一下，一道强烈耀眼的光柱从走廊对面射来。

聚光灯不仅制造出一个诡异的氛围，同时分散了沈牧的注意力，这一手法，通常是在大型户外魔术中，用来干扰观众的，把观众的视线集中到魔术师预设的位置，魔术师则趁虚变掉某个大物件。

此刻，灯光将沈牧的身体打出一个剪影。沈牧展开折扇，在眼前遮了一下，扭脸一看，虎子已在原地消失。与此同时，头顶飞旋的电锯朝沈牧砍来。

沈牧往前一纵，避开电锯，眼前却出现一块巨大的幕布。沈牧再无躲闪余地，迎面撞了进去。

幕布沾身即卷，仿佛有了生命，将沈牧裹缠。幕布后面，矮个子小勇敏捷地跳出来，身穿运动装，一脸怪笑，引导电锯砍向幕布里的沈牧。沈牧的身形在幕布里扭动，脑袋和肩膀的形状很明显。空中飞旋的电锯，便朝那里砍去。

小勇侧耳等着沈牧发出惨叫，自己却"哎哟"一声，被一股大力拽住。

沈牧的手穿透幕布，把小勇拉了进去。幕布里剧烈摆动，从外边只能看到两个人形，纠缠扭打。头顶的电锯急忙止住，继续绕着幕布飞旋。

不一会，矮个子从幕布里挣脱出来，运动装的领子和袖口撕破了，慌忙躲到幕布背面的阴影里。

电锯立刻朝幕布里的沈牧砍去。

却听一阵尖叫："……昆叔，是我！小勇！"

电锯的速度很快，勉强停住了。幕布背面的沈牧挺直身体，手指上飞出一道金属亮光，那操纵电锯的六根丝线全部断裂，失控的电锯坠下。

小勇怪叫："啊——"

电锯落下后，无法收势，挟着巨大的惯性翻滚着，哐当一声震响，撞到了地板，弹起来，带着嗡嗡声撞到墙上，继续弹动、撞击、翻滚。四处迸射的火星，伴随着嗞嗞呜呜声，最后一连串嘭嗵声，电锯摔到十几米外，手柄破裂，锂电池掉到地上，冒起淡淡的烟雾。

小勇从幕布里爬出来，光着上身，左耳被电锯削掉了半个，用手捂着。电锯还在他肩膀上给了一下子，所幸躲避及时，伤口不深。

"沈牧，我他妈弄死你！"小勇叫着。

"你们背后的老龟该出来了吧？"沈牧从自己身上脱掉小勇的衣服，一步步走过来。

小勇往后退。

沈牧将衣服扔过去。小勇很机警，生怕衣服套在他头上，于是侧身接住衣服。立刻感觉不妙，那衣服竟像活了似的，手一挨上，便扑啦一声翻卷，牢牢吸附到身上。

沈牧冷笑："你们会玩'吕洞宾卷饼'，我就不会玩吗？"

小勇拼命挣扎，衣服越勒越紧，加之耳朵和肩膀疼痛难忍，便朝走廊里喊："昆叔，救命！"

此时聚光灯已经熄灭，走廊顶棚的灯泡忽明忽暗，透过昏暗的光线，沈牧看到1606房间外面的墙上，挂着一把剑。接着，有一只手从墙壁里伸出来，握住了剑柄，然后整个人穿墙而出。

此人五十来岁，下巴一撮山羊胡，身穿紫色对襟衣，戴着圆眼镜，镜片在昏蒙的灯下闪烁。

沈牧笑道："乌龟出洞了。"

"山羊胡"提剑走来。沈牧做好应对准备。"山羊胡"却径直走到小勇身旁。

小勇哭求："昆叔，快救我呀。"

"废物，要你何用！"

"山羊胡"突然抽出剑，明晃晃的剑锋砍向小勇。

小勇惨叫一声，栽倒在地，脖子喷出血，涌起数尺，泼洒于地，漫涌开来。沈牧向后退了两步。"山羊胡"又是一剑刺下，直入小勇的胸口，松开手，剑就插在小勇胸前，微微颤动。

"山羊胡"看也不看，转过身，手指往地上一弹，只听"呼"一声响，血中起火，火焰迅即燃起，在沈牧和"山羊胡"之间，形成一片血火。

火焰并不高，约莫半米左右，整齐地铺开，如同一片热烈舞动的红色花丛。

"山羊胡"双掌相击，拍了两声，然后伸手到空中，喝了声："来！"

虚空一抓，掌中便握了满满的莲子，一甩手扔到火里。

沈牧一边把玩着折扇，一边看着"山羊胡"的表演。

莲子投入火海的一片声音，如雨落芭蕉。很快，一连串低微而清脆的响声传来，噼噼剥剥。紧跟着，朵朵莲花绽然而起，有花、有茎，一株株矗立于火海之中，摇曳生姿。每一朵莲花，似乎都因为过于饱满而微微低垂。

"'血火生莲，'"沈牧淡淡一笑，"原始版本只是一个火盆，名为'火中生莲'，你改了个'血'字，铺了一地，够变态啊。"

二十六朵莲花盛开于血火，诡异眩目。再看"山羊胡"，顿足向上一跳，竟然跃到了血火上，脚下踩着莲花，朝沈牧走来，并且边走边踢。

这一招出乎意料，沈牧正要寻找躲避处，猛然间一阵嗖嗖风声，七八个金属锐物破空而来，它们原本嵌在莲花的花蕊里，被"山羊胡"踢出来变作凶器。

沈牧紧急打开折扇，嘭嘭声不绝于耳，沈牧根据扇面的破裂声，施展神之手，挨个儿弹落了凶器，原来是一些纽扣状的金属薄片。

"山羊胡"知道沈牧的手快，却没想到能达到这种程度。他又抬起一脚，踢向最大的一朵莲花，凶器直朝沈牧的脑袋飞来。

嗖——

沈牧正欲避其锋芒，却见小勇从地上跃起，从胸口拔出剑，朝沈牧冲来。

与此同时，消失半天的虎子，从另一边扑来，神态扭曲狰狞，恨不得咬死沈牧。

沈牧已无退路。

5

在走廊陷入前后夹击的沈牧，左右也被封死。

"山羊胡"踢来的凶器正朝他的脑袋飞来，那是一个圆形的金属薄片，大小似一元硬币，速度极快，沈牧的扇子是挡不住的。他的手一摆，扇子变成了一面镜子。

镜子造型古典，半尺长的手柄，铜质镶金，镜面磨得极为光亮，泛着异样的光泽，似乎在铜镜的表面又涂了一层水银。镜子的背面却是凹凸不平，看似凌乱的起伏面，有规律地分布着十二颗铜斑。

说时迟、那时快，凶器金属薄片已经到了。

沈牧抬起镜子，用背面挡了一下。只听噔的一声，金属薄片并没有弹开，也没有落地，而是吸附在铜镜背面，如陀螺般旋转，更像是一个高速转动的电钻。

沈牧略微摆动手腕，调整角度。

五六秒间，那高速转动的金属薄片，仿佛竟然钻透了镜子，直接穿过镜面，飞了出去——

噗！

金属片正中虎子脑门，扎到额头的位置，正是额骨上那个"坑"。薄片之刃，挟着巨大的冲力，嵌入皮骨。虎子的脑门受到二次痛击，他"啊呀"一声怪叫，仰翻在地。

与此同时，沈牧再把镜子一翻，以光洁的镜面为反光点，把走廊顶棚的灯光引到镜面，折射出去。

光线折射到小勇手中的宝剑上，明晃晃的剑锋受了光，再次折射，打在小勇的脑袋侧面。此前被电锯削掉半个耳朵的伤口，仿佛受到激光所击，小勇发出了开水烫猪般的惨叫声，扑倒在地。宝剑脱手而出。其实那不是烫，而是异样的冰凉，只不过血肉未愈的伤口，已经无法辨别是滚烫还是冰冷，人的情绪在躁动不安时，身体的五大基本感觉，已然紊乱。

须臾间就干翻了两个恶徒。沈牧的手上摆弄着镜子，朝对面的"山羊胡"说："自作孽，不可活。"

"山羊胡"已经退到血火后面，站在走廊，眼见虎子、小勇连番栽倒，他忽然弯腰，朝地上抓去。他抓的位置，正处于血火边缘，仿佛那里有个平铺的东西。

等他抓起时，眼前的一片血火，已经变成一大块暗红色的地毯，上面依然插着二十六个荷梗。

"山羊胡"抓着地毯边角，猛地一抖，喝了声："万箭穿心！"

地毯如波浪一般，一个剧烈起伏，那二十六个荷梗从地毯上飞起，变成利箭，射向沈牧。

沈牧拿起镜子，只听嘭的一声响，镜子变成了一把伞，伞面绽开，将他全身笼罩住。他在伞下旋转手柄，那一片箭雨撞上去，在走廊里四处乱飞，噼里啪啦落了一地。

沈牧收了伞，抬头看，走廊空无一人，地上只有一块毯子。

沈牧回头扫视，那两个恶徒也消失了。沈牧转过身，略作沉吟，便朝1606房间走去。

在门旁的墙壁前，他摸了摸墙面，有个微微晃动的斜角，向内侧凹了约30度，由于墙壁的影子掩饰，外观看不出来。那是做了隔层，也就是所谓"崂山遁墙术"的惯用手法，只不过"山羊胡"做得更巧妙。

沈牧觉得，自己应该见过"山羊胡"，以前可能结了怨，但一时想不起来。

以"山羊胡"为首的这伙邪门魔术帮，铁了心要灭掉沈牧，从手法、排场来看，仅仅因为受雇于徐渊就这么拼命，情理上讲不通。再者说，这伙人的本事，如果只是来赚取悬赏金额的，实在小看他们了，特别是那个称作"昆叔"的头目。

他们的魔术十分邪门，平时必然是以祸害别人来提升手段，掠夺利益。就拿这个宾馆来说，第十六层封闭，专门给他们折腾，不仅监控失灵，之前他们大肆改造设施、安置道具，宾馆必然给予了配合。

此处应该是这伙人的一个贼巢。

沈牧在1606房间外试探了一下，里面没人。他进入了房间。

这是个套房，外间的电视、沙发、茶几一应俱全；落地窗外，上海的夜景尽收眼底。房子的里间门虚掩着，静悄悄的。

沈牧习惯沿着靠墙位置前行，不往地板中间走，因为顶棚的灯具容易做手脚。

他把刚才的那把伞拿在手上。这是八角伞，撑开后，可以笼罩住一个人，合起时，细如手杖。他用伞尖戳着墙面、敲打地板，溜边走了一圈，外间并无异样。

沈牧缓步朝里间走去。

这时，十六层走廊外面，另一部电梯打开了，一名服务员走出来。

她今晚值班，从宾馆后门进来，由于人员疏忽，关于十六层封闭的通知没有传达给她。她在十五层待到九点多钟，发现有一部电梯卡在十六楼，半天没动静，顺便上来看看。

这姑娘信步走到故障电梯前，往里瞥了一眼，霎时惊呆了。电梯里有只公鸡成了两半，一团鸡毛鸡血，地上隐约有蛋壳碎片。

这里发生了什么？

难道是……公鸡下了蛋，破坏了自然法则，触犯天条，被雷劈成了两半？！

除了这个理由，找不出更合理的解释。

服务员踉跄着转过身，眼前赫然出现了一高一矮两个人。矮个子的耳朵流着血，左边的肩膀缩着；高个子的额头上嵌了个圆形金属片，脸上三道鸡爪印。

服务员想喊却喊不出，连滚带爬地跑了。她失去方向感，冲进走廊后，发现1606房间开着门，还有灯光，便一头闯进去。

她发出喑哑的哭声："救……救命……"

沈牧正在里间察看，床下和柜子里什么都没有。这时，他听到外间有动静，连忙出来。

那服务员看到沈牧，刚要呼喊，却听头顶传来异样声响。

服务员抬起脸，还没看清是什么，便觉得一团巨大的影子掼压下来。

沈牧的反应何等机敏，饶是如此，他也几乎来不及。

从头顶上方掉落下来的，竟是一大块天花板！

天花板是正圆形，原本是严丝合缝地嵌在顶棚中间，直径1.5米，从外观看，极为光滑，周围墙面没有一丝裂纹。

此物猛地直坠而下。一股风从楼顶扑入，突然出现的圆洞如一口井，可望见夜空上的几点星光。

磨盘一般的物体坠落，沈牧的反应不到一秒钟。他猛然将服务员推出窗户，自己也跳出去抱住服务员的腰,另一手打开伞。

就在跃出窗户的同时,几乎能感觉到天花板在他身后,擦过脊背,然后那巨大的水泥圆块砸落到地板上,发出轰然震响。

隆!!!

整座宾馆也颤了三颤。

沈牧打开的伞,使下降速度稍微缓和,同时,他不断伸脚,顺势踢一下墙面,借助反弹力,身体做出横向的短暂波浪状,两人以"Z"字形下落。

那服务员坠窗时,吓昏了。中途醒了一下,看到自己在沈牧怀中,又晕了。

快要落地时,沈牧看着宾馆前的喷泉池,借助风力,最后摆一下,距离池水半米高度,将服务员丢进去,哗啦一声响,四周一片惊呼,跟着是掌声。

门口的保安急忙跳到池子里,扶起那姑娘。

一群人举着手机到处扫视,沈牧已是无影无踪。

服务员哑声问:"那个人呢?"

"不知道啊,风吹跑了?"保安抬头四望。

绚丽的灯光在南京西路上营造出美轮美奂的夜景。漫步前行,在闪烁的霓虹深处,间或映现出静谧的老建筑。极目之处,可以看到静安寺的庙宇,在高楼大厦之间,凸显金碧辉煌的气势。

夜上海,东方不夜城。

街头的时尚男女,如过江之鲫,与街上流动的车影交织起来。

沉浸在美好意境中的人们不会知道,身旁正有三条恶影穿梭而过。

他们脚步匆匆,如三条刚刚遭受了鞭打的狼,浑身弥漫着血腥气。谁在前面走得慢,挡了他们的路,他们懒得绕行或者等待,冷不防施以暗手,不断有路人突然倒卧。

"山羊胡"的胡须在风中拂动,略有些凌乱,眼镜上沾了几滴红色液体。虎子和小勇戴着兜帽。虎子额头的金属片嵌入皮骨太深,脸上的鸡爪印难受异常;小勇的半只残耳虽然不再流血,却是又痛又麻,肩膀也不敢乱晃。

虎子的公鸭嗓发出声音:"昆叔,这次是俺兄弟俩没弄好。"

"山羊胡"嘶声说:"是沈牧的手段太强。"

变魔术需要高度专注，达到身心合一，必然消耗心力、体力。今晚几场恶斗已经超出普通魔术范畴，刀光剑影、血火无情，大家都很疲惫。

小勇说："俺们要缓气，那沈牧也要缓气。"

"山羊胡"说："莫急，明天再给他摆一阵。"

虎子发狠道："俺们兄弟一定豁出命配合。"

小勇一边走，一边回头张望，忽然尖声说："追来了！"

"山羊胡"冷哼一声："慌啥？！"

虎子说："看来沈牧不想让咱们等到天亮！"

小勇问："昆叔，拼不拼？"

"山羊胡"说："稳住，这里人多眼杂，打起来不好。"

小勇说："对，刚在新欧宾馆闹了大动静，距离太近了。"

"山羊胡"吩咐："往吴江路走。"

三人加快步伐，一头扎进人群密集处，身影若隐若现。

沈牧也很累，但今晚不能放过那三人，否则后患无穷。眼看他们过了马路，去往吴江路的方向，沈牧疾步前行，距离那伙人越来越近，可以清晰地看到背影。沈牧深吸一口气，准备直击"山羊胡"，擒贼先擒王。

忽然，眼前晃过一片影子。沈牧一皱眉头，再抬眼时，街头的一群人中间，突然有十几个人，全部变成了一种模样——

都是六十多岁，一身行头很有派，笔挺的灰色西装，锃亮的皮鞋。

沈牧心念一动，立刻想到了一个人：在田子坊围观买鸽子的上海老克勒！

眼前的人群中走出一人，问道："侬去哪里呀？"

接着，所有的老克勒围过来，问："侬去哪里呀？"

沈牧的目光如电，掠过人群——其中只有一人是真的。这套手法，源自东汉时的左慈。据《后汉书》记载，左慈因为遭到了曹操的嫉恨，亡命天涯，曹操手下的一名将军在市集上遇到左慈，正要抓捕，市集上的人突然一下子全部变成左慈的模样，真正的左慈逃走了。

此刻这一幕，显然是老克勒在掩护"山羊胡"三人。沈牧居然没辨出田子坊的老克勒是魔术高手，但也无妨，他的目光牢牢地锁住了一个老克勒，劈手抓去：

"老猴子，拔一根毫毛变这么多！"

对方见自己被识破了，遂一扭身，手上多了一杯咖啡，热气缭绕间，他慢条斯理地喝了一口，掏出手绢擦了擦嘴角。

沈牧问:"你是哪家的老猴子?"

对方并不答腔,很有派头地一笑,突然抬起咖啡杯,朝沈牧泼来。沈牧侧身避了一下,但泼出来的并不是咖啡,而是一片沙粒,唰的一声落在沈牧衣服上。

老克勒又把杯子抖晃一下,又是一片沙粒。

如此数次,一次比一次泼出来的多,到第六次时,竟有了铺天盖地的势头。

这种"搬运法"相当了得,一个小小的咖啡杯,不知道能搬来多少沙子。

沈牧能够确认,此人并不属于"山羊胡"一伙,路子及手法完全不同。虽然两种套路都讲排场,但"山羊胡"的魔术过于深暗,而此人的魔术则颇有声威。

另外,从"山羊胡"一伙逃走的状态推测,他们事先并不知道此人会出现。此人是有自己的预谋,在田子坊装作买鸽子,就是在试探沈牧,以及"山羊胡"一伙,之后跟踪尾随,权衡自己的出场时机,然后从天而降。

沈牧踩着一地沙子,朝老克勒冲去。老克勒甩来最后一片沙子。

然后,他手中出现了一根高尔夫球杆。沈牧以为他要用球杆打人,老克勒却以潇洒的步履,走到路口的消防栓前,瘦削笔挺的身躯,以腰部为轴,旋转出优美的姿态,双手挥杆,猛击消防栓。

嘣!

一下,两下,三下。

嗡——

一股白亮的水柱冲天而起,高度达三米,映着四周的霓虹灯,流光溢彩。

水柱在空中散开,迅即泼洒下来,漫过一地沙子。转眼之间,沈牧的脚下,变得犹如泥潭一般。

吴江路与南京西路的路口,竟出现了一片沼泽!

沈牧可谓是泥足深陷、难以自拔。他低头看见自己的脚腕已经没入了泥沙。

"'旱地流沙'。你是北派的?"沈牧说。

"小赤佬,有眼光的。"老克勒手中的球杆又变成了杯子,他喝了口咖啡,掏出手绢擦了擦嘴角。

"看来你是何峰的师父了。"

"吾就是'洋葱皮'。哼,侬把阿峰扔到下水井,今朝让侬陷进泥巴地!"

沈牧笑了:"自己跑来送人头的废物徒弟,是因为有个废物师父。"

"侬勿要瞎讲,侬已经被'旱地流沙'困住,让侬变成一堆混凝土。"

这时,已经跑到远处的"山羊胡"三人,停下了步子。

小勇踮着脚尖朝这边张望,"昆叔,那人像是田子坊买鸽子的老头。"

"什么来路?"

"不晓得。"小勇瞪眼瞅着街口,"可是来了帮手?"

"山羊胡"没吭声,仔细观察着。

小勇问:"会不会是徐少爷派来的?"

"山羊胡"摇摇头:"徐家不会突然派个帮手,看来是哪位江湖朋友看不过眼了。"

一旁的虎子咕哝着:"凭空多了个人……那徐家的悬红,咋分?"

"哥,你还提钱?"小勇气急败坏地嚷,"灭了沈牧报仇最要紧!"

"对对,昆叔,你说咋办?"

"看来老天爷也要弄沈牧,机不可失啊。""山羊胡"摸了摸胡子,一挥手:"上!"

小勇狞笑:"沈牧这兔崽子恶贯满盈,看来今晚气数就到头了。"

虎子叫嚣道:"俺们就是替天行道!"

三人裹挟着一团冲天怨气,返身杀回来,准备捡人头、拾便宜。

沈牧看到远处的三个家伙跑了回来,嘴角一勾。

"洋葱皮"的三角眼眨了眨,问:"侬笑啥个?"

"笑你这个老鼠洞里待久了的东西,还敢在我面前玩潇洒。"

"侬……"

"北派的'搬运法'是很高明,'旱地流沙'也厉害,可惜你不懂常识啊,朽木脑袋只会僵化运用。"沈牧傲然一笑,双脚走出泥沙的同时,脚尖往前一扫,一片沙子扑打在"洋葱皮"身上,扑了"洋葱皮"一嘴。

"洋葱皮""呸呸"吐着沙子,边咳边问:"小赤佬,侬怎么破的?"

"这还用破吗?"沈牧笑道,"消防栓里长期存着水,为防管道生锈,特别加了工业碱。你的'蒺藜沙'遇清水调和,立时可变得黏稠,犹如泥沼沙泽,可是水中有工业碱,换来的不过是遍地垃圾。"

"洋葱皮"愣住了。

"即便你原来不了解,刚才有一滴沾上舌尖,也该尝得出来。糟老头子少喝点咖啡吧,凭你教出的徒弟,难怪是一堆猫屎!"

"侬……"

沈牧手臂陡然一翻，风衣的衣襟甩起，如暗夜降临之神，以身后巨大的霓虹光照为背景，双手猛然往前推去。

他的手上飞出一个旋转的琉丝环，仿佛风轮一般，卷起一股力量，并借助消防栓喷出的水力，一地泥沙如波浪般浮动，街头惊现沙涌，扑打向"洋葱皮"。

刚刚跑过来的"山羊胡"慌忙止住脚步，大喊："退！"

沙阵狠狠撞倒了"洋葱皮"，波及"山羊胡"三人。满地泥沙翻滚着，四人狼狈爬起来，撒腿就跑。不料脚下的沙粒特别滑，跑出几步，便被惯性甩起，屁股猛坐到地上。

一时"哎呀""哟哟"声不绝于耳。

四周的围观者组成一个很大的圈子，空出中间一大块地，看他们表演。

"这是行为艺术吧？"

"不对不对，这是街头实景魔术。"

"啊，玩得太溜了吧……"

"刺激……"

"山羊胡"跳起身，嘶喊："走人！"

小勇问："往哪儿走？"

"跟着江湖朋友——""山羊胡"一指"洋葱皮"。

老克勒"洋葱皮"的腿脚一点不输年轻人，已经跑到了十几米开外。三人急忙跟上去。沈牧继续追击。

"洋葱皮"冲进吴江路，这是上海唯一的人车分流的双层休闲街，广场上的欢声笑语伴随着悠扬的音乐。

"洋葱皮"一马当先，直奔地铁站而去。吴江路站是地铁2号、12号、13号线的集中枢纽。快到末班时刻了，地铁站都是着急等车的人。

一进地铁站，沈牧的警觉心更强了。常言道"穷寇莫追"，何况前边可不是一般的穷寇，他们已经合成一股，目前看来是以"洋葱皮"为首。"洋葱皮"看似脚步仓皇，其实更像是引诱沈牧进入圈套，这个套路，"洋葱皮"的徒弟何峰，在田子坊的弄堂里耍过。

前边的"洋葱皮"与"山羊胡"两人不知嘀咕了什么，"山羊胡"忽然脚步一顿，转过身来，虎子和小勇立刻跟上，张牙舞爪朝沈牧冲来。

三人围着沈牧，并不直接对抗，只是干扰沈牧的步伐。双方都不便有太大的动作，以免引起站内监控的注意。沈牧明白，"山羊胡"是在帮"洋葱皮"拖延时间。

"山羊胡"往沈牧脚边扔了七八个珠子，蹦蹦跳跳的，这东西弹性很好，表皮很薄，有点像鱼肝油，踩破后散发出一股难闻的气味，很快消散，不留痕迹，目的就是缠住沈牧。

"山羊胡"嘶声问："沈牧，你还认不认得爷们？"

"你们这三个下三滥，需要我认识吗？"

小勇咬着牙根说："姓沈的，给你提个醒，俺们十年前在外滩摆摊创业……"

沈牧笑了："哦，原来是'仙指玲珑瓜'的诈骗犯，这么多年都没被雷劈死？"

沈牧冷不防一脚踹翻了小勇。虎子急忙一退。"山羊胡"扭脸往站台扫一眼，"洋葱皮"的身影已经消失。

"山羊胡"做个了手势，虎子拉起小勇一起跑开了。

沈牧拔腿追向站台。不一会，"山羊胡"三人不见了踪影。沈牧再一扭脸，忽然看见斜对面，"洋葱皮"的身影出现了，居然跑过了黄色安全线，跳到了站台下面的轨道上。

候车的人们一阵惊呼。由于给地铁提供动力的接触轨道携带高压电，虽然覆盖了木板，但稍有不慎仍会触电。

沈牧看了看轨道远方，列车连影都没有，这时候"洋葱皮"想干什么？

沈牧并不打算理会。

可是他突然又发现一名乘客跟着跳下了站台，心中不禁一凛：难道"洋葱皮"在诱导无辜群众自杀？此人竟已邪恶到这种程度？

沈牧朝那名乘客跳下的地方走去。此时"洋葱皮"的背影已经消失在对面。沈牧又看一眼轨道远方，并没有列车的踪影，行车道内却有一股风。

沈牧在视觉上有一种迷离的观感，像是疲累时的困倦茫然，这感觉持续时间极短。随之而来的，是站台顶部镶嵌的白色灯光在闪动，放眼望去，圆形小灯和长方形灯管交替闪烁，节律忽长忽短。大理石地板反射灯光，整个空间出现了涟漪状的曲折感，仿佛空气中掠过一片薄薄的水波样痕迹，营造瞬间的朦胧感。

那名乘客踩着轨道，失了魂一般，晃悠悠往对面走，似在追随消失的"洋葱皮"。

沈牧从站台跳到轨道上，两三步冲上去，伸手拍在乘客的肩膀上。

乘客转身的同时，沈牧顿觉不妙，转过来的那张脸，正是"洋葱皮"。原来"洋葱皮"与"山羊胡"换了装束，"山羊胡"假扮"洋葱皮"，背影从轨道上消失，吸引沈牧的注意，而真正的"洋葱皮"，则装作失魂落魄的乘客，诱使沈牧来救。

"洋葱皮"呲牙一笑，低语道："侬饭吃过了伐？"

然后猛地推倒了沈牧。

与此同时发生的，是列车突然出现在眼前。

障眼法！

"洋葱皮"在"山羊胡"三人的配合下，利用事先安置的机关，竟然在沈牧眼前，遮掩了疾驰而来的列车。等到沈牧看到车头时，那团锐利的风，轰鸣着，从他全身席卷而过。

站台上的乘客一片惊呼。

"啊呀！"

紧接着是列车刺耳的刹车声，但沈牧的身影已经卷入了车肚底下。所有人都呆住了，忘了自己身处何地，眼看着列车循着强大的惯性继续向前滑行，一节节车厢从碾压之处驶过。

站台值勤的保安飞速冲向紧急按钮处，砸碎玻璃封盖，摁下紧急按钮。

乘客们惊慌议论："那人一下子没影了，好几节车厢从他身上碾过。"

"是不是还有一个人……"

极度震恐中的人们并没有注意到，"洋葱皮"像一具僵尸似的，从站台下面爬了上来。刚才列车迎面驶来的一瞬间，他推倒沈牧，自己立刻紧贴在站台内侧墙壁，车厢就从他背后驶过，大约二指宽的间隔，没有剐蹭到身体。他事先做过测算，保证衣服不会被车厢卷缠，否则直接扯进鬼门关，就像现在的沈牧一样。

站台上一片混乱，"洋葱皮"溜到人群后面。"山羊胡"三人悄然聚拢在他身边，四条倾斜的影子交织起来，如同四个刚刚吃了人的怪物。

列车司机脸色惨白，在驾驶室外面哆嗦着打电话："控制中心吗……列车把人撞死了……"

"洋葱皮"扭过脸，给"山羊胡"递个眼色。"山羊胡"点点头。此地不可久留。

四人遮掩行迹，贴着阴影处悄悄溜出了站台。

已是后半夜，街上匆匆的行人和车流并不知道地下刚刚发生了惨事。

然而，地铁站没有发现尸体。

活不见人，死不见尸。

司机反复查看了好几圈，又钻进车肚底下查找，一无所获。很快，地铁警方来到现场，配合司机一节节车厢挨个检查。

他们只是在第四节车厢和轨道排水槽之间，发现了一片花瓣。

有人伸手去拿，花瓣倏地飘起，在半空盘旋着，在灯下闪过微光，不见了。

马路上，一辆洒水车缓缓驶向正街，准备迎接即将到来的黎明。

路灯下，"山羊胡"抱拳拱手："葱皮老兄，今夜有缘相聚，联手制裁狂徒，实在是魔术江湖的一次……"

"洋葱皮"打断他的话："侬不必讲多余的，就此别过。"

"山羊胡"呛住，眼镜片在路灯下闪烁，随即笑道："是啊，发生了这么大的事，我们爷仨是打算天亮前就离开上海。"

"哼，识时务者为俊杰，该避的风头，还是要避的呀。"

"洋葱皮"在言谈举止中，颇有些看不起这三个人，今晚只不过是借他们烘热的这口锅，油炸了沈牧这条鱼，至于谁才是魔术圣手，自不必多言。

那辆洒水车快到街口了。

"洋葱皮"继续往前走，准备在街口与"山羊胡"分开。

"洋葱皮"习惯地伸手到口袋，想拿出手绢，忽然发出"噫"的一声。

与此同时，小勇指着"洋葱皮"的衣服说："你啥东西漏了？"

"洋葱皮"从口袋抓出一把沙子。

旁边的"山羊胡"一怔。

虎子愕然问："这咋回事？"

"洋葱皮"的脚步猛地一顿。"沈牧！"

"山羊胡"悚然一惊："你说啥？"

"这是蒺藜沙！""洋葱皮"握着手上的沙子，尖声说，"沈牧打破了我身上暗藏的机关！"

沙子从指缝漏下来，落到地上浮起一片沙尘。衣服里漏出更多的沙子，裤脚也在漏。"洋葱皮"仿佛变成了人形沙漏。

"脱衣服！""山羊胡"嘶叫。

虎子和小勇扑上来，抓扯"洋葱皮"的衣服。"洋葱皮"不顾形象了，笔挺的西装扯了下来。可西装刚一离身，呼地一下，一堆沙子抖落到地上。

"山羊胡"连忙往后一跳，嘶声说："情况不对，葱皮老兄，你好自为之！"

虎子和小勇正要跟着跑，却见"洋葱皮"指着街口说："糟了……"

他的话音未落，那辆洒水车停下了，沈牧从驾驶室探出头，笑吟吟地诵道："原来姹紫嫣红开遍，似这般都付与断井颓垣；良辰美景奈何天，赏心乐事谁家院？"

哗——

一股清水从车厢喷出来，即刻漫过街道，喷洒到沙子上。

蒺藜沙，遇清水调和，立时可变得黏稠，犹如泥沼沙泽。

"洋葱皮"想要跳起身，已经迟了。接着"山羊胡"、虎子、小勇各自脚下沾泥。

"山羊胡"嘶叫："快脱鞋！"

三人刚脱了鞋，泥沙就涌到脚腕，赤脚踩在沙中，拔不出来，更是刺痛难忍。

要知道，这可是"蒺藜沙"。"洋葱皮"当然懂得这种沙子的厉害，可他自顾不暇，顾不得管"山羊胡"三人的状况。他很后悔脱了西装，身上和腿上都是刺痛难耐。

街口的泥潭之势已然形成，犹如沼泽困住了四人。

"沈牧——""山羊胡"嘶叫，"再等十年，我取你狗命……"

小勇喊："昆叔，咱还是先逃出去吧！"

"洋葱皮"嚷道："侬勿要瞎叫啦……"

洒水车缓缓开走了。

"沈牧！"

"沈牧——"

迎着淡淡的晨曦，洒水车转过了街角，慢悠悠地行驶着。

沈牧继续诵读《牡丹亭》之"皂罗袍"——

"朝飞暮卷，云霞翠轩；雨丝风片，烟波画船；锦屏人忒看得这韶光贱……"

洒水车消失在马路尽头。

第十章

触不可及

『让你安安静静当个笨蛋，偏要惹事。』

1

午后，夏天晴在办公室踱步，徘徊了两个多小时，仍然没有平静下来。

微风从窗口吹进来，拂动素雅的窗帘。夏天晴的目光掠过窗前的文竹和芦荟，望着墙上的油画。

一抹淡淡的光线投在画框上，作为徐光展生前最喜欢的艺术品，这幅《马里维伦庄园》营造出的温馨恬淡氛围，常常在徐光展郁闷时，抚平他的心绪。此时，夏天晴努力让自己进入到那种氛围里。

敞开的房门外，徐渊走进来。

"大嫂。"

"哦，徐渊，坐吧。"夏天晴从油画前转过身。

"听说你午饭也没吃。"徐渊坐到沙发上。

"没胃口。"夏天晴苦笑一下，坐到办公桌后面，"清晨的事，你知道了吧。"

徐渊点点头，说："没想到'洋葱皮'这么快就入场了，看来他是选准了时机，发现老昆三人与沈牧斗法，就趁势下手，为的是达到事半功倍的效果。"

"但还是一败涂地。他们联手都不能灭掉沈牧的威风，难道真的没人能止住那家伙的横行霸道？"

夏天晴忧虑的正是这件事。两大顶级怪佬联手，不仅没有撼动沈牧，反而陷在泥沙沼泽，丢了半条命——那四个人在街边被人发现时，浑身裹着泥沙，几乎被封死，如同四块混凝土塑像。

幸亏"洋葱皮"有破解之法，让施救者弄来煤油和润滑油，按比例混合，泼洒在身上，四人才翻滚着爬出来，当时的情景怎一个"惨"字了得！

徐渊说："大嫂，不用太忧虑。"

夏天晴说："斗到这一步，继续悬赏魔术师，恐怕没人敢接了。即使我们的招募条件再优惠，可是与脸面，乃至生命相比，谁愿意冒这个险？"

答案不言而喻：沈牧就是个"大魔头"，谁惹他，谁遭殃。

徐渊瞥了夏天晴一眼，看来她是有想法了。

徐渊问："大嫂的意思呢？"

"需要做出理智选择，什么方案对家族最有利，就采取什么方案。"夏天晴说，"我打算找沈牧谈判。"

"谈判？"徐渊暗暗一惊。

让两人面对面坐在桌前，那么他惯用的"两头欺瞒"手段很难奏效了。常言道事不过三。他之前两次引导并影响了沈牧与夏天晴的谈话，利用的是夏天晴对他的信任，以及沈牧的激愤心理，如果继续玩这一招，必然露出破绽。自己苦心经营的一切，很可能瞬间瓦解。

夏天晴说："我们主动提出谈判，是有些痛苦……"

"怎么给家族交代？"徐渊问。

"这份责任就让我来承担。再这么打下去，徐家没有前途。"

徐渊流露出急切的表情："可是，收手一定有利吗？"

"沈牧也要考虑这个'利'字。一味死斗，他还能得到什么？越来越大的名声？"夏天晴摇摇头，"此人不疯更不傻，他很清楚，再这样发展下去，他确实会有更大的名声，但只有恶名！他要摧毁一个百年魔术世家，魔术界会怎么看？他一旦激起全行业反弹，那不是小小的天彩魔术团能够担得起的。"

徐渊沉思片刻，说："既然如此，我们再撑一下，等待全行业群起诛灭这个恶贼，那时，徐家自然而然就成了魔术界的领袖。"

"这赌注太大了。纵然到了那一天，徐家已经毁了。"夏天晴说，"这世界只讲实力，一个奄奄一息的家族，除了让人可怜，还有什么意义？"

徐渊思索了更长时间，说："大嫂，我理解你的心情，可这件事关系到家族命脉，不是你和我能够决断的。我只是提醒你，在一连串惨败之后，立刻凑上前找沈牧谈判，这就是一种乞求姿态。胜利者会怎么对待乞求者，不用我多说了。"

夏天晴默然。

徐渊从沙发上站起身，朝办公桌走近几步，一脸忧思，言辞恳切："大嫂，现在的徐家，手上根本没有筹码，去谈判就是自取其辱。我们无非是请求沈牧停止报复，那么沈牧会提出怎样的条件呢？如果他故意张开血盆大口，狂妄索要亿万巨资，我们答应不答应？就算他把我们戏耍一通后，仁慈地降低了赔偿额度，那只会令我们更屈辱。"

"可现实是，没有人能挡得住这个狂悖之徒。"

徐渊叹口气，坐回到沙发上，显得很痛苦，"我去找找我师父吧。"

"你师父？"夏天晴一怔。

"嗯，人称邵疯子。我是他唯一的弟子。"

"我好像没听说过。"

"他……处于很边缘的位置。"

"这么特立独行的人物,又是你师父,为什么不早些请来?"夏天晴问。

"这个……情况很复杂的。"徐渊说,"我在外面浪荡的时候,邵疯子收留我。他这人一向与主流圈层不和,主流圈层也很反感他,犹以徐家为甚。后来我回归徐家,五年来邵疯子一直不愿见我,我和他失去了联络。现在我以徐家二少爷的身份去找他,恐怕只会遭到一顿臭骂。"

"那怎么办?"

"为了救徐家危难,哪怕是掘地三尺,我也要找到他。"

眼见徐渊有这份决心和苦心,夏天晴不好再反驳了。

"你师父能击败沈牧吗?"

"我会全力配合。"徐渊说,"凭我和他的力量,至少能与沈牧打平,不至于那么惨。只有我们有一次像样的反击,才有颜面与沈牧谈判。"

夏天晴点点头:"你抓紧时间,我们不能一直等待下去。"

"大嫂放心,我知道事态紧急。"

"给你一个星期,怎么样?"

徐渊抬眼看了看夏天晴,点点头,"好吧。"

"希望这一次能安抚住家族里那些吵得最凶的人。"夏天晴说。

徐渊从沙发上站起身,准备告辞,说道:"那些人的眼里只有财富,要安抚他们并不难,只要我们这边加快投资步伐,给他们一块肉,他们就乖了。"

"是啊,他们急着等待经济回报的数字。"

"哦,上次提到的新能源公司,下周二在外滩的悦星大酒店,有个面向专业人士的发布会,我联系好了,请大嫂见见公司老总。"

"好,你安排吧。"

位于建国西路172号的步高里,是上海典型的旧式里弄住宅群。

吴辛洁跟着蔡炳穿行在窄窄的弄堂里,注意着不碰到两边的摩托车和单车。这里的亭子间、客堂间大部分出租了,既有外地人,也有外国人,不时有人迎面走来,彼此侧身避让。

转过一条岔口，蔡炳说："今天这个人是个老滑头，半年前见过邵疯子，可我两次请他透露消息，他都跟我打马虎眼。"

"那今天是三顾茅庐呀。"吴辛洁一笑。

"一会儿全靠你了，辛洁。"蔡炳问，"有把握吗？"

"见了人再说吧，随机应变。"

"可以啊，很有大牧的风格。"蔡炳笑道。

为了今天的问询，吴辛洁特意穿了件古典式的长款上衣，因为对方是个孤寡老头，衣饰穿戴既要有吸引力，还不能太张扬。

"看，那人就是谢伯。"蔡炳往前指了一下。

一个六十来岁的老头从一户人家出来，后面传出哗哗的麻将声。老头提的菜篮里有些时令蔬菜，看来是刚从市场回来，路过街坊家，过了过眼瘾。

此人矮胖的身材，眯缝着眼睛似笑非笑，灰白头发一丝不乱，不时与路过的人打招呼，显出老上海特有的世故圆融。

蔡炳迎上去，欠身说："谢老兄……"

老头有些意外："侬又来做啥个？"

"我们路过，特意来看望您。"蔡炳笑着，从包里拿出一盒城隍庙梨膏糖。

"去去，拿走拿走！"老头不耐烦地挥着手。

"我就说不让你来，非要来，活该被人赶！"吴辛洁大声抱怨着。

"啊哟，这小姑娘脾气好大的。"谢伯对吴辛洁产生了兴趣。

"咳……这是我外甥女。"蔡炳不好意思地说。

"舅舅，走吧，还赖着干啥？"吴辛洁催促。

"小洁，怎么这么不懂礼貌，谢伯会生气。"蔡炳劝道。

"人家把咱们当苍蝇驱赶，你跟谁讲礼貌？"吴辛洁义愤填膺。

"啊哟……这是吾不对了呀。"

被一个美丽的姑娘当面批评，谢伯那张老脸微微泛红。两旁早有街坊探头张望。石库门里的建筑构造，特别适合瞧热闹，二楼的公共厨房间，五六个脑袋探出来，旁边是摆成一排的锅灶。

谢伯自知理亏，所谓"伸手不打笑脸人"，何况人家还带着礼品。

"来来，进吾家说吧。"谢伯有些无奈，急于摆脱众人的视线。

蔡炳暗自给吴辛洁伸出大拇指——高手。

往前走了十几米，谢伯打开自家门。经过改造的厨房和卫生间，加上西厢房，不到四十平方米的空间，归置得井井有条。

既然能进到家里，话就好说多了。吴辛洁的态度立时转变，脸上的妩媚笑容恰到好处，灿烂又不张扬。

"谢伯，您家虽然不大，可是收拾得好整洁呦，您真是很文明的。"

把老头夸得，脸上的笑容绷不住了，嘴角哆嗦："螺蛳壳里做道场，侬懂伐？"

吴辛洁与蔡炳环视房间。

谢伯抬了抬手上的菜篮，"先坐一下，吾去放篮子。"

吴辛洁说了声"好"，坐到靠窗的单人沙发上。蔡炳坐到对面的长沙发上。两人互相递着眼色，默契地安排着怎么哄老头。

谢伯很快从厨房出来，坐到蔡炳旁边。蔡炳正要开口，就觉得眼前一闪，脖子上架了个冰凉带刃的东西。

情况突变，对面的吴辛洁大吃一惊。

谢伯的神色微冷："侬到底想做啥个？"

"老兄……怎么还动刀呢？"蔡炳还是镇定的。

"两次三番，赶也赶不走，这是侬自找的！"老头手上的匕首压了压。

蔡炳的双脚暗暗移位，准备抽冷子踢出一脚。却感觉下腹部又顶了一个东西。

吴辛洁在对面看得清楚，老头的左手还有一把匕首！

蔡炳干笑一声："嚯，玩双刀的。"

"少废话，今天不说出实情，废了侬！"

"我外甥女的爸爸，也就是我姐夫，跟邵疯子认识，邵疯子欠了我姐夫一笔钱，五六年了，总该有个回话吧。"

"闭嘴，拿我当傻子啊！"老头的两把匕首同时下压。

"哎哟。"蔡炳身子一缩。

吴辛洁腾地站起身……

"侬想他死啊？"老头瞪着吴辛洁。

吴辛洁乖乖坐下了。

蔡炳说："老兄，有气冲我来，放了我外甥女。"

"瞎胡扯，侬是她舅舅吗？侬是一张驴脸，她是维纳斯女神脸，哪有一点点相似度？"

"基因突变嘛……啊。"蔡炳的身子猛地一震。

下腹部的匕首戳了一下，伤口并不深，衣服上渗出点点血迹。

老头的语调平缓:"这是警告,侬再瞎扯一句,白刀子进去了。"

吴辛洁是第一次见识到上海滩文明痞的厉害。她脸色苍白,紧咬着嘴唇,在沙发上保持坐姿不变,手指悄悄往自己的包里移。

嗖——卟!

老头右手的匕首飞过来,正中皮包的中心。吴辛洁"啊"地尖叫一声,触电似的缩回手。同时,蔡炳感觉脖子上一松,却不敢乱动。

老头瞪了吴辛洁一眼,视线转到蔡炳脸上,冷笑道:"从哪里找个小姑娘诱惑老头子,嗯?知道孤寡老头容易上当,侬真是有心人。说吧,谁派侬来的?"

蔡炳说:"没有人。"

老头转脸对着吴辛洁,示意她拿起包。吴辛洁照做。包上的匕首当啷一声掉在地上。老头吩咐吴辛洁将皮包倒过来。包里的东西哗啦撒了一桌子。

老头突然出拳,打在蔡炳腹部有刀伤的地方。蔡炳闷哼一声,窝着脖子缩在沙发里。制住蔡炳以后,老头从沙发上起身,到桌前随手拨拉一下,拿起一张小小的照片。

吴辛洁的脸,唰地红透了,好像被人窥破了隐私一般,头皮发麻、脖颈发烫。出于本能,她跳起身来抢。老头用匕首指着她。

"坐回去。吾不打小姑娘,可是刀子不长眼。"

吴辛洁跌回到沙发上,羞愤难当。

其实那是一张普通的照片,如果不是吴辛洁的反应太激烈,老头会一掠而过。照片上是吴辛洁与沈牧的合影,但说来可笑又可叹,那原本是一次演出结束后,四人合影。吴辛洁站在沈牧身旁,拍照时,她有意无意,把头往沈牧那边歪了一下,仔细品味,有一种内在的亲昵感。她特别喜欢这张照片,就把蔡炳和姜满春剪掉了,只有她和沈牧的合影,无比珍惜地夹在荷包里,经常拿出来偷偷看。

她所拥有的,便是这样一份可笑又可叹的心情。

无人可知的小心思,小深情,小秘密。

由于太过珍爱,今天突然被人翻出来,自然做出了超乎常人理解的反应。

谢伯对照片产生了浓厚兴趣,拿到眼前仔细看着。他一时没有认出沈牧,却看见了背景上的"天彩魔"三个字。

老头又看了看照片,忽然点点头。

然后他转过身,走到沙发前,居高临下地看着蔡炳。

蔡炳弯着腰,捂在腹部的手松开,看了看手上的血,抬脸瞪住老头。他的姿态就像一头豹子昂然上视，牙缝里挤出一句话："何必闹成这样？"

"侬也是个狠角色呀。"谢老头看着蔡炳，"那个位置的刀口不深，可是很痛的，又挨了拳头，侬不吭声，更不求饶……吾现在明白了，侬是天彩魔术团的人。"

蔡炳的眉峰微微一敛，慢慢坐直身，跷起二郎腿。

老头把手上那支匕首收进袖口里，抓了抓灰白的头发。

"侬是沈牧的人……早点说多好。"

"早点说？那晚餐说啥？"蔡炳抬起眼皮。

"真费事，麻烦，唉。"老头咕哝着，在屋里踱了几步，说，"先坐一下，吾去打电话。"

吴辛洁连忙冲到蔡炳身旁。"饼叔，你怎么样？"

"伤了点皮毛。"

"要赶快消毒缝针……"

"没那么严重，创可贴就能治。哎，你是怎么让他知道大牧的？"

"没……没什么，我也不知道。"

蔡炳直起脖子往桌上看。

吴辛洁起身把东西拨进自己的包里。"噢，是名片。"

"我刚才怎么觉得是照片……嗯，是我看错了。"蔡炳是懂分寸的，有些话要适可而止。

"饼叔，我是不是又给先生惹了大麻烦？"吴辛洁紧张起来。

蔡炳笑了，"虱子多了不痒。"

吴辛洁反而更紧张了，捏着手指说："他有过交代，不让我给他惹事。"

蔡炳看着吴辛洁，眼里透出一丝同情和无奈，摇摇头，说："辛洁，有些话就是大牧随口一说，你别太当回事。"

吴辛洁把话题转回来，低声问："要不要打电话告诉先生？"

蔡炳往隔间扫了一眼，说："还没到那一步，再等等。"

"要不咱们赶紧跑吧？"

"笑话，咱已经把鱼嘴钩住了，跑什么？"

这时，隔间传来谢老头有些急躁的声音："……吾也不知道是沈牧的人……嗯嗯，吾知道惹不起，那怎么办？吾已经捅了刀子啦……不是捅死……好吧……"

听到这里，蔡炳朝吴辛洁眨眨眼，"辛洁，你把咱俩救了，也把事情办成了。"

吴辛洁还是不敢相信。"真的吗？"

隔间响起脚步声，谢伯还没出来，声音先到了："刚才全是误会呀，老弟，不打不相识嘛……"

3

离开步高里弄堂，往北走一百多米，街边的小饭馆飘出淡淡香气。店内靠窗的位置，吴辛洁与蔡炳对桌而坐，面前摆着四样老上海小菜：酸辣白菜、椒盐排条、油焖笋和红烧小土豆。

今天办完了一件大事，蔡炳心情愉快，要请吴辛洁吃饭。

虽然谢伯那边无法给出具体的会面日期，可他答应给邵疯子传话。事情发展到这一步，谢伯不敢得罪天彩魔术团，因此赶快让双方见面，是他摆脱麻烦的关键。

蔡炳的伤口在谢伯家做了简单处理，自觉无碍。

"辛洁啊，你今天立了功，我敬你一杯。"蔡炳拿起花雕酒，给吴辛洁斟酒。

吴辛洁忙用双手托着酒杯。"饼叔太客气了，我没酒量的。"

"这酒不错。"蔡炳仍感觉腹部的伤口隐隐作痛，笑一笑，说，"我还是以茶代酒吧。"

两人碰了杯。吴辛洁把酒一饮而尽，默默放下杯子。

蔡炳看了看吴辛洁，想起刚才在谢伯家的那张照片，心里也能猜出个大概。

吴辛洁对沈牧的情感，蔡炳是看在眼里的。蔡炳属于风里浪里淘过、万花赏过的主儿，女人对男人什么情况、男人对女人什么情况，他能看懂，只是他不能多说什么，尤其是关系到沈牧的。

世界魔术大赛后，沈牧突然挑战徐家，并把徐家当作死敌，蔡炳非常惊讶。随着事态进展，以及沈牧的几次过激反应，蔡炳琢磨出滋味了——事情必与徐家的当家人有关。不过沈牧个性傲然，不会做解释说明。但从吴辛洁的表现来看，她知道前因后果，所以她的纠结痛苦，大致与此有关。

吴辛洁喝过一杯酒，抬脸说："饼叔，我也想请你帮个忙。"

"什么事？"蔡炳笑吟吟地问。

"我想和夏天晴见面。"

蔡炳脸上的笑容顿时僵住了，"夏天晴？"

"哦，就是徐家的当家人徐太太。"

"我听说了。不过你……"蔡炳有些愕然地看着吴辛洁，"你要见她？"

"嗯。"吴辛洁很平静，显然是考虑透彻了。"饼叔，你说过一句话，这世上一半的麻烦，是由于话没有说好造成的。"

"对，如果沟通顺畅了，很多灾劫都可以消解，尤其是和财运有关的。"

吴辛洁笑了一下，说："我觉得，咱们和徐家之间，就是什么地方错位了。"

蔡炳的眼睛睁大，有些激动地捋了捋头发。"哎呀，辛洁你有这样的见识。"

"所以我想，还是和夏天晴谈一谈。"

蔡炳眼里的亮光暗淡下来，摇摇头，望了一眼窗外说："斗到这一步，不可能面对面坐下了。"

"就因为到了这一步，饼叔，再往前还能怎么打？最近网上的新闻你也看了，徐家招募的魔术师，在街头变成了泥沙塑像。虽然先生赢了，可他那天回来的状态，很累，显然经历了一番苦斗。"

蔡炳点了点头。

吴辛洁说："如果徐家继续派人打先生，我相信先生仍然不会失败。在魔术一道，先生是不可战胜的神。"

蔡炳注视着吴辛洁。

吴辛洁说："可是，他不开心。"

"不开心……"

"是啊，他打了这么久，一次次胜利，可他并不快乐。"吴辛洁的语气有些难过，"他赢了，得到的却是加倍的痛苦。因为对方并不是徐家，而是夏天晴。"

蔡炳靠在椅背上，静默着。

半晌，他低语："归根结底，是大牧和那个女人的战争，所以大牧痛苦。"蔡炳抬起脸，"那你想怎么样？"

"我不想看到先生那么难受，我要帮他结束这场看不到尽头的恶斗。"

"可你……"

"我去和夏天晴沟通，她会更容易接受吧。"

蔡炳深吸一口气，吴辛洁这句话撞到他心坎上了。吴辛洁本身的沟通能力没问题，又同样身为女人，能够理解另一个女人的心态，甚至可以谈得更深入。

蔡炳实在是太想修复沈牧与徐家的关系了，既然事情的根源在夏天晴，吴辛洁愿意搭建桥梁，他当然求之不得。

可是这件事仍然极为困难。

蔡炳说："徐家对我们严防死守，别说见夏天晴了，大门恐怕都进不去。"

"她总要从家里出来吧。"吴辛洁说,"作为当家人,有很多事务需要处理,只要她离开宅子,我就能在外面见到她。"

"哦,你想让我探听她的出行信息?"

"是的。"

蔡炳思忖着。以他搜集信息的能力,这件事不难办到,何况有些信息是隐藏不住的,比如商务酒会、业界研讨会等等。

蔡炳皱眉说:"就算我弄到消息,你怎么到她面前?她的身边肯定重重防卫,别忘了还有徐渊,他可是你的克星。"

一提到徐渊,吴辛洁还是有些恐慌,指尖抖了抖。

她暗自平静一下,驱散脑海中的噩梦残影。

"只要见了夏天晴,到时我随机应变吧。"

蔡炳沉思良久,点点头,他对吴辛洁还是有信心的。

"不过,还是要瞒着先生。"吴辛洁急忙提醒,"不然他又要骂我无事生非。"

蔡炳笑一笑。

两人从饭馆出来,准备返回天彩魔术团。

"可是,辛洁,你为什么要这样做?"蔡炳忽然问。

"嗯?"吴辛洁愣了下。

"我的意思是,"蔡炳叹口气,索性说开了,"你心里,对大牧是有深情的,可为什么甘愿帮他挽回另一个女人,而且是冒着巨大危险?"

吴辛洁怔怔地,随即淡然一笑:"我就想让他好。"

多么简单的愿望,爱他,就希望他更好,不痛、不悲;爱他,就帮他寻找属于他自己的爱的途径,把他从迷途中,带到那个真正属于他的女人身边。

当然,这样做,除了"情",还有"理"。

吴辛洁想赎罪。

当初来沈牧身边,是受到徐渊指使,窃取"光影神手"的秘诀,多次搞破坏,给沈牧带来危机。虽然都被沈牧一一化解,可是自己的所作所为不能抹消。

何况,当初沈牧在还没有信任自己的情况下,看到医院里高位截瘫的妹妹,仍然默默地交了医疗费——他可以不信任你,但他始终做着自己认为正确的事,不需要你知道、不需要你理解。

在那之后,更是把妹妹送到安全的地方,请来最好的医生给予治疗,吴辛洁再也不必为妹妹感到焦虑绝望。

沈牧是有大慈悲的人。

吴辛洁知道，自己欠他的。

那就帮他寻回夏天晴。

4

悦星大酒店是座一百二十米高的双子塔楼，坐落于外滩北端黄浦江堤岸，分为东、西两楼，站在宽敞明亮的落地窗前，可以俯瞰浦江两岸的壮丽景致。

酒店的多功能会议室集中在东楼的二层，其中一间可容纳八十位嘉宾的会议室，今天用于东方旭日新能源公司的发布会，该公司从事太阳能的研发、生产。会议室入口的横幅写着：让世界充满绿色新能量，让人类获得幸福新生活。横幅下面各有一盆富贵树，枝叶繁茂，绿意盎然。

保洁员推着清洗车，从会议室门口经过，往里看了看。讲台前的LCD投影机已经准备好，扩音器、录像机等设施一应俱全。角落有酒店的两名工作人员，随时准备照应。嘉宾陆续到场，正由礼宾小姐引到座位上。现场井然有序，没有人注意到门外的清洗车。

吴辛洁把脸上的口罩往上提了提，推着清洗车继续往前走。

她从蔡炳那里得到消息：今天的发布会邀请了徐家的当家人。逡巡一圈后，她并没有见到夏天晴，于是乘电梯到地下室的更衣间，迅速换了件工作服，以服务员的面貌出现。今天的二楼有六场会议，服务工作特别忙，更衣间的人来去匆匆，没人留意她。

吴辛洁随着几名服务员走进大堂，其他人很快分散到各自的岗位。吴辛洁沿着大堂边缘行走，手上拿着对讲机，装作与同事联络的样子。

金碧辉煌的大堂内，随处可见穿戴气派的客人。吴辛洁穿过大堂，来到迎宾车道前。七八辆豪车开过后，吴辛洁的眼睛像被烫了似的，身子不禁一抖。

她看见那辆银灰色的奥迪。没错，正是徐渊的座驾。

尽管做了心理建设，这一刻却控制不住地害怕。吴辛洁深吸一口气，稳定自己。她现在的形象，徐渊认不出来，但还是心虚，奥迪开过时，吴辛洁侧身，装作与旁边的迎宾员说话。

奥迪车的后面，一辆红色的保时捷跟着驶入车道，应该是夏天晴到了。

吴辛洁目送车队进入停车场。又等了一会，夏天晴的身影闪现，被六七个人簇拥着，朝东楼而去。夏天晴的身边紧跟着徐渊，不时往四周扫一眼。

看这架势，徐渊是做了充分的安排，吴辛洁别说到夏天晴面前说话，她就是企图靠近，也会被对方察觉。

从停车场直至进入会议室，吴辛洁没有找到一点机会，只能等待。

根据流程，发布会的时长为两个钟头，但夏天晴很可能参加完主题议事就直接离开会场，也就是半个小时到一个小时之间。吴辛洁站在会议室门口的富贵树前，紧张地思考着。

这时，一名服务员匆匆走来，一只手端着托盘，上面放了四杯咖啡，另一只手上拿着对讲机，语气紧迫："……是是，我知道我知道……"

"我来帮你。"吴辛洁大步迎上。

对方看她一眼，"新来的？"

"临时从七楼抽调的，今天不是忙嘛。"吴辛洁说着，顺手拿过两杯咖啡。

"好好，你给二十六座和三十座，我去那边……"

吴辛洁进了会议室，低头前行。

发布会已经开始，巨幕打开，伴随着大气磅礴的音乐声，画面上一轮太阳冉冉升起，阳光照耀下，草原、森林、海洋，然后是城市，以及不同肤色、不同年龄的人们绽放的笑容。

讲台前，一位精英人士侃侃而谈："我们从事的光伏独立供电系统，太阳能电池片、组件的研发、生产，是建立在全球思维上的……"

吴辛洁走到二十六座前，将咖啡递出。

她的目光投向第一排，夏天晴的背影很清晰，与徐渊并排而坐，两人不时低声交谈，夏天晴频频点头，似乎对这家公司很有兴趣。吴辛洁悄悄环视四周，从徐家带出来的那五个人，站在会议室侧边的阴影处。

吴辛洁继续走到三十座前，递出咖啡时由于注意力不集中，险些洒到嘉宾身上。吴辛洁急忙道歉，引起一点骚动，一名工作人员赶过来帮忙。徐渊扭头瞥了一眼，吴辛洁用工作人员的身影挡着自己。徐渊很快把头转了回去。

"……我们虽是一家年轻的公司，却已在全球范围内设立了三十家办事处，我们建立了独立的光伏实验室，获得国际CNAS认证……"

会议室里仍然没有机会。吴辛洁紧张得手心发潮，出门时看看表，已经过去了二十分钟。

她正在门口焦虑，忽然听到徐渊的声音。这一下猝不及防，立时吓呆在原地。

"你尽快处理，我正在开会……"

徐渊一边打电话，一边从会议室出来，站在门口往两旁走廊扫视一下，继续说话："你承诺过，资金通道是安全的，我才会信任你，交给你办理……"

吴辛洁躲在富贵树后面，与徐渊相距不到五米，大气不敢出。幸好这株绿植十分茂盛，枝叶伸展，遮蔽了走廊的灯光，而且徐渊的注意力在手机上。

徐渊压低嗓音："你还谈什么手续费？转移款项时，我该支付的都已付过……那些问题是你自己的事情，你解决……"

吴辛洁侧耳听着，徐渊不知在搞什么名堂，与数额巨大的资金有关。

"行了，今天这场会议很重要，我会让她敲定新的投资项目……"

吴辛洁正在听着，耳边突然传来问话：

"哎，你在这里做什么？"

吴辛洁的脑袋嗡的一声，扭头望去。一个领班模样的人，从走廊入口走过来。

吴辛洁开口时，嗓音变了，是自己曾经扮演的一个角色，那个角色是个十八岁的丫环，声音甜甜的："刚才有个小孩在这里尿了。"

吴辛洁用手绢擦拭着地板。

"唉，可也真是……你怎么用手绢擦啊？"

吴辛洁的眼睛透过富贵树的枝叶，发现徐渊的身影已经不见了。她松口气，直起腰，顺手把手绢塞进口袋。

领班瞪大眼睛，一脸疑惑地问："你是哪个班组的？"

"是临时抽调。"吴辛洁转身就走。

"哎，你等等……"

吴辛洁飞快地穿过走廊，心跳如鼓，直奔一楼的卫生间。

十分钟后，她再次出现在会议室外面，身上穿着藏青色镶红边的领班制服。

会议中场休息，轻柔的音乐萦绕在空中，服务员送上各色茶点。

夏天晴起身对徐渊说："待会儿你安排见一下公司老总，咱们就可以回去了。"

徐渊点点头，往会议室左侧的贵宾室走去。夏天晴则去往右侧的洗手间。

门口的吴辛洁意识到，这是接近夏天晴的唯一机会，不能犹豫，她深吸一口气，沿着座椅边缘的通道快步前行。她低着头，尽量避开灯光照射。身旁的宾客三五成群聚拢在一起，到处是嗡嗡的说话声、低笑声。

会议室的另一侧，徐渊走到贵宾室外面时，习惯地转脸扫视周围，看到一个领班的背影进了对面的洗手间。徐渊往贵宾室的脚步忽然顿住，眉头一皱，朝附近招了招手。

阿亮的身影马上出现，"二少爷，什么事？"

"你看到刚才的领班了吗？"徐渊往会议室右侧指了一下。

阿亮有些困惑，点点头："嗯，有个领班去卫生间了。"

"你立刻，叫上服务员到女卫生间查看！"

阿亮愣住了，"这怎么……"

"少废话，酒店员工在上班期间不得使用宾客卫生间！"

"噢，明白了。"阿亮转身跑去。

徐渊在原地站了片刻，眼睛眯缝起来，嘴角逐渐露出一抹冷笑。刚才的背影让他想到了一个人。

徐渊转身回到座位前，招来其他的跟班，挨个儿吩咐："你俩去会议室门口守着，等一下有个领班出来，拦住别让她跑了。你，去酒店保安部，就说有人假扮领班，偷了夫人的首饰。你，跟着我。"

四个跟班马上分作三组，各自离去。

洗手间内，夏天晴正在镜子前补妆。

吴辛洁进去后，就把门反锁了。夏天晴觉得不对劲，扭头看了一眼吴辛洁，见是领班，又把头转回去。但立刻又把脸转过来，注视着吴辛洁，脸上渐渐流露出惊讶的表情。

"夏女士，来不及多说了。"

"你怎么……"

"是，我知道你叫夏天晴，现在情况紧急。"

"你是……"

"我们在香港见过面。"吴辛洁语气紧迫，"请听我说，你受到了蒙骗……"

"谁骗我？"夏天晴已经恢复了镇定，但脸上的警觉神色更重了。

外面，突然传来唑唑的敲门声，服务员的声音传来："请开门。"

接着是阿亮的声音："夫人，当心啊！"

夏天晴侧过身，在镜子前退了两步，逼视着吴辛洁。吴辛洁身上的领班装束，更让她充满了警惕。

夏天晴厉声说："你是天彩魔术团的人！"

"是……"

门上传来钥匙扭动的声音，夹杂着嘭嘭的砸门声。

吴辛洁说："沈牧等了你十年！"

夏天晴一边悄悄往门边挪动，一边安抚吴辛洁："请你冷静，有什么话可以坐下慢慢谈。"

吴辛洁突然靠近夏天晴。夏天晴一惊。

吴辛洁把一张纸条塞到她手上："这是沈牧的私人手机号。"

夏天晴低头看了一眼纸条。

门上的撞击声更猛烈了，外面一片乱哄哄的声音，有个声音喊："徐家的夫人让人绑架了！"

保安开始破门了。

嘭！嘭！

吴辛洁急忙退到窗户前，往外看了看，这里是二楼，下面是个花坛。她抬眼望向院子，发现徐渊的身影正从主楼的大门出来，看来是算准了她可能跳窗，打算到窗下堵死她。

没时间耽误了，吴辛洁打开窗户。夏天晴向前两步，朝吴辛洁伸出手，不知是想抓住她，还是担心她的安危。

吴辛洁的一条腿刚刚跨到窗台上，洗手间的门哐当一声开了，阿亮和两个保安冲进来。

吴辛洁往下跳时，最后说了句："虹口区博迪中学……"

然后就从窗口消失了。

夏天晴跑到窗前往下看。吴辛洁压垮了一丛冬青，在土上砸了个坑。

阿亮跑到夏天晴身旁，急切地问："夫人，您没受伤吧？"

"我没事。"

"快送夫人出去。"

话音未落，阿亮便跟着从窗口跳出去，落地时顺势一滚，动作敏捷。

窗下的吴辛洁爬起来就跑。

不远处，徐渊下了台阶，身旁紧跟着帮手，共有四个人围捕吴辛洁。

阿亮与徐渊会合，一边追一边说："那个女的跳窗之前，告诉夫人一所学校。"

"哪个学校？"

"好像是在虹口区，回头我找保安核实一下。"阿亮又想起什么，从口袋掏出一张纸条，"哦，还有这个。"

"哪来的？"

"在夫人手里，应该是那女人给的。"

"你拿的时候，夫人没察觉？"

"绝对没有，她的注意力全在跳窗的女人身上。"

徐渊低头瞥了一眼，纸条上是个手机号码，旁边写了个"沈"字。他冷笑一下，把纸条揣进口袋，继续追赶吴辛洁。

院子里有九个人围捕吴辛洁。她无路可逃，只得掉头跑回酒店，慌乱中钻进了中央厨房。这里分为中餐和西餐两个区域，一派繁忙有序的景象。吴辛洁在蒸气弥漫的过道，随手抓了件厨师服套在身上，但立刻被发现了。她拼命往外跑，撞翻了一台餐车，杯盘碗筷撒了一地，叮当乱响。

她狼狈至极，双脚失去知觉一般，只凭着本能东蹿西逃。没有剧本的逃跑，真是天底下最可怕的事，根本不知道下一个转角会遇到什么。

突然，耳边响起一阵警铃声。

吴辛洁双膝一软，差点瘫倒，以为警察来了。再一听，是声光报警器发出的火警声。周围的人们惊慌混乱，干扰了追击者的步伐。吴辛洁不禁长呼一口气……

她的气还没吁完，剩下的半截硬生生卡住了。

她的肩膀被一只手按住，然后猛地往旁边一带。

吴辛洁毫无反抗力，整个人几乎摔了过去。一阵头晕目眩，瞳仁的焦点完全散乱了，等到眼前人渐渐浮现出来，定格在一片雾气中间，她愕然张开嘴巴，说不出话。

接着眼泪就啪哒啪哒落了下来。

"你怎么才来啊……"她呜咽着，仿佛一个受尽了委屈的小女孩。

"你请我来了吗？"沈牧语气冷淡，"瞒着我，和饼叔搞小动作，水平越来越高了，嗯？饼叔跟我几年了，你去问问他，他那点鬼心思能瞒住我？"

"对不起，是我又……"

"让你安安静静当个笨蛋，偏要惹事。自己是瘟神体质不知道吗，你往哪里一站哪里就鸡飞狗跳。"

"我是想帮你……"

"也就是你这种傻大胆敢乱闯，走吧。"

"呜呜呜……"

"还哭?脑子里的防冻液漏完了!"沈牧一拽吴辛洁的胳膊,不耐烦地说,"每次出了事都让我擦屁股……嗯……"

气氛忽然有些尴尬。

幸好追兵到了。走廊入口一群人奔过来。

"站住——"

"……那个穿着厨师服的女人……"

沈牧拖着吴辛洁跑。在走廊拐角,又有急促的脚步声响起,另一股追兵迎面来了。前后没路,马上就要瓮中捉鳖了。

沈牧把吴辛洁带到楼梯转弯处的监控死角,突然伸手抓向吴辛洁的衣领。

"干什么?"吴辛洁大惊,本能地护住自己的胸口。

沈牧的手岂是她能挡得住的,上手就是哧啦一声……

追兵的脚步声过来了,前后两股追兵合拢,停顿一下,很快又过去了,脚步声越来越远。

吴辛洁低头一看,她已经是一身雪青色的长裙,化身为酒店的宾客了。

这时才发觉自己的脸庞烫得吓人,一定红透了。作为演员,自己并不是那么容易羞涩的女人,此时竟有些无地自容。

沈牧脸上仍是一副无聊乏味的表情。

吴辛洁平复了澎湃的心潮,抬眼时,沈牧已经走开了。她急忙跟过去,惊魂未定、疑神疑鬼,一边走一边东张西望,不断贴近沈牧。

"离我远点……"

"远点儿……"

"你听不懂汉语吗?离我远点……"

"哎你……"

徐宅笼罩在一团紧张的气氛中。夏天晴从悦星大酒店一回家,就和徐渊一起,被曾祖母召入了乐善堂,询问"被绑架"的情况。夏天晴告诉曾祖母,这件事没有传闻的那么可怕,当时整个过程持续了三分钟,对方没有拿凶器,更没有逼迫和伤害她,也没有提出任何无理要求。所谓绑架之说,是无中生有。

出乎意料的,徐渊支持夏天晴的态度。他站在徐家的全局考虑,希望不要小题大做，否则会引起更多混乱，给风雨飘摇的徐家带来更大的麻烦。

当然，徐渊真正的想法是：这件事一旦公开化，那么徐家与天彩魔术团必定要当面对质，那时候在第三方权威部门的主持下，夏天晴、沈牧、包括相关人员坐在一起，所有的秘密都藏不住了，曝光的不仅是夏天晴的身世，更有他徐渊的叵测用心，那么他的一切努力就化为乌有，直接从徐家二少爷变成了徐家的罪人！

安慰了曾祖母，夏天晴和徐渊出了乐善堂，穿过月亮门。

"大嫂，我听说那个女人跳窗前，对你说了一句话，是什么？"徐渊装作随意地问。

"我没听清楚。"夏天晴说。

夜幕中的徐渊牵了牵嘴角，他料定夏天晴会这么说。发生在酒店的事，疑点重重，夏天晴必然产生了怀疑。徐渊恰恰要利用这种心态。因为这件事，徐渊看到了新的转机，正所谓"祸兮福所倚"——坏事可以引发出好的结果。

事件刚发生时，徐渊是很恼怒的，吴辛洁那个小麻雀，作为一块用过扔掉的抹布，与他差了十八个等级，没想到还往上扑。这次竟敢在他眼皮底下，给夏天晴传递消息，实在是可恶。

不过，徐渊很快想到，这是给沈牧泼脏水的绝佳机会，能够进一步歪曲沈牧的形象，给夏天晴的头脑中继续灌输沈牧的无耻，使她放弃与沈牧谈判的幻想。

接下来，就是围绕这一事件，展开计划。

徐渊平静地说："大嫂，那个女人是沈牧的助手。"

"嗯，我在签约仪式上见过她。"

"我调查过沈牧身边的人，这个女人可以说很狡猾。"

"哦？"

"她原本是个十八线演员，做梦都想红，却怎么也红不起来。不过平心而论，她的演技确实不错，之所以不红，据说是拜错了码头，今天跟这个混，明天跟那个混。后来在演艺圈混不下去了，这才跑到魔术界。"

"她做魔术师的助手，确实是合适的。"夏天晴用专业眼光评价。

"嗯，沈牧和她，可以说是完美组合，一个技艺超群、一个艳惊四座。"

"可她今天突然跑到酒店……"

"类似的事情，不是第一次了。"徐渊说，"她死心塌地为沈牧办事，一点不奇怪，沈牧蛊惑人心的本领是非常罕见的。"

徐渊的这句话，是回应自己之前给夏天晴讲述的"青春往事"，使夏天晴进一步相信，沈牧就是一个喜欢摆布女人的渣男。

徐渊侧过脸看了看夏天晴。两人正穿过院子里的回廊，夏天晴的脸庞在灯光下明暗不定。

徐渊接着说："无论那个女人出于什么目的，她引发的后果，我们都看到了——东方旭口新能源公司的发布会遭到破坏，徐家这次的投资项目很可能泡汤，搞不好，麻烦会延伸到别的投资计划。"

夏天晴沉默不语。她的住处到了，停下脚步。一名中年保姆迎上前，接过夏天晴的手袋。

徐渊欠身说："大嫂，晚安。"

夏天晴说："我明天打算休息一天。"

"哦？"

"家里几场会议，没什么要紧的，你代我主持。"

徐渊顿了一下，说："知道了。"

徐渊转身回到自己的休息室。阿亮已经等在这里。

"二少爷，博迪中学那边已经派人安排好了。"

"夫人很可能明天会去，你带人守在那里。我也要过去。"

"是。"

徐渊沉思片刻，又说："索性把这场戏做足。明天你多带几个人，盯住沈牧。"

阿亮讶然："他也去吗？"

徐渊冷笑："我让他去，他就会去的。"

阿亮退下后，徐渊从口袋掏出那张纸条，看了看上面的号码和那个"沈"字，然后拉开抽屉，拿出一部手机，给那个号码发了条短信。

天彩魔术团，沈牧刚刚教训完吴辛洁和蔡炳。吴辛洁交代了自己告诉夏天晴的话和手机号码。沈牧让他们以后不要自作主张，更不要试图解决他的私事。蔡炳辩解，那不是沈牧个人的事情，而是关系到魔术团未来发展的大事。

沈牧懒得争论，拂袖而去。回到办公室，手机叮咚一声，来了短信。他打开一看，上面写着：十年了，一切都变了，博迪也会变吗？

这句话含义不明，一方面似乎在提醒沈牧，不要纠结过去的事情，一切无可挽回；另一方面又似乎带着一丝希望，想要找到些什么。

沈牧犹豫良久，回拨过去，但对方已经关机。

7

天阴沉沉的，从街上走过，周围的车辆和建筑镀着一层淡淡的青色。夏天晴走在乌云下面，感觉滴了几滴雨水，就没再下了，这便是人们常说的"过云雨"吧。

她紧了紧身上的风衣，把宽檐帽压低些，穿过马路，可以看到学校大门了。

她已经忘了博迪中学，当然更不记得，沈牧是高二那年转入该校，在她收保护费的时候，与她不打不相识，那里是他们爱的发源地。

她今天只想独自来看看，因为那个女人说出学校名称时，她的心底深处，有一种若有若无的触动，这让她十分困惑。也许这所学校里隐藏着某种"意义"，也许在这里，她能找到人生拼图的一个碎片，尽管她还不知道应该找什么。

夏天晴走进虚掩的铁艺门，愣了一下，偌大的校园静悄悄的，一个学生都没有。现在是下午五点多钟，高中学校不应该是这副景象。满天阴霾，她继续往前走，穿着橙色风衣的身影显得有些孤独凄凉。

远远地，看到教学大楼前有两个人，可是一晃就不见了。

夏天晴匆匆走到大楼前，进入走廊，她要寻找教导处或者档案室，如果有值班老师，可以帮忙查一下自己是否有入学经历。

脚步声回荡着，她的目光扫过那些关闭的教室门，试图把眼前的景物，与自己失落的记忆连接起来。然而一无所获。

即使她曾经在这里上学，如今的学校不知经历过几次变化，就连那些校服的款式都会紧跟时代潮流。她拐个弯，忽然停下步子。

狭长的走廊里为什么整整齐齐挂着一排校服？仿佛代替主人迎接访客，校服无风轻摆，真的像在列队欢迎。

夏天晴是经历过大风大浪的，可是这景象太过诡异，超出了常理。

她沉住气，大声问："有人吗？"

回音飘过。

眼前的一件校服猛然间鼓了起来。接着所有的校服都鼓起来，剧烈抖晃。

夏天晴无法面对这一切，转身往走廊外跑去。

出口处，一个身影闪现。

夏天晴忙喊："请等等！"

身影不见了。身后的校服仍在剧烈抖晃，发出古怪的呼呼声，似乎随时可能跃下墙壁，朝她追来。夏天晴一边往前跑，一边拿出手机，但没有信号。她突然明白自己落入了陷阱!

　　无论谁处于这个境地都会这样认为，疑虑变成了恐慌。夏天晴努力稳定心神，继续跑，可是走廊尽头昏暗无光，不见出口。她浑身无力，踉跄着往前走，终于看到了教导处的门，里面透出灯光。

　　她来到虚掩的门前，轻声问："有人吗？"

　　伸手一推，门"吱呀"一声开了。

　　她往里迈步，随之一惊——脚下似乎没有底，如同踩在棉花上，身子趔趄，险些摔倒。同时另一只脚踢到什么东西，咕噜噜、丁零当啷一片怪声。

　　夏天晴浑身冷汗，急忙从教导处门前走开。

　　靠着墙喘息一会，决定一鼓作气跑到走廊尽头，那是她唯一的出路。她咬紧牙关，抬腿正要跑，胳膊忽然被抓住了。

　　"啊——"

　　耳边传来声音："夫人，跟我来。"

　　"阿亮？"夏天晴扭过脸，惊疑中带着几分庆幸，"你怎么在这里？"

　　阿亮语气紧迫："我是跟踪沈牧来的。"

　　"沈牧？"

　　"最近二少爷一直让我盯着他，就是防备他暗中捣鬼……夫人，请这边走。"阿亮带着夏天晴朝楼梯走去。

　　"沈牧也在学校？"

　　"您看，这是他的'迷障术'。"阿亮往走廊深处一指，"利用干冰制造烟雾，再加上三层光线干扰视觉，配合六种反常现象，引起人的心理不安，用以强化魔术效果。业内都知道，这种迷障术是天彩魔术团的孟团长创立的。"

　　"那怎么出去啊？"

　　"您放心，我已经禀报了二少爷，他很快就到了。"

　　两人迅速到了二楼，走进一间教室，里面的三个人连忙给夏天晴行礼，都是徐家外派的安保员。

　　夏天晴终于松了口气，接过阿亮递来的矿泉水。

　　阿亮焦急地问："夫人，您怎么会来这里的？"

　　"嗯……来办点私事。"

　　"我们本来盯着沈牧，不明白他要干什么，见到您才知道，原来是针对您的。"

　　现在看来这就是沈牧的算计。沈牧知道这所学校对她有某种意义，于是派吴辛洁去酒店，假装很急迫的样子，给她传递消息，诱骗她来此落入陷阱——想到这里，夏天晴既恼怒又懊悔。

这时，一名安保员望着窗外说："二少爷到了。"

阿亮说："我们去会合。"

一行人往教室外面走。

阿亮加重语气："保护夫人，学校里不只沈牧一个坏人！"

阿亮与三名安保员分作前后两组，夏天晴走在中间。下楼时没有遇到阻碍，一行人出了教堂大楼，横穿过操场上的跑道，赶往大门。徐渊带了两个人迎面走来。

风乍起，夏天晴抬手护着帽子，望一眼天空，乌云翻涌，压在校园上方。

"天晴——"远处突然传来呼唤声。

夏天晴转脸望去。此时天色将晚，愁云密布，一个颀长的身影逆风而来。

"夫人快走，是沈牧！"

阿亮不由分说，拉着夏天晴的胳膊往前跑。四人裹挟着夏天晴直奔校门。夏天晴的帽子飞了，在空中打着旋儿，被风吹到远处。

从沈牧的位置望去，夏天晴脚步踉跄、惊魂未定的样子，很像是被劫持了。于是他更奋力地跑过来。

徐渊改变方向，迎着沈牧冲去。

在篮球场相遇的一刹那，徐渊似乎挟着惯性，收不住脚步，被沈牧一拳捶在胸口，把他打得飞起，狠狠跌在地上。

夏天晴看在眼里，更是怨恨沈牧。

"阿亮，你们快去帮徐渊！"

"二少爷交代了，保护夫人是头等大事！"阿亮昂然道。

沈牧继续追赶夏天晴。

徐渊看到篮球架下扔了一只篮球，飞起一脚，篮球正中沈牧的后背。沈牧往前扑倒。篮球返回到徐渊身旁。徐渊拾起篮球，在地上拍了一下，篮球弹起时，呼地蹿起火焰。徐渊用肘部猛击篮球，燃烧的篮球飞向沈牧。

沈牧冷笑："徐家人就会玩杂耍吗？"

沈牧随手一接，篮球在他手指上旋转起来。徐渊注视着，那是光影神手的威力，可惜他看不透手法。沈牧把篮球扔起，待其落下时，他抬脚猛踢。徐渊做好准备迎接这强烈的撞击——可是篮球从他身侧飞去，踢偏了？

徐渊扭脸顺着篮球飞去的方向望。

燃烧的球体狠狠撞到阿亮身上。阿亮斜着飞出队列，在地上滚了七八个跟头才稳住，跳起身拼命拍打身上的火。

"快带夫人走！"阿亮嘶喊。

其他人护着夏天晴往校门跑，与前来接应的人会合。阿亮转身跑向徐渊，帮助他一起拼斗沈牧。

沈牧脱不开身，眼看夏天晴被一群人带出了学校，钻进车里，很快离开了。

接着，五六个徐家的安保员从教学大楼跑出来，连同校门外杀回来的人，十几个家伙冲向沈牧。

徐渊吩咐道："校园里别见血，这里是圣洁之地。"

于是一大群人围住沈牧往外涌。沈牧左冲右突，一时难以摆脱。

出了校门三十米外，打手们仿佛鬣狗露出了獠牙，扑上来撕咬沈牧。这时，一辆面包车"吱"的一声停下，蔡炳一把拉开车门，吼叫着：

"都给我放倒！"

五个精壮汉子冲下来，攻入包围圈。

紧跟着吴辛洁的车到了。沈牧突出重围，钻进车里，扬长而去。

徐渊制止住自己的手下，一群人簇拥着他离开。

徐渊对今天的演出非常满意，该达到的效果，全都达到了，甚至出现了意料之外的惊喜。他要趁热打铁，在夏天晴的头脑中，继续毁灭沈牧的形象。

回到徐宅，他马上见了夏天晴。夏天晴的心绪还没有平复，一名私人医生正给她量血压、测脉搏。

医生走后，徐渊开门见山说："沈牧今天在学校的行径，不是因为我们昨天对付了他的助手，他来报复你，而是蓄谋的、针对徐家的整体报复行动。"

"他究竟想干什么？"

"事实明摆着，他用了三步对付我们。"徐渊说，"先在舞台上击败我们签约的魔术师，制造对徐家不利的舆论；然后在舞台之外继续打垮我们的帮手，进一步瓦解徐家的斗志；现在就是针对大嫂你，他用卑劣的手法诱骗、恐吓，目的是从深层的意志上，最终摧毁徐家。"

夏天晴的嘴唇紧抿。

徐渊接着说："这次就当作一个教训吧，凡是从别人口中得知的关于沈牧的消息，都是包藏祸心的。"

夏天晴点了点头。

"还是曾祖母说得对，沈牧就是孟元辰的恶徒。"徐渊的语气变得凝重，"大嫂，如果你还对这样的人抱有幻想，我会退出管理层。"

"什么，退出？"

"是的，"徐渊的语气有些激动，"我不愿看到徐家在我们手上毁掉，我宁愿回到自己原来流落的地方。"

夏天晴紧盯着徐渊："怎么，你对我这个当家人失望了？"

"不敢。"徐渊看了夏天晴一眼，视线转到墙上那幅油画上，用发自肺腑的语调说道，"大哥去世前，把我召唤回来，让我的二少爷身份得到尊重，我对大哥充满感恩。他当时握着我的手，嘱咐我帮你渡过难关。身为徐家人，我每天都提醒自己肩膀上扛着大哥的嘱托，扛着徐家的事业。"

夏天晴深深点头："你对徐家的忠诚，有目共睹，尤其家族危难时，你付出的一切，是得到曾祖母高度赞赏的。"

"过奖了，这是徐家人应尽的本分。"

"明天的会议，我会正式宣布，全权授予你行使家族对外事务的权力。"

"谢谢大嫂，我们的本心是一致的。"徐渊平静地说。

——可悲的女人，从明天开始，家门之外的控制权，与你无关了。你已经被隔离。

第十一章

无法回头

『你们心心念念的「光影神手」的秘诀,就在这里。』

1

风刮了一夜，雨终究没有下来。清晨，云开雾散，城市上空依然是青灰色。

沈牧把自己关在后院的石屋，直到次日临近中午，才从屋里出来。天彩魔术团静悄悄的，围墙外面发生的一切，都不能扰动这里固有的静谧。沈牧心中却是起伏翻涌，眼下稍微平息，他穿过院子，来到自己的办公室。

所有念头围绕的中心仍是夏天晴。

天晴去了博迪中学，看来她也旧情难忘，去追寻昔日的青葱岁月，却为何以那种方式离开了学校？如果她只想在徐家人面前掩藏自己的旧情，可是远远地望向沈牧时，为什么一脸愤恨？如果她是被劫持，为何不呼救？

沈牧实在想不出任何一种缘由，能够同时解释这些矛盾的情形。

他的脑子里充满第一次见到夏天晴的情景——放学后，看到她在路边收保护费。沈牧上前劝善，被揍了一顿，夏天晴把他身上的零花钱搜刮干净，末了还挥着拳头在他眼前晃：认识我了吧，以后躲我远点。

小胖子张波告诉他，夏天晴最喜欢揍男生，不给钱都揍……

想到这，沈牧忽然停下脚步。那个小胖子，是他转入博迪中学后，认识的第一个好朋友，也是陪着他第一次见到夏天晴的男生。高中毕业后，仍和他断断续续有交流，直至大学毕业，沈牧一心学魔术，张波则为了谋生而拼搏，两人逐渐断了联系。不过，张波知道沈牧和夏天晴的感情，大学时，张波还给他俩寄过元旦贺卡。

无论如何见一面，说不定张波那里有什么消息。

寻找张波并不难，沈牧隐约记得，大学毕业时，张波说他准备进入闵行区旅游局。沈牧让吴辛洁帮他一查，果然，旅游局的网络管理部门有一个叫张波的，年龄、学历全都对得上。

吴辛洁开车送沈牧到旅游局，被告知张波正在休假。马上又按照住址，来到江川路的一个社区。

傍晚时分，沈牧正在车里东张西望，看到有一家三口从小区出来。沈牧笑了，那小子除了多一副眼镜，基本上没有变化。沈牧让吴辛洁等在车里，自己朝张波走去。

夕阳下，张波抬了一下头，突然一愣，然后不相信地瞪大眼睛，随即喊道：

"沈牧！"

沈牧还没开口，张波就冲过来，不愧是"博迪中学之光"，还是这么热情。

"张波，你好。"沈牧笑道。

"你还记得我？"

"我……"

"哎，老婆，沈牧还记得我！"张波朝身后的女人招手，"快来快来，这是我的高中同学，我是他的第一个好朋友……"

沈牧有些尴尬地笑一笑。

眼前是普通的一家三口，妻子面貌温和，见到生人有一点羞涩，儿子五六岁的模样，正在呱唧呱唧吃薯片，并已经有了祖传的小肚腩。

"沈牧，我经常在网上看你的新闻，大魔术师，太牛了。今天怎么，来这边办事？"

"张波，我就是来找你的。"

"啊？"

"嗯……是这样，你还记得夏天晴吧？"

"噢，你不说我都忘了，我见过她。"

"什么时候？"

"六七年前吧，对，那次我老婆也在，我俩刚结婚，跑到城隍庙闲逛，出来的时候看到夏天晴和一个男的坐进了车里。"

"一个男的？"

张波比划着说："因为我知道你和夏天晴交往，所以看到她以后很奇怪，我忍不住上去打招呼，你猜怎么着？"

"怎么？"

"她问我是谁！哎，她居然问我是谁？"张波有些激动了。

沈牧皱了皱眉头。张波是六七年前见到夏天晴，距离高中毕业没有多少年，没道理不认识了。何况张波在班里是个热心肠，作为一个可爱又活泼的小胖子，又整天和沈牧一起玩，夏天晴不可能转眼就忘。

"……我就说，我是张波啊，高中同学，当年和沈牧一起玩的……"

"然后呢？"

"她旁边那个男的就把我赶开，坐上车走了。夏天晴还一直问，哪个学校？"

"她这样问了？"

"没错,我记得清清楚楚。哎老婆,你还记得吧?"

他老婆点点头。

张波接着说:"我老婆还埋怨我,说我自作多情,看到漂亮女孩就往上凑,结果吃了瘪。为这事笑了我半年。"

沈牧问:"她身旁是个什么样的男人?"

张波认真想了想,"看年龄吧,应该比我们大十岁以上,个子挺高的,挺有气质的。"

沈牧点点头。是徐光展无疑了。

按照时间推算,夏天晴已经嫁入徐家三年以上了,那天和徐光展一起去城隍庙,偶遇张波,却表示不认识。

"起初我也挺生气,虽然你穿大氅、坐豪车,但我又不朝你借钱,何必呢?"张波苦笑一下,又说,"可是我后来想了又想,还是不太对。"

沈牧问:"什么不对?"

"当时夏天晴的表情,不像是装清高,或故意不搭理我,而是有一种……嗯,茫然的样子。"

"茫然……"

接下来与张波聊了什么,沈牧不记得了,后来张波的儿子大喊着饿了,在他老婆的催促下,匆匆告别。

沈牧坐回车里,陷入沉思。

"怎么样?"吴辛洁一边开车一边问。

"你也见了天晴几次,你觉得她的神态是傲慢吗?"

吴辛洁思忖着,摇摇头。

"她见到我时,那种陌生感,也不像是装的。"

"嗯,夏天晴是真的不认识你,完全是路人的样子。"

沈牧扭脸瞥了吴辛洁一眼。吴辛洁忙问:"我又说错话了?"

沈牧的视线投向车窗外,低喃道:"结合张波讲的那段往事,难道……天晴失忆了?"

"失忆?!"

嘎吱——

吴辛洁一脚踩到刹车上,把沈牧闪了一下。

沈牧扶着腰,"你就失不了忆,你脑子里……"

"全是防冻液好吧。"

沈牧愣了愣，说："这句话最早也是天晴骂我的，说我冒充学霸，活腻了。"

沈牧的嗓音透出深情。吴辛洁心底不禁浮起一丝隐痛。她还是没办法假装不在乎，可是只要沈牧幸福，她愿意忍受这样的痛苦。

吴辛洁故作轻松地笑一笑："夏天晴真是你的克星呀。"

沈牧收回思绪，说道："之前无法解释的各种矛盾，有这一条缘由，就全通了。"

"但现在也只是推测夏天晴失忆，还不能确定呀。"

"是啊。"

回到天彩魔术团，沈牧让蔡炳尽力搜寻夏天晴的一切信息，他想，只要再一次见到夏天晴，所有问题就有了解决的途径，夏天晴受到的蒙蔽，都可以揭开，使得真相大白。

然而过了几天，蔡炳反馈的情况是：现在查不到夏天晴的任何消息了，外界没有一丝线索是关于夏天晴的。

沈牧面对的事实是，他永远无法接近夏天晴。

2

伴随着一声悠长的汽笛声，摆渡船驶离了临江路码头，岸边高耸林立的大厦缓缓后退，江风扑面而来，拂动沈牧的头发。蔡炳坐在他身旁的椅子上，闭目养神。

这条线路没有往返上班的人群，因此船舱里空荡荡的。对面的两名乘客跨坐在摩托车上，低头玩手机，另一边靠着几辆自行车和编织袋打包的货物。

正是下午三点多钟，江面映射着一片璀璨斑斓的阳光。

沈牧此行目的地，是位于浦江东岸的西新村草镇。一百多年前，那里崛起为东岸最大的农贸市场，也是逃荒难民与外商招募雇工之地。如今，草镇的一半区域是某外资企业的厂区，另一半则是等待动迁的村民。

"咱们来得还算及时，过一阵子，这边拆迁，邵疯子又不见了。"蔡炳说。

沈牧淡淡一笑："谁能想到他住在草镇。"

两人下船后从渡口出来，沿着小街往前走。

蔡炳说："幸好有谢伯搭线，不然很难找到这里。"

小街两旁的店铺大多陈旧，人流量倒是不少，小商贩和年轻工人的身影遍布四周，空中浮动着一片嘈杂的声浪。

沈牧避过地上的一摊污水。蔡炳伸长脖子仔细辨别着门牌号。

"大牧，走这边。"蔡炳示意。

两人拐进路旁的小吃店，里面没有客人，一个服务员正趴在柜台上打盹儿。

穿过食铺，从后门出去有个院子，这是典型的"前店后宿"模式。经过院子，又出了一道门，眼前是一片杂乱的建筑物，头顶线缆纵横。

蔡炳皱了皱眉头。"邵疯子也是个有名头的人物，居然肯住在这种地方。"

沈牧笑道："得罪圈流就是这种下场，邵疯子是给我们打了个样儿。"

蔡炳急忙说："哎，咱们跟他不一样，不一样啊，咱们是有团伙的。"

两人穿过一条窄道，停下脚步。

蔡炳说："就是这里——断墙挡路的地方。"

斜对面有一堵砖墙，塌了半截，四周杂草丛生。紧邻断墙的是一座三层小楼，一片阳光洒在门前，水泥台阶上卧了一只猫。

两人上了二楼，推开右侧那扇虚掩的房门，一股中药气味飘出来。

沈牧保持着警觉，蔡炳则紧紧捏着手上的皮包，毕竟要见的人是徐渊的师父，形势可能随时发生逆转。

蔡炳用低沉的嗓音问道："有人在家吗？"

里面隐约传来咳嗽声。

蔡炳看了沈牧一眼。沈牧示意他站到后面，自己迈步进了门。屋里十分昏暗，桌椅柜子陈旧不堪，墙上却贴了漂亮壁纸，这倒是少见。一缕细细的阳光透过窗户打在东侧墙上，光线中可以看到悬浮的尘粒。光线下面是一张床。

沈牧不禁敛起双眉。床上躺着一个稻草人，一见之下有些古怪，不过，这里的稻草人本就是传统，早年流民聚集时，无论是商铺还是住家，全是草棚、茅屋建筑，因此这个小集镇才得名"草镇"。

但这个稻草人，脸上贴着一副面具。

沈牧笑了笑，邵疯子也要装神弄鬼吗？

以徐渊的变脸技艺来看，他可以快到普通魔术师的四倍，一分钟变换三十六张脸，作为师父的邵疯子，不知达到了怎样出神入化的境界。徐渊精通的"吹粉"和"扯脸"两项技艺，邵疯子想必更是登峰造极了。

不过，达到这种层级的人，不会闲得没事卖弄自己，高处不胜寒的人，更懂得伏藏，尤其是邵疯子这种被主流圈层封杀的人物，早在七八年前就销声匿迹，没有搅起什么风浪。

这次邵疯子愿意见沈牧，沈牧并不认为邵疯子是想趁机为徒弟出头。因为一直以来沈牧打的是徐家，而徐家最看不上邵疯子，邵疯子当然更对徐家嗤之以鼻。换句话说，沈牧与邵疯子反而更契合，他俩都与主流圈层犯克，都让人恨得牙痒痒却没办法。

此外，以师父对徒弟的了解，倘若邵疯子关注外界局势，就会明白，是徐渊一直在背后推波助澜，把事情引向不可挽回的地步。如果邵疯子想要引火烧身，沈牧不介意再添一把柴。

沈牧朝床上的稻草人伸出手去。

蔡炳在身后低呼："当心。"

沈牧说："让你躲外面，你进来干什么？"

"笑话，我……"

沈牧的手已经摸到了稻草人脸上的面具。这副面具的奇怪之处，不仅是蓝底黄边的容貌特征，还有它掀开了一个角，在面具的右脸下方，靠近下颌的位置，像是有人在贴面具时，不经意地揉皱了，没有抚平。

沈牧就用手指捏着那个角，往上一揭。

唰。

揭开的面具下面是空的，并没有通常所需要的多层面具。不过，沈牧却大吃一惊。

蔡炳同时感到震惊，颤声说："这手法……怎么……"

床上稻草人的脸虽然没有变化，但屋子的三面墙壁，却在刚才沈牧揭开面具的一瞬间，变了。

壁纸变成了新的三种花式，就像有人在毫秒之中迅速贴换了三张壁纸，而且壁纸的效果十分诡异，犹如墨粉、金粉、银粉扑到墙上，呼之欲出，在屋内一半昏暗、一半阳光反射的氛围中，有着淡淡的光雾氤氲效果。

沈牧又把那副面具覆盖到稻草人的脸上。

唰。

屋子的壁纸恢复了之前的花式。

这看似小小的技艺，却蕴含了不可思议的精妙手法。

"这手法……"沈牧喃喃道，"'斜照移山影'。"

魔术的名称，得自唐朝诗人王勃《山居晚眺赠王道士》中的一句：斜照移山影，回沙拥籀文。

蔡炳擦了擦额头，低声问："邵疯子怎么会变孟团长创立的魔术？"

"这算见面礼吧。"门外忽然传来说话声，苍白嘶哑，有些衰弱。

沈牧连忙回头。门口的黑暗中，渐渐剥离出一个黑色的身影，又因过于苍白的脸庞，使那个影子有一种阴寒之气。身影近了，手上挂着一根竹杖，步履蹒跚，慢慢走到墙边的藤椅上，坐下时，双膝抖了一下，然后是一阵咳声。

邵疯子变成了这副模样，沈牧有些意外。

沈牧走近两步，欠了欠身："邵师……"

"沈牧，叫我老邵就行了。"邵疯子翻了翻三角眼，"你们啊，担心来这里是陷阱，我啊，担心你们跑来害我，"他用竹杖一指墙壁，低笑一声说，"那我就用这个见面礼，沟通沟通，还不错吧。"

沈牧与蔡炳互视一眼。沈牧说："孟团长创立的'斜照移山影'，从来没在外面表演过，你把它拿过来做了改造，融入变脸术，我想知道你是怎么拿到的？"

"沈牧，我在天彩魔术团见过你。"

"什么？"沈牧有些愕然，重新打量邵疯子，完全没印象。

邵疯子又发出一声低笑："那时候孟团长还没有收你，你还是个愣头小混蛋，天天跑到天彩魔术团，趴在窗户外面偷师。"

沈牧又是一惊。那次为了备战人生第一场真正的魔术比赛，每天走很远的路，到田子坊的弄堂，翻过围墙，趴在演练房外面偷学。可知道那段经历的没几个人。

"你在窗外偷课的时候，我和孟团长在里面，只不过你没注意我，只是盯着魔术。"邵疯子说，"孟团长早就发现了，却没有赶你走，想看看你的执念够不够。孟团长还有意演练了一套'凤凰涅槃'，后来你在梅陇文化馆参加比赛，孟团长就坐在观众席。他也没想到，你在没有人点拨的情况下，就掌握了魔术的精髓，孟团长才决定收你。"

原来如此。沈牧当时一进门便发出宣言：我一定要成为最厉害的魔术师，登上世界之巅。而他这样做的原因，就是为了寻找昔日恋人夏天晴。

让人意外的是，孟团长不仅没有责骂或耻笑沈牧，反而认可了。学习魔术的理由和动力可以很多，为什么这个不行呢？

从那以后，沈牧的命运车轮进入了新的通道。

一旁的蔡炳忙问："邵大师，难道您也是天彩魔术团的前辈？"

邵疯子摇摇头，咳了两声，说："年轻时，我和老孟同门一年多，后来分道扬镳。他说我的路子邪，我骂他迂腐。道不同不相为谋。我们两个都没什么朋友，有时候互相不搭理，有时候又凑在一起切磋切磋。唉，老东西比我还小几岁，见阎王的心情倒是比我急。"

沈牧问:"那这'斜照移山影'是孟团长教您的?"

"我跟老孟切磋的时候很烦,老东西总是教育我,劝我善良。滚蛋,老子用你教育?"邵疯子说着有些激动,"再说我对变脸术更感兴趣,就又和他分道扬镳了。临行前,他把'斜照移山影'的技法送给我,我不能白要他的,就把自己不爱玩的'纸片人'回赠他。"

原来竟有这样一段渊源!

两个互相犯克的老朋友,互赠的魔术,一个是'斜照移山影',一个是'纸片人',冥冥中有了二人互为投影的象征。沈牧忽然有些伤感,随即又浮起一丝异样的心绪——

自己的师父,和徐渊的师父有这样的交情,实在出乎意料,那么按辈分,对于眼前的这个人,难道要称一声"师伯"?

邵疯子似乎看穿了沈牧的想法,抬起枯瘦的手掌,摆了一下,说:"旧事不必提了。近来你四处找我,有什么事吗"

沈牧淡淡一笑:"您这是揣着明白装糊涂啊。"

邵疯子静默片刻,叹口气:"是和徐渊有关吧。"

一旁的蔡炳说道:"邵大师,我们今天拜会您,带着十足的诚意,希望能够解决一些麻烦事。您愿意见我们,想必也是感受到了外界的麻烦。"

邵疯子坐在藤椅里,双手握着竹杖,一动不动。

沈牧直接问道:"邵师是怎么认识徐渊的?"

邵疯子垂着脑袋沉思良久,抬起头缓缓开口:"七八年前,我和另一个研究变脸的魔术师闹了别扭,他倚仗着手底下人多势众,想欺压我,被我当众击破他的魔术。他变脸变到没脸见人,我是痛快了,可没想到,他背后有个研究变脸的圈子,都是上海魔术界的正宗人物。于是,我和他的个人恩怨,被他扯成了我和魔术圈的纠纷。哼,正宗圈流发起狠来,也是很凶残的。一部分人是真的恨我,还有很多人是跟着骂,明着骂我手法邪异、败坏魔术,暗地里不停地整治我,要把我彻底弄灭。"

"所以你老人家就跑了。"沈牧笑道。

"我是不想他们打扰我!"邵疯子用杖头一戳地,"正宗圈流骂我手法邪异,我就研究更邪异的。我把早就精通的'吹粉'和'扯脸'技艺,继续往深处钻,钻出一个离奇诡秘、神魂颠倒。"

沈牧问："你就在那时候认识了徐渊？"

"没错。徐渊那小子的出现，就是冥冥中上天降下的礼物。"邵疯子说到这里有些激动，"我是偶然间看到他和一个人斗魔术，手法虽然有些稚拙，但天赋很高，是一块难遇的好材料。我点拨了他，他马上诚心拜我。我俩算是机缘到了，他正是迫切需要一位师父，我呢，渴望一个好弟子在身边照应，更重要的是把我留下的技艺发扬光大。就这样，他成了我唯一的传人。"

沈牧与蔡炳互视一眼，这与他俩之前的分析推断基本契合。

邵疯子为躲避圈流的围打，被迫隐藏起来，心里憋着一股火，自然就把那股情绪带入了变脸术中。因为从川剧变脸的源流来说，本身就是在舞台上表现怪诞狰狞的面相，以传达人物内心的惊恐、绝望等情绪，邵疯子"以心应面、以面传心"，反而达到了天人合一境界。

高超的技艺传给徐渊，其在手法上的快与邪，也就不难理解了。

可以说，恰恰是正宗圈流，通过邵疯子，锻造出了徐渊这么个邪种，而其中，就有徐家的一份功劳。

但有个问题不对劲。

沈牧说："邵师，你自己和正宗圈流作对，我能理解，那徐渊跟你学的技艺，肯定被圈流排斥，可他是徐家的二少爷，徐家是名门大家族，会放任他这么做？"

邵疯子忽然往地上啐了一口，"呸，什么东西！"

沈牧一愣。

蔡炳不满道："老邵，你骂谁？"

邵疯子斜愣着三角眼。"我骂徐家啊。怎么，你有意见？"

"您继续。"蔡炳捋了捋头发。

邵疯子接着说："其实要论起来，我还得感谢徐家，因为我遇到徐渊的时候，他已经被徐家赶出来好几年了。"

"哦，被家族驱逐的落难公子。"沈牧点点头。

蔡炳说："我听到一个传闻，不知真假——说徐渊是外室之子，还想分家产，家族人不容他，才把他赶出去的。"

"什么外室之子？"邵疯子抬起竹杖在地板上顿了一下，"那是徐家的长辈放出的谣言，说徐渊的妈妈是徐爸爸的小三，不对！徐爸爸在原配去世后，才认识了徐渊的妈妈，一个愿娶，一个肯嫁，本来就是合情合理的好事。可是，徐家当时几个长辈死也不同意娶那个女人，说什么门第门风一类的鬼话。徐爸爸就和那女人私下在一起，还生了徐渊，你想徐家能不生气吗？徐爸爸在世时，那些老东西顾及脸面还不能怎样，徐爸爸死后，孤儿寡母受了不少窝囊气。就连徐爸爸生前允诺给徐渊母子的一切，都没有兑现。哼，什么百年世家，呸！一家子没一个好鸟！"

原来竟有这样一段往事。沈牧有些感慨。

沈牧问："那徐光展什么态度？"

"哦对了，徐光展是徐家唯一的好鸟，他做了当家人以后，确实很照顾徐渊，两人虽是同父异母，可徐光展是把徐渊当作一母同胞的亲弟弟，怎奈有老东西们挡着，徐光展没有合适的理由把徐渊召回家族，徐渊就在外面晃荡着。"

"他练魔术，就是想回到徐家吧？"沈牧问。

"没错。徐家是百年魔术世家，徐渊幻想着只要魔术技艺达到一定高度，就可以凭实力回归家族。他苦练魔术，付出的比别人更多。他首先想得到徐光展的认可，听说大哥对光影神手感兴趣，他就给自己的手指做了骨科手术。后来又得知，你沈牧掌握了光影神手，而徐光展特别欣赏你，便去挑战你。"

沈牧点点头，三年前的那场挑战，原来有着这样的背景。

邵疯子继续说："他想近距离观察你的光影神手，结果落得惨败，不仅没有赢得大哥的青睐，反而遭到他们徐家人更多耻笑。命啊。"

蔡炳说："他技不如人，怨不得谁。"

沈牧说："他被我打败，真正的痛苦来自家族给他的屈辱。"

邵疯子说："从那以后，他拼命想得到光影神手的秘诀，以至于执念太深，成了一种病。"邵疯子深深地喘了一会儿气，"不过说句公道话，这世上如果有第二个人可以施展光影神手，那就是徐渊了，虽然他不是天生的神之手，可他的天赋技艺有另一种层次。"

沈牧若有所思地点点头。

蔡炳说："徐渊是受了窝囊，可他不该把怨气撒到无辜者身上，为了达到目的，他不惜利用任何人。"

邵疯子叹口气："唉，他是行事过于邪了。我邵某人让人骂成疯子，可他有时候比我更疯。"

沈牧从椅子上站起身，走到窗前。从这里能看到那堵断墙，天近黄昏，一抹斜阳洒到墙边，在地上投射出残破的影子。抬眼眺望，小街人来人往，各个食铺前聚拢了人群，更远处，草镇低矮的屋顶连绵起伏，延伸到江边。

沈牧转过身，问："邵师，您今天愿意见我，还有什么要说的？"

邵疯子沉吟片刻。

"我了解你的本领。"邵疯子看了沈牧一眼，"前阵子，街头惊现四个沙雕的事，我知道。要说其他三个人我不认识，可那个'洋葱皮'，我了解的，心狠手黑。你能轻松把他踩灭，还搭配了三个……"

"高帽子不用戴了。"沈牧说，"您应该清楚，那四个人都和徐家有关吧。"

"我当年收徐渊做弟子，可是没想到，如今他卷入了你和徐家的死斗……"

"话要说清楚，徐渊可不是卷入的，是他兴风作浪，把我们卷进来的！他做过的脏事，是洗不干净的。"

"那你想怎样？"

"凡害我者，必自害之。"

屋内陷入长久的沉默。

邵疯子艰难地抬起脸，嘶声说："我知道你是有仇必报、有债必还的人。"说着话，他忽然起身，一把抓住沈牧的胳膊，手劲奇大，但只坚持了几秒钟，就颓然松开，跌坐在藤椅里，哑着嗓子说，"徐光展死以前，召唤徐渊回家，我不同意他回去。这不仅是因为我讨厌徐家，更因为我看出徐渊心里憋着一股劲。那是一股子狠劲，会引起大麻烦。可是他不听我的劝告，我就对他讲，你要做徐家的二少爷，就别认我这个师父！就这样，我跟他断了联络，五年了。唉，可是再怎么样，徐渊是我唯一的学生，等我快死的时候，还是要喊他来，给我收尸的。"

沈牧说："我明白你的意思了。"

"能饶人处，且饶他不死。"邵疯子猛地咳嗽起来，边咳边说，"我——咳咳咳——没有别的亲人……只有他……咳咳咳……把他当儿子，这个孽子……"

邵疯子咳得那么惨，见者无不动容。他枯瘦的脊背弓起，薄衫下的肋条根根凸显，令人不忍直视。沈牧却微笑着，欣赏着老头的痛苦。老头嘴里喷出的血沫溅到沈牧的衣襟。

蔡炳愕然看着沈牧。沈牧什么时候练成了铁石心肠？不，这简直就是变态、反社会人格！

"行了，老头，咳几声就行了，不就是想求我，别弄死徐渊吗，你至于演得这么凄惨？收工吧，盒饭凉了。"

邵疯子"咯喽"一声翻个白眼，坐直身子，用手背抹去嘴角的血沫，"你小子行啊，不愧是孟元辰的孽徒，我这一手骗过了不少人的。"

沈牧笑了，"你不光会变脸，还会变身，可我见识到过更厉害的演技派。你这一招，有点过火。"

"那徐渊……"

"你都拿生命演出了，我也跟你讲点理。"沈牧说，"我只有一个条件，只要徐渊不再蒙蔽夏天晴，告诉夏天晴几句真话，我和他的新仇旧怨，一笔勾销。"

邵疯子有些不相信地看着沈牧。

"我的要求不过分吧。"

"不过分。"邵疯子怔怔地摇头。

蔡炳说："徐渊浑身都是屎，现在只用一张纸就能擦干净，您老就烧高香吧。"

沈牧走到邵疯子面前，弯腰，轻轻拍了拍邵疯子的胳膊，"师伯——"

"嗯？"邵疯子猛地仰起脸，"你叫我什么？"

"就算徐渊继续跟我打下去，那也只是我和他的事。您不用担心，我会给您养老送终的。"

沈牧转身离去。

蔡炳急忙补充道："您老一句话，马上住别墅，汤臣一品，六个女佣伺候！"

邵疯子坐在藤椅里，望着门口发呆。

返程途中，蔡炳问沈牧："你真的听了邵老鬼的话，歇手了？"

沈牧冷笑："我又不是坐庄的，歇手不歇手，可不是我说了算。"

"那就要看徐渊能不能听他师父的话了。"

"你觉得呢？"

"我琢磨着，徐渊的毛病比较大，就算你肯放过他，他也不会放过你，起码他要弄到光影神手的秘诀。"蔡炳说，"何况他手上有夏天晴。夏天晴被他蒙蔽得太深了，一门心思要收拾你。"

"所以说嘛，听天由命。"

蔡炳皱眉看着沈牧。

沈牧一扁嘴："看我做什么？"

"你可从来没说过'听天由命'这种丧气话。"

沈牧斜睨蔡炳，"徐渊要跟我拼命，那就看谁的命硬了。"

回到天彩魔术团，沈牧走入那间新设立的道具房。姜满春趴在工作台上摆弄尺子，手上拿着一支绘图笔修改着——刚才又在门前的水槽试验了一番，不满意。

"满村哥，还在忙。"

"噢，小爷叔来了。"

姜满春放下笔，从工作台前让开，让沈牧看到图纸。

图纸铺了大半个台面，画的是 X 道具的内部构造。姜满春把图纸翘起的边角压平，指给沈牧看。

"这里，"他的手指从左侧下方一直划到右侧上方，"这条轴线的制造难度最大，材料要有韧性，同时它又支撑着整个机关，对硬度的要求也很高。"

"嗯，韧性和硬度确实有矛盾。"沈牧沉吟片刻，问，"借用钢材的淬火工艺怎么样？"

"我考虑过，采用夹刚工艺，是可以完成的，但整个轴杆的平衡力度有偏差。"姜满春说，"你告诉过我，这次要创造出登峰造极之术，要把障眼法发挥出极致的美，那就不能有丝毫偏差。"

沈牧点了点头。

姜满春说："要把'划地成川'的内在原理，运用到你自己身上，达到完美效果，那么这根轴杆的效力，至少占百分之四十。"

"用黄金吧。"沈牧语气平淡。

"嗯？"

"天彩魔术团是有黄金储备的。以前孟团长留下一些金砖，我们平时也赚了些金条，饼叔运作了一堆金币。拿出来用吧。"

"真的吗？"姜满春惊讶地瞪圆了小眼睛。

"把黄金熔入金属材料，达到韧性和硬度最佳。"沈牧拿起旁边的纸巾，擦拭手上沾着的绘图墨水，"用多少有多少，直至炼出合适的轴杆。"

"好啊。"姜满春高兴地搓着手，"我先做个预算，准备撕老饼的肉。"

沈牧回到自己的办公室，静静坐了一会，起身在房间徘徊。

邵疯子的话语仍在耳边回荡：

——这世上如果有第二个人可以施展光影神手，那就是徐渊了，虽然他不是天生的神之手，可他的天赋技艺有另一种层次。

邵疯子的这句话给沈牧留下很深印象。

想到这里，沈牧走到办公室门口，朝院子里喊："吴辛洁！吴辛洁——"

吴辛洁刚从外面买了晚饭回来，提着餐盒，突然听到沈牧的呼唤，不由得打个激灵。这熟悉的声音又在天上飞，犹如叫魂一般，吴辛洁急忙跑去。

气喘吁吁地来到沈牧的办公室，把两个餐盒放到茶几上，吴辛洁说："饿坏了吧，快吃。"

"你跟我来。"沈牧看也没看，往门外走去。

吴辛洁只好跟上。穿过回廊，走进后院，吴辛洁愣了一下，沈牧的方向是石屋——他住宿的地方，也就是所谓的"禁区"。

"怎么，老寒腿犯了？"沈牧扭脸瞥了吴辛洁一眼，"跟上啊。"

"哦……"吴辛洁低头加快步伐。

也许是上屋顶吧，吴辛洁思忖。

那次在屋顶上，沈牧第一次敞开心扉，讲述了自己与夏天晴的昔日恋情，使得吴辛洁看到了沈牧脆弱柔情的一面。也是因为那个瑟瑟秋夜共处屋顶畅谈青春恋曲，令吴辛洁更感受到沈牧的魅力，尽管沈牧深情回忆的，是另一个女孩，却在吴辛洁心中掀起了波澜。

现在想来，这个屋顶，竟然是自己一生中真正的爱情起源地。与之前的几次敷衍了事的恋情相比，这份感情，距离最近，却又相隔最远。

"喂，你发什么呆啊？"沈牧说。

"噢……"

"进来。"

沈牧推开石屋的门。

"啊？"

沈牧转身进去了。

望着沈牧的背影，吴辛洁忽然有些慌张，这种情绪很复杂：一是她曾经以"特工"的身份潜入这座屋子，企图盗取光影神手的秘诀，留下了不安的记忆；二是现在突然被沈牧邀请进入他的私密空间，心中又产生了莫名的憧憬。

如此复杂的情绪纠缠下，吴辛洁走进石屋。

从外间到里间的走廊上洒着淡淡的灯光。吴辛洁跟着沈牧走进里间的书房，四壁仍然开着小灯，吴辛洁望向书架。书架最内侧的吊坠儿依然挂着，里面镶着的照片正是夏天晴。

"你以前来过吧？"沈牧语气平淡。

吴辛洁却是一惊，"你……你知道了？"

"别紧张,那个时候你有任务在身嘛。"沈牧说。

吴辛洁无言以对,手心捏着一把汗。但沈牧不是那种突然找后账的人,也没有必要,因为两人之间的信任,是经历了严酷考验的。

沈牧示意吴辛洁走近些,面对书架旁边的墙壁,正是那个内嵌的箱子。

吴辛洁愈加紧张,她曾经触发了里面的开关,被麻醉剂喷倒,幸好反应敏锐,只昏迷了半个钟头,至今想来仍是后怕。

沈牧肯定是检查开关时,知道有人进来过。

此时沈牧打开箱子,里面的展示台缓缓移出来,支在半空。展台中间仍是那个瓷娃娃,夸张的眼睛,两腮发红。

沈牧朝着瓷娃娃伸出手指。

吴辛洁不由得"哎"了一声,身子往旁边躲去。

沈牧笑了:"一朝被蛇咬,十年怕井绳。"

沈牧用三根手指捏住瓷娃娃的两腮,往上一提,只听"咔"一声轻响,展台上方又伸出一个镶银包铜的盒子。

吴辛洁明白了,"往上提"才是打开机关的正确方法,而人们习惯按动——向上是钥匙,向下是凶器。就这么简单。

沈牧看了看吴辛洁,语气一转,沉声说:"你们心心念念的'光影神手'的秘诀,就在这里。"

说着,沈牧取下那个镶银包铜的盒子。

盒子端放在书桌上,沈牧慢慢打开盒子。吴辛洁看到盒子内侧浮起的尘烟,残缺的光线使得盒内一半昏暗、一半微明。

吴辛洁不由得睁大眼睛,低声问:"这是什么?"

"光影神手的秘诀。"沈牧说。

盒子里整齐排列着兽面人身的物件,每个的高度相当于成年人的食指。兽面都是常见的动物,马、牛、羊、猪,也有猫、狗、鼠、兔、猴等等,排列了三行,总共二十四件。

在微明的光线中,它们似乎都在望着吴辛洁。

"这就是……秘诀?"吴辛洁还是无法想象,"不是应该有个图谱啊什么的。"

当初徐渊给她的指令，就是寻找类似于图谱、秘卷或是笔记一类的东西，那也是通常人们认定的"秘诀形式"。

"光影神手的秘诀，从来就没谱。"沈牧嘲弄地笑一笑。

"所以当初就算我发现了这些东西，也是睁眼瞎。"

"这就是魔术啊。给你看到的一切，都是你以为看到的。"

"那你们怎么一代一代教给后人？"吴辛洁满脸困惑。

"口耳相传，不立文字。"

吴辛洁明白了。"哦，因为担心被坏人偷去，就不写到书里，这也是没办法的事。"

"不。是因为没办法写书。"

"啊，为什么？"

"因为太简单了，连一页纸都凑不够。"

"啊？！"吴辛洁的眼睛瞪得快要吃人了。

沈牧抬起手掌，"这么宽的纸，都写不满。"

"那……是什么箴言？"吴辛洁越来越好奇。

沈牧的手伸向盒子，看似不经意地敲了一下，一个猴面人身的木偶跳起来，站到了沈牧的掌心。这木猴虽然高度仅及食指，却雕刻得惟妙惟肖。脑袋上细细的绒毛根根可见，脸上的表情十分生动，也不知道是哪一年传下来的，木色透出玛瑙的光泽。

沈牧的手指轻轻一晃，木猴在他手上翩翩起舞，舞姿不断变换，各种高难度动作层出不穷。吴辛洁看傻了。只见木猴忽然浮了起来，悬在沈牧的掌心上方，飞速旋转起来。吴辛洁觉得眼花缭乱。那小小的木猴旋转时，似乎有着超出其本身的强大力量，扰动了周围的气场，竟有一种想要和它一起旋转的冲动。

这时，吴辛洁才注意到，沈牧的食指和无名指的骨节正在自由伸缩，他的骨节间似乎暗藏了机关飞簧，驱动魔术，千变万化。

那木猴旋转到极致时，居然看不到转动的身姿，而是像一朵莲花悬浮静止。

岿然不动，又似扶摇几万里；静动之间，驰魂夺魄，又似寂寂无痕。

沈牧沉声说："魔术，就在于'侯'与'猴'的转化……"

——魔术，就在于，侯与猴的转化。

孟团长的声音又回荡在耳畔。那一刻，距离孟团长去世倒计时，只有三天。

——呈现侯与猴的多次转化。

——王侯的沉稳威严，金猴的机敏多变。王侯将相，金猴降妖，以侯为正，以猴为奇。

——侯与猴的转化，就在毫巅之间，变幻无穷。时而似侯，时而似猴，这才是精髓所在。

——所谓光影神手，重点并不是手，而是你的心。

——魔术的套路就那么多，关键在于变而化之，你懂吗？只会变是不行的，重点在于"化"。懂得"化"，就掌握了幻象艺术的绝妙。

——超一流的魔术大师，与普通魔术师的区别就在这个字：化。

吴辛洁忽然发现沈牧神思飘忽，眼角有晶莹的光泽闪烁。

"先生……"

沈牧瞬间恢复到常态，手指再一晃，木猴停止旋转，跳到他的掌心，一口气翻了六个跟头，跳回了木盒，仍旧在它原本的位置。吴辛洁愕然发现，木猴的面颊上居然有汗珠。

沈牧微微吁了口气，说："在这二十四个兽偶之中，最难操作的就是木猴。当年我正式学习光影神手之前，孟团长让我练了三年，就是在手指间摆弄兽偶，每天十个小时，从不间断。兽偶掉落一次，罚一顿饭不许吃。"

"我的天。"吴辛洁有点喘不上气，用沈牧听不到的声音咕哝着，"难怪现在喜欢虐待别人，原来是……"

"孟团长欠我三百五十二顿饭，到他去世都没还上。"

吴辛洁扑哧一声笑了。

"你笑什么？"沈牧沉声问。

"没……我就是觉得吧，你这么高的天赋，也需要苦练？"

"哼，你这种层次是没办法理解的。"

沈牧把盒盖关上时，手掌轻轻拂过盒面。

当初他苦练三年，直到孟团长去世前三天，把魔术终极秘密——光影神手的秘诀传授给他，并让他守护魔术团。那个秘密专为神之手创立，在魔术界的深层流传多年，无人知晓真谛。

三年的锤炼，三天的升华。自此，沈牧犹如脱胎换骨，成为世人眼中的"神"。

沈牧把盒子放回去，墙上的箱子也复归原位。

沈牧说："这就是天彩魔术团的核心机密、核心技术。"

"为什么要告诉我这些？"吴辛洁紧张地问，"准备灭口了吗？"

沈牧语调平缓："从现在开始，你就是魔术团的正式成员，与饼叔、满村哥，平起平坐。"

"啊？！为什么？"吴辛洁目瞪口呆。

"什么为什么？"沈牧皱眉看着她。

"我是说……这个情况实在……"吴辛洁浑身都在哆嗦。

"你不愿意？"

"不是……啊，那我以前都算是实习生？"

"可以这样理解。怎么了？"

"天哪，实习生的工资都那么高，那我以后……天哪，我发财了，还有分红！"

吴辛洁猛地上前一步，抱住了沈牧。

"松手。"沈牧冷静的声音传来。

"噢……"吴辛洁急忙放开手，眼睛正对上沈牧那张冷漠脸，"我……我是有点太激动了。"

——我可不是利用一切机会揩你的油……

吴辛洁的脸颊绯红，转身往外跑去。

"等等。"沈牧唤住她。

吴辛洁慢慢转回身，小声问："有事？"她的声音里似乎带着某种希望。

"工作还没交代完。"沈牧的语气毫无起伏。

"哦。"

吴辛洁低着头，恨不得找个地缝钻进去。

沈牧掏出一串钥匙，递给吴辛洁，"魔术团的钥匙，你拿着。"

吴辛洁惊讶地抬起脸，"这个……"

"我明天要去崇明岛度假了。"

"那饼叔和姜哥呢？"

"他们来来往往都有事在忙。他们也愿意交给你。"沈牧把钥匙交到吴辛洁手上，"你守着家。"

这四个字瞬间击中了吴辛洁的心。心弦随之一颤，禁不住鼻子发酸。

"我一定……"

沈牧已经走了。

吴辛洁紧握着钥匙，上面还有沈牧的体温。她追出来，问："你闭关多久啊？"

"十天、半个月、一个月，谁知道呢？"

6

早晨九点多钟，银灰色的奥迪车驶过新潮路交叉口，停在道旁。

徐渊推开后车门，对驾驶室的阿亮说："在这里等我。"

"是，二少爷。"

此处是长宁区的福泉路河，在福泉路与新潮路交叉口向北的斜坡下，虽已是秋天，两岸的绿树芳草在风中翩翩起舞。

空旷的河岸边十分静谧。徐渊放眼一望，看见十几米外，那个唯一的垂钓者。

徐渊走过去，脚步逐渐放缓、放轻，站定后，深鞠一躬，"师父，您终于肯见我了。"

邵疯子依然盯着河面，枯瘦修长的身躯一动不动。

秋日上午的薄薄阳光覆在他的面颊上，增添了些许暖色，比之前那个挂着竹杖的衰朽老人精神了不少。

徐渊说："五年了，您的气色还好。"

邵疯子哑声问："徐家的二少爷，做得还适意？"

徐渊一怔。五年前，他听从大哥徐光展的召唤，坚决辞别邵疯子，回到徐家，是他认为徐家需要他这个顶梁柱。

当时师父问他：你去了以后就能称心合意？

他回答：人一辈子追求的不就是适意吗？

师父就随手蘸了茶水，在桌上写了"适"字，给他拆字解字：你在徐家外面，看到的是左边的"走之底"，等你进门以后，就会看到右边的"反文旁"。

他没明白过来。

师父一边在桌上比划，一边劝告他："适"字左边的"走之底"，换到右边的"反文旁"，就是一个"敌"字。你在这边要的"适意"，到了那边，就是"敌意"。

然而他没有多说什么，坚持拜别师父而去。

此刻，师父又提起了这个词。

徐渊笑一笑："我信了师父的预言，所以我来请师父出山。"

"你是有反骨的人，我不是你的靠山。"

徐渊听出邵疯子的语气不满，没有强辩，低头看了看旁边的水桶，里面连一片鱼鳞都没有。

徐渊说："这条河里只有麦穗鱼，您这样钓不上来的。"

邵疯子不理他，仍然举着鱼竿。

麦穗鱼只有一根食指那么长，是小杂鱼，什么都吃。由于嘴小，都是衔食或者叼食，还特别爱抢食。钓鱼者下了钩，它们一窝子冲上来叼几口就跑，鱼钩挂不住嘴巴，还把饵料吃个精光。因此麦穗鱼是钓鱼人最讨厌的鱼种，很难缠。

徐渊看着邵疯子紧绷的侧脸，苦笑一下。师父选择在这里见他，并且摆出一副执拗的钓鱼造型，其实是在劝告他，有些事再怎么努力，遇到的品种不对，全是空欢喜。

徐渊说："麦穗鱼最怕的是'地笼'。只要地笼往河里一下，一捞一个满。"

徐渊扫视河岸，走到附近的一丛竹子前，掰断一根竹子，用脚踩裂，劈开，选了四根竹条，再抓了把藤草，蹲在地上很快编成一个"地笼"。

然后他走到岸上，见一群小孩经过，有个六七岁的孩子，手上拿着面包在啃。

徐渊上前唤道："小囡儿，阿叔买你面包，来。"

他从口袋拿出钱夹，抽了张百元大钞，递给小孩。

小孩愣了愣，扔下面包，抓起钱就跑了。

徐渊捡起面包，回到河边，顺着河床把地笼放下去，用草绳牵着，往水面撒了些面包屑。

不到两分钟，河面上忽然涌现许多细小的水泡，并有急剧扩散的涟漪。徐渊捏着草绳往上一提，地笼脱离了水面，笼中一窝小鱼翻滚蹦跳。

徐渊走到师父的水桶前，把十几条小鱼倒进去。

小鱼在桶里欢腾，却听邵疯子重重地"哼"了一声，摔了鱼竿，转身走开了。

徐渊连忙跟上去，"师父，我是想告诉您，选对了方法，无事不成。"

"兔崽子，你的意思不就是，一物降一物吗？"

"嗯。"

"那我告诉你，你的天敌就是沈牧，懂了伐？"

徐渊的脚步顿了一下，"他找过您？"

"没错。"

"话说开了也好。我来请师父出山，就是与沈牧一战，我会全力配合。"

邵疯子停下步子，转脸看着徐渊，冷冷地说："当初我不同意你回徐家，那现在我会为了徐家，陪你去打架吗？"

"不为徐家，是为了我。"

邵疯子怒声说："你算老几？你拿什么跟沈牧打？"

"我占尽了优势，无论进退手上都有筹码。"

"你都混到给我下地笼了，还谈什么筹码？我怕你最后连一张擦屁股纸都没有！"

"您对我太没有信心了。"徐渊语气恭敬，"这次请您出手，其实是帮着邵门扬名立万的。咱们师徒一战击败沈牧，不久之后，待我大事成功，您就是一代尊师，徐家将成为邵门的发扬之地，我看魔术圈还有谁废话！"

邵疯子一边笑一边咳嗽："行啊，兔崽子，你真敢想，邪门的厕所开在了正门的家里。"

徐渊神态平静。"这不是想象，而是一步一个脚印，走过来的。"

"阿渊，再往前一步，就是悬崖了。"邵疯子的眼神中透出悲伤。

"师父……"

"我老了，没多少时间了。"

"当年我被所有人抛弃时，是您收留了我。我一直把您当作父亲，您只要点一下头，金钱宝马……"

邵疯子摇摇头，"收手吧。"

徐渊望着邵疯子，在他眼前的师父仿佛越来越远。

徐渊说："我回不了头了。"

长久的静默中，风从河面上吹来，拂动两人的衣襟。岸边的竹林、树丛响起雨落的唰唰声，苍白的太阳高悬在天空，河边的静谧被一群路过的学生打破了，他们大呼小叫地冲向河岸。

"阿渊，你走吧。"

邵疯子说完后，便转过身往另一个方向走去，枯瘦的背影执拗地挺立着。

徐渊望着师父远去，深深鞠了一躬，向马路上走去。他不知道，师父在走出很远很远以后，停下步子，回头朝这边张望。徐渊的背影在邵疯子眼中变成一个模糊的斑点，随即消失。

返程路上，徐渊一言不发，双唇紧抿望着窗外的街道。回到徐宅后，他没有吃午饭，在自己的办公间耐心地玩着一块拼图板。不知不觉，时间流逝，他陷入深深的思索。

外面有随从敲门："二少爷，夫人有请。"

"嗯。"

徐渊站起身，把最后一块拼图嵌入正中间，拼完了梵高的名作《星空》。

看看表，已是下午四点多钟。他伸了个懒腰，前往夏天晴的办公室。

进门后，发现夏天晴的脸色有些苍白。

"大嫂，病了？"徐渊问。

"只是最近没有出门。"夏天晴说。

上次在博迪中学受到惊吓，心理动荡，影响身体状况，再加上徐渊有意强化了外部的凶险，不但在无形中隔离了夏天晴，他自己更获得了家门之外的控制权。不过，夏天晴在家里还是能收到一些消息的，徐渊绝不能掉以轻心。

徐渊说："等这一阵忙完，亲人们一起出去散散心。"

"嗯。你和你师父谈过了吗？"夏天晴拉回正题。

徐渊低头说："他不肯出来帮我。"

"听说这几天沈牧那边突然没了动静。沈牧似乎不在市区了。"

"嗯，天彩魔术团也歇业了，这些情况只能说明一个问题——"

"沈牧在酝酿更凶残的反扑？"

"是的，他的最终目的就是摧毁徐家，否则不会停的。"

"徐渊，你似乎一点也不着急。"

徐渊看了看夏天晴。"我理解大嫂的心情，可是着急没用的。"

"我们没有任何人可以打败沈牧了！"

"不。"徐渊抬起脸，直视夏天晴，"咱们徐家自己还有一个人。"

夏天晴怔了怔，敛眉说："不可能的，所有顶尖高手……啊，难道你说的是……不，不，这绝对不可能。"

"什么意思？"

"徐家，确实只有曾祖母可与沈牧抗衡了，但老人家的状况，不可能完成一套魔术。"

"我说的不是老神仙。"

"那还有什么人？"夏天晴惊讶地睁大眼睛，她很想知道，徐家还有什么她不认识的世外高人。

"徐蔷薇。"

"什么？"夏天晴怔怔地看着徐渊，怀疑自己听错了，"你说——蔷薇堂妹？"

"是她。"徐渊点头，"我们需要的，与其说是高手，不如说是合适的人。"

"合适的？"

"把'适'字左边的'走之底'，换到右边的'反文旁'，就是一个'敌'字。"徐渊缓声说，"蔷薇是最合适的人，因为她就是沈牧的天敌。"

夏天晴愕然无语，实在想不出蔷薇与沈牧的战斗。

徐渊接着说："蔷薇曾去天彩魔术团应聘助理，其实是去玩，给沈牧变了个小魔术，沈牧看出她是可造之才，有意收她为学生，可她根本没在意，随便就回绝了。"

"我想起来了，在签约仪式上，大家都在等沈牧时，沈牧在和蔷薇聊天。"

"是的。就因为有了之前的面试，沈牧非常爱惜蔷薇这块材料。他怎会下狠手对付蔷薇？何况蔷薇是个十八九岁的小姑娘，以沈牧的身份地位，他如果打败蔷薇，反而更让人耻笑。我们就利用这两点，打击沈牧。"

静默良久，夏天晴说："看来你找到沈牧的弱点了。"

"与其击破魔术暗门，不如直接打击他的死穴。"

夏天晴又沉思良久，说："但以蔷薇的魔术水平，自保或许没问题，可是要攻击沈牧，差得很远吧。"

徐渊冷笑："这个简单，找一个人培训蔷薇就行了。"

"有这样的人吗？"

"这个人，曾经惨败在沈牧手下。"

"那怎么行？一个弱者，去教一个水平弱的小姑娘，弱弱联合能变强吗？"

"我刚才就说了，本身技艺高超并不是必需，只要能打败沈牧就行了。大嫂你玩过斗兽棋吧——弱小的老鼠可以吃掉最厉害的大象，在大象面前，老鼠就是胜利者。"

"我明白了，你要请的这个人，首先是很了解沈牧的。"

"对，这一点很关键。"徐渊说，"一个是特别了解沈牧的人，一个是沈牧爱惜的少女天才，两者缺一不可。幸运的是，这两者，我们都有。"

"如果此人可以培训蔷薇，当初又怎么会败给沈牧？"

"大嫂还是不太了解魔术一道。"徐渊说，"一个人的水平，往往是自身条件限定的。比如那个人，手上握有顶尖魔术秘法，而且知道怎么打击沈牧，怎奈他施展那套秘法的自身条件不够，比如，视力、体力、身体平衡度等等，任何因素都可能影响，使他无法发挥到十分。但如今他只要把相关技艺传授给蔷薇，蔷薇的天赋，足以领会贯通。而蔷薇又是沈牧无法下狠手对付的人，也就是天然克制沈牧的人。如此一来，既有高超的魔术秘法加持，又有了直击沈牧弱点的武器，何愁不赢？"

夏天晴靠着椅子，思忖着。

徐渊知道夏天晴没有选择，因为她没有退路了。徐家亦然。而徐家必当感激他的策略，只有他在绝境中，采用了反其道而行的战法，使得徐家有了生机。

"可是，百年魔术世家，派出一个小姑娘，这……"

"大嫂，前怕狼后怕虎，可是抵不住险风恶浪的！你如果担心徐家的脸面，那就是想多了，当年，曾祖母十五岁闯荡上海滩，徐家遭遇危困时，她仗义相助，出手时还不到十八岁。现在我们徐家自己的新生代，挽救徐家的危难，谁又有资格多说半个字？"

屋里变得很静。

夏天晴看着徐渊，叹口气："我是不想逼迫蔷薇啊，她的性格，你知道的。"

徐渊语气沉缓："不用大嫂出面，曾祖母会劝她的。我们就等着沈牧一败涂地吧。"

普陀区宜川路上的鼎元大厦，外墙由棕色和白色组成，午后慵懒的阳光下，大门左侧的电动横杆抬起来，奥迪车驶入地下停车场。

阿亮把车停在西北侧的车位上。徐渊坐在后座，并没有下车的意思，似乎在等人。停车场里稀稀落落停着十几辆车。

一个勤杂工正在擦拭花岗岩柱子。他戴着蓝色工帽，穿着蓝色背带裤，双手举着拖布，不停地耸动双肩。擦完一个柱子，再到下一个柱子前，重复动作。

六根柱子擦完后，他倒提着拖布，挪动脚后跟走向车库角落。

奥迪车的驾驶室，阿亮看一眼后视镜中的徐渊，有些困惑地问："二少爷，那个……就是咱们要找的人？"

"怎么了？"徐渊冷冷反问。

阿亮又将目光投向车窗外，看着那人蹒跚挪步、双腿打晃的衰样，简直就是——"随时要扑街的样子啊。"

"哼，他可是唯一的，敢在大庭广众之下怒斥沈牧的人。"

"真看不出来。"阿亮惊讶道。

徐渊从车里下去。阿亮急忙提着皮包跟上。两人来到车库角落的后勤休息间。

屋里一股劣质酒的刺鼻酸臭味。那名勤杂工没有换衣服，直接躺在木板床上，昏昏欲睡。听到门响，他猛地一颤，伸手去抓床边的酒瓶，想要藏起来。

"没喝……冯主任，我没喝酒……"

等他看清来人并不是主任，立刻松开手，侧身躺下，咕哝一句："走错门了。"

"刘金，我是来找你的。"徐渊说。

床上的人慢慢转过身，梗起脖子，那张蛤蟆脸显得更丑，虽然只有三十来岁，却显得衰老消沉，浮肿的眼泡更显得眼睛鼓凸，嘴巴上沾着涎水，乱蓬蓬的头发胡乱地塞在帽子里。

徐渊逆光站在灯下，挺拔的身姿微微前倾，挡住了光线，使得小屋愈加昏暗。刘金仰望徐渊。徐渊的眼睛闪动着光泽。

刘金发出暗哑的声音："你是……"

阿亮开口："这位就是……"

徐渊抬手止住了阿亮，然后朝刘金伸出手。他从逆光中伸出的手臂映着一抹白亮，丝毫不介意刘金刚刚抓过拖布，或许几天都没洗的脏手。刘金不知不觉地握住那只手。

"我是徐渊啊，你忘了？"徐渊平静地说。

刘金像被烫了似的，松开手，"我不认识你，找错人了。"

徐渊笑了笑，笑容里并无嘲弄之意。他的笑容很快收住，语气沉缓："你不认识的是你自己。"

刘金木然发愣。

——我是谁？

自从被孟团长开除以后，连续四年，矢志不渝地黑沈牧，敢在沈牧比赛前，去备用间惹事；敢以"魔术协会副会长"的身份，要求沈牧入会；敢在自己表演魔术时，当众侮辱沈牧；敢在数百人聚集的舞台上，公然与沈牧撕破脸皮，并且创出了"第一次有人在比赛场合痛骂同行"的先例，同时创出了"第一次有人当面踢破对方暗门"的先例。

对他的评价，如果只说阴险，那是一半，刘金以中等魔术师水平，一直在明里、暗里挑衅沈牧，也算是强悍了。

这是一个勇悍的小人。

最终却在自己的嚣张达到顶峰时，被那个更嚣张的人，以"种豆雪满天"和"纸片人"融合的魔术双绝，打崩溃了。

从人生最高处骤然跌到地狱。逆转，不到三分钟。当时的刘金，瘫伏在沈牧脚边，全面溃败。

之后魔术圈便没有了这个人。

此刻，这个人坐在徐渊面前。

"一次挫败，就把你打成这样。"徐渊淡然问，"你，真的甘心吗？"

刘金的嘴角抖了抖："一切都是空。"

旁边的阿亮说:"二少爷,没看出来,这是个佛系杂工。"

刘金把帽子摘下来,抓在手里揉捏着,低头说:"你们走吧,这里脏。"

"你以一己之力,挑战那个狂悖之徒,虽败犹荣。黄浦剧场,你在台上慷慨陈词,痛斥沈牧,那是怎样的豪迈!"

"别提——那个剧场……"刘金紧紧抓揉着帽子,脸庞扭歪。

徐渊注视着刘金,缓声说:"你这么痛苦,恰恰表明你心中的恨意未消。"

刘金哀号一声:"那又怎么样?"

"你不想报仇吗?"徐渊平静地问。

"报……仇……哼。"刘金的脑袋深深地垂下去。

"黄浦剧场……"

"我说了别提那个地方!"

"黄浦剧场,挫败之后,你就去了澳门狂赌,花天酒地,不到半个月,就把自己的全部身家清零了。"

"你……"

"如今混到这副模样,你对得起自己吗?"

刘金闭着眼睛,靠在墙上,脑袋正对着头顶的灯泡。灯光使那张蛤蟆脸愈加苍白,皮肤上细小的纹络痉挛着。

"刘金,你只是绝望。"徐渊俯身注视着那张脸,"你崩溃瘫倒的一刹那,是因为绝望。你绝望于自己无法战胜那个人。你原本以为凭着自己的苦练,以及数年间到处收买贩卖的魔术技法,找到了沈牧的弱点。可是面对面的一瞬,你竟然不堪一击。"

"你……说对了。"刘金发出困兽般的嘶哑低语。

当时,他全面溃败,瘫伏在沈牧脚边。

当时,他仰脸望着沈牧,只看到沈牧的飘渺身影。

那个飘渺的身影……

刘金睁开眼睛,那个身影换成了徐渊的身影。

徐渊伸出手,按在刘金的肩膀上,"所以,只要有报仇的希望,你会做的,对吗?"

刘金怔怔地看着徐渊。

"我今天来这里,就是给你一个希望。"

"什、什么意思?"

"让你的学生打败沈牧。"

"学生？"刘金的大眼泡抖动着，"我没有收过学生。"

"我派个学生给你。"

刘金的眉头皱成一团，"……是谁？"

"我们徐家的人。"

"我还是不明白……"

"十五天，你强化她的魔术技艺，去战胜沈牧。"

"十……十五天？"刘金陡然发出一阵古怪笑声，"徐少爷，你是来寻开心的。"

徐渊冷冷地看着他。刘金不笑了。

徐渊说："你手上一定有针对沈牧弱点的独门魔术，而我派给你的学生，同样是针对沈牧弱点的。她天赋极高。十五天，你教她如何打败沈牧。"

刘金慢慢坐直身，眼中透出一丝亮光。

良久，他问："为什么选了我？"

"你和沈牧曾经同为孟团长的学生，并且一起共过事。而你又耗费四年时间，不断揭露沈牧的恶行。"徐渊语气平静，"沈牧在魔术界的对手很多，但真正了解他的人，只有你一个。"

刘金从床边站起身，走到桌子旁，坐下。

他说："我可以去培训你的人，不过……"

徐渊淡淡一笑，朝阿亮点了一下头。阿亮上前，把皮包放到桌上，打开拉链，里面是满满的人民币。

徐渊说："二十万元，见面礼。"

"见面礼？"刘金盯着那些钱。

"今天出门仓促，这是个红包。"徐渊说，"实际教学费用，是五百万元。"

刘金的眼皮嘣嘣直跳，"哦，意思是说，十五天培训期，我的教练费，加上魔术技法的卖价，共计五百万。我算算啊……"刘金撕掉酒瓶的商标纸，又装模作样拿起一支破铅笔。

"不用算了。"徐渊说，"我们不花钱买你的魔术技法。"

"嗯？"刘金愣了。

"我们和你交换。"

"交换？"

"用我们的魔术技法，换你手上那个。你可以挑。"徐渊淡淡一笑，"公平吗？"

刘金惊讶地瞪大眼睛。在魔术道上混久了，谁都明白，魔术秘法才是真正的宝贝。何况与自己谈交易的,是当世仅存的百年魔术世家。

刘金站起身,与徐渊握手,"成交。"

这时,门边的阿亮突然一把拉开门,大喝一声:"谁在外面?"

一个秃顶的中年男人弯着腰呆住了,随即挺起身,气急败坏地说:"小刘,上班时间和闲人聊天,你还喝酒,你还还还……瞪我?"

"滚!王八蛋,老子不干了!"刘金吼道。

与上海市隔江相望的崇明岛,是中国的第三大岛,三面环江。沈牧住在东岛的一栋小楼内,这是天彩魔术团的物产。

沈牧每天除了演练新的魔术以外,其他时间便在岛上巡游。清晨,他登上大堤的东端,欣赏东海壮美日出;黄昏,站在大堤西侧,尽览长河落日;晚上聆听渔舟唱晚,好不惬意。

这天傍晚,沈牧赤脚在泥滩上散步,享受温润的泥浆漫过脚趾的滋味。崇明岛又名蟹岛,许多小螃蟹布满滩面,沈牧一走上去,小蟹们立刻钻进洞里,速度极快,眼看一大群螃蟹,转眼之间荡然无存。沈牧当年学习魔术时,曾被孟团长带来这里,练习抓那些螃蟹,直到他能任意抓取时,才算过关。

沈牧从泥滩出来,沿着一大片空地前行。他侧过脸感受了一下风向和风速,然后一甩袖子,一个四方形卡片,从袖口飞出,后面拖着长长的丝线。那卡片在半空一下子展开,原来是个红白相间的风筝,借风而起,刹那升到了高空。

沈牧灵巧地操纵着丝线,每个细微动作通过长长的线,传递到风筝。风筝以精准的方位和轨迹,在云端摇曳。

这时,沈牧的手机振动起来。

接通手机,蔡炳的声音传来:"大牧,最近怎么样?"

"这边很好。饼叔,你那边有情况?"

"你一离开市区,徐家就有新动作了。"蔡炳说,"咱们雇请的监控刘金的冯主任传来消息,刘金突然辞职了,上午还是一副要死不活的样子,午饭后来了两个人,刘金立刻骄狂,临走还骂了冯主任。"

"来的两个人是谁?"

"听冯主任描述的样貌,其中必有徐渊。"

"果然又和刘金勾连上了。"沈牧抬头欣赏着天际的风筝，笑道，"徐渊曾经与刘金合作过，知道刘金和我的关系。可徐渊一直等到这时候才去找刘金，我反而有些好奇。"

"冯主任在门外听了一耳朵，他不懂，好像是双方交换了什么方法。"

"哼，刘金的死性不改啊。当初被孟团长赶走，就是因为盗卖了魔术技法。这些年更是有瘾，到处做买卖。"

"徐渊找刘金，只是为了买技法？"

"如果那么简单，徐渊不用亲自出马。"

"对啊。可是刘金还能干什么？他在黄浦剧场被你打得，死蛇抽了筋，难道徐渊突然发了善心，准备收容各种废物？"

"在识人、用人方面，徐渊可是有一套的。"

"或者徐渊是在组建智囊团，凑一堆坏蛋帮着他出主意？"

"不用乱猜了，无论他干什么，总会露头的。"

"我看这次动静不会小。"

"嗯，随机应变。"

"那我这边继续盯刘金，看他是不是真的去了徐家。"

然而，蔡炳的盯梢工作毫无成效。刘金从鼎元大厦辞职后，消失无踪。蔡炳派出去的眼线没有探听到任何消息。

刘金和徐蔷薇，已被徐渊秘密送到了浦东的高桥镇。

整个过程处于A级保密状态。蔷薇是徐家最后一张牌，这件事得到了曾祖母的亲自过问与支持。原本夏天晴出于对蔷薇的爱护，不想让她和沈牧交锋，所以心里存着希望，想着曾祖母会否决徐渊的建议。可是，曾祖母一听徐渊的陈述，九十多岁的脑子立刻转开了：徐渊这一招绝妙至极。

这简直就是为沈牧量身打造的逆变杀阵。

于是曾祖母把蔷薇一家三口分别召唤到身边，逐一劝说。先从蔷薇的父亲开始，接着是母亲。三人一起劝说蔷薇。

不出所料，蔷薇激烈反对。家人劝说未果，把她关在屋内，由着她哭闹、绝食，折腾了一天一夜。最后，徐妈妈走进隔壁房间，哭道：曾祖母最疼你，你想让她老人家气死吗？

蔷薇屈服了。但她心里仍然带着抵触，这种情绪又带到了高桥镇，带入了训练中。

高桥镇位于浦东区的北部，北接吴淞口，西临黄浦江。镇内的滨江森林公园是上海森林覆盖率最高的区间，徐家把园区内的香樟宾馆包下，周围设了隔离带，路口有人员把守。

徐蔷薇已经在宾馆接受了十天的魔鬼训练。

房间内，他们站立的地方，是由六块正方形玻璃板拼接的平台，距离地面一米。在刘金的安排下，这些玻璃板的厚度，每天会增加一点。第一天最薄，很快踩碎了，两人跌到下面的垫子上。第二天换成稍厚的，踩碎后，第三天继续换，以此类推。

今天的玻璃平台已有两厘米厚度，即使跳跃也很难踩碎。

但刘金焦虑的是，距离培训结束，只剩五天了。他用了各种办法，想把蔷薇真正的潜力激发出来，然而蔷薇内心的消极意识难以消除。尽管如此，刘金仍然惊叹于蔷薇的天赋。

"如果你能集中精神，全身心地发挥出来，至少能达到目前水平的三倍。"刘金说。

蔷薇没有搭理他。

"你的消极态度必须改正。"刘金说，"我和你，都是徐家选出的人，别指望我会惯着你……"

"我堂兄给了你多少钱？"蔷薇漠然问道。

"嗯？这和训练有关系吗？"

"你拿了钱，还想利用我帮你报仇，怎么两头赚啊？"

"什么……你……"

"我不会上网查吗？你在黄浦剧场被沈牧……"

"闭嘴！告诉过你训练期间不准使用智能手机！"

蔷薇一笑："其实我不在乎你拿钱和报仇的事，你的主要问题是颜值太低了，影响我心情。"

"我……"刘金被噎得哑口无言，不禁摸了摸自己的蛤蟆脸。

"一个丑男在眼前晃来晃去，不赏心不悦目，谁有动力演练魔术啊？我堂兄这次失算了唉！"徐蔷薇摇了摇头，跳下玻璃平台，回房间了。

"什么玩意，臭丫头，尊师重道就不说了，起码的礼貌都没有。"刘金对着蔷薇的背影咕哝着。

下午，训练继续。

刘金说："我重申一次，这套魔术，先针对沈牧的双脚展开，双脚是他的弱点，因为他……"

"因为他所有防护力量都在上身，尤其是臂膀到手指这一路。"蔷薇懒洋洋地复述着。

"所以，当你的手在施展魔术时，要注意角度。这是为了迷惑他，不要让他发现，你在关注他的站位，懂吗，站位很重要。一流魔术师看似随意地挪动脚步，其实没有一寸是随意。凡是在魔术师把控范围内的，每个动作都是计算好的，每一步都对应着现场的灯光、自然光线、人的视觉。"

蔷薇伸个懒腰。

刘金继续说："然后就是力度。凌厉的一击，命中目标……"

"不就是偷袭吗？"蔷薇打着呵欠说。

刘金的蛤蟆眼瞪着蔷薇："不错，针对沈牧的这套魔术，就是偷袭。为了赢，我已经选好了独一无二的表演场地。"

"那干吗不直接过去练啊？"蔷薇不耐烦地问，脸上是一副"赶快完事"的表情。

刘金摇头："那样目标太大，全上海都会知道的。"

"烦死人了，每天在这些——"蔷薇狠狠地跺着脚，"这些、玻璃、讨厌的东西！"

刘金观察着蔷薇的脚下动作，点了点头，"你的足力很强悍，但要保持平衡。"

"这样能打败沈牧？"蔷薇轻蔑地扫了刘金一眼，从玻璃板跳下来，往门外走去。

"沈牧有个不为人知的弱点。"刘金忽然说道。

蔷薇在门口止步，转脸看着刘金。

刘金嘶声说："沈牧有恐高症。"

蔷薇愣了一下，咯咯笑了："你喝醉了吧？"

"沈牧亲口告诉过孟团长。所以他的魔术都没有在高处表演的。"

"骗鬼呢，我在网上看过视频，他从新欧宾馆十六楼跳窗出来，还抱着个人。"

刘金呲牙一笑："十六楼有多高？不到五十米。沈牧在危急中，可以用意志力控制住生理弱点，而且下降的时间短暂。"刘金慢悠悠地说，"我在天彩魔术团时，也见过沈牧爬上屋顶，但那同样不够高，也不危险，这些都不足以唤起沈牧最深切的恐高症。"

"我不信……"

"这个魔术'焚冰转心壶'，就是给沈牧的必杀技。你要把它展示在八十楼高之处。离天堂近的地方，离地狱更近。"

9

训练又进行了两天,距离结束只剩三天了。但徐蔷薇真正的潜力,仍然没有迸发出来。

所有一切都准备好了,就是缺少一个火种。

刘金沉着脸,看不出是失望还是心存侥幸,只是语气越来越急躁。

"注意眼睛!"刘金大声说,"你的视线不要总是对着脚下,那会引起沈牧的注意,你在魔术中的任何一丝异样,他都会收在眼中。"

蔷薇咬着牙根,忍耐着。

"哎,这是转心壶,不是夜壶!"刘金爬到玻璃平台上,调整蔷薇的手势。"你别这么端着,要有优雅的姿势——优雅,就像这样……"刘金做出天鹅起舞的样子。

蔷薇呕了一声,"你一个蛤蟆,学人家天鹅,不觉得自己就像个小丑吗?"

"少啰嗦,别以为混过最后三天,你就解脱了。这三天,你会更难熬!手,注意你的手势,壶嘴对着右侧前方,略微抬高些。记住,你的每个动作都是引导对手。"

蔷薇手上捧着的转心壶,细颈方肚,造型精美,通体有一片琉璃彩光闪耀。在内部壶心正中位置,是一个镂空的球形,上面布满了细密的纹饰,悬浮在水中。往壶中灌水时,球体顺时针旋转,从壶里往外倒水时,花球逆时针旋转。

"不对不对,你这个手势怎么搞的?"刘金气恼地说,"比昨天还退步了!"

"我累了。"蔷薇垂下手臂。

"你不是累,是懒。"刘金嘶叫,"再来一遍!"

"神经病。"蔷薇咕哝着,勉为其难地捧起转心壶。

"嗯,这次好多了……在空中晃一晃……保持力度,但不能太生硬……不错,让壶心的机关动起来。"刘金忽然一皱眉,咕哝道,"什么都对,可就是……什么地方有问题呢?"

他们没有察觉到,虚掩的门外站着两个人,静静观察着。

房间内的徐蔷薇再次放下手,扭着酸痛的脖子。

"……还差一点。"虚渺的声音自门外传来。

蔷薇愣了下,难以置信的目光投向门口。

刘金厉声喝问:"是谁?"

蔷薇把琉璃转心壶塞给刘金,从玻璃平台跳下来。

门从外面推开了。

蔷薇喊了声:"啊——曾祖母!"

已有三十年没在外面行走的曾祖母,居然来到了高桥镇。

阿梅搀扶着曾祖母,缓步走进门。

曾祖母淡淡地说:"阿梅,你退后。"

阿梅迟疑一下,松开了手。曾祖母独自往前走,步履缓慢,脚下却很稳。

"曾祖母,您终于不忍心了,来接我回家啦!"蔷薇激动地迎上来。

"孩子……我的孙女……蔷薇啊。"曾祖母捧着蔷薇的手。

那苍老的枯树皮般的手,与那细嫩柔软的手,握在一起。徐家的历史和未来。

曾祖母轻轻捏起蔷薇的大拇指,用颤抖的手指抚摸着,让蔷薇感觉到岁月的沉重与沧桑。

然后,曾祖母猛地扳了一下。徐蔷薇的大拇指,硬生生被扳折了。

"啊!"蔷薇毫无防备,惨叫一声,痛得眼泪四溅。

一旁的刘金骇然瞪大眼睛,本能地想要跑过去,目光对上阿梅的视线,又呆立在原地。

紧接着,曾祖母又是咔啪一下,扳折的大拇指,复位了。

"啊!!"蔷薇浑身颤栗,双膝一软,往地上跌去。

但老人托着她的胳膊,没有让她跌倒。老人面无表情,望着斜身的蔷薇。

老人嘶哑低语:"这样才行的。"

阿梅走过来,从身后扶正了蔷薇,随即退下。

"曾祖母……您不是最疼我吗,您就这样疼我?"蔷薇露出了绝望的眼神。

老人一言不发,转身往外走去。

蔷薇浑身哆嗦着,凄厉哭喊:"你们都在利用我!全家都不爱我!"

曾祖母停下步子,侧过脸,昏暗的影子遮住了她的面颊,唯有眼睛仍然闪烁光泽。她冷冷道:

"徐家危难,你赶上了,就是你的命。"

然后出门而去。

这句话,突然击碎了徐蔷薇的抵触心理,打通了她的意念。

她看着曾祖母远去。曾祖母佝偻的身躯渐渐变成了一个微小的虚影。

这一刻,徐蔷薇热泪盈眶。

这一刻,代表了徐家未来的这位姑娘,脱胎换骨。

第十二章

与神同行

『真正的魔术,
是让人心存善念,
相信自己相信的东西,
才能抵达美好。』

1

天彩魔术团接到了徐氏魔术研究会发来的邀请函，请沈牧参加一场交流赛。

吴辛洁给沈牧打过电话后，当天下午，沈牧便从崇明岛返回田子坊。

吴辛洁和蔡炳在会议室等候沈牧归来。姜满春仍在工作间忙着制造 X 道具。

蔡炳摆弄着邀请函说："徐家又变招了。"

吴辛洁说："忽然玩起了这么正式的函件，像是很有底气。"

沈牧笑道："徐家是名门大家族，这才是正经路子。"

"大牧，刘金这次肯定和徐家有猫腻。他从鼎元大厦辞职后，人间蒸发一样，啥消息都打听不到。"

沈牧默不作声，十指相对，轻轻叩击着。

吴辛洁说："我不明白，刘金能帮徐家干什么？他的魔术技艺不可能在半个月内，突然暴增。制造道具也来不及。"

蔡炳点点头，对沈牧说："他们约的时间和地点太奇怪了，要不咱们拒绝？"

沈牧说："徐家的牌，快要出完了，我倒想看看，他们手上还有什么。"

吴辛洁与蔡炳互视一眼，知道沈牧决定了。

吴辛洁拿过邀请函，又看了一遍，低语："难道徐家把东方明珠塔也包下来了，偏偏选在午夜零点比赛。"她瞥了沈牧一眼，"我怎么有一种不祥的预感？"

"你只要不在午夜零点出现在东方明珠塔，世界吉祥如意。"沈牧起身离去。

吴辛洁虽然有些不安，可是自己确实帮不上什么忙，反而经常给沈牧添乱，只能忍住内心的莫名焦虑。

午夜，沈牧独自来到约定地点。

外滩的灯光依然绚烂，巍峨耸立的东方明珠塔前已是空空荡荡，游客观光时间截止每晚的九点半，不过沈牧从来没到这里玩过。

关于他的恐高症，只有孟团长知道。当年学习魔术时，孟团长提到一种源自古印度的古彩戏法"通天绳"：魔术师将几十丈长的绳子抛起来，绳子挂在半空，不断上升，隐隐约约升到云端，魔术师顺着绳子攀爬，从天上摘下仙果。

沈牧当即表示，此类魔术，他一概不学，因为他有恐高症。

孟团长不会把这件事告诉其他人，沈牧自己也习惯了，并不觉得会造成什么障碍。毕竟百分之九十九的魔术都不需要上天，即使到了某种高度，也是在房间里。遇到某些特殊紧急事件，他会用意志力控制生理弱点，短时间内便可解决。

此刻，沈牧便是这样的想法。

位于黄浦江畔的东方明珠塔，总高近四百七十米，相当于一百六十七层楼，整个建筑分为下、上、顶三个球体。

邀请函上的见面地点是267米高的旋转餐厅。沈牧乘坐高速电梯直达目的地。餐厅里静悄悄的，中心灯光熄灭，顶棚四周环绕的小灯散发淡淡的光晕，大堂里整齐陈列的桌椅似乎在等待沈牧。

这时，餐厅缓缓旋转过来。沈牧看到窗前有个剪影，映着窗外墨蓝色的夜幕。

沈牧问："谁在那里？"

剪影上方的一盏灯亮了，照着窗前人。

沈牧嘴角的笑容僵了一下。"徐蔷薇？"

她这次的装扮，又与之前不同，白色的短款长袖小西装，藏青色衬衣，腕上戴着手链，在灯下闪烁着亮晶晶光彩。她面前的桌上放着那只琉璃转心壶。

沈牧走近几步问："你在这里做什么？"一边环视四周，寻找其他人。

"别看了，只有我。"蔷薇站起身，平静地说，"沈牧先生，本人是今晚代表徐家的魔术师，徐蔷薇。"

沈牧皱了皱眉："你开什么玩笑？"

"比赛十五分钟以后开始……"

沈牧笑着摇了摇头："徐家居然把你派出来，让一个小姑娘跟我斗。"他转身往外走，"我拒绝。"

"沈牧先生，你这是认输了吗？"徐蔷薇冷冷地问。

沈牧停下脚步，侧过脸，注视着蔷薇，"你说什么？"

"你离开东方明珠塔，就是自动宣告徐家胜利。"蔷薇说。

沈牧打量徐蔷薇，又瞥了一眼桌上的琉璃壶，点头说："明白了，刘蛤蟆这阵子鬼鬼祟祟的，原来是给你当教练了。徐渊找了个最恶心的家伙做你的老师，真是坑亲戚啊。"

"我来这里不是堂兄的意见，是我们徐家决议的！"

"又一个被蒙蔽的傻丫头。"沈牧摇头叹息，"你太年轻了，不懂世道人心的险恶啊。"

"我刚被人教育完，你又跑来教育我，我……比赛马上开始，赛场见！"徐蔷薇赌气地抱起琉璃转心壶，马尾辫一甩，往外走去。

沈牧问："为什么不直接在餐厅进行？"

"这里施展不开啊。"徐蔷薇大步出了餐厅，"你最好别来，不然会输得很惨。"

"蔷薇，你变了，都会用激将法了。"

沈牧笑着，跟着蔷薇走。

乘扶梯向下两层，来到观光平台，此处位于上球体的第一层，距离地面高度259米，是平时游客聚集的地方，站在窗前，可将外滩美景尽收眼底。

但此刻光线昏暗，地上铺着浓重的阴影。沈牧发现，平台窗前的区域全部关闭了，看不到外面的夜景。平台内侧，与窗户间隔三米，有一块空地，就是他和蔷薇站立的地方。

这样的安排，似乎专门为照顾沈牧的恐高症——隔绝了外面，就感觉不到高度的存在。沈牧若有所思，抬脸扫视顶棚，看到了临时加装的摄像头，有六七个。

沈牧说："你们徐家真的混不下去了？"

"啥意思？"

"不搞剧场演出了，玩起了网上直播业务。"

"那是我家人监控比赛用的。"徐蔷薇没好气地说，"等一会你输了不认账怎么办，总得有人见证。"

沈牧扫了摄像头一眼，问："都是谁在看？"

"我不太清楚，主要是我堂兄和大嫂吧。"

"哦……"

沈牧不知在想什么，突然听到徐蔷薇"嘻"了一声，袖口里甩出一道影子。

"这就来了？"沈牧忙将身体侧开。

一根绳子扭动如蛇，击向沈牧。沈牧侧身的同时，用手去碰绳子，想试一下分量。但绳子往回一收，在空中散开，变成一串水滴，落到地上。地板反射水光，看上去很滑。沈牧的警惕指数升高。

徐蔷薇把另一只手上的琉璃转心壶托起，壶嘴对着右侧前方，略微抬高些。

沈牧朝那个方向望去，只见壶嘴里流出一股水，细长的水柱落到地板上，溅起细碎的水花。蔷薇稍稍抬起脚，往水柱的末端踢了一下，于是地面之上半尺的位置，水柱断开了，但壶里的水仍在往下流，前端就停在那个位置，似乎被截掉半尺。

这一幕同时显示在电脑上。夏天晴和徐渊在办公室观察着。画面是无声的，能够清晰地看到每个动作。

徐渊说:"刘金确实教了真本事。"

夏天晴问:"这是什么魔术?"

徐渊摇摇头:"我不知道。沈牧应该也不知道。"

从来是抽刀断水水更流,但琉璃转心壶终结了这句话。水是可以截断的。

蔷薇的右手大拇指顶着壶座,那里有个微小的机关,常人即便看到了,也很难操作。蔷薇一边保持着优雅的表演姿态,不让沈牧看出端倪;一边用拇指尖振动机关,给壶内的球心注入压力。那个球体悬浮在水中间,正以不可思议的速度转动,它并不是固定地朝着一个方向转,而是随着蔷薇拇指端的细小动作,不断切换方向、速率。

它可以三百六十度将壶中水打成"团扇状",水扇边缘极为锐利,并且力度惊人,假如伸进一根手指,碰到锐边,顷刻间削断手指。

而从琉璃转心壶的外观,丝毫看不出内部空间如此激烈。

沈牧忽然发现,之前由绳子变成的水,仍在地上缓缓流淌,薄薄的一层,一边流一边凝结起来,并且颜色发白,仿佛冻住了。

接着,咔嚓一声轻响,沈牧脚下踩着的地方,出现了第一道裂纹。

2

沈牧抬起脚,凝结的水面上,裂纹开始蔓延,如同湖面的冰层一般,迅速延伸的裂纹,不断发出咔嚓声。

沈牧正要后退,却发现四周的地板上全是凝结的"薄冰",裂纹急剧扩展。

但有一条通道没有裂纹。蔷薇托着琉璃壶缓步后移,悬在地面之上的水柱,似乎在无形之处有某种力量,将裂纹抚平了,出现了一条平整的小路。

沈牧很清楚,徐蔷薇要把他引到陷阱里,可他毫不迟疑地走过去。

电脑前的徐渊注视着屏幕。沈牧一步步按照他预设的路径往前走。

夏天晴问:"沈牧为什么不直接打落蔷薇手中的壶?"

徐渊说:"别人都可以那样做,沈牧不会。"

"为什么?"

"因为那太简单。沈牧是骄傲的人,他必须看到这套魔术的核心,才能应对。他知道这套魔术很深,从蔷薇的表现来看,主题还没泄露出来,目前只是一些热身的把戏。"

"可面对蔷薇，沈牧既不能后退，又不能进攻，真是进退失措啊。"

"是的。"

"可我还是觉得沈牧往前走的脚步太坚定了。"夏天晴盯着电脑屏幕，说，"他似乎另有想法。"

"他想什么都没用。这套魔术的每一步，都是按照沈牧的弱点设计的。"

此时，场上的裂纹仍在扩散，而沈牧踩着没有裂纹的通道，越来越靠近蔷薇。

徐蔷薇的大拇指仍在壶座的机关上操作着，不露声色中，切换方向和速率越来越快。她几乎能听到壶内的球心在旋转中发出的呼呼声。

沈牧距离蔷薇只有三步了。两人已经靠近了观光平台的边缘，也就是窗户的位置，此间关闭的区域仍然隔绝着外面的夜景。

沈牧忽然一皱眉头，他听见一阵不易察觉的嗡嗡声。声音很近，但无法确定是玉壶里传出来的，还是身边，甚至，脚下？

徐蔷薇发现沈牧的表情变化，她立刻用大拇指紧按壶座的机关，手中的琉璃转心壶突然振动起来。在昏暗的灯光下，可以看见玉壶表面由于高速振动，出现的模糊光影，如同一只蜂鸟振颤翅膀。

壶嘴位置喷出的水柱倏地止住，同时，壶体周身散射出无数细丝状的水柱。

沈牧注意力回到了壶上。眼前的情景很像他曾在黄浦剧场表演的魔术"种豆雪满天"，不同的是，那次表演的道具是花瓶，瓶身喷出几十条细小的水柱，散开后变成雾，然后是雨，最后是雪。

而刘金专门选了一个类似的景象，由徐蔷薇做出来，用以吸引沈牧的视线。

壶身散射水柱很漂亮，仿佛一个流动的水晶灯笼，灯芯便是那把玉壶。水落到地上时，观光平台猛地动了一下，幅度很小，但刚才不易觉察的嗡嗡声变大了。之前关闭着的窗前区域，陡然移动起来，平台边缘出现了一朵"花瓣"，那其实是钢化透明夹胶玻璃，整个平台边缘共有二十四个，内嵌在观光层，此时正在打开。

仿佛被壶水浇灌而成，莲花的花瓣绽开了——花瓣状的钢化玻璃伸展出来。

这是位于东方明珠塔259米处的悬空观光廊，由二十四组扇形全透明环型玻璃铺设而成，环绕着观光层边缘共有150米，沈牧便站在其中一块2米宽的玻璃上。

他还没有意识到发生了什么，因为脚下一团漆黑，感觉还是踩着一块地板。

徐蔷薇忽然高举琉璃转心壶——

与此同时，在电脑前监控的徐渊，用手机发出指令。

转瞬间，沈牧的脚下，一片明亮。

这明亮并不是来自玻璃板，而是259米之下的黄浦江两岸。浦东陆家嘴灯光璀璨耀眼。沈牧的视线穿过透明的玻璃板，看到江面映现的迷离光泽，看到城市无尽的夜景。他所站的位置，相当于九十层楼高，犹如星空漫步，脚下一览无余。

骤然置身于这条全透明悬空观光廊，沈牧感到一阵眩晕。

这不是他的意志可以控制的。意志力还没有发挥作用时，本能的恐惧便将他紧紧笼罩。他僵立在原地，双腿发软，后背渗出冷汗，呼吸困难。身旁没有东西可以抓握，只能借助窗边的支架勉强支撑。虽然残存的理智告诉他，脚下的玻璃非常牢固，起码能够抗住八级地震，但他仍然无法挪动半步。

徐蔷薇一步一步向沈牧走来。

沈牧哑声问："你干什么？"

"你……认输吧。"蔷薇的嗓音有些颤抖，似乎努力抗拒着什么。

"把我骗到观光走廊上，这就是你的魔术？"沈牧露出一抹苦笑。

他很清楚，自己已经站在了悬崖边，很可能将遭遇此生唯一的惨败。

难道徐蔷薇就是命定要打败他的人？

不！

沈牧还没有唤回夏天晴。

——你一定要变成最亮的那颗星，当我迷路的时候，就能看到你了。

此刻夏天晴就在看着他。他不会认输！

沈牧嘶声说："我还没有失败。"

徐蔷薇缓缓举起玉壶，说道："你想看到真正的魔术——"

"开始你的表演吧。"

徐蔷薇托起玉壶，身姿优雅，口中轻诵道："是以赏汝火三昧，直下火焰转身去；劫火洞然毫未尽，青山依旧白云中。"

"你这是……'焚冰转心壶'！"沈牧脱口而出。

壶嘴里猛然间，如瀑布般涌出一片水帘。水打在玻璃板上，看似无影无形，但突然响起"咔嚓"一声，着实惊人。

透明的观光走廊上，出现了一道裂纹，迅速蔓延、扩展，如蜘蛛网一般围绕着沈牧的双脚。

这情景太恐怖，沈牧仿佛踩在即将碎裂的玻璃上，如同悬空踩着薄薄的冰面。

脚下，是不见底的万丈深渊。

"沈牧，你知道这是魔术又怎样，还不是一样吓得要死！哈哈哈……"随着笑声，一个黑影从入口处飞奔进来，"你用'种豆雪满天'和'纸片人'打垮我时，没想到报应来得这么快吧！"

刘金径直冲到蔷薇身边，劈手去夺琉璃转心壶。

徐蔷薇完全没防备，被刘金一撞，身子斜倒下去。玉壶被抢走了，刘金举起玉壶砸向沈牧的脚尖，"现在就让你偿还！让你跪在我面前！"

蔷薇倒下时，是朝着旁边的窗户去的。她惊叫一声，咚的一声，整个人贴在窗玻璃上。窗户嗡地一下。尽管窗户不会撞碎，可是蔷薇太害怕了，身子往前反弹，扑向刘金的后背。

刘金正要把玉壶砸向沈牧，没留神被蔷薇一带，一起朝玻璃平台倒下。

就在两人碰撞的同时，沈牧从口袋拿出手绢，迅速蒙住自己的眼睛。

这个世界不再有高度，不再有绚烂惑众的灯光和飘渺的恐惧。

这个世界只有沈牧，以及神的存在。

沈牧急步上前，在刘金还没倒下时，闪电般出手，夺过刘金的玉壶，同时将大拇指朝壶座抹了一下，凭手感确定了机关，随之将食指和无名指的骨节自由伸缩，壶内的球心以更高的速率旋转起来。

球心即是兽偶。即是木猴。

——魔术的套路就那么多，关键在于变而化之。只会变是不行的，重点在于"化"。懂得"化"，就掌握了幻象艺术的绝妙。

冥冥中，球心与木猴融为一体。球心在壶内旋转到极致，如一朵花悬浮静止。

岿然不动，又似扶摇几万里；静动之间，驰魂夺魄，又似寂寂无痕。

光影神手。

刘金怪叫一声扑过来。沈牧的右手食指与无名指交错，抬起，自如伸缩间，玉壶内部发出呼呼的风声。

壶内的风声越来越大，越来越尖利。球心在旋转中，又借助水的旋力，互相增强力量。

"沈牧，你装什么鬼！"刘金再也等不及了，竟从怀中抽出一把匕首。

"啊！"徐蔷薇惊叫。

沈牧循声而至，一把将徐蔷薇推出玻璃平台。蔷薇倒在地上，一动不敢动。同时，沈牧手中的玉壶发出一声巨响。

壶内蓄积了太多的气浪，充盈在狭窄的壶壁间，在极速旋转的球心和水的强压下，如风雷鼓荡。

然后——砰！！！

玉壶从内部碎开，粉碎的玉片全都一样大、一样厚，每个都像纽扣，足见此壶做工之精致。

无数白色碎片四散飞旋。

唰——叮叮叮当当当……

所有的玉片在空中互相碰撞、翻滚、落地。哗啦啦。满眼跳跃的洁白玉片，发出雨一般的声音，有些撒在徐蔷薇身上。

与此同时，一道团扇形的水波，从爆裂的玉石碎片间激射出去。

被球心三百六十度打出的"水扇"，边缘锋利如刃。旋转着，飞向刘金。

刘金举着匕首冲向沈牧，突然看到一片波光飞来，急忙后仰。水刃贴他的脸飞过去，"铿"的一声打在窗户支架上，在钢架上留下一道细而深的凹痕。水刃横切出去，一直飞到对面一百五十米外的尽头，啪的一声打在墙上，留下一片无数斑点的水渍。

"沈牧，哈哈哈，你真的眼睛瞎了啊……哈哈……啊啊啊……"刘金的笑声变成了杀猪般的嚎叫。

他扑通一声瘫跪在地，匕首掉在地上。他抬起手，想摸自己的脸，却哆嗦着不敢下手。

那一幕，徐蔷薇趴在地上看得清楚——

刘金举着匕首冲向沈牧时，看到水波飞来，急忙后仰。随即从他的脸上，溅起几滴细碎的血花，刘金仰脸时的最高位置——鼻尖，被水刃削掉了。

只剩半个鼻子的刘金，直到这时才感觉到强烈疼痛，足见水刃的锐度和力度。

沈牧摘掉了眼睛上的手绢，慢慢走过来，扶起徐蔷薇。

蔷薇睁着大眼睛，发不出声音，只是怔怔地由着沈牧拉着她的胳膊，往外走去。

身后，刘金还在地上翻滚。

"沈牧——总有一天我要把你……啊——"

沈牧经过墙上的摄像头时，抬脸望着镜头。他一直望着，直到自己的身影离开监控范围。

沈牧把徐蔷薇送下东方明珠塔楼，朝空荡荡的街边看了看，有辆车停在二十米外，车门半敞。沈牧知道，那是徐家的车。

沈牧拍了拍蔷薇的肩膀说："丫头，回家好好洗个澡，换身衣服，你不适合这套装扮。"

沈牧走了几步，扭脸笑道："还有啊，以后别来这么高的地方玩了。"

沈牧走入夜幕，背影在路灯下忽隐忽现。

街角，蔡炳的车正在等候他。沈牧打开车门时，听到徐蔷薇朝这边喊：

"沈牧，这次比赛，你赢了！"

3

上午，徐渊在自己的办公室研究电脑上的视频。在东方明珠塔安装的摄像头，全程拍下了沈牧的动作。与上次沈牧在香港表演逆水行舟的视频相比，这次徐渊做了更充分的准备，用了七个摄像头，全方位监控。

沈牧极少在公开场合全面展示光影神手绝技，上次徐渊得到二十三秒内容，已经算是弥足珍贵了，而这次在相对封闭的空间，沈牧又是处在恐高症发作后的高危环境里，他必然要激发出最强的能力，使自己脱离险境——这是人的本能。每个人在绝境求生时，都会把自己最擅长、最有效的本领发挥出来。

事实正如徐渊的设想。徐渊仔细研究视频后，认为沈牧从刘金手上夺到琉璃转心壶以后，接下来的一系列操控动作，直至玉壶爆裂，便是光影神手的作用。尽管没有像逆水行舟那次，出现漫天光影，但更重要的是手法——光影是现象，而制造了光影效果的，是神手。

徐渊照旧利用软件把视频分解成每秒十二帧，一帧一帧放大，结合逆水行舟那次，以及三年前自己挑战沈牧的印象，观察视频上的定格动作，目光集中在沈牧的手上。

然而研究了两个钟头后，徐渊却越来越烦躁，主要问题是角度不对。虽然有七个摄像头，可是沈牧捧着玉壶的动作，被刘金挡住了一部分，另一部分被环境的投影遮蔽，两方面原因形成死角，无论从哪个方位分解视频都做不到。

明知就在眼前，关键之处却看不清，这让徐渊非常恼火。

这时，耳畔传来敲门声，然后是徐蔷薇的声音："堂兄，在吗？"

徐渊愣了下，堂妹怎么变得这么有礼貌了，遂合起电脑，从办公桌后面起身说："蔷薇，进来吧。"

徐蔷薇推门而入，徐渊又是一愣，只见蔷薇身穿休闲装，戴着棒球帽，背着双肩包，一副要远行的样子。

"要出门啊？"徐渊问。

"嗯，出去逛一个月，你帮我给曾祖母说一声，我就不见她了。"蔷薇说。

徐渊苦笑一下："何必呢？"

"我让她失望了。"蔷薇低头说。

"你呀，曾祖母什么风浪没见过？"徐渊走近蔷薇，一只手按在堂妹的肩膀上，低声说，"你以为曾祖母的脑子糊涂了，用你去当替死鬼？"

"什么意思？"蔷薇抬头看着徐渊。

"这次的事情，已经在你的人生，以及徐家的历史上，写下耀眼的一笔。"徐渊面色冷峻，"在徐家危难时，你敢于挺身而出，以你的年龄、资历，挑战大魔王，胜败根本不重要，懂吗？"

"难怪我早晨从院里经过时，遇到二叔和二婶，他俩平时最瞧不起我，说我一无是处，却突然朝我点头致意。"

"这才是曾祖母对你的宠爱。"

"明白了。可我还是喜欢自由自在的生活。"蔷薇转身往外走。

"噢，对了，"徐渊随口问道："昨天你和沈牧打的时候，注意到他的手吗？"

蔷薇怔了一下，点头说："看到了。"

"看到什么？"

"起初没什么，后来沈牧抢过玉壶后，他的手……"

"等等！"徐渊的语调不由得提高，快步走到办公桌后面，重新打开电脑。

蔷薇不明所以，呆呆地看着堂兄。

"来来，你看这个。"徐渊急切地呼唤。

蔷薇走过去，俯身在电脑前看了看，"这是什么？"

"关于魔术方面的视频资料，蔷薇，你好好说一说，沈牧的手怎么变化的？"

蔷薇认真想了想，说："他的食指和无名指的骨节能够自由伸缩，就好像他的骨节间暗藏了机关飞簧，能够驱动魔术，造成千变万化的状况。"

"食指和无名指。"徐渊喃喃自语，低头看着自己的手。

"这两根手指还能突然交错起来，而且动静之间转换极快，一下很稳，不动，一下灵敏得不可思议。"

"动静，快慢。"

蔷薇一边说，一边演示着，"我不知道他是怎么练出来的，反正那些动作可以激发出强大的力量，同时又能轻轻拈住飞舞的蝴蝶。"蔷薇说着，忽然愕然问，"堂兄，你怎么了？"

徐渊双眼泛红，不知是过于兴奋，还是被什么感动了。

"我没事，蔷薇，谢谢你。"

徐蔷薇离去后，徐渊长久地坐在椅子里，抑制着澎湃起伏的心绪。

踏破铁鞋无觅处，得来全不费工夫。沈牧居然不知不觉间，在蔷薇面前演示了光影神手的核心手法。

秘密揭示出来似乎简单直接，可谁又能想到徐渊为此耗费了多少心血？

他返身打开柜子，从里面拿出厚厚的资料，堆起来足有半米多高。这些，全部是他以往搜集、整理、探索的心得体会。翻开每一页，纸面上密密麻麻的图形和字符、每一个笔画都浸染着他的心血。

而他对于光影神手的痴迷，不仅是对于魔术一道的向往，更多的是自我价值的证明。

起初是为了让大哥认可，然后是为了让家族认可，后来他需要的不仅仅是认可，而是碾压他们的力量。

当年大哥徐光展实验光影神手时，错误地理解了重点其实不是"光影"，而是"神手"，结果导致自己重伤，最终丧命。

现在，徐渊站到了神的门口，他要开始重新塑造自己了。

之前他已经三次给手上做了骨科手术，虽然不如天生的神之手效力强，但徐渊坚信，掌握了秘诀以后，通过非人的苦练，必能达到无上境界，从而超越沈牧。

时不我待。徐渊立刻安排了手头的事务，然后隐居起来，专心演练光影神手。

中午，天彩魔术团的大门紧闭，院子里沉寂无声。沈牧、吴辛洁、蔡炳三人，围着一个东西站着。

这东西像一台冰箱，浅灰色，一人多高，外观看不到任何开关与操作装置，只有仔细辨别时，才能从微光衔接处，看出它有上、中、下三层。

吴辛洁好奇地问："先生，这是什么东西，你把我们叫来参观？"

沈牧笑而不语。

蔡炳凑到跟前，用手指弹了弹外壳，一耸鼻子说："我闻到一股钱味。"

吴辛洁忽然想起什么，"哎，姜哥怎么不在，这么重要的东西，少得了……"

蔡炳不屑地说："辛洁，还用问吗，这肯定是满春做的破玩意。"

话音未落，那东西的第一层突然亮了，雾蒙蒙的光线，一点也不强烈，就像老房子的屋梁下挂着的灯泡。可是，这片光却令人无法直视，眼睛对着光源几秒钟，便有一种眩晕感，似乎在光线中看到了层层波动的涟漪。

"这什么玩意？"蔡炳急忙扭头。

沈牧说："行了，满村哥，现形吧。"

噔的一声轻响，一扇门弹开了，姜满春出现在三人眼前，原来他就在那东西里面。

吴辛洁嗔道："姜哥，你真会作妖。"

蔡炳问："这是你制造的新道具？"

"是的呀，这就是小爷叔要求的X道具。"姜满春得意地说。

"就是这么个玩意，你用了黄金？"蔡炳把姜满春从道具里扒拉出来，质问道，"你用在哪里了？嗯？黄金在哪里？"

这东西的内部构造是一人高的空间，板壁上有一排调节光源的按钮，侧面的温度和湿度开关，保持内部的干燥凉爽，其他的精细处，全部包裹在厚厚的板壁内，无法窥破。

蔡炳不满道："这不就是一个竖起来的棺材嘛，花了四百多万黄金的价值，就造了这么个……"

姜满春辩驳道："别瞎扯啊老饼，四百多万造的是轴杆！"

"什么？四百多万就搞了一个破杆子？还不算其他做工？"

沈牧打断二人的话："别吵了，谈正事。你们觉得这道具怎么样？"

蔡炳气鼓鼓地说："这玩意就是一个带灯箱的棺材。"

"喂，老饼，这光源不是内部的。"

"你说啥？这里面没有灯？"

"没有。"

"净瞎扯！外面没有电线，里面没有灯具？神仙的油灯还要灯芯呐！"

沈牧平心静气地说："这是吸收自然光以后，经过内部反射处理，再把它还给自然的一道光线。换句话说，这是满村哥制造了自然光。"

"什么？"蔡炳愕然看着姜满春。

吴辛洁也惊呆了，尽管还没明白有多惊人，反正很吓人就对了。

姜满春双臂抱胸，只是望着蔡炳笑。

沈牧说："饼叔，这次我要创造出障眼法的登峰造极之术，满村哥就鼓捣出这么个玩意，你说值不值？"

蔡炳点头："就这个道具，最少值五千万！"

吴辛洁问："我没明白，自然光很难造吗？咱们平时用的灯，还有采集太阳光的照明设备，不都在用吗？"

蔡炳说："辛洁啊，这个自然光是制造出的另外一种光源，它是用来干扰你的视觉的。"

"噢，这和表演'逆水行舟'的状况一样吗？"吴辛洁十分好学。

姜满春兴奋地说："对对，有妙处。用X道具表演的这套魔术，就是'逆水行舟'和'纸片人'的融合，然后结合'划地为川'的内在原理，大幅改造而成。"

"反光罩视觉空白……夜影遁形……"吴辛洁似乎明白了，又似乎更糊涂了。

蔡炳抬手制止了两人的对话，"行了行了，没工夫听你俩上课！"他转脸对沈牧说，"这个道具不像是舞台表演用的，那我马上联络虹口体育场，你的复出之战，应该在夜空下，由三万名观众见证！"

"什么复出之战？"沈牧皱眉问。

"我们已经跟徐家打完了，该用一场豪华精彩的魔术表演，宣告你正式回到热爱你的人民中间。"

"不，这个道具不是用来表演的。"沈牧说。

"那是什么？"蔡炳大感意外。

"我要进入徐宅。"沈牧平静地说。

"什么？！"蔡炳愕然。

吴辛洁和姜满春也震惊了。

蔡炳急着问："怎么进去？你不会真的以为自己能随便穿墙而入？"

沈牧平静道："从大门进去。"

蔡炳张着嘴说不出话。姜满春使劲挠着头。

吴辛洁说："徐宅的门禁肯定很严，你要化装进入？"

蔡炳抢着说："化装成陌生人也不行！无论谁要进门，总得有个理由。徐家的防护是出了名的严密，外边来的人，必须事先与家庭成员沟通好，约在几点几分，然后客人来了，在门岗登记，门岗确认是约定的，才能放行。有些来历不明的客人，只能由家庭成员亲自接进去。"

吴辛洁忽然说："不过可以偷偷扒在车底下，趁着汽车进门，就可以……"

"你是演戏演多了吧？"蔡炳气恼地说，"随便躲在车底下就能混进大门，还要门岗干什么？我告诉你，车进徐家是直接开入车道的，两旁监控，一路盯到车库，车库里的安保盯着每一辆车，没有人躲得过去。你想想徐家每年支出的保安费，就知道这件事有多难。"

姜满春却在一旁小声嘀咕："原来是这样……障眼法要这样用……"

沈牧静静地看着他们，等蔡炳的情绪稍稍平复一下，这才开口："饼叔，我知道你担心我的安危。可我是一定要进入徐宅的。"

"进去干什么？再打一架？"蔡炳问。

"我要见到夏天晴。"沈牧说。

"啊？"

大家都傻了。

沈牧说："天晴很可能失忆了，才被徐渊蒙蔽了这么久。"

"不管怎样，她现在的身份是徐太太！"蔡炳说。

"她有权利知道真相。我要她亲口告诉我她的选择，我才能从此断念，再无怨言。"

蔡炳万分不解："就为了一句话？"

吴辛洁小声说："先生是为了一个真心。"

蔡炳急道："瞎添什么乱？辛洁你……"

"她说得对。"沈牧说，"一个真心，比什么都重要。"

"甚至你的命也无所谓？"蔡炳痛心疾首。

"比一切都重要。"

蔡炳绕着X道具转圈子，一边转一边焦躁地搓弄着手掌，不时扯一下自己的头发。

他看着X道具，一脸嫌弃地说："就凭这么个玩意儿，能让人大摇大摆走进徐宅？"

姜满春马上凑过来，体贴地说："要有配合的，就像表演'逆水行舟'时，从远处开过去的船一样，到时候会有汽车，按照约定时间，带着反光板开过去，与X道具一起制造'自然光幻影'。"

"我让你解释了吗，这么殷勤，大牧迟早让你害死！"蔡炳瞪着姜满春。

"是你自己问的，我就说说嘛。真是搞不懂你。"姜满春咕哝道。

蔡炳说："对，提到'逆水行舟'，我要提醒大牧，那次就是因为夏天晴，大牧心神乱了，在台上迟疑了半分钟，没有捕捉到落日最后一片光照，险些造成……"

姜满春突然一拍大腿，说："我知道了！"

蔡炳气得鼻子都歪了。"你瞎叫唤什么？"

"我知道小爷叔为什么把这个叫作 X 道具——那是夏天晴的第一个字母！"姜满春仿佛破解了惊世谜团，满脸红光地说，"X 道具，就是连接小爷叔和夏天晴的桥梁！"

蔡炳差点儿冲过来抽姜满春，被吴辛洁及时拦住了。

沈牧没再理会他们的撕扯，转身离去。

吴辛洁一边拉着蔡炳，一边问沈牧："你真的决定了吗？"

沈牧没有回头，只是举起右臂，握了握拳头。

姜满春一边躲避着蔡炳的追打，一边直着脖子喊："啥时候用啊？"

"等下雨天。"沈牧远远地说。

5

接下来的两个月，外界风平浪静。上海城区虽然下过几场雨，但沈牧都不满意。他需要的雨水，得可以在空间内形成稳定的折射光，使得魔术道具和相关的辅助器具发挥效力。

蔡炳终于还是接受了沈牧的疯狂念头。

其实这些年沈牧的古怪想法很多，只不过这一个太疯了。用魔术的方法进入魔术世家，只有最疯狂的男人才做得到。但反过来讲，也正是因为超出所有人的想象，对方不会防备这一招。

在等雨的日子里，沈牧让吴辛洁和蔡炳分别做两项工作。

吴辛洁盯着徐宅门口的安保人员，选定一个姓王的，他几乎每天都值白班，而且做事严苛，是徐宅的固定员工。因为他的双眼比较细，吴辛洁给起了外号"王细目"。

徐宅的大门外有一条街道，吴辛洁的观察点有时在车里，有时在对面的商铺，她发现王细目偶尔去一趟药店，买的药有美托洛尔、荣心丸等，看来此人的心脏有点毛病。

蔡炳则监视徐宅的外围，看有没有人定期进入徐家。不久便有了结论。一是有个中医理疗师，每周三上午八点来到徐宅，十点钟离去，显然在给某位徐家人做理疗。二是每到下午五点，收运生活垃圾的车辆来到徐宅门口，车停在外面，清洁员被门岗严格检查，进入徐宅后，拿出一堆包装袋，再次经过检查，离去。

每次做检查的都是那个王细目，王细目特别爱干这个。

根据吴辛洁和蔡炳反馈的情况，王细目便成了焦点人物。沈牧要进入大门这一关，必须混过王细目的眼睛。

"那摄像头呢？"吴辛洁问。

沈牧笑了。

吴辛洁一头雾水，继续问："徐宅的门口肯定有监控，也能骗过去吗？"

姜满春眨了眨小眼睛说："辛洁说对了一半，但这不是'骗'，而是'干扰'。摄像头的工作原理，是通过镜头，把景物生成的光学图像投射到图像传感器表面，再转成电信号，再经过模数转换……"

吴辛洁摇头说："天哪，一个'再'加一个'再'，我头疼。"

"后面还有两个再。"姜满春认真地说。

"行了，她还没有进化到理解四个'再'的程度。"沈牧说。

"诶，我好像明白了！"吴辛洁冷不防敲了下桌子。

沈牧看着她。

"等你的图像显示到电脑上，监控室的人看到的，是不是一抹鬼影啊？"

沈牧继续看着吴辛洁。

吴辛洁兴奋地说："就像恐怖片里，突然出现一个白影子，一晃，然后一蹿。"

沈牧站起身，自己走进X道具，关上门，调试各个开关。上、中、下三层光罩反射着不同的自然光，并且根据环境的光线变化，自然转换强弱。这就解决了当初在维多利亚港湾，由于错失了半分钟，导致黄昏的主光源散去的问题。

道具外面，吴辛洁小声问姜满春："是不是我说的话太愚蠢了，他连一个字都不愿回答？"

姜满春朝吴辛洁伸出大拇指："辛洁呀，你刚才的话，已经触及这个魔术的核心。"

"难道我开窍了？"吴辛洁闻了闻自己的衣袖，"我是不是也有仙气了？"

沈牧从道具出来，对姜满春说："到时候街边还得准备两辆洒水车，随时用。"

"嗯，你担心雨量不够，光线达不到要求？"

沈牧点点头："半空也得有配合，需要至少四个喷淋装置。"

"这个容易，在徐宅外面找四棵树，在树干架设喷头，统一操控。"

"我们就是要围绕徐宅的大门，以雨景为幕布，描绘一个梦。"沈牧说，"这个梦一闪而过，只需七秒钟。"

不久之后，他们等待的雨，来了。

气象台预测，这场雨将持续三天，而且第二天晚上有雷暴天气。

沈牧偏偏选定了第二天的下午。

6

徐宅原本是一座占地七千多平方米的院落，是由绍兴的一名茶叶商人建造，清朝末年被徐家的祖辈购入，之后经历了几番劫难，留存到现在的宅地有四千多平方米。

因为有过数次痛彻心扉的遭遇，徐家人对于门第的守护，是建立在骨子里的。

这也就是为什么当初徐光展与夏天晴结婚时，家族里的长辈竭力反对；再往前推，徐父与徐渊母亲的感情，也遭到几个长辈的抵死反对，这才导致了徐渊的私生子身份。理由全是门第。

当然，防护是内外兼备的。作为对外的第一道防御线，徐家的门卫安全，持续了很久，至少有四十年，没有一个窃贼从徐宅的大门进来。

现在，坐在门岗的王细目刚刚吃下两粒药，隔着铁栅栏门望着雨中街景。

这是一条僻静的街道，对面有一排商铺，有车辆从门外驶过时，卷起一片水花。雨在铁栅栏门上腾起一团水汽，落到地上的雨水早已汇成溪流，淌入街边的排水沟，发出哗哗声。天上浮动着灰色的云雾，视野中有些白茫茫的虚无感。王细目颇觉无聊。

工作两年多，王细目兢兢业业，因为他拿的是上海最高的保安工资：年薪三十万、包吃住、年底双薪。他要对得起这个价值，每一个进入徐宅的外人，他都严加盘查。

王细目看了看表，下午四点半了。再过半个小时，收运生活垃圾的车该来了，王细目有点期盼，那是为数不多的与人交流的机会。

四点四十五分。铁栅栏门外驶过一辆小型货运车，停在斜对面的商铺前。有人打开后车厢，不知要搬什么东西，王细目隐约看见后车厢里似乎有一台冰箱。他的视线一飘而过，打个呵欠，马上警醒自己，急忙从门岗出来，站在岗亭的屋檐下，不停地跺着脚，抖擞精神。

雨不紧不慢地下着，似乎永远不会止住。街边停着两辆洒水车，雨水打在车顶，溅起细碎的水花。周围的树木和建筑泛着青色水光。

王细目讨厌雨天，不敞亮、不痛快，雨声和模糊的光线让人犯困。

四点五十九分，收垃圾的清运车准时开来了。车照例停在大门以外三米处，车门打开，身穿绿色塑料雨衣的清洁员下了车。

没有人察觉到，街对面的那辆小货车稍稍转了方向，使得 X 道具正对着徐宅的大门。道具的下中上三层渐次打亮。雾蒙蒙的光线交织着，并不引人注目，但光源与雨水构成的明亮线条结合，使得视野中有着层层推动的波涌，仿佛光线深处产生了肉眼可见的涟漪。

与此同时，徐宅外面的四棵树上，四个喷淋装置启动，使得大门区域的一块圆形范围内，雨量悄然增多，形成了更密的反射场，犹如一道流动的反光罩，从天而降，笼罩在区间内。

不远处的街边，吴辛洁坐在面包车的驾驶室，万分紧张。她紧盯着徐宅大门。一旦沈牧被人窥破行迹，那么他企图混进徐家的行为，就会变成一个可笑的悲剧。

吴辛洁已经听姜满春解释了，这个魔术是利用人眼的"视觉暂留"现象。

她当初应聘助理，沈牧面试时，提出的问题也正是关于视觉暂留的，所以她事先做过了解。后来沈牧在维多利亚港表演逆水行舟，曾经也是利用这一现象，只不过当时错失了主光源，不得不用另一种更危险的方式完成魔术。

此刻，吴辛洁紧盯的大门外，出现了沈牧的身影。

沈牧打着八角伞，穿着风衣，如同一个路人。那个清洁员随意瞥一眼，继续走向大门，然后站定，抬手示意门岗。铁栅栏门缓缓移开。

清洁员迈步往里走，就在这一瞬间，沈牧扯掉风衣，身上已是和清洁员一样的绿色塑料雨衣。

然后他把手中的伞，逆时针，连续旋转两下。雨伞的八个角上旋出一片水滴，形成一片灯笼状的水罩形态。

人眼在看到物体时，光信号传入大脑神经，要经过一段短暂的时间，光的作用结束后，视觉形象并不立即消失，这种残留的视觉现象，便称为"视觉暂留"。

这就像是风扇上的字，扇叶转动很快，而上面的字却如同静止的一般。

沈牧转动雨伞是针对清洁员，那水罩形成的状态，在清洁员的视线区，是静止的，给了清洁员一个错觉："那人站在原地，没有尾随我进来。"

但实际上沈牧就在清洁员身影的右侧，稍微靠后的位置，进了大门。

进入大门后，环境随之一变，外面的一切元素无法运用，除了一辆洒水车从门外开过，忽然往门上泼下一片水。

在雨水的自然光折射下，登峰造极的障眼法出现了。

保安队员王细目突然惊呆了，他看到眼前出现了两个一模一样的门、两个一模一样的清洁员身影。

七秒钟,沈牧消失了。

王细目回过神,使劲揉揉眼睛,一切正常,只有一个清洁员朝他走来。

王细目不安地问:"你刚才,没看到啥吧?"

清洁员摇摇头,催促道:"赶快办手续,我还有活儿要干。"

王细目又朝大门方向看了看,没有任何异样。接下来是一系列的例行检查,然后清洁员进了院子。王细目坐在椅子上,摸了摸胸口,心跳有点快。

任何异常情况,都要马上向领导反映,这是职业守则。

王细目拿起内线电话,现在他的顶头上司是阿亮。可他该怎么向阿亮汇报?突然看到大门和清洁员的重影……持续时间不长,几秒钟吧……

如果继续追问,别人就会知道他心脏有毛病,脑供血不足,视线模糊,出现错觉。甚至会有人趁机造谣,说他疑神疑鬼,神经有问题。那么紧接着,这个工作就没有了。上海有成千上万的保安,等着坐他屁股底下的这把椅子。

王细目坐在那里,举着话筒发呆。

沈牧一进入大门,立刻绕到拐角处,趁着保安晃神儿的工夫,他侧身躲到回廊下,低头往身上一扯,那件绿色塑料雨衣,变成了藏青色的电信工作服,随即从口袋掏出一个折叠的卡包,展开,对着边角猛吹一下,卡包迅速鼓起,外观磨损严重、形态逼真,仿佛一个沉甸甸的工具包,斜挎在肩头,最后拿出一个方框眼镜戴上,迈步向院子深处走去。

徐宅是六进院的重叠构造,只有蔡炳提供的一张草图作为参考,但那张图不知是什么时候,某位来过徐家的人,凭印象画出来的。后来蔡炳试着用无人机在空中侦察一下,看到的是难以区分的一排排屋顶和各具造型的景观。

现在,沈牧只能按照几种图纸综合的样子,试探着往前走。

刚走了十几米,正要从回廊出来,迎面过来两个女工,手上提着洗衣桶。

沈牧停步说:"你们好,徐太太让我修理线路,请问她的住处……"

"哦,夫人喊你干活儿,那要抓紧啊。"年纪大些的女工说。

"夫人在东院……"年轻的说。

"不不,夫人搬到北院去了。"年纪大的抬手指了一下。

年轻的问:"啥时候搬的啊?"

"最近，不到半个月吧。"

"你怎么晓得的？那边不归咱们服务的，二少爷直接过问……"

年纪大的瞪了她一眼，示意她闭嘴。

沈牧连忙道声谢，匆匆往北院走去。

穿过一道月亮门，两旁是造型各异的花坛，又走了四五分钟，迎面忽然出现两名巡逻的保安。

"干啥的？"高个子保安问。

"修线路的。"沈牧故意做出不耐烦的样子。

"工作证呢？"高个子上下打量沈牧。

矮个子捏着下巴，使劲瞅着沈牧，"我是不是在哪里见过你？"

"你也修过线路？"

"不对不对，我在哪里见过……"

"工作证呀！"高个子催促。

沈牧伸手到口袋里……

"喂，你还呆在那里干什么？"一个声音从回廊尽处飘来。

这边的三个人一起回头。

只见徐蔷薇指着沈牧："说你呐，等你半天！"

沈牧连忙鞠躬："对不起对不起，路上堵车。"

两名保安跟着鞠躬："对不起小姐，耽误了您的事情。"

沈牧来到徐蔷薇面前。蔷薇身穿一套玫瑰色的运动装，似乎正准备雨中慢跑。

待两名保安离去，徐蔷薇对沈牧嚷道："哎，你至于这样吗？"

"什么？我怎么了？"

"为了收我为徒，不惜冒死闯入徐宅，何必呢？"

"我……"

"算了算了，你也不用解释了，我知道你当师父不容易，遇到一个好苗子，恨不得跪下来当爹……不对，让我想想啊，反正我勉强答应你，跟你学三天。"徐蔷薇抬起三根手指，"就三天啊！"

"其实我是来找徐夫人的。"沈牧说。

"什么，找大嫂？"徐蔷薇盯着沈牧，"你现在是我们家的死敌知道不知道，这院子里有七十个想把你掐死的人，大嫂是第七十一个，也就是来不及戴手套，掐死你怕留下指纹的那一个！"

"我有非常紧急的事情。"沈牧流露出少有的焦躁,"见到夏天晴,一切问题都可能解决。你不想徐家复归平静吗?"

"我大嫂……"

"快!分头找!从那边过去了!"

前院突然传来急促的喊声,阿亮的声音最尖利。

沈牧说:"我暴露了。"

"跟我来。"徐蔷薇一拽沈牧的胳膊。

"亮哥,看那边——"

"追!"阿亮嘶叫着,"抓住那个贼!"

雨还在下着,宅院内的光线愈加昏暗,有的房间已经透出灯光。十几个保安在院里追逐搜捕,雨声伴随着呼喝声、脚步声。

徐蔷薇领的路越来越深,直奔宅院最隐蔽的区域而去。沈牧有些担心。

"蔷薇,怎么越来越僻静啊?"

"你不是要找大嫂吗,你想要热闹的地方?"

沈牧一惊:"她流放到这里了?"

"流放?别搞笑了,这里是宅子最金贵的地方,保安不敢往这里追的,所以,既安静又安全。"

沈牧一下子醒悟了:"这是你们那位曾祖母的住处。"

"对,你看那个最高的——"蔷薇指向雨幕深处,一栋外观古朴、造型精美的建筑,在雨中若隐若现。"那是乐善堂,是曾祖母的会客室,也是家中最豪华的建筑。里面的装饰吓死人,每一代当家人都用重金装潢过,大嫂更没少花钱。"

"那她现在……"

"正在乐善堂拜见曾祖母呢。大嫂不知为什么,很久没有出去走动了,曾祖母很支持她这样,真是奇怪,可我不敢多问。"顿了顿,蔷薇说,"反正大嫂很郁闷。"

沈牧心中慨叹,直到这一刻,他才明白,徐渊是把曾祖母也诓了进来,从底到顶,编织了一张网,兜住了徐家。

两人躲在月亮门内的廊檐下,身边是茂盛的绿植。果然,外面搜捕的人只是远远地呼喝着,不敢靠近这一带。

"蔷薇,是你吗?"

突然传来的问话声,把蔷薇吓了一跳。她没有意识到自己的背影露在了绿植外面。

沈牧在她对面的阴影中，悄悄递给她一个东西。

蔷薇转过脸时，使劲稳住心神。"啊，梅姨，你走路怎么没声音呀？"

"我来看看外面吵什么。"阿梅淡漠的表情从来没有变化，眼睫毛动了一下，问："你来这里做什么？"

"来接大嫂啊。"

"那你钻到这里面……"阿梅作势往树丛里看。

"嗨，我刚过来的时候，二愣子跑丢了，才把它找到。"

"二愣子？"

"喏，可爱吧？"蔷薇伸出的手上握着一只小小的金丝熊。

"哎哟，快拿开、快拿开，有细菌的！"阿梅跳着脚躲开，第一次显露出小女人的神态。

这时，夏天晴的身影出现了。

徐蔷薇朝夏天晴挥手，准备上前迎接。

阿梅跟着走了几步，忽然一把拉住了蔷薇的胳膊，低声说：

"我不管你们搞什么名堂，不要危害到老神仙。"

"为啥这么说？"蔷薇惊讶地看着阿梅。

"你刚刚拿的金丝熊，身上没有一滴雨水，怎么可能是跑丢的？"

蔷薇愕然说不出话。

阿梅淡漠地说："我的工作是照顾老神仙的健康。我的原则是，决不过问徐家的事务，这是老人家唯一信任我的原因。"

蔷薇说："我明白了。刚才的事，我不会再提起，而且，我不会害曾祖母的。"

阿梅转身离去。

夏天晴从乐善堂的门口出来，低头打着伞，身上的亚麻布长裙在风中轻摆。

忽然觉得傍晚的风很凉，虽然只是六点多钟，却像午夜般寒冷。一想到午夜，脑海中便出现了东方明珠塔上的魔术对决。徐家的最后一张牌打出去以后，对于夏天晴来说，毫无收获。

失败的原因，可以说是刘金迫不及待冲出来报仇，想要顺势打垮沈牧，结果导致沈牧逆势回旋，给予了更大的打击。

但原因不等于责任。最终承受这场失败的，是夏天晴。

尽管刚才曾祖母安慰了她，但夏天晴也听出了曾祖母的克制。曾祖母唯一感到满意的，是她的孙女蔷薇，一度将沈牧逼入了死角。徐家的人才，并未凋零。

迎面走来的人，打断了夏天晴的思绪。她抬眼看了一下，是阿梅正往回走。

阿梅的脚步一向是轻而快，像一只猫，神态也像猫一样漠视。夏天晴习惯地点一下头，阿梅则低垂眼睑，仿佛从没见过夏天晴，一飘便过去了。

当初是徐光展把她招聘进来，让她照顾曾祖母的身体。在徐宅，阿梅是非常特殊的存在，除了曾祖母，她对所有人不通情理。正因如此，她是唯一得到曾祖母信任的保姆，在她之前，换了不知道多少任。

"大嫂，想什么呢？"徐蔷薇的声音传来。

"哦……蔷薇啊，我在想，如果我能达到你梅姨的境界，该多好。"夏天晴苦笑。

"什么境界？"

"你知道，人最难把握的就是距离和分寸。"

"太复杂了，我听不懂。"徐蔷薇忽然抓住夏天晴的胳膊，说，"大嫂，咱们去那边坐一下吧。"

蔷薇指的地方，是月亮门外的一间小亭子，掩映在绿树丛中，平时很少有人坐在那儿，何况下着雨的傍晚。

"神经啊，这时候……"

"走嘛，多浪漫啊。"徐蔷薇不由分说，拉着夏天晴往那边跑。

"哎哎……真拿你没办法。"夏天晴挣脱不开。

此刻雨已经小了，天边却隐隐传来雷声。徐宅重重叠叠的庭院里，灯光点缀在花丛树影间，地上流动的雨水发出哗哗声，到处是湿漉漉的光泽。

"别闹了……"夏天晴被徐蔷薇拽到了亭子前，"蔷薇，你怎么变得这么疯了？"

"疯了的，不止我一个，这儿还有一位更疯的。"蔷薇站在亭子的台阶前，打了个响指。

"天晴。"

沈牧颀长的身影从亭子后面闪现出来。

夏天晴一愣，随即呆立在原地，"沈——"

"你们聊啊，我去那边把风。"徐蔷薇跑开了。

夏天晴把伞攥在手上，一脸戒备地看着沈牧，"你是怎么进来的？"

"没时间了，天晴，我想和你开诚布公地谈一次。"沈牧语气紧迫，"你是不是失忆过？"

夏天晴微微一怔，看着沈牧，轻轻点了点头。

"十年前，你遭遇了一次车祸，对不对？"

夏天晴的神色仍然警觉，但沈牧说得没错，她又点点头。

"接下来这个问题至关重要，你好好想一想——"沈牧嗓音低沉，"你出车祸后，身边是不是有一双新鞋？"

夏天晴有些惊讶地看着沈牧。当年的一幕犹在眼前：她躺在街边，由于发不出呼救声，还有鲜血流失带来的寒冷，她已经绝望。模糊的视线中，看到旁边有一双鞋，却想不起来这双鞋为什么出现在身旁。

"那本来是要送给我的。"沈牧注视着夏天晴。

夏天晴退了两步。她不相信沈牧说的话，却无法做出别的解释，对于那双鞋，她从来没有告诉过别人，沈牧却知道。

"天晴，我再问你，十年前，你认识不认识我？"

夏天晴点点头："认识。"

沈牧皱了下眉头，"但在香港的签约仪式上，你表现得完全陌生。"

"因为那个时候我不知道我认识你……"

"那你后来怎么知道了？"

"我请徐渊调查你的经历，发现了我和你的过往。我认识的你，是个渣男。"

沈牧苦笑一下，"之前你自己没有调查过吗？"

"什么？"

"你是出了车祸、失忆后，嫁给徐光展的。那你结婚以后，对自己的身世，一点也不好奇？"

夏天晴神色悲伤，"光展多次帮我追查失忆前的生活，可惜一无所获。"

没有人能够承受一次次的失望，最终夏天晴决定放下过去，听从命运的安排，重启人生。

沈牧说："所以，徐光展什么都没查到，徐渊却查得清清楚楚。"

夏天晴咬了咬嘴唇，"因为徐渊一直在家族外面生活，他有很多门路。"

"你不觉得奇怪吗？"沈牧凝视着夏天晴，"咱们就按常理分析：在当年的事发后不久，徐光展没有调查出任何信息，可是隔了十年以后，徐渊不仅查到了你的身世，就连我和你的过往都查出来。"

"你想说什么？"夏天晴的语气有些颤抖。

"一前一后，为了各自的目的，徐家这两个兄弟，很可能掩盖了事实。"

沈牧用了"掩盖事实"，而没有直接指控为"欺骗"，就是不想刺激夏天晴产生逆反心理，毕竟他仍是徐家的敌人。他只想帮着夏天晴转换思路，重新思考自己接受的信息。

夏天晴陷入沉默。

"天晴，关于你和我的青春往事，我也有一个版本，要不要听一下？"沈牧的嗓音十分温和。

夏天晴看了看沈牧，目光中仍然没有温度。

"你是徐家的当家人，最懂得兼听则明。"沈牧说，"我接下来要讲的，只是陈述往事，希望在某个地方触动你的心。"

夏天晴很想一走了之，然后召集保安，抓住这个闯进来的坏人。可是，沈牧刚才提到的新鞋，以及沈牧提出的疑惑，这些都让夏天晴的心乱了。

要说她平时没有疑惑，那是不可能的，可她不允许自己疑神疑鬼。因为，在她仅有的十年记忆中，全部都是徐家，她能够想起来的生活，全部都围绕徐家，除了这个家，她一无所有。而这个家里，有爱她的徐光展，有关怀她的曾祖母，有支持她的徐渊，有她安身立命、赖以存在的一切。她不能有任何动摇。

但眼前这个男人，触及她心底不敢面对的地方。

还有他凝视自己的眼神……

自己在梦中见过这样的眼神……

"你讲吧。"夏天晴说。

雨水落在亭子顶上，沿着边角淌下，在台阶前汇聚成小溪，流向树丛深处。夜空不时传来雷声，夹杂着偶尔亮起的闪电，风雨中的亭子，被白亮亮的雨线笼罩着。徐宅的夜，灯光迷离。

沈牧的讲述仍从虹口区博迪中学开始，他和夏天晴相遇、相识，直到相恋。

有时，他的讲述饱含深情，眼中有泪光闪烁；有时，他的语气充满自责，因为失去了夏天晴而悲痛。

然而这样的讲述并没有持续多久，沈牧讲到他们在大学校园的生活时，远处传来了徐蔷薇的喊声：

"阿亮，你踩到我脚了！"

"小姐，怎么讹人呀？你站在栏杆后面，我从路上过……"

这是蔷薇在发信号：追兵到了。

"天晴，能找个地方，听我讲完吗？"沈牧问。

"你刚才说的'脑子里有防冻液'——这句话，真是我首创的？"

"我第一次听到，就是你骂我的时候，说我冒充学霸。"

"还有香草冰淇淋……"

"对，是你最爱吃的。"

这些，夏天晴都有种似曾相识的感觉。她又看了沈牧一眼，转身往亭子外面走去。沈牧跟上。

两人沿着回廊曲折前行。

夏天晴忽然问："你今天打算帮我修复往事，可为什么连一张照片都不带？"

沈牧一笑："那些东西不能伪造吗？"

"那我用什么相信你？就凭你空口白牙讲的话？"

沈牧没有回应。

夏天晴侧脸看着沈牧，"你是不是有别的目的？"

"什么意思？"

"在东方明珠塔，你明明知道自己有恐高症，也知道蔷薇要把你带入陷阱，你还是稳步向前走。你究竟是特别自负，还是另有打算？"

沈牧的眉尖动了动，注视着夏天晴"你只要相信，我是为了……"

"你有什么值得相信的？"冷冷的声音从黑暗中传来。

沈牧的脚步停住了。夏天晴抬起脸，望向回廊转角。从那漆黑之地，剥离出一个身影。

是徐渊！

徐渊的眼睛在黑暗中闪动光泽。等他站到了昏蒙的灯光下，周身仿佛镀上了一层流动的金色。

今晚的徐渊，特别不一样。

他的右手上食指和无名指轻轻弹动着，动作非常细微，夏天晴没有发现，而沈牧定睛看到，徐渊的手指上有六个旋转的、黄豆大的钢珠。沈牧的嘴角牵了牵，这手法……

"大嫂，你去哪里？"徐渊问。

"我和沈牧要谈一谈。"夏天晴语气平静。

"这人是徐家的死敌,大嫂却带着他在宅子里东躲西藏……"

"徐渊,你这是什么意思?"夏天晴问。

"沈牧耍花招,骗进了大门,小王已经报告了,并且全院都在搜捕。沈牧却和大嫂在一起。"

这时,阿亮带着一群保安冲过来,围在了回廊前。

阿亮疾步走向徐渊,在耳边低语:"都来了。"

话音未落,就见石径上出现了七八个身影,走近了,是些很有派头的人物,有的大腹便便,有的满脸傲慢,原来都是徐家的叔伯辈的人。

夏天晴乍见这一情景,暗自有些紧张,毕竟这个场面对她极不利。

果然,为首的胖子指着夏天晴说:"我刚才还不信,家族的守护人,竟把家族的死敌带到禁区,这样怎么可以?"

"二叔,这什么禁区啊?"徐蔷薇挤进来,"如果是禁区,这些保安拥过来干什么?"

一句话噎得胖二叔直翻白眼。

徐渊把手上的钢珠收起,双臂抱胸,说:"就请夫人解释一下,沈牧为什么在你身边?"

胖二叔跟着嚷:"对,解释一下!"

有人附和:"说个理由出来!"

"因为我要把天彩魔术团卖给徐家!"

沈牧这句话一出口,众人皆惊。

"不,不对!"沈牧忽然又摇摇头,挺直腰杆,竖起食指,满脸庄严地说,"还是白送吧。"

那帮人全都傻了,各个扭歪了脸。看着他们的表情变化,沈牧喜不自禁。

"姓沈的,太放肆了,闯到家里戏弄人!"二叔尖声说。

夏天晴低语:"沈牧,你想害死我?"

"天晴,你本来就不属于这个地方。再说,发生了这么多事,你以为他们会饶过你吗?"

"那还不是你闹的?"

"是你身边的小人煽风点火!"沈牧指着徐渊,"你看那个变脸鬼,今天晚上终于露出了真面目。"

"沈牧和夏天晴,是恋人!"徐渊突然高声道。

唰。现场静了。回廊外的雨声似乎都听不到了。

沈牧笑道:"徐渊,你今天特别猖狂,是不是吃了耗子药?"

"在世界魔术大赛的签约仪式上,沈牧见到了夏天晴,突然发狂,撕毁合约,之后就开始一连串的报复,直到东方明珠塔,我们始终没有挡住沈牧,让他更加丧心病狂,闯入了家门。"徐渊厉声说,"除了男女间的爱与恨,还能怎么解释?"

"真正怨恨徐家的人,是你徐渊。"沈牧冷冷道,"你从小受到了屈辱,流落在外,想要出人头地。直到你熬到了徐光展去世前,把你召回家族,本以为身份能得到承认,可是大哥还是把家族给了天晴,只让你给大嫂做跟班。你最后一丝希望破灭。失落、怨恨、报复。为了更好地完成你的计划,你先是收买我的助理,事败,又派卧底到我身边,千方百计想要偷取光影神手的秘诀,目的不仅是战胜我,一雪前耻,更要用强大的魔术技艺碾压徐家。"

"住口,你根本就不了解我!"徐渊吼道。

"至于你怎么给夏天晴编造了往事,我不清楚,但你蒙蔽她的目的达到了,你把我塑造成敌人,激起天晴的斗志。我和徐家拼斗时,徐家又发生了经济危机——在场的这些人,还没有醒悟吗……"

"行了!你们都别说了!"夏天晴痛苦地攥着手。

她的思绪已经彻底混乱了,关于她与沈牧、与徐家,还有她的丈夫——徐光展的一切……究竟哪个是真、哪个是假?

"光展,他确实,曾经骗了你。"

一个慢悠悠的声音忽然飘过来。那声音不大,却扎进了夏天晴的耳朵里。

人们转头四望。

"梅姨?"蔷薇眼尖,先发现了。

人群后面,阿梅笔直地站立着,谁也不知道她是什么时候来的,就像以往的任何时候一样,无声无息,站在那里,却仿佛并不存在。

夜空中一声惊雷炸过。

夏天晴身子一颤,踉跄着走过去,"阿梅,你刚才说什么?"

看着夏天晴时,阿梅的眼中有一丝隐隐的痛苦,又仿佛下了莫大的决心,语气却仍是平淡:"光展临终前,我去看他,他单独告诉了我一些事。"

"为什么……不告诉我?"

阿梅浅浅一笑,"因为那些事,就是要瞒着你的。"

"光展说了什么?"

"他给你留了一封信。"阿梅轻轻叹口气,"他对我说,在'必要的时候',把那封信给你。我以前不知道什么是'必要的时候',我是打算烂在肚子里的……不,应该说,我已经把那些事忘了。"

"信在哪里?"夏天晴急切地打量着阿梅。

"我也没见过。光展他,只是告诉了我地点。"阿梅说,"就在他的办公室,哦,现在是你的办公室。墙上是不是有一幅画?"

"是那幅油画?"夏天晴惊愕又迷茫。

那是徐光展最喜欢的艺术品,画家本身名不见经传,却影响了梵高、莫奈等人。夏天晴郁闷时,就和当初徐光展一样,欣赏那幅《马里维伦庄园》,天空、鸟群、湖水、绿树和房屋营造出的温馨恬淡氛围,总能让她安静下来。

阿梅说:"那封信,藏在画的背面,我想,你把画框翻过来,应该能看见的。"

夏天晴忽然失去了力气,腿一软,往下倒去。阿梅稳稳地托住了她。

阿梅在夏天晴耳边轻语:"光展是这世上最良善的男子,我倒是宁愿被他骗一辈子。光展唯一的错误并不是骗了你,而是死得太早。你懂吗?"

夏天晴说不出话。

徐光展不仅向天晴隐瞒了她的身世,也隐瞒了徐家。他怕天晴受到伤害,更怕触发她的记忆,使她远离自己。这成了徐光展的心病,令他一直活在悔恨中。

此刻夏天晴才明白,为什么徐光展临终之际,那份煎熬,不是全部来自身体的疼痛,更有着精神上的极大痛苦。

"……天晴,我……对不起你……"

徐光展挣扎的样子,就连最为铁石心肠的人,都无法直视。

最后他还是没有说出口,带着强烈的愧疚逝去。

阿梅唤道:"蔷薇小姐,你来扶着你大嫂。"

徐蔷薇急忙跑过来,搀着夏天晴。阿梅朝乐善堂方向走去。

蔷薇说:"梅姨,谢谢你,明天我去曾祖母那里看你。"

阿梅停下步子,平淡地说:"明天不用了,我今晚就向老神仙辞行。"

"啊,为什么?"

"我还是卷入了徐家的事务。老神仙不会再信任我了。"阿梅淡淡一笑,她的笑容,有一种说不出的滋味,"十五年前,是光展招聘我的,今天,我为他的遗嘱破坏了原则,是该走了。"

"没那么严重吧?"蔷薇都快哭了,"我去和曾祖母说,你把她侍候得那么好……"

阿梅摆了摆手,"谢谢你,蔷薇。你不懂。"

阿梅的身影消失在桂花树后。

漆黑的夜空中,接连两道闪电掠过,映着沈牧的脸。他的眼睛亮了一下。

他等待的时机,很快到了。

10

就在阿梅说徐光展有一封信留给夏天晴时,徐渊立刻做出了反应。

趁着大家的视线都在阿梅身上,徐渊派阿亮潜入夏天晴的办公室,去找那封信。徐渊推测大哥会在信上写出某种真相,关于夏天晴的来历背景身世等等。即使那些内容并不直接危害到徐渊,但他之前编造的谎言就破了,那么他建立的空中楼阁就会动摇,直至倾覆。

徐渊费尽心力所做的一切,决不容许毁在一个小小的漏洞上。

此刻,阿亮已经去了十分钟,时间够用了。夏天晴正被蔷薇搀扶着。

回廊的内外围了二十几个人,有家族成员,也有佣人。

夜空中的闪电频率明显加快了,伴随着不断响起的雷声,隆隆、咔咔声此起彼伏。徐宅上空浮动的气浪也变得躁动不安。

沈牧却越来越沉静。

徐渊对女佣吩咐道:"天气太糟糕了,快送夫人去内室休息。"又对其他人说,"先安顿好夫人,一切等明天早晨再说。"

五六个人簇拥夏天晴,裹挟着打算离开。徐蔷薇无法阻拦。

"等等。"沈牧突然喝止。

他生命中最重要的关口,就在今天。对于漫长的人生来说,今天晚上,要么是他与夏天晴的最后一次见面,要么就是他和夏天晴一起离开徐宅。

徐渊冷笑一声:"来,把这个私闯民宅、图谋不轨的家伙,送到警察局去。"

十几个保安抽出了胶木棍,围拢着沈牧,却没有人敢往上扑。

夏天晴忽然在远处说:"你们别动沈牧,我还要和他谈话!"

保安们面面相觑。

那位胖二叔很是不满:"徐家的当家人,跟一个贼有什么可谈的?抓走——"

沈牧大声说:"徐家的当家人留在这里,我要正式发出挑战!"

众人都愣了，看着沈牧。

徐渊问："你又要干什么？"

沈牧面向徐渊："愿不愿赌一下？"

"赌什么？"

"赌你的未来。"

"你——要跟我比拼魔术？"

"没错。"

徐渊冷笑："三年前，我去挑战你；今天，你挑战我。"

"这是你家，你逃避不了的。"

徐渊大笑，"我为什么要逃？我就要让大家看看，我是怎么洗刷耻辱的！"

夏天晴在蔷薇的搀扶下，走了过来。

沈牧挑战徐渊，并且是在徐宅内，夏天晴作为当家人，必须在场见证。

对决的地点，选在了第四道院，那里有一大片空地。

徐渊看了看周围，一群家族成员聚集起来，等待着他与沈牧的拼斗。徐渊虽然盼着这一刻，可他有个隐隐的感觉：沈牧比他更需要这一刻。

沈牧专门挑了糟糕的天气，然后等到现在，突然发难，显然是有备而来。

但徐渊想不出沈牧能掀起什么风浪。徐渊已经掌握并演练成功"光影神手"了。沈牧并不知道，他已经没有任何优势了。

当晚二十一时许，由北而来的强雷暴云团，瞬间引爆上海的天空。在一阵紧似一阵的隆隆雷声中，大雨倾盆而至。

二十一时十分，伴随着雷雨，闵行、嘉定等区出现冰雹，硬币大小的冰雹砸在车窗和地面上，发出凌乱而急促的震响。

一道闪电，击中了徐宅院里的一棵香樟树，随之引发电线短路。宅院瞬间沉入黑夜。闪电不断撕裂雨云。每一道青白色的光芒掠过时，雨线的明亮便一闪而逝。

沈牧和徐渊的身影在明灭之间，相隔三米，伫立不动。

很快，备用照明设施启动，应急灯照射着场地中间的两个人，将他俩的影子映在雨幕中。

徐渊突然一跃而起，衣服展开，如夜枭的翅膀，直击沈牧。

这一跃，他等待了太久。

一道闪电划过夜空，青白色瞬间凝固，将黑沉沉的雨幕撕裂。

沈牧向前迎击，双臂晃动，如一只凌厉的大鸟，直向徐渊纵去。徐渊挟着风雨，手上陡然多了两簇火焰。那燃烧的双拳，打向沈牧。沈牧避过拳锋，反手托起一颗水球，砸向徐渊。

嘭！

一股青烟飘起，消失在雨幕中。

徐宅北侧天空上，成串的闪电肆意狂舞，蛇一般闪耀青白色的光焰。随之一阵更为猛烈的雷声滚过头顶，宅院内的建筑呼呼震颤。

院子里太危险了，徐渊必须速战速决。

他疾步冲向沈牧，打算趁着沈牧不防备的时候，突然使出光影神手，扣住沈牧的命脉，使他的所有魔术施展不开，然后将其击倒，跪在自己面前。

沈牧的右臂肘尖部位，便是所谓的命脉所在。如果说魔术师自己的身体是个道具，那么沈牧的右臂肘部，便是这个道具的暗门。

徐渊先用左手切向沈牧的脸，手掌翻起雨滴，扫向沈牧的眼睛。沈牧侧脸躲避时，徐渊右手的食指和无名指突然拉长，骨节自由伸缩着，迸射出三个钢珠。

沈牧的表情，不禁顿了一下，似乎没料到徐渊竟有了"神之手"的手法。

徐渊嘴角噙着一抹冷笑，就在他的右手伸向沈牧时，已经连续变了五种锐器。沈牧无处可逃。徐渊的手指，扣向了沈牧的臂肘——

呼！

两人相撞的一刹那，沈牧的袖口里甩出一个四方形卡片。

卡片似脱网之燕，倏忽间飞向半空，在雨幕中划出一道漂亮的弧形水痕。

明亮的水痕尽处，随着一道闪电的白亮，卡片"嘭"地展开。所有人这才明白，那是一个红白相间的风筝，而那个漂亮的水痕，是一根长长的丝线。

风筝，不惧风暴，扶摇而起，刹那升到了高空。

徐渊本已扣到了沈牧的臂肘，却被这一突然的变故惊住了。

风筝在苍茫夜穹中微微摇曳，周围闪电频发，蛇龙群舞一般，伴随着咔啦咔啦的可怕响声，闪电明亮的触须几乎要卷到风筝上。

徐渊立刻松手，后退。他绝对不想和这个疯狂的人一起变成焦炭。

雷暴的能量有多大？仅仅十分之三秒的雷电放出的电能，便可达数十亿乃至上千亿瓦特，温度至少为一万摄氏度。

此刻的沈牧，似乎在模仿1752年富兰克林做的事：风筝放飞到雷电交加的空中，将电火引到地面，从而证实雷电不是诸神之怒，而是大自然的放电现象。

可那个传闻早已被证明是假的，别说雷电交加的天空，就是高压线旁边，也是禁绝风筝的。世界上没有人能将雷电引到地面上，如果他那么做，他会连一点残渣都不剩。

沈牧却在灵巧地操纵着丝线，每个细微动作传递到风筝上，风筝在雷暴之间旋转、穿梭、舞动。

徐宅内所有观战的人，惊慌失措。他们更害怕的是，这个挑战"上帝之火"的男人，把电火引到宅子里。但没人敢去碰沈牧，更不敢阻拦干扰他，因为任何的异动，都可能让事情变得更糟糕。

风筝，仍在狂暴的夜空中摇曳。

夏天晴脸色苍白，她的脑海中还在为各种纷乱的思绪困扰，此时看到沈牧这样，一时吓呆了。沈牧摆出了一焚俱焚的架势，可他的神态并不那么疯狂，反而有一种让人感动的镇定。

他究竟在做什么？

徐渊已经退到两米开外，厉声说："沈牧，你疯了！"

"徐渊，认输了吗？"

"我不知道你要玩什么魔术，可是这已经远远超出魔术范畴。这是赌命。"

夜空中突然传来"咔嚓"一声，院子里随即响起一片惊恐的声浪。

"啊——老天！"

辽远天际的风筝，终于被雷电击中了。

众人眼睁睁看到，闪电的尾须抽打风筝的同时，以不可思议的速度，将风筝缠绕成了青白色的耀眼光团，然后是一道细如金火的流光，沿着丝线急速而来，仿佛融化的铁。

"天啊……"众人冲撞奔跑。

徐渊大喊："别慌，这是魔术！"

这是和古印度"通天绳"异曲同工，但比其更加撼人心魄的"雷火纸鸢"。

沈牧猛地将手中的丝线一甩。那奔跑在风筝线上的金流，被沈牧在半空甩开，化作一大片耀目的闪光。金色的风筝线在沈牧头顶大回旋，将空中的风筝拖了下来，顺着院子上空绕行一圈，如同一条火龙。

空中盘旋的火圈，分作三层，笼罩在院子上方，然后渐渐熄灭。

院中的奇观消失，最后一抹亮光即将散去，徐渊突然朝沈牧冲来。

"你也不过如此！"

徐渊激发出全部潜力，一击而中。

他的魔术技艺已达到无上境界。沈牧被击中了肩膀，同时，徐渊紧跟一步，抓住沈牧的右臂，猛击肘尖。沈牧的衣袖里迸射出许多亮晶晶的东西。他的暗门被徐渊击破，随身机关毁坏。

所有人都盯着沈牧，看着这个神一般的男人，即将被徐渊打垮在地。

"跪下！"徐渊厉喝道。

沈牧反手抓住徐渊，似在垂死挣扎。他被徐渊猛推几步，脚底踩着积水向后滑。这时徐渊突然发现，原本在院子上方熄灭的火圈，并没有消失，而是有三根悬浮在半空的暗青色丝线。

沈牧的右手一动，把徐渊手上的金属环向上弹出。

金属环直升高空，不知从哪里引来了闪电，咔啦一声，闪电从天而降。

徐渊的手速比沈牧更快，他用光影神手猛击沈牧。沈牧却迎着他的手，深入闪光的中心。

突然间，徐渊的脸色变了，往后急退，逃出了闪光中心，为那从未见过的情景感到发冷。

他不明白，沈牧是怎么突破他的光影神手，捉住了那道闪电——

沈牧高举的手指上，出现了那道闪电！

闪电绽放的亮光无与伦比，带给人强烈的视觉冲击。

夏天晴看到这一幕，无比震惊中，仿佛被什么东西定住了，双眼被那明亮的光束吸引。

捉住闪电的男人，在那一刻，用了极慢的手法，做出了魔术动作。

他的慢速度，彻底颠覆了往常"以快制胜"的手法。就连那道闪电，也变慢了。

沈牧拿着那道闪电，走向夏天晴。

夏天晴定定地站着。

沈牧将那闪电收起，送入夏天晴的手中。夏天晴张开手时，两个掌心各有四枚一角钱硬币。

沈牧的手心贴着夏天晴的手，如微风一般拂过。夏天晴手上捧着八个花瓣。

沈牧伸出手，在夏天晴的手掌上方轻轻一挥，花瓣拂落到地上，漂在积水中。

雨还在下，雨水冲击着那些花瓣。

倏忽间，无数花瓣从地上扶摇而起，在院子里盘旋飘飞。花瓣越来越多，四周全部是花影，看不到雨水和雷暴。只有蝴蝶般翩翩起舞的花瓣，缤纷多彩，美不胜收。

夏天晴的眼角，滑落一滴泪。

徐渊怅然若失。

"沈牧,你那一手是什么?"徐渊有些消沉。

"哪个?"沈牧反问。

"你怎么突破了光影神手,捉住了那道闪电?"

"哦,那是神之变手。"

"什么?"徐渊紧皱眉头。

"是我创立的。"

"你——专为破光影神手,创立了神之变手?"徐渊注视着沈牧。

"这有什么奇怪的?"沈牧淡然一笑。

"原来如此。"徐渊低喃,"在东方明珠塔,故意对着摄像头展示光影神手,就是为了送给我秘诀。真不知道是你的万幸,还是我的幸运,摄像头缺失的部分,偏偏蔷薇看到了,并且告诉了我。"

"哦?居然有这种事,那个丫头还真是我的福星。"

徐渊深深沉浸在不甘的思绪中:"你利用了我。因为我是除你以外,唯一适合演练光影神手的人。对,你一定听我师父提到过,于是,我成了你计划的重要组成部分。"

"谢谢,你配合得还不错。"沈牧说。

"选择这个糟糕的天气进入徐宅,等待时机成熟,便向我挑战。你连打雷闪电都敢利用,因为你要借助我施展的光影神手,才能将明亮的光彩发挥到极致,对视觉神经刺激的同时,借助大自然的磁辐射刺激夏天晴的脑回路。接着用一个小魔术,唤醒她的记忆。"徐渊的目光变得很冷,"你算计了我,很有一套。"

"这么说不公平吧?"沈牧瞥了徐渊一眼,"我给你的正是你最想要的。"

"你给了我光影神手的秘诀又怎样,现在你又有了神之变手!"

"你现在是魔术界最厉害的人了,徐渊,只要你不欺负人,我就不会来治你。"

"欺负人?天底下的魔术师,有谁比你更嚣张吗?"徐渊忽然一皱眉头,"你什么意思?"

"免费劝你最后一句:真正的魔术,是让人们心存善念,相信自己相信的东西,才能抵达美好。"

沈牧转身走开。

"等等,"徐渊喊住沈牧,"我有一点不明白。"

沈牧停下脚步。

徐渊说："'雷火纸鸢'是有史以来最危险的三大魔术之一，一百多年没人敢碰……"

"废话不用多说了。"

"虽是魔术，却必须在真实的闪电里游弋，你为什么非要以命相搏？"

"什么意思？"

"为了一个人，值得吗？"

"你不会懂的。"

沈牧扬长而去。

徐渊仍然站在那里，望着沈牧消失的背影。

阿亮走过来，鞠躬说："二少爷，夫人的办公室查过……"

"算了，没有必要了。"

"嗯？"

"夏天晴已经得到了记忆。"徐渊望着黎明之前的夜空，"她肯定会离开徐家的，而且沈牧不会找到她。沈牧是魔术之神，可在理解女人的心理上，他还差一点。"

想到这里，徐渊似乎找到一点平衡。

沈牧在徐宅的大门外等候良久，直到徐蔷薇跑出来对他说："别等了，大嫂从院子后门走了。"

沈牧忙问："去哪里了？"

蔷薇摇摇头，"她让我告诉你，不用找她。"

沈牧皱眉。"为什么？"

"今天晚上的冲击太多了，她的心情很乱。"蔷薇走近几步说，"大嫂毕竟在我们家生活了十年，这里是她全部的新记忆，她的世界是和我光展堂兄缠绕在一起的。唉，现在你唤醒了她，她的时光打碎了，又把你们的旧时光叠加起来。她已经不敢相信自己经历的一切是真是假，她很痛苦，也很绝望。"

"那就更不能让她独自离开了！"沈牧十分焦虑。

蔷薇拍了拍沈牧的肩膀，"大嫂的内心还是很强大的。她可能就是出去散散心吧，你给她一点时间。"

"你说的一点时间，会是多久？"

"三年五年？十年八年？谁知道呢？"

沈牧离开了徐宅，沿着街边慢慢往前走。

他在人群中显得异常孤独，仿佛来到了一个全然陌生的世界。

不知不觉间，旭日初升，沈牧的身影在街上拉得很长很长。无意间抬眼，视野里弥漫着橘红色的光雾。一群鸟从沈牧头顶飞过，与风中摇动的树枝一起洒落碎影。沈牧这才发现，自己走到了外滩。浦江上轮船往来穿梭，忙碌的城市从来不会因为少了一个人，而有片刻的停顿。

然而对于沈牧，那个人是他的所有……

是他这一辈子存在的理由……

是他行走的力量……

是他的命……

一周后，沈牧离开上海，踏上远去的路途。

沈牧在寻找属于他的时光，那个时光里只有夏天晴。

沈牧从魔术界退隐，游历四方。那些崇拜他的、恨他的、怕他的人们，心中留下了无穷无尽的迷惑。有人说：沈牧只是改头换面，以另一种方式出现了。还有人说：沈牧本来就是个传说，这个传说在世间盘桓十年，终究去了他该去的地方。

有人说，在西南小镇见过沈牧……

有人说，在青海湖见过沈牧……

青海，西宁市，鲁沙尔镇。

黄昏。

沈牧经过蓝宝石般的青海湖，来到塔尔寺。

寺庙依山而建。登高望去，层峦叠嶂、蜿蜒逶迤、气势磅礴。寺庙内的古树与佛塔参天林立，壮丽非凡。

塔尔寺前广场，那米米多高的八宝如意塔，底座由青砖砌成，洁白的四面塔身，腰部装饰有经文。沈牧在塔身南面的佛龛伫立良久，转身时，听到一群小孩的欢声笑语。

孩子们在广场上嬉戏玩耍，脸蛋儿有着标准的高原红，非常可爱。

一个七八岁的男孩追不上别人，愁眉苦脸的。

沈牧走过去，蹲下来问："怎么不高兴了？"

男孩愣愣地看着他。

"咦，你耳朵上怎么有个——"沈牧伸手在男孩耳朵上轻轻一拉，掉出一枚硬币。

男孩惊呆了，使劲吸溜一下鼻子。

沈牧示意男孩伸出手，然后把硬币放到男孩掌心。男孩小心翼翼地托着硬币，只见沈牧用手轻轻拂过——

这一刻，沈牧忽然有些恍惚，他的手影仿佛与校园凉亭前的手影重叠在一起。而他此刻的感受异常强烈，心中被一股温暖的电流般的东西充满了。

他的手拂过，男孩的掌心飞起一片花瓣。

男孩惊喜地瞪大了眼睛，仰起脸看着天上飞舞的花瓣。

他的手上飞出更多的花瓣，引得那群孩子飞奔过来，围住了男孩。

这时，一阵轻轻的掌声传来。

沈牧心中那股温暖的电流，变成了潮水。

他转过身。夕阳中，夏天晴静静地凝视着他，周身笼罩着晚霞。

沈牧心中的潮水涌溢到眼眶，他看到，天晴的眸子里亦有泪光闪烁。

地上两个孤单的影子，缓缓地，融合到一起……

尾声

半年后。初秋的阳光洒满了天彩魔术团，院子里花香扑鼻。

会议室内，吴辛洁坐在中间，蔡炳和姜满春一左一右相对而坐，面前一杯茶。

吴辛洁和姜满春像霜打的茄子，蔫趴趴的。

蔡炳捋了捋一头乌黑的自然卷，看看两人，说："大牧离开六个月了，你俩也该走出来了。满春，不是我说你，一个大老爷们，怎么还多愁善感的？"

姜满春哼了一声："不要卖弄你的铁石心肠！"

"呸，大牧是去追求此生的幸福了，又不是去了天堂，你发什么瘟呢？"

"反正我就是难过。"

蔡炳不再理会姜满春，转过脸，苦口婆心地说："辛洁呀，魔术团的经营管理方面，你要赶快负起责。大牧临行前交代了，你守住魔术团，我和满春还是左右护法，我负责对外运作，满春负责道具机关。"蔡炳的语气昂扬起来，"咱们要签约一批新魔术师，先把舞台表演搞起来，然后，明年建立一所魔术学校，专门培养少年魔术师……"

"饼叔，我知道了。"吴辛洁低声说。

"大牧把这里交给你，是对你的信任，也是给你……唉，怎么说呢，你对他的情分，我想他也是能感觉到的，他把这里托付给你，算是一种情感托付了，你要明白他的心啊。"

吴辛洁抬眼看着蔡炳，点点头。

蔡炳拍了拍巴掌："行了，都别那么晦气，影响财运……"

这时，门外传来助理小黄的声音："吴总、蔡总、姜总，有个自称何峰的魔术师请求见面。"

"何峰？"吴辛洁一敛眉，"不是'洋葱皮'的徒弟嘛，当初是第一个代表徐家挑战先生的民间魔术师。"

姜满春说："对啊，小爷叔提到过，何峰用的魔术是'福星高照'。"

吴辛洁不禁打个寒战，又想起了那一群蝙蝠。

蔡炳咕哝道："这小子来干什么？"

吴辛洁想了想，说："让他进来吧。"

不一会儿，何峰挎着包走进会议室，还是一副普通上班族的样子，只是脸上少了一些原有的得意劲儿，有点灰头土脸的。

蔡炳先来一个下马威："小子，又想报仇？"

"报什么仇？"何峰有些迷茫。

"你师父'洋葱皮'被大牧做成了街头沙雕，你又想替你师父出头？"

"嗨，早就翻篇了，江湖上来来往往，谁没点磕磕碰碰呀。"

"你倒想得开啊。"吴辛洁问，"今天来有什么事？"

"噢，我也不扯废话了，就是缺钱，来卖魔术技法的。"何峰打开包，拿出一个包装袋，一层一层展开，露出两本古旧书卷。

姜满春凑近了，伸手翻了一下，小眼睛顿时亮了。他清清嗓子，坐回椅子上。

"货卖有缘人。"何峰又是一副得意洋洋的神态，"说白了，上海地区只有天彩魔术团识货，而且肯花钱。"

吴辛洁笑一笑："徐家更喜欢做这种生意，你怎么不去那儿吆喝？"

蔡炳说："没错啊，你师父'洋葱皮'，后来就跟着徐家混了，当家人徐渊，没少给你师父资源吧？"

何峰的脸色有些难看，"因为我，师父在江湖上丢了大脸，看见我就烦。"语气忽然一转，变得神神秘秘的，"再说他也不在徐家混了。"

吴辛洁问："为什么？"

"徐渊不是当家人，让人给撸了。"何峰有些兴奋，"我听师父发牢骚，说徐渊早就在转移徐家资产，利用各种名目搞虚假投资，大笔资金流向他的私人户头。最后好像是让一个叫阿亮的人给捅漏了，反正乱着呢，还牵扯到之前蒙蔽家族的许多事。"

吴辛洁大为好奇："那徐渊呢？"

"他被徐家人抓住，准备第二天上午移送司法，那天晚上就关在屋里，十几个人在外面围着。可是第二天早晨，徐渊不见了。"何峰压低嗓门说，"据推测，能用那种手法把徐渊带走的，只有他师父邵疯子。"

蔡炳不禁感慨："那小子也是个苦命人。"

"哎,三位老总,说正事吧,这两套技法,多少钱?"何峰催促道。

吴辛洁还沉浸在思绪中,毕竟,她今天能够坐到这里,追本溯源,是徐渊拉了她一把。

蔡炳说:"徐渊离开,外界居然没有透出一丝消息。真没想到,这次徐家捂得这么严实。"

何峰笑了:"徐家让沈牧折腾怕了,徐渊这事更是雪上加霜,他们好像打算进入三年的休眠期,断绝外部的联系,彻底整理家族内部。"

吴辛洁问:"那徐渊走了以后,徐家的当家人是谁?"

"听说是个小姑娘——"

"徐蔷薇?"吴辛洁有些惊讶。

"好像就是这个名字,反正挺年轻的。"

蔡炳大感好奇:"徐家出的牌,越来越难捉摸。"

吴辛洁沉吟着说:"别小看徐蔷薇,她很有胆量的。而且她背后肯定有人支撑。得到了特别支持的徐蔷薇,会把徐家带向哪里,谁也猜不到。"

"哎,我是来卖魔术技法的,不是跟你们探讨魔术圈未来格局的……"

何峰的抱怨,与窗外的一阵鸟鸣声交织在一起。群鸟飞过去,径直飞向后院,阳光下在石屋顶上洒下一片斑驳的影子。群鸟久久不散,在云霞之下盘旋着,似乎在等待石屋的主人归来。

(全文完)

后记

我出过很多书，但是除了刚出道的几本以外，都是别人根据我的剧本改写的。即使是刚出道的几本也是我自己去掉了场标，加入些许描写拼凑成的。这样的作品进入市场只能是一个好看的故事，完全没有文学价值可言。人到中年我开始反省这样的情况，我的故事真的仅仅是流行文学吗？我要不要留点什么东西下来？于是我决定摒弃商业剧本的运作，回归到最原始的创作中来，《魔术师》就是在这样的情况下孕育而生的。

为什么选择这样一个题材？理由很简单，因为这几年我一直致力于保留和发展中国传统文化，魔术古称戏法，在中国有着非常悠久的历史，是我们不可或缺的传统文化。之前我写过一部有关魔术的电视剧叫《美人天下》，由此迷上魔术，但始终找不到好的切入点，直到2014年《时尚芭莎》找我写个短篇的纸上电影，才有了《魔术师》的雏形。这些年我一直想把它变成一个长篇，但琐事太多，始终没有时间，直到2018年中，播完《延禧攻略》，我决定要休息一段时间，这才又想到了这个题材。

但是时隔四年，心境不同了，我觉得要弘扬民族文化不仅仅要讲述过去的故事，也要展现它在当代的运用，除了高超的技艺，也要有不服输的勇气和匠人精神，所以故事的背景变成了现代，男女主角的名字都变了，故事也变了，但最终想表现的核心价值观没有变，就是坚贞的爱情、善良的本色，和努力不屈的心。

出版其实是件很容易的事，但是找到一个好的出版人，让它不沦为转瞬即逝的流行读物是一件很难的事，还好这个故事很幸运，遇见了吴凤未和魏童。他们的文化公司出版过很多优秀的作品，看他们的书无论装帧设计还是宣传出版都很有"书"的感觉，把这个故事交给他们我非常的放心和期待。希望这是一个好的开始，未来我的书会割离开影视剧，仅仅作为书存在，至于它们的影视版权，那就是再改编的过程了！

感谢著名作家张嘉骏先生，给本书提供各种魔术知识并给悬疑润色。

感谢爱奇艺的龚宇龚总、腾讯影业的程武程总、腾讯视频的韩志杰韩总、完美世界的廉洁廉总，以及伊能静女士在百忙之中看完小说，给予的各种赞誉以及帮我写序，感谢阿里影业、优酷的樊路远樊总说等出书的时候要帮我站台，感谢杨幂、吴谨言、黄晓明等一众好友给我写推荐！

还有我家艺人白鹿、许凯、申兆清导演、申夫人刘璐，你们是第一批在我动笔前听我讲这个故事的听众，因为你们觉得好听，并给予极大的鼓励，才会有这个故事，谢谢你们！

好了，拉拉扯扯一大堆，该说的都说了，大家还是好好看故事吧，附录里是给《时尚芭莎》写的最早的《魔术师》雏形，希望你们能解读出我的心路历程，我们下一个故事见！

于正

2019年5月28日于横店《大唐女儿行》剧组

附

魔术师
文 / 于正

一

盛怀风遇见沈黛云是一个很狼狈的夜晚，许多年后他想起这个夜晚总觉得很好笑，一轮圆月下，一个脱了高跟鞋的女人坐在巷子口的箩筐上，一边揉脚一边哼着小曲，唱得不是很好，但足以令他惦记一辈子。

作为"神秘魔术馆"的小伙计，盛怀风非常明白"教会徒弟，饿死师父"的道理，所以他从不指望馆主刘得意会把一身的绝学传授给他，想学就只能趁着刘得意晚上练功时偷偷瞄上几眼，然后自己琢磨。

这天，他也跟往常一样，轻手轻脚地摸进了后台，不想却听到一阵尖叫和推搡的声音。

"救命啊，你别过来，走开，走开——"

是魔术馆里的丫鬟翠喜的声音。盛怀风脑子一热，也没细想，就冲了进去，先把扑在她身上的男人拉开，跟着一拳挥过去，等男人的门牙落地，他才发现是老板刘得意。

翠喜趁机跑了，盛怀风不知该如何是好，但他想，这种事总不能见死不救吧，大不了就开除他。

没想到刘得意并没有这么做，反而痛哭流涕地指责自己酒醉误事，还非要把手里的怀表塞给他作为自我惩罚。

这样贵重的东西盛怀风是不要的，但刘得意表示——你挂着这个就当是对我的提醒，以后我保证滴酒不沾，再也不会发生这种事。

那一瞬盛怀风觉得刘得意其实还不错，一个老板能对一个伙计说出这样的话，还想怎样呢？

事实证明盛怀风还是天真，就在当晚，刘得意口口声声说怀表被盗，要搜查院子，盛怀风这才明白，送东西认错只是幌子，他真正的目的是要置自己于死地。电光火石间，盛怀风推开众人跑了出去，刘得意哪允许他逃跑，带着人飞快地追了出去。

于是他就在半道遇见了沈黛云。

当他开口求救时，沈黛云也不知道为什么，甚至没有追问他，就把他拉到一边躲了起来，然后找了个箩筐坐在上面边揉脚，边唱歌。当刘得意和他的手下赶到时，顿时觉得蹊跷，一个人上来拉她，另一个人伸脚踢翻了箩筐，里面没人。沈黛云开始发作，她说，你们怎么能随便欺负一个女人？你们讲不讲道理？跟我去警察局！刘得意懒得跟她纠缠，带着人继续往前追，盛怀风就这样逃过了一劫。

那一夜的星光特别灿烂，当盛怀风离开时，特地回头看了沈黛云一眼，昏黄的路灯下，沈黛云一身时髦的洋装，卷卷的头发，火红的唇，看似有些庸俗，但盛怀风却在一堆的庸俗里看到了她清澈的眼神，明亮而闪耀。

之后的很多年，盛怀风吃了很多苦，他跑过船，贩过茶叶，甚至还因为误伤人坐过牢，他以为他这一生也就这样了，除了偶尔午夜梦回想起那对眼睛，人生几乎没有任何希望。但就在这时，他遇见了司徒空——一个绝妙的魔术师，他不但把毕生所学教给了盛怀风，还用催眠之法把他的牢狱之苦幻化成了无数梦境，梦里沈黛云在笑，梦里她握住了他的手，梦里她说——来找我吧！

二

六月的夜晚，天气闷热而潮湿，这样的日子不适宜在家里窝着，大家都成群结队地来到霞飞路上的"神秘魔术馆"排队看戏法，都说这戏法神秘莫测，令人着迷。

忽然，天降流星，把所有的客人都惊住了，只见盛怀风一身黑衣从天而降，将流星尽数收入囊中，继而宣布"梦幻魔术馆"开张，与此同时对面的霓虹一盏盏亮起，比"神秘魔术馆"更大气更闪耀。观众总是喜新厌旧的，当刘得意看到人流渐渐往对家涌去时，心里隐隐觉得不对，三日后对面生意红火，而他的台下只有三三两两的客人时，他终于坐不住了。

起先他派人去观众席放火，企图制造混乱，不想被盛怀风看穿，不但将烟幕弹变成了他表演的工具，还戏耍了他派去的人。

然后他派人去盗取感怀风的魔术秘籍，这一回他运气好，秘籍很快得手，当他迫不及待地翻开时，突然发觉页面之间粘连严重，他没来得及细想，就舔着唾沫翻阅，书里起初都是魔术的基本诀窍，看到后面似乎有点门道了，他的手却麻痹了。

这时，盛怀风来拜访，表示秘籍上抹了毒药，他是送解药来的。这一来刘得意不知道该怎么办，拿了解药吧，就等于承认盗窃，不拿吧，性命又堪忧，最后还是性命重要，向盛怀风妥协了。但盛怀风岂能轻易饶他，不但让他关门大吉还让他登报道歉，名誉扫地，刘得意这才明白，这不是个好对付的主儿！

不过，刘得意相信是人总有弱点，有弱点就一定能打击到，他不是个急性子，他开始慢慢等，终于让他等到了一个反击的机会——他发现盛怀风在找一个女人，而他恰恰知道这个女人在哪里。

刘得意是在一个舞会上认识沈黛云的，当时他完全不记得曾经跟她有过一面之缘，他之所以对她印象深刻是因为她没有请帖，却用一瓶香水喷迷了看守的眼睛进了私家领域，然后找到她的目标人物——电影公司的邵老板，毛遂自荐要演女主角，邵老板错愕之余，拿她取乐，居然要她当着所有宾客的面跳古典舞，换了寻常女子早羞跑了，可是沈黛云不是这样的人，她二话没说，脱了鞋子就跳。最后她有没有做女主角刘得意不知道，但当他发现盛怀风找了一批又一批的画手去画她时，顿时就认出她来了。

刘得意找到沈黛云的时候恰好是她最倒霉的时候，原本唾手可得的女主角，因为别的女星跟赞助商暧昧，被取而代之，紧接着屋漏偏逢连夜雨，奶奶病重，需要手术，可是昂贵的手术费又不是她能负担的，在走投无路的时候，刘得意说要跟她做个交易。

他帮她支付奶奶的手术费。

她帮他接近盛怀风，盗取魔术秘籍。

这事儿要是换了平时，沈黛云是不会答应的，奈何在这个人们比较看重金钱的社会，她不知道自己除了答应刘得意还能怎样，她唯一考虑的是，盛怀风真的会喜欢她吗？

三

当沈黛云一身淡蓝旗袍，素雅地走进"梦幻魔术馆"时，盛怀风以为自己在做梦,他发现周围的空气都凝结了,所有的人都不存在了,他的眼里只有她,而她亦是。

沈黛云终于明白刘得意为什么找她来了,那双漆黑的、真诚的、无辜的眼睛,她一辈子也忘不了。

后来她常常想,人与人之间的缘分其实挺奇妙的,她当时也就见了他一次,过后就再也没有想起来,不知道为什么,再见面,却有一种莫名的熟悉,仿佛前生有约,而今世只不过是赴约而已。

"我是来应征做助手的。"

沈黛云表明来意,盛怀风喜出望外,他迫不及待地想要唤起她的记忆,想要告诉她,自己有多么渴望再见到她,但那一瞬,他什么都说不出来,还是沈黛云先开了口。

"你还记得我吗?我救过你,这样太好了,你不得不收下我了,因为我是你的救命恩人。"

半认真半开玩笑的话冲散了二人的尴尬,盛怀风几乎什么条件都没谈,甚至没吩咐她需要做什么,就把她收留下来。

粗活儿不让她干,细活儿她干不了,他只是单纯地,一个劲儿地拉着她聊天,告诉她许许多多的故事,而她也把她的理想讲给他听,慢慢地,他忘了她是来打工的,而她也忘了她的任务……

他对她的好,很快引来了魔术馆中其他人的嫉妒。

一日,魔术馆晚上表演需要用五十只鸽子,管事的给了黛云一笔钱叫她去东市指定的地方购买,黛云到了才知道此处不送货,那五十只鸽子怎么拿呢?

就在别人等着看她笑话的时候,她带着鸽子回来了,她在每一只鸽子的脚上绑了一根绳子,像牵着风筝一样牵着鸽子往前走,所到之处,引人纷纷侧目,也让盛怀风见识到了她的机智和聪慧。

还有一日,盛怀风表演徒手变金鱼时,沈黛云买回来的金鱼不知道怎么全死了,就在危急关头,她套上美人鱼的衣服,直接跳下巨大的水晶缸,令表演完美呈现。

事后盛怀风特别懊恼,他责怪她:"你都不会游泳,跳什么跳?万一出人命怎么办?"

沈黛云说:"我只想着你的表演不能失败,没想别的。"话音未落,她狠狠地打了一个喷嚏。

盛怀风说:"瞧,这不生病了?"

沈黛云说:"那你出去吧,别传染给你。"

盛怀风说:"我不怕传染。"

沈黛云说:"真的?那我就传染给你。"她玩笑似的靠近他,对着他的鼻子哈气。

盛怀风望着她天真的模样,忽然拉过她直接吻上。

沈黛云挣扎,"别,别,传染了。"

盛怀风:"我早就被传染了,你不知道吗?"

沈黛云望着盛怀风专注的眼神凝住了,她知道他说的是真的,但不知道自己可不可以真。

算了,不去想了,未来谁知道呢?能快乐一刻是一刻吧!

沈黛云冲上去回吻他,那一吻把盛怀风吓到了,他觉得她好像要把自己整个吞噬一样,又仿佛是要生离死别,但他没有多想——也许是她的情感表达比较浓烈吧!

踏春,跳舞,咖啡馆。

就在沈黛云即将忘记她的使命时,意外发现奶奶不见了,她发了疯的四处寻找,找了一夜刘得意才告诉她,奶奶在他手里,他要她老实点,别耍花样,否则他能救她奶奶,也能将她奶奶置于死地。

沈黛云这才从梦中清醒,原来她不是盛怀风生命里的天使,而是恶魔,自幼父母双亡的她,是奶奶一手拉扯大的,她怎能在这个时候弃奶奶于不顾?

沈黛云开始搜寻秘籍的下落,无数次寻找,又无数次失败。她问刘得意,真的存在这本秘籍吗?刘得意说,一定有,因为他安排潜伏在盛怀风身边的人,清楚地看到盛怀风经常看一本小册子。

四

沈黛云的反常引起了魔术馆里管事的怀疑,或者确切地说她是故意露出破绽,希望能提醒盛怀风注意,可是当盛怀风听到这样的消息时,总是一笑了之,没有半点反应,久而久之,连魔术馆的人都觉得他疯了,不想再理他们的事。

一个月光如水的夜晚,盛怀风将沈黛云拉到了郊外,挥手间藤蔓四处蔓延,开出皎洁的花朵,将二人紧紧围绕,他说:"我这一生只爱你一个,只要你愿意,要我做什么都行。"

沈黛云说:"你们变魔术的,说变就变,我怎么能相信你?"

盛怀风慢慢地打开黑色的大衣,露出大衣里机关重重的装备,沈黛云看呆了。

"这是怎么回事？"她问。

盛怀风说："傻瓜，魔术都是假的，我愿意把我最真实的一面展现给你，难道还不够吗？"

沈黛云摸着那些机械，不小心一碰，一只鸽子飞了起来，二人忍不住同时笑了。

这时，沈黛云的脑海里忽然闪现出奶奶痛苦的表情。

她顿了顿，假装不经意地问："你会变魔术，我不会，万一哪天你变心了，我怎么办？我也要学魔术，要是你把自己变走了，我也可以变去找你。"

盛怀风点点头，从怀里取出一本小册子递给她："这是我的命，我连同我自己一起给你。"

沈黛云接过来的一瞬间很感动，几乎要说出一切，但还是忍住了。

她知道，当她拿到这本小册子的时候，他们就结束了，她忽然狠狠地抱紧他，狠狠地吻他，她渴望天地万物在这一刻停顿，而他们只有彼此，她只想就这么拥抱着天荒地老……

沈黛云隔了一天才把小册子给刘得意，刘得意测试完毕，将她奶奶放了，顺便还夸了沈黛云一番，她一句也没听进去，只想着一件事——等奶奶安顿了，她要去向盛怀风请罪。

在沈黛云送奶奶去乡下的那几天，她一直在想，盛怀风发现她失踪了会怎么样？盛怀风发现她背叛了会怎么样？还好，她在小册子上做了些手脚，刘得意拿到的不过是一本半真半假的小册子而已……

当她鼓足勇气站到盛怀风面前时，他并没有多大的情绪波动，还没等她开口说话，他就说隔壁的"神奇魔术馆"重新开张，邀她一起去看对手的表演，顺便研究一下对策，沈黛云想说什么，已经被他拉去窗口买票了。

刘得意这次卷土重来，非常下血本，观众也是座无虚席，可是表演才刚开始，一团火就控制不好，射向了观众席，观众顿时四处逃窜，刘得意惊诧之余，再挥手，火烧到了他自己，痛得他浑身发抖。

盛怀风带着沈黛云上台，当即揭穿了他们的勾当，并表示自己的秘籍从来都在脑子里，而他随身的小册子，不过是一本画满了沈黛云画像的素描本而已。

刘得意终于明白自己不是他的对手，黯然离开，沈黛云心中又惊又喜，惊的是盛怀风的城府居然这么深，喜的是还好他没事，她想告诉他，即使那本册子是真的也不怕，因为她已经换过了，可是她觉得盛怀风不会相信，他看她的眼神里充满了不信任，一如当初他信任她一样坚定。

盛怀风说:"对不起,让你失望了,被伤害过一次的人,免不了会有些防备,不过这样也好,我们谁也不欠谁的了。"

盛怀风撕了小册子,转身往外走去。这是沈黛云最后一次见到盛怀风,一如她第一次见他一样,一个转身,一个背影,唯一的区别是前一次是流连,这一次是决绝。

泪水顺着沈黛云的脸颊慢慢滑落,她想,也许这一生都没有解释的机会了,但是只要他没有受到伤害,一切就值得,哪怕付出的是一生的代价……

尾声

沈黛云不久之后成了上海滩闻名一时的大明星,她不知道盛怀风投资了她主演的第一部电影,她也不知道每次地痞流氓、土豪劣绅想欺负她,占她便宜的时候,盛怀风都在她身后默默地帮助她,支持她,但他没有再出现在她的面前,他觉得远远看着她,她永远是美的,靠近了怕万一……这个万一他承受不起……

盛怀风的魔术馆也越来越好,他还投资做生意,成为上海滩名动一时的大亨,但他不知道,他的每一场新演出,沈黛云都在观众席上观看,但她从来没有打扰过他,因为她懂得他的害怕,宁愿就这么一辈子,想着他……

而后他们各自嫁娶。

而后他们子孙满堂。

而后他们变成了彼此记忆里模糊的轮廓。

而后,依然有人在误会和自以为是里重蹈覆辙……

本文原载于《时尚芭莎》2014年10月刊

图书在版编目（CIP）数据

魔术师 / 于正著. -- 北京 : 中国友谊出版公司, 2019.8

ISBN 978-7-5057-4796-8

Ⅰ.①魔… Ⅱ.①于… Ⅲ.①长篇小说 – 中国 – 当代 Ⅳ.①I247.5

中国版本图书馆CIP数据核字（2019）第162115号

书名	魔术师
作者	于　正
出版	中国友谊出版公司
发行	中国友谊出版公司
经销	北京时代华语国际传媒股份有限公司　010-83670231
印刷	北京盛通印刷股份有限公司
规格	690×980毫米　16开 22印张　350千字
版次	2019年8月第1版
印次	2019年8月第1次印刷
书号	ISBN 978-7-5057-4796-8
定价	49.80元
地址	北京市朝阳区西坝河南里17号楼
邮编	100028
电话	（010）64678009